LABYRINTHES

Fidelis Morgan est née en Angleterre dans une famille bohème qui a longtemps vécu dans une roulotte près de Stonehenge. Passionnée de théâtre depuis toujours, elle fut actrice au sein de la *Royal Shakespeare Company*. Spécialiste des muses et actrices du XVIIe siècle, elle a publié plusieurs essais sur les héroïnes charismatiques de cette période. Elle a ensuite créé le personnage de la Comtesse Ashby de la Zouche, héroïne d'une série d'enquêtes dans le Londres trivial et palpitant de l'époque. Elle est aussi scénariste de téléfilms pour la BBC.

Du même auteur

Les reines rivales
Éditions Jean-Claude Lattès

www.lemasque.com

Fidelis Morgan

L'ALCHIMISTE ASSASSINÉ

Traduit de l'anglais par Denyse Beaulieu

ÉDITIONS DU MASQUE
17, rue Jacob 75006 Paris

Titre de l'édition originale :

Unnaturale Fine

publié par HarperCollins Publishers, London

Avertissement de l'éditeur

Un mot sur la datation

Étant donné le passage du calendrier Julien au Grégorien et la perte de onze jours en 1752 (rendue nécessaire afin de permettre ce passage), certains détails concernant la datation pourraient étonner un lecteur contemporain.

La différence la plus manifeste concerne le signe astrologique de la Balance, qui débutait alors au début du mois de septembre.

Il est également utile de signaler qu'à la fin du XVIIe siècle, le Nouvel An était habituellement célébré fin mars, bien que certains penseurs progressistes défendissent déjà l'idée révolutionnaire d'un changement d'année au 1er janvier.

1

Conjonction

La jonction de deux composants opposés,
le subtil et le grossier,
ou le fixe et le volatil.

— Écris... « Sur le coup des huit heures ce matin, alors que les hommes du guet dormaient encore dans leurs boxes, l'Honorable Marmaduke Smallwood a noué de sa langue un nœud qu'il ne pourra jamais trancher de ses dents. Autrement dit, il a épousé une vulgaire putain de Covent Garden, ici, dans la chapelle de la prison de Sa Majesté... » C'est bien noté ?

Perruque déplumée de guingois, visage barbouillé d'une épaisse couche de fards commençant à dégouliner, lady Anastasia Ashby de la Zouche, baronne Penge, comtesse de Clapham, sortit les deux mains de la grille et l'agrippa fermement, pour mieux défendre sa place à l'avant de la foule houleuse.

À soixante ans, Madame la comtesse était en prison pour dettes, et pas pour la première fois. Elle devait à son droguiste la peccadille de six shillings, et le misérable avait eu la témérité de l'assigner en justice. Quand Charles[1] était roi, c'était bien différent. Mais le cher homme était mort depuis quinze ans maintenant. Depuis, la société avait plongé dans le chaos. N'importe qui pouvait faire son chemin de nos jours, les marchands régnaient en maîtres, et un titre de noblesse ne signifiait presque plus rien. En un mot, la société anglaise était en ruine.

Pis encore, un Hollandais s'était installé sur le trône. Un Hollandais[2] ! Et qui plus est, un nain. Le roi Charles, lui, faisait six pieds quatre pouces ; ce vilain petit Batave en mesurait à peine cinq.

Il était difficile à la comtesse de s'adapter à ce nouveau mode de vie, et impossible d'accepter ce roi. Comme la plupart des Anglais, elle haïssait les Hollandais. Après tout, les Anglais avaient été en guerre contre eux pendant des années. Et maintenant, Herr Von Cornichon, mieux connu sous le nom de Guillaume d'Orange, était assis sur le trône.

Tandis que la société devenait de plus en plus obsédée par l'argent, le profit et la richesse, même la comtesse avait dû se lancer sur le marché du travail pour survivre. Suivant l'exemple de nombreuses femmes qui avaient réussi dans ce domaine, elle gagnait sa vie de sa plume. L'une de ses pièces, une tragédie héroïque intitulée *Le Dernier Souffle de l'amour*, avait été jouée au théâtre

1. Charles II, qui rétablit la royauté en Angleterre en 1660 après la république de Cromwell. Son règne est marqué par un retour aux mœurs légères et aux divertissements, en réaction après le puritanisme. (*N.d.E.*)

2. Guillaume d'Orange, venu de Hollande instaurer définitivement la monarchie parlementaire après la « glorieuse révolution » de 1689. (*N.d.E.*)

de Lincoln's Inn[1]. Pour éviter de s'exposer au ridicule, elle l'avait composée sous le nom de plume du « Galant Éthéré ». En dépit d'une distribution exceptionnelle où figuraient Thomas Betterton, Elizabeth Barry et Anne Bracegirdle, la pièce était tombée le cinquième jour. Ses profits étaient nuls.

« Elle est tombée sous les lazzis des petits maîtres », avait expliqué la comtesse à son amie la duchesse de Saint-Pholle, empêchée d'assister à la première représentation par un hoquet, à la seconde par une amygdalite purulente, et aux représentations suivantes parce qu'elle avait eu un accès de flatulence ou de tout ce qu'elle pouvait imaginer d'autre pour échapper au calvaire d'entendre les vers de la comtesse pendant deux heures et demie.

« Ah, les jeunes ! gémissait la comtesse. L'impétueuse bouffonnerie et les faux brillants des caprices juvéniles tournent au ridicule nos conversations les plus délicates.

— Hum hum ! avait répondu Saint-Pholle. Ce qui est fait est fait. Maintenant que tu te sais capable d'écrire une tragédie, tu n'as plus besoin de le faire. »

La comtesse avait compris l'allusion, et abandonné tout espoir de devenir la nouvelle Alpha Bren pour se tourner vers le journalisme, glanant des bribes de cancans fielleux ou rédigeant des diatribes contre les charlatans, les dernières modes, les nouvelles pièces, et les vendant à qui voulait bien les acheter[2]. Sa mauvaise fortune voulut que

---

1. Cromwell avait fermé tous les théâtres pendant la République, qui rouvrirent leurs portes à la Restauration, en 1660. (*N.D.E.*)

2. La Censure sur la presse vient d'être levée (1695) : le grand siècle du journalisme anglais peut commencer. (*N.D.E.*)

le jour où le recouvreur de dettes vint frapper à sa porte, lady Ashby de la Zouche se trouvait entre deux contrats. Sa bourse était par conséquent des plus plates.

« J'ai acheté ces drogues parce que je souffrais d'une fièvre, ne comprenez-vous pas ? avait-elle hurlé aux huissiers mandés par l'apothicaire pour se saisir de sa personne. Cet homme est-il un simple d'esprit, pour croire que je puis gagner de l'argent alors que je suis malade ? »

L'un des huissiers plaqua une main velue sur son avant-bras. Elle la balaya. « Lorsque je serai à nouveau sur pied, *alors* je pourrai le payer. Mais pour l'instant... »

À ce moment-là, les quatre bras noueux des huissiers la soulevèrent et la jetèrent à l'arrière d'une charrette roulant vers la prison de Fleet.

Maintenant qu'elle était emprisonnée depuis un jour et une nuit, elle n'était nullement intimidée par ce qui l'entourait, et ne semblait pas le moins du monde troublée par le fait de côtoyer certains des êtres les plus sales et les plus puants de Londres. Elle se redressait fièrement, confiante en sa supériorité. N'avait-elle pas été jadis la maîtresse d'un roi ? Ce bon vieux, feu le roi Charles [1]...

La comtesse avait belle allure pour une femme de son âge. Après tout, la plupart des femmes de son âge étaient mortes. Elle était élégamment parée, vêtue de vêtements des étoffes les plus fines, à la dernière mode de 1670. Hélas pour elle, nous étions en 1699.

« Toute l'existence humaine se trouve ici résumée, s'exclama-t-elle, agitant une petite main potelée vers le geôlier lorsqu'elle fut déposée devant la

---

1. Charles II était très amateur de femmes, comme son modèle et cousin français, Louis XIV. (*N.d.E.*)

porte de la prison. La meilleure source d'inspiration possible pour un auteur. » Elle franchit d'un pas coquet la barrière du guichet. « Laissez-moi m'imprégner de l'atmosphère. » Elle huma l'air pestilentiel (infusé de sueur fétide et de hardes crasseuses ; de l'haleine rancie de centaines de bouches pleines de dents pourrissantes ; de crottes de rats et d'excréments humains ; d'humidité, de moisissure et de pisse), puis passa toute la nuit éveillée dans l'espoir de trouver un potin assez savoureux pour hâter sa délivrance. Quelque aristocrate, peut-être, emprisonné pour dette ou un homme d'Église renommé, enfermé pour ivrognerie et débauche. Sa bonne fortune voulut qu'elle trouvât encore mieux.

Dans l'enceinte de la prison était une chapelle, obéissant à des règles différentes de celles des autres chapelles et églises de Londres. Les ministres de cette chapelle se consacraient, tout au long des heures ouvrables prévues par la loi, à célébrer les mariages de ceux qui, pour une raison quelconque, ne pouvaient patienter durant les longues semaines nécessaires à l'obtention d'une licence et à la publication des bans. Dès la première heure du jour, l'un de ces heureux couples, formé d'une femme de mauvaise vie et d'un dandy réputé, avait noué les doux liens du mariage. La nouvelle de ces noces clandestines serait assez lucrative pour racheter la liberté de la comtesse.

Elle éleva la voix au-dessus du brouhaha. « La mariée et le marié furent entraînés par de facétieux camarades, tous ivres à se rouler par terre. Il est certain qu'aucun d'entre eux ne se rappellera, d'ici l'heure du déjeuner, les événements de la nuit dernière et de ce matin... »

C'était encore le petit matin, et tout un monde s'agitait déjà de part et d'autre de la grille. Cette modeste ouverture, longue de deux pieds et haute de quatre, quadrillée de lourdes barres de fer, formait la seule source de lumière venant de la rue, et le seul exutoire par lequel les miasmes putrides de la geôle puissent s'échapper.

Les prisonniers, des débiteurs pour la plupart, vociféraient autour de cet espace minuscule, tendant la main pour attraper les piécettes lancées avec désinvolture par des passants, scrutant désespérément la rue à la recherche d'un visage familier, chaque détenu vivant dans l'espoir que ce jour-là, enfin, il trouverait l'argent pour acquitter ses dettes et retrouver sa liberté.

Poussant du coude un faible vieillard pour un meilleur accès à la grille, Madame la comtesse se mit à hurler : « La mariée, tout à fait ravissante en rose, est bien connue des lecteurs : c'est la très complaisante employée du lupanar *la Civette et des Trois Maquereaux*, passage de la Demi-Lune ; le marié, si je puis me permettre de le rappeler aux lecteurs, est l'héritier de la moitié du Hertfordshire. »

Dans le froid cinglant de la rue, Godfrey, l'ancien palefrenier de lady Ashby de la Zouche, griffonnait frénétiquement sur un vieux bout de papier. « C'est noté, Madame », dit-il en léchant son crayon.

Derrière elle, la mêlée poussa et pressa tant et si bien que la comtesse craignit d'être broyée à mort, tandis que des mains tâtonnantes passaient par-dessus ses épaules et sous ses bras pour parvenir à l'avant.

« Z'avez eu vot' tour, M'ame Plume-dans-le-cul de Prout-ma-chère », hurla une voix masculine à quelques pieds derrière elle.

Sans se laisser démonter, elle aspira une nouvelle bouffée d'air ranci et poursuivit. « Apporte cela à M. Cue, dans l'imprimerie à l'enseigne du Peintre Riant, sur Shoe Lane. Et reviens ici avec l'argent, et... » À cet instant, avant qu'elle puisse terminer sa phrase, un groupe d'hommes vigoureux réussit à arracher Madame la comtesse de la grille et à la rejeter vers l'arrière dans la cohue.

« ... et sors-moi d'ici... » beugla-t-elle en direction de la grille et de Godfrey.

Elle fut grossièrement lâchée dans une flaque de ce qu'elle présuma être de l'urine. Soulevant dignement ses jupes, elle se releva d'un air compassé.

« Soufflez sur moi, ô alizés, quelle bousculade ç'a été ! » s'exclama-t-elle, avant de se dandiner d'un air modeste jusqu'à la porte de la chapelle pour reprendre son poste. Qui sait, d'autres noces clandestines auraient peut-être lieu plus tard dans la journée. Les gens se pressaient ici pour se marier sur un coup de tête.

Un prêtre grassouillet et transpirant se laissa tomber sur le banc à côté d'elle, s'éventant avec son missel.

« Rude journée ? » s'enquit ingénument la comtesse.

Le prêtre soupira et hocha la tête. « Comme tous les jours.

— C'est un drôle d'endroit, la prison de Fleet [1], vous ne trouvez pas ? »

Le prêtre acquiesça.

« Évidemment, une dame dans ma position se retrouve rarement en un tel logis. » Elle lui donna un coup de coude dans les côtes et cligna de l'œil. « Mais c'était une erreur. Je serai libérée d'ici peu, lorsqu'ils s'en rendront compte. »

---

1. La prison de Fleet était de notoriété publique un repaire d'ivrognes et de violentes bagarres. (*N.d.E.*)

Le ministre du Seigneur continuait à s'éventer.

« On y a vu des hôtes assez célèbres dans le temps, jacassa-t-elle sans se démonter. Par exemple, William Wincherley, le poète dramatique... » Le visage du prêtre demeurait impavide. « Un auteur un peu grossier, avec ses personnages de cocus et d'eunuques... Puis il y a eu ce maudit puritain qui abhorrait les femmes, Prynne. Vous ne seriez pas un puritain, par hasard ? »

Le prêtre secoua la tête. « Église anglicane.

— Je l'ai deviné du premier coup d'œil, sourit-elle. Un clergyman comme vous a été enfermé ici lui aussi. John Donne. Merveilleux poète. » Elle s'appuya contre le mur graisseux. « Et vous-même, en tant que chapelain, vous devez voir des personnages de haut rang... » Elle laissa la phrase en suspens, tentatrice.

« Vous recherchez des scandales ! coupa le prêtre en se levant après sa courte pause. Eh bien, il faudra payer. »

Madame la comtesse plongea la main dans la profondeur de sa poche pour fouiller. Elle y trouva huit pence. Pas assez pour durer jusqu'à la fin de la journée, s'il fallait acquitter les pourboires du geôlier et de l'huissier, le prix des repas et du lit – bien que le lit se composât d'un morceau de grosse toile étalée sur le sol dallé de pierres. Elle n'osait pas courir ce risque. Elle se leva d'un bond et se jeta sur lui, pleine d'un outrage simulé.

« Des scandales ! glapit-elle. Toutes mes connaissances savent que j'ai toujours abhorré ce mot même ! J'exprimais simplement de l'intérêt pour votre travail.

— Mon travail ! » Il la lorgna par-dessus ses lunettes en demi-lune. « Je me contente de prononcer les paroles, de joindre leurs mains et de prendre l'argent. »

Madame la comtesse s'étrangla. Était-ce là un homme d'Église ? « Mais je pensais...

— Vous n'avez pas pensé. J'essaie de gagner assez d'argent pour sortir d'ici, madame. Tout comme vous. » Il retourna dans la chapelle.

*
* *

Dans le bureau du geôlier près de la grille d'entrée, avait lieu un tout autre commerce. Parmi les piles de livres, de papiers, les chaînes, les cadenas et les clés, était assis le geôlier lui-même. Sa culotte était rabattue et, tressautant sur ses cuisses, se trouvait une femme dotée d'une poitrine particulièrement blanche et généreuse.

« Ah, vous êtes tellement gros. Quel homme ! » s'écria-t-elle, jetant un coup d'œil par-dessus son épaule vers la liste des entrées et sorties de prisonniers posée sur son bureau.

Sacrebleu, ceux qu'elle cherchait n'y étaient pas.

« Aaah, vous êtes le maître, gémit-elle, tendant le bras et balayant de la main les papiers sur le bureau pour les déplacer. Quel étalon, quel matou.

— Des parties de corps, grogna-t-il dans son buste tremblotant. J'ai besoin que tu nommes des parties du corps.

— Cuisses, râla-t-elle. Seins. »

Son halètement s'accéléra aussitôt. Elle ralentit donc un peu la vigueur de son activité. Elle ne voulait pas qu'il jouisse trop vite. Pas avant qu'elle ait obtenu l'information qu'elle recherchait.

D'ordinaire, Alpiew ne dispensait pas aussi librement ses faveurs, mais elle avait décidé que sa situation actuelle exigeait une action exceptionnelle. Elle aimait mener une vie active et trépidante, mais au cours des dernières années, tout n'avait été qu'une constante répétition des mêmes infortunes. D'abord elle trouvait un petit boulot, vendeuse à un étal du marché, par exemple, habilleuse au théâtre, serveuse d'eau-de-vie dans les tavernes, ou lingère aux bains publics. Cela lui avait d'ailleurs permis de se faire beaucoup d'amis chez les prostituées, mères maquerelles et souteneurs de Covent Garden... Puis elle lançait un mot d'esprit qui était mal pris, et aussitôt, elle était renvoyée de sa place. Le plus souvent, la fatale anecdote concernait les avances qui lui avaient été faites par le patron de l'établissement où elle travaillait. Et ils lui en faisaient tous. Elle savait bien pourquoi : c'était à cause de sa poitrine. Elle n'avait jamais très bien compris ce que ces hommes trouvaient à ses seins de marbre. Ils n'étaient pour elle que des obstacles, l'empêchant de dormir sur le ventre ou de courir à toute vitesse. Mais ils avaient tourné la tête à tous ses patrons, en conséquence de quoi ces maudits seins étaient surtout pour elle une source d'ennuis.

Tandis qu'elle bondissait sur les genoux du geôlier, elle songea, avec un pincement au cœur, à sa jeunesse, quand elle était la soubrette d'une grande dame. Elle avait recueilli Alpiew après que la Grande Peste eut tué ses deux parents, lorsqu'elle avait cinq ans[1]. La fillette avait passé auprès de cette dame les quinze années les plus heureuses de sa vie. Puis, ses seins avaient brusquement gonflé, l'époux de Madame la comtesse les avait trouvés à son goût, et aussitôt, elle s'était

---

1. L'Angleterre connut plusieurs vagues de peste, la plus meurtrière à Londres (la « Grande Peste ») eut lieu en 1665. (*N.d.E.*)

retrouvée à la rue. Depuis, c'était toujours la même histoire.

Une fois qu'un homme l'avait pelotée, qu'elle avait lancé une plaisanterie là-dessus et qu'on l'avait mise à la porte, son maigre pécule fondait rapidement. Alors elle perdait son logis et finissait par se retrouver ici, en prison. Sa ruse et ses amis de Covent Garden lui permettaient toujours d'en ressortir. Une fois dehors, tout recommençait...

« Tu as arrêté de parler, grogna le gardien. Allez, dis des parties du corps...

— Bras, mains, oreilles, nez... » L'œil d'Alpiew scrutait le bureau. « Mmmm... » Où diable était-il ? « Nombril, jambes, pieds ! » Des devis, des salaires... elle lisait toujours. « Orteils, doigts ! » Ah. Eurêka ! Son regard se fixa sur le document qu'elle recherchait : « Mariages à Fleet pour la première semaine de mars. » Elle parcourut la liste des yeux. « Jones, Smith, Brown...

— Des parties du corps, glapit-il entre ses seins. Pas des noms d'hommes.

— Ah oui, euh... Gorge, seins, tétons ! »

C'était Molly Cresswell qui lui avait suggéré de se lancer dans cette nouvelle entreprise. M. Cue, l'imprimeur de Shoe Lane, recherchait une personne qui avait de l'esprit pour dénicher des ragots pour son journal, le *London Trumpet*. « Eh bien, avait dit la vieille mère Cresswell, il n'y en a pas beaucoup à Londres qui soient plus malins ou plus curieux que toi, Alpiew, ma petite friponne. »

Par un mauvais coup du sort, son logeur l'avait fait jeter en prison avant qu'elle puisse tenter sa chance en dénichant des ragots. Mais en arrivant à la geôle de Fleet, Alpiew s'était rendu compte qu'elle pouvait en tirer avantage.

Elle regardait toujours par-dessus l'épaule du gardien, et elle était presque arrivée à la fin de la liste des mariages de Fleet lorsqu'elle tomba enfin sur ce qu'elle cherchait : l'Honorable Marmaduke Smallwood. Bravo ! C'était là une nouvelle bien croustillante, assez fraîche pour que personne ne soit encore au courant... Marié à la chapelle de Fleet ! Et à une putain du bordel ! Attention, monsieur Cue ! Maintenant qu'elle avait obtenu ce qu'elle voulait, elle aurait voulu que ce fastidieux petit épisode sexuel prenne fin le plus vite possible.

« Décharge ! hurla-t-elle. Fesses, cul, popotin ! » Puis elle regarda le gardien yeux dans les yeux. « Con, con, con, con », cria-t-elle, et ce le plus sincèrement du monde...

Madame la comtesse savait que le personnel de la prison de Fleet n'était pas réputé pour son sens scrupuleux de l'honneur. L'argent allait arriver pour son élargissement, et elle voulait s'assurer qu'il ne disparût pas dans les poches de la culotte du geôlier.

Après avoir accordé une heure à Godfrey pour arriver chez M. Cue et revenir au guichet, elle décida de traîner près du bureau du geôlier, flânant dans le couloir, d'où elle pouvait surveiller la grille principale.

Au son d'un bruit métallique impérieux, deux gardes entrouvrirent la grille.

« Qui va là ? dit l'un.

— De l'argent pour l'élargissement d'un prisonnier », répondit-on.

C'était une voix étrangement haut perchée, pas celle de Godfrey (à moins qu'il n'ait subi un accident particulièrement fâcheux chemin faisant). Madame la comtesse se rengorgea fièrement. C'était sans doute l'un des garçons de course de l'imprimeur. Une main maigrichonne mais délicate introduisit une enveloppe par l'ouverture, et l'un des gardes la saisit.

Madame la comtesse se posta pour guetter soigneusement l'enveloppe tandis qu'on l'apportait jusqu'au bureau du geôlier. Elle avait déjà vu charlatans et prestidigitateurs exécuter leurs tours de passe-passe à Covent Garden. Une enveloppe pleine, elle le savait bien, pouvait en un instant remonter une manche et être remplacée par une enveloppe vide.

Trois grands coups à la porte, et le geôlier ouvrit.

« De l'argent pour l'élargissement d'un prisonnier », fit l'un des gardes d'une voix tonitruante.

Penchée en avant, la comtesse s'apprêtait à réclamer sa libération, lorsqu'un tourbillon de jupons froufroutants dévala le couloir derrière elle. Une femme l'écarta brutalement du passage. Madame la comtesse vacilla un moment avant de s'écraser au sol dans un amas de hardes.

« Ça, c'est pour moi, mon chou », dit Alpiew, souriant radieusement au geôlier.

Tandis que Madame la comtesse se relevait tant bien que mal, le geôlier examina le contenu de l'enveloppe.

« *Lettre de crédit*, lut-il, *à tirer du compte de Cue, imprimeur, pour l'élargissement de...* »

La comtesse s'avança, écartant Alpiew d'un coup de coude dans les côtes.

« Moi ! » croassa-t-elle.

Alpiew, outrée par cette imposture flagrante, agrippa les cheveux de la comtesse. Ils lui restèrent dans la main. C'était une perruque rousse passablement déplumée.

Les mains de la comtesse volèrent vers son crâne grisonnant et pratiquement chauve. Elle hurla, s'élançant pour saisir les lacets du corsage d'Alpiew. Tandis que celle-ci contre-attaquait, frappant dans la direction générale des jupes de Madame la comtesse, sa poitrine dégringola de sa prison. Instantanément, elle retira ses mains, pour recouvrir pudiquement ses seins neigeux aux pointes roses redressées.

Les deux gardes et le geôlier se figèrent, fascinés par le spectacle merveilleux.

Profitant de ce bref répit, la comtesse lança un assaut final contre Alpiew, qui tomba à la renverse. Puis, s'époussetant triomphalement, elle s'avança pour réclamer sa liberté au gardien. « Je suis lady Anastasia Ashby de la Zouche, baronne Penge, comtesse de Clapham, et je demande ma libération », annonça-t-elle d'une voix ferme.

Alpiew, par terre, était en train de fourrer ses seins dans le corset dont ils s'étaient échappés. Elle releva soudain la tête et une larme jaillit à sa paupière.

« Madame la comtesse ? balbutia-t-elle. Lady Ashby ? Est-il possible que ce soit vous ? »

La comtesse baissa les yeux vers la catin effondrée, et sourit avec autant de grâce que le lui permettaient ses dents noircies et sa bouche édentée. « Comme c'est agréable d'être reconnue. Oui. » Elle sourit à nouveau aimablement en direction d'Alpiew, tout en s'assurant que les gardes écoutaient. « C'est bien moi, lady Anastasia Ashby de la Zouche, baronne Penge, comtesse, *et cetera, et cetera*... » Elle se tourna à nouveau vers le geôlier. « Domiciliée à Anglesey House, German Street, St. James... » Elle tendit la main pour recevoir ses papiers de libération. « Vous constaterez, je crois, que tout est en règle », annonça-t-elle, toujours avec un sourire coquet.

Alpiew était debout maintenant.

« Madame la comtesse ? C'est moi. Votre

Alpiew, Madame. Ne me dites pas que vous m'avez oubliée ? Votre orpheline, qui vous a été enlevée ? »

La comtesse se retourna et l'examina. « Alpiew ? Pourrait-ce donc être ma chère Alpiew ? Ce ne peut être vrai... ? Je te croyais morte...

— Non, Madame. Enlevée, mais vivante. »

Les deux femmes tombèrent dans les bras l'une de l'autre et, avec force soupirs et larmes, refirent connaissance après une absence de près de vingt ans.

« Ah, Alpiew, Alpiew... soupirait la comtesse.

— Ah, ma maîtresse... roucoulait Alpiew.

— Cette tendre, chère petite enfant, dit la comtesse, indiquant la femme de quarante ans qu'elle serrait dans ses bras, fut ma propre femme de chambre personnelle pendant des années et des années, sanglota-t-elle. Elle était presque une fille pour moi. Jusqu'à ce qu'une nuit, elle fût vilement enlevée par des voleurs, avec ma vaste et irremplaçable collection d'argenterie et d'orfèvrerie. Je n'ai plus revu ma chère mignonne jusqu'à cet instant.

— Ah, Madame, Madame, sanglotait Alpiew. Quel récit je pourrais vous faire de cette horrible nuit, où je me réveillai ligotée, bâillonnée, enfermée dans un coffre, et placée à bord du navire d'un boucanier en route vers le Nouveau Monde.

— Enlevée par des corsaires et des pirates ! hulula la comtesse. Ma pauvre Alpiew... »

Le geôlier toussa pour attirer leur attention. « Pardonnez-moi, mesdames, mais avez-vous perdu tout intérêt dans votre libération immédiate ? »

Instantanément la comtesse reprit ses esprits et s'avança. « Bien sûr que non, espèce de bouffon. Donne-moi les papiers et je disparais à l'instant. »

Le geôlier lui présenta l'ordre de libération. « Pour l'élargissement d'une femme, d'environ quarante ans, portant le nom d'Alpiew. Signé George Cue, Esquire. »

La comtesse lui arracha le papier des mains et l'examina. Elle en resta bouche bée. « Mais ceci est... » Pour une fois, elle ne trouvait pas ses mots.

« À moi », dit Alpiew, s'avançant et retirant le document des mains de Madame la comtesse.

Le garde était déjà au guichet, prêt à ouvrir la grille à l'aide d'une clé brune plus grosse que celle de saint Pierre.

Alpiew fit quelques pas en avant et se retourna vers la comtesse. « Je ne vous oublierai pas, Madame », dit-elle, avant de s'élancer vers la rue et la liberté.

La comtesse avait maintenant retrouvé l'usage de sa mâchoire, qui claquait de haut en bas. « La vilaine petite dissimulatrice, la perfide catin traîtresse... Je lui en ferai voir, du Nouveau Monde, lorsque je sortirai d'ici, je lui en ferai voir ! Ingrate... »

Les gardes s'avancèrent et se saisirent d'elle.

« Elle m'a attrapée, une fois de plus. » Elle se tordit et frétilla sous leurs poignes fermes et fut emportée au fond du couloir humide. « Elle m'a soufflé le magot sous le nez ! Une fois de plus ! Il est certain qu'elle s'est enfuie elle-même avec l'argenterie. Certain. Et avec mon époux. Elle me l'a volé, lui aussi. Fi donc ! Cette petite péronnelle hypocrite. Le Nouveau Monde, en effet. Lorsque mon pied frappera son postérieur, elle va s'y retrouver, au Nouveau Monde... »

*
* *

Alpiew mordillait l'intérieur de sa joue tout en étudiant le contrat. Une chronique de scandales tous les quinze jours, pour remplir deux pages recto verso. Cachet : dix-sept shillings en espèces.

Elle releva les yeux vers M. Cue, qui l'observait attentivement. Si elle ne se trompait pas, son regard était avide. Il avait hâte qu'elle signe.

« Pour vingt shillings, nous ferons affaire. »

Vingt shillings, se dit Alpiew, suffiraient largement à payer une bonne chambre, avec un lit et tout, en lui laissant assez d'argent pour payer la nourriture et le bois.

« Vingt shillings ! s'exclama l'imprimeur. Suis-je le roi Crésus pour que vous me demandiez autant ?

— Je n'ai jamais entendu parler de ce bonhomme-là, monsieur Cue, mais s'il est prêt à bien payer un bon scandale, alors oui. Une livre par semaine. »

M. Cue secoua la tête. « Je n'ai pas les fonds nécessaires, j'en ai bien peur. »

Alpiew se leva de la chaise bancale où elle était assise, dans le bureau de l'imprimeur. Elle jouait à quitte ou double. Comme Madame la comtesse lorsqu'elle jouait à la bassette. « Il faut toujours jouer quitte ou double », avait-elle expliqué à Alpiew, alors jeune fille, « lorsqu'on sait qu'on tient un bon filon. Si tu as une bonne main, joue quitte ou double. »

Eh bien, elle tenait une bonne main. C'était certain.

M. Cue lui ouvrit la porte.

Ventre dieu, il la laissait repartir ! Les choses n'étaient pas censées se passer de cette façon. Il fallait qu'il accepte ses exigences. Alpiew releva la tête et marcha d'un pas décidé vers la porte ouverte.

« Dix-huit shillings et six pence », lâcha-t-il

tandis qu'elle franchissait le seuil sous un vent glacial.

Dix-huit et six, songea Alpiew. Alors il faudra me passer de bois.

Elle marqua une pause. Elle avait également observé Madame la comtesse dans ce genre de situation. S'il la relançait, cela prouvait qu'il était intéressé. « Vingt shillings », dit-elle en sortant dans la cour.

Il la suivit et se tint sur le seuil avec les mains sur les hanches. « Dix-huit et six et pas un fifrelin de plus.

— Vingt », s'écria Alpiew en gagnant la rue. Elle était sur le point de revenir sur ses pas. Après tout, l'hiver ne durait pas toute l'année. Dix-huit et six, c'était mieux que rien. Elle pouvait vivre sans feu de cheminée. Pour l'instant, elle n'avait même pas de toit au-dessus de la tête. S'il faisait aussi froid maintenant, que serait-ce à la tombée de la nuit ? Et sans ce travail, elle dormirait à la rue ce soir.

Elle se retourna, pour se retrouver nez à nez avec une grosse femme suante coiffée d'une charlotte.

« Dix-sept shillings, et au boulot ! rugit Mme Cue, épouse et associée de l'imprimeur, le visage écarlate et les mains noires d'encre. Dix-sept shillings, mademoiselle Alpiew. Nous devons recevoir la copie, écrite d'une main lisible, vendredi toutes les semaines. Voici le contrat. Signez. »

La grosse femme suante lui tendit une grande feuille et une plume trempée d'encre.

« J'ai besoin d'un moment pour lire ceci », dit Alpiew, regrettant de ne pas avoir sauté sur l'offre de M. Cue de dix-huit et six. Elle n'avait pas le courage d'affronter sa femme. Elle n'avait jamais su comment s'y prendre avec les femmes, surtout les femmes en colère.

« Ne tirez pas trop sur la corde, mademoiselle Alpiew, dit Mme Cue, renvoyant d'un geste son époux travailler à la presse. Vous êtes engagée à l'essai. Nous avons besoin de ragots croustillants, et vite. Il y en a d'autres qui seraient prêts à tout pour avoir ce poste. Nous ne vous avons choisie que parce que le gamin dont vous vous êtes servie pour nous faire parvenir l'information a été plus efficace que le vieux serviteur arthritique qui nous a apporté l'article de votre rivale. » Alpiew remercia sa bonne étoile d'avoir remarqué l'enfant qui cherchait de l'emploi à travers la grille. Elle lui avait offert les trois pence destinés à se payer un coin de sol propre pour la nuit, et lui en promit six de plus s'il arrivait chez les Cue avant tout le monde. « Quelle est votre adresse ? Il nous la faut.

— Mon adresse ? » Alpiew se creusa la tête en suivant Mme Cue dans le bureau. Que faire ?

« Pourquoi avez-vous besoin de mon adresse ?

— Pour les questions, bien sûr. Les questions de dernière minute. Et peut-être aurons-nous vent de choses sur lesquelles vous pourriez... » Mme Cue se tapota le nez, y laissant une traînée grise. Elle trempa la plume dans l'encrier et la tendit à Alpiew. « ... enquêter. »

Alpiew commença à écrire son nom lentement, pour gagner du temps. Mme Cue se mit à taper du pied. « Je soupçonne un brin d'hésitation, ma fille. » Mme Cue attrapa le bout de la plume, éclaboussant la page de gouttelettes d'encre. « Pas d'adresse, pas de travail, déclara-t-elle en arrachant la plume à Alpiew. Qui nous dit que vous ne vous enfuirez pas avec l'argent, et que nous ne vous reverrons jamais ? »

Alpiew se vit à nouveau dormir dans la rue.

Tant pis pour le bois de cheminée, elle aurait bien de la chance de manger.

« Bien sûr que j'ai une adresse. » Elle se creusa la tête. Elle ne pouvait même plus se souvenir d'un seul nom de rue. A, pour... « Anglesey House, German Street, à St. James », dit-elle. Les mots étaient sortis avant même qu'elle se rappelle où elle les avait entendus.

Mme Cue hoqueta et partit d'un gros rire. « St. James ? Une catin comme toi ? Alors, on couche avec le roi Billy, c'est ça ?

— Sa Majesté le roi William, si je puis me permettre de vous le rappeler, madame Cue, vient tout juste de perdre son épouse. Non, j'habite chez ma vieille amie et protectrice, lady Ashby de la Zouche, comtesse de Clapham. »

Mme Cue lança un regard vers son mari. « Curieux, dit-elle, elle briguait ce poste elle aussi.

— Je sais, madame Cue. » Alpiew comprenait maintenant pourquoi sa protectrice si longtemps perdue de vue l'avait attaquée avec autant de véhémence. « Nous travaillons ensemble. Nous sommes partenaires. »

Mme Cue hocha la tête, toujours sceptique. « Eh bien, j'apporterai l'argent de la signature là-bas cet après-midi. En personne. D'accord ? Vers quatre heures.

— Très bien », répondit Alpiew, la gorge serrée. C'était bien là une preuve de la justice divine ! Elle avait le poste, mais la comtesse aurait l'argent. « Je vous y verrai, dit-elle d'une voix étranglée. À quatre heures. »

*

* *

Alpiew resta immobile un moment, appuyée sur la grossière palissade en chêne, observant les péniches chargées de charbon remonter et descendre le canal Fleet. Des bateliers au visage rosi de froid luttaient contre des masses de débris flottants et des morceaux de glace pour mener leurs chalands jusqu'au fleuve, afin de charger ou de décharger leurs marchandises sur les clippers et les navires ancrés dans les eaux profondes de la Tamise.

Elle songea à nouveau au jour affreux, tant d'années auparavant, où elle et Madame la comtesse avaient été arrachées l'une à l'autre.

L'époux de Madame la comtesse était un rusé gredin. Petit, avec une barbiche en pointe comme le bon roi Charles le premier, celui qui avait perdu la tête[1]. Il se pavanait, du haut de ses cinq pieds deux pouces, lançant des clins d'œil aux jeunes filles et glissant des insinuations obscènes derrière le dos de la comtesse. La cuisinière avait un surnom pour lui : « Messire Pompeux de la Fanfaronnade », l'appelait-elle. C'était une sorte de marchand, d'après ce que savait Alpiew, quoiqu'elle ne l'ait jamais vu aller travailler. Quelque chose à voir avec des navires et les Indes occidentales[2], à ce qu'il semblait. Il gagnait assez d'argent, mais tout le monde savait que ses titres et tous ses beaux effets avaient été offerts en cadeau par l'autre bon roi Charles, le second (le fils de celui qui avait été décapité) à Madame la comtesse.

Bien qu'Alpiew eût été la favorite de Madame la comtesse, Monsieur le comte n'avait jamais beaucoup fait attention à elle lorsqu'elle était enfant.

---

1. Charles Ier fut décapité en 1649, lors de la première révolution anglaise. (*N.d.E.*)

2. C'est-à-dire les Antilles (« West Indies »), le pivot du commerce triangulaire, qui atteint alors son apogée. (*N.d.E.*)

C'est Madame la comtesse qui l'avait recueillie, qui l'avait nourrie et vêtue, qui lui avait appris à lire et à écrire. Elle lui avait donné le nom d'Alpiew, parce que l'orpheline lui avait été amenée au milieu d'une partie de bassette, quelques minutes après que Madame la comtesse eut gagné une très forte somme en jouant « Alpiew », ce qui avait quelque chose à voir avec le sept et les atouts, mais Alpiew elle-même n'avait jamais très bien su ce que signifiait le mot, car elle n'était pas très habile aux cartes.

En bas du canal, les bateliers sur leurs péniches se hélaient les uns les autres, de leurs voix étouffées par leurs écharpes en laine. Le fleuve commençait à geler, disaient-ils. Cette nuit allait être froide. Il fallait se hâter ou les navires seraient prisonniers des glaces le long des quais de la ville.

Il faisait froid aussi, la nuit où Monsieur le comte était venu dans la petite chambrette d'Alpiew, et avait exigé qu'elle descende à l'instant dans la salle à manger. Il avait besoin de son aide. Madame la comtesse, elle le savait, était allée jouer aux cartes chez son amie la duchesse de Saint-Pholle.

Alpiew avait passé sa robe et, sans prendre la peine de lacer son corsage, s'était enveloppée d'un léger châle, avait descendu l'escalier plongé dans l'obscurité menant à la salle à manger.

Monsieur le comte s'y trouvait avec une poignée de coquins à la mine patibulaire, aux visages entièrement masqués d'une écharpe, comme les hommes des péniches aujourd'hui, avec leur chapeau ramené sur leurs yeux. La seule lumière de la pièce provenait des braises mourantes du feu de cheminée. Les hommes étaient occupés à entasser toute l'argenterie et l'orfèvrerie dans d'énormes sacs, leurs reflets métalliques étincelant et clignotant dans la lueur rouge dansante des braises.

« Dis à Madame la comtesse, lorsqu'elle reviendra, que je suis parti faire fortune, ricana Monsieur le comte. Elle est trop vieille pour moi. Quarante ans et des poussières, et grosse en plus. »

Alpiew s'était alors jetée sur le sac débordant d'argenterie qu'il portait sur l'épaule. « Alors partez, monsieur, mais laissez à Madame ses effets précieux. »

Monsieur le comte avait empoigné Alpiew pour lui faire lâcher le sac. Ce faisant, sa main atterrit sur son sein fatidique, et cet instant fut celui de sa défaite. Défaite, dans plus d'un sens car elle avait passé ses vêtements avec tant de hâte qu'elle était pratiquement délacée par derrière. Un sein blanc déboula du corsage, puis l'autre. Tous les regards étaient fixés sur eux.

Monsieur le comte eut un petit rire et avança d'un pas vers elle. « Où avais-je l'esprit, messieurs ? fit-il avec un sourire concupiscent. Ma femme possède des choses plus précieuses que ce froid métal. » Il agitait la main vers un homme d'aspect robuste, de six pieds de haut. « Mets-la dans le sac, elle aussi, Tom. Cette coquine vient avec nous. »

Alpiew se débattit comme une lionne, mais en vain. Dans la bataille, elle ne parvint qu'à perdre une chaussure, à s'arracher une longue mèche de cheveux et à se couper sur un morceau de verre brisé, laissant une longue traînée sanglante sur un lambris. Elle tenta, mais n'eut pas le temps de tracer le mot « HELP » sur le mur. Elle n'arriva qu'à « HE », ce qui au moins laissait un indice, avant d'être assommée. Cette nuit-là, elle s'était réveillée à bord d'un navire en pleine mer, voguant vers une destination inconnue.

Alpiew fixa les flots troubles du canal et

s'ébroua pour retrouver ses esprits. Au moins, en hiver, on pouvait rester ici à flâner. En été, la puanteur était suffocante.

Quelle position était la sienne ! Derrière elle, Shoe Lane et le travail offert par l'imprimeur, devant elle la prison de Fleet et son unique chance de réussite : lady Ashby de la Zouche. Elle avait décidé d'honorer sa dette, et même sa promesse à la comtesse, en partageant moitié-moitié avec elle ce travail de journaliste. Mais pour s'assurer du poste, l'une d'entre elles au moins devait être chez la comtesse d'ici quelques heures. Sa première pensée fut qu'elle devait obtenir la libération de Madame la comtesse.

Elle franchit le pont et traversa d'un pas vif le marché de Fleet Bridge, dans le concert querelleur des harengères et des marchands de puddings et de tourtes. Elle était morte de faim et l'odeur des pâtisseries et du pain inspira un grondement sourd à son estomac. Un charlatan tentait d'écouler une charretée de bouteilles vertes qui ne promettaient rien de bon : « Il guérit tous les symptômes – vague à l'âme, palpitations du cœur, torsion de boyaux, fièvres intermittentes, bouffées de chaleur ou frissons, consomptions, coliques violentes, et la maladie verte », criait-il, agitant l'une de ses bouteilles en l'air. « Il fait sortir les vers de toutes longueurs et de toutes formes, et laisse le corps en parfaite santé. »

Alpiew effectua un virage à gauche et traversa la rue menant à la prison. Courant pour éviter un fiacre qui roulait vers elle, elle se heurta à une grande et grosse femme. Alpiew la reconnut : c'était une marchande de Covent Garden. « Hé, mademoiselle Alpiew, Simon le marmiton de la taverne de la Poêle à frire et du Tambour vous cherchait. »

Alpiew la remercia du renseignement et hâta le pas vers la prison.

Elle s'adressa aux gardes à travers le judas de la grille principale, mais ils refusèrent de lui divulguer la situation de la comtesse. Sa dette s'élevait peut-être à des centaines de livres, Alpiew n'en savait rien...

Elle trottina jusqu'à la grille des prisonniers et s'y attarda un bon moment, regardant à travers les barreaux, scrutant la racaille qui s'y agrippait.

« Donne-moi un sou, la belle...

— Aidez à libérer un homme qui a sept enfants à charge...

— Montre-nous un peu tes jupons... »

Alpiew se pencha pour mieux voir à l'intérieur.

« Foutre ! Quelle belle paire de tétons... »

Un groupe de voyous à la grille se mit à siffler et à glapir des obscénités. Alpiew tira un peu sur son corsage pour en remonter l'échancrure.

« Comtesse ! hurla-t-elle. Lady Ashby de la Zouche ! »

Les hommes se firent plus bruyants. Alpiew comprit qu'elle ne parviendrait jamais à se faire entendre. Elle se dirigea vers St. James, où demeurait la comtesse.

Lorsqu'elle arriva à la porte de l'hôtel particulier de German Street, environ une heure plus tard, elle s'appuya contre un pieu d'amarrage et leva les yeux vers la façade. Quel palais ! C'était encore plus grand que la maison où vivait Madame la comtesse lorsque Alpiew était sa femme de chambre. Sa femme de chambre, voilà ! Dans une telle maison, sans aucun doute Madame la comtesse avait-elle de nombreux domestiques. Quelqu'un, à l'intérieur, pourrait lui venir en l'aide.

Elle s'avança jusqu'à l'élégante porte d'entrée

et se tint sous le portique, lissant sa jupe avant de sonner. Elle attendit. Elle entendit des pas traînants à l'intérieur, puis plus rien. Elle s'examina. Peut-être quelqu'un s'était-il penché à la fenêtre et, la voyant, l'avait prise pour une mendiante. Elle sonna à nouveau. Un grincement, puis la porte s'entrouvrit à peine.

« Oui ? » La voix était grognonne, masculine et vieille. Alpiew ne distinguait presque rien d'autre qu'une ou deux rides et un œil injecté de sang.

« C'est à propos de Madame la comtesse, chuchota-t-elle.

— Pas là », croassa l'homme. Ses lèvres minces ne découvrirent que des gencives. Puis la porte lui claqua au nez.

Alpiew la tambourina pendant un moment avant de renoncer.

Elle quitta la maison et marcha jusqu'au grouillant marché de Haymarket. L'horloge sonna la demie heure. Elle passa devant l'échoppe d'un barbier qui affichait : « On paie comptant pour des cheveux vivants. » Elle caressa ses mèches, empilées haut sur sa tête. Elle pouvait vendre ses cheveux ! Pourquoi n'y avait-elle pas pensé avant ? Ce ne serait pas la première fois qu'elle courrait Londres comme une catin de Covent Garden qui aurait suivi un traitement au mercure pour la vérole. Le rouge lui monta aux joues lorsqu'elle se rappela son aventure avec le geôlier ce matin. Ce n'était pas dans son habitude, d'accorder ses faveurs aux hommes. Elle croisa les doigts et pria le Seigneur pour que le gredin ne lui ait pas donné une dose de la vérole, ou mise en cloque. Un bébé, c'était bien la dernière chose dont elle avait besoin.

Maréchaux-ferrants et marchands de fourrage discutaient autour d'elle tandis qu'elle se penchait à la fenêtre de l'échoppe du barbier. « Parti déjeuner », disait un petit panneau sur la porte. Pour l'instant, impossible de vendre ses cheveux. Le marché était en train de fermer pour la journée. Il était deux heures et demie.

Un marchand de fourrage empilait des bottes de foin à l'arrière de sa carriole. Le cheval, exhalant des bouffées de vapeur blanche dans l'air glacé, grattait la terre en attendant de pouvoir rentrer à la campagne. Alpiew décida d'attendre le retour du barbier, et de chercher une meilleure solution. C'était très simple : elle serait à même de gagner sa vie, à condition de libérer la comtesse.

Le cheval lui chatouilla la nuque. Alpiew leva la main et caressa le museau velouté. « Tu ferais quoi, toi, mon vieux ? » murmura-t-elle.

Pour libérer la comtesse, il lui fallait de l'argent. Combien d'argent, elle l'ignorait. Comment l'obtenir était une énigme encore plus difficile à résoudre. Elle caressa la crinière du cheval. « Adieu, mes brillants espoirs », s'écria-t-elle sans s'adresser à personne en particulier.

Pour obtenir de l'argent aussi vite, seuls deux moyens lui venaient à l'esprit : le voler, et risquer d'être à nouveau jetée en prison avec peu d'espoir de se libérer, ou se prostituer.

« Ah, te voilà ! »

Alpiew se retourna pour voir un jeune homme qui lui souriait.

« Bonjour, Simon, dit-elle. Pourquoi me cherchais-tu ?

— Je me demandais si tu pouvais me remplacer ce soir ? »

Alpiew fronça les sourcils. « Tu peux me payer d'avance ? »

Simon secoua la tête. « Seulement en monnaie de célibataire, je le crains : du pain, du fromage et des baisers. »

Célibataire ! Voilà ! Pourquoi n'y avait-elle pas songé plus tôt ?

« Simon, mon garçon. Tu dois m'aider.

— Mais je... »

Elle lui donna une grande claque dans le dos. « Ça ne prendra pas plus d'une heure de ton temps. »

Simon la regarda, l'air inquiet. Avec Alpiew, il savait que les choses étaient rarement ce qu'elles semblaient.

« Que... qu'est-ce que je dois faire ? bégaya-t-il.

— C'est simple, Simon, dit Alpiew en levant les yeux vers l'horloge. Nous n'avons que quelques minutes devant nous. » Elle l'agrippa par le bras et se mit à courir. « Allez, viens.

— Pourquoi se presser autant ? haleta Simon, trébuchant aux côtés d'Alpiew.

— Les heures canoniques se terminent à trois heures, lui cria-t-elle comme s'il s'agissait de la réponse la plus logique du monde.

— Les heures canoniques, s'écria-t-il, alarmé. Mais quel rapport entre nous et les heures canoniques ?

— Pas grand-chose, répliqua-t-elle en sautant par-dessus un chien galeux étendu en travers de son chemin. Mais c'est le seul moment de la journée où on peut se marier. »

Alpiew et Simon arrivèrent à la prison de Fleet à trois heures moins trois minutes. Elle regarda la grande horloge extérieure. « Allez, vite, Simon, commence à compter.

— Mais je ne veux pas t'épouser... »

Alpiew lui plaqua une main sur la bouche.

« Ferme ta gueule jacassante et tu survivras, dit-elle en frappant frénétiquement aux portes de la prison de sa main libre. Allez, vas-y : un, deux, trois... »

Un garde ouvrit le petit judas.

« Oui ?

— Nous n'avons que trois minutes, monsieur, je dois vite aller à la chapelle. »

Tandis que les chaînes cliquetaient et que la porte du guichet s'ouvrait pour les laisser passer, Simon se mit à couiner. Alpiew lui décocha un coup de pied.

« Fais-moi confiance, chuchota-t-elle. Il ne t'arrivera rien de mal. Mais compte toujours ! Trente, trente et un, allez... » Puis elle se retourna et sourit aux gardes qui les escortaient le long du passage menant à la chapelle.

Mon Dieu, faites qu'elle soit là, songea Alpiew, et qu'elle n'ait pas couru se soulager dans la fosse d'aisance ou quelque part dans les entrailles de la geôle.

« Soixante-cinq, soixante-six... », ânonnait Simon.

Moins de deux minutes, songea Alpiew.

Ils passèrent devant la taverne de la prison, où se pressait, comme d'habitude, une foule d'hommes hilares. Alors qu'ils tournaient à gauche, Alpiew vit la comtesse. Elle était assise sur un banc devant la porte de la chapelle, tapie, feignant de s'intéresser à ses ongles.

« Cent quarante-quatre, cent quarante-cinq... », murmura Simon.

Alpiew poussa un petit cri, trébucha et tomba par terre dans un grand bruissement de jupons.

« Ma cheville ! s'écria-t-elle, et la comtesse lui jeta un coup d'œil. Simon, mon chéri, pars devant et dis au bon prêtre que j'arrive à l'instant, qu'il se prépare à célébrer tout de suite notre mariage. » Elle leva les yeux vers le garde. « Je vous en prie, monsieur, pourriez-vous l'accompagner ? Je serai sur pied dans l'instant, et capable de boiter jusqu'à l'autel. Je crains que mon bien-aimé croie que je l'ai piégé, et qu'il ne mente au prêtre... »

Le geôlier haussa les épaules et disparut dans la chapelle derrière Simon.

La comtesse s'était avancée de quelques pas et se tenait au-dessus d'Alpiew, clignant des yeux. « Je pensais bien que cela te ressemblait ! » Elle leva le poing et se lança sur Alpiew pour la rouer de coups. « Friponne, vermine, traîtresse ! Ô vipère, ô serpent que j'ai nourri...

— Paix, je vous en prie, ma maîtresse, siffla Alpiew. Je suis ici pour vous libérer et vous proposer un contrat. Tout ce qu'il me faut, c'est une courte note de votre main. Nous avons moins d'une minute. »

Alpiew expliqua rapidement à la comtesse leurs positions respectives quant à l'emploi proposé par les Cue, et sur la façon de trouver un dénouement heureux.

Une minute plus tard, Simon se tenait à ses côtés, souriant d'une oreille à l'autre et lui disant que le prêtre avait refusé. « Les canoniques s'arrêtent à trois heures pile, m'a-t-il dit. »

Alpiew feignit la déception. Elle avait vu cette même scène jouée par d'autres couples, jour après jour. Le prêtre était très à cheval sur les horaires canoniques. Elle avait compté sur sa nature tatillonne.

Elle se retourna et adressa un clin d'œil discret à la comtesse. Celle-ci abaissa les paupières et pinça ses lèvres peintes rouge cerise, en guise de réponse.

Il était précisément trois heures cinq lorsque, sans cérémonie, le geôlier poussa Alpiew et Simon hors de la prison.

« Et voilà ! Je t'avais bien dit qu'il ne t'arriverait rien de mal, dit Alpiew en se frottant les mains. Maintenant, si tu veux bien m'accompagner par ici, Simon, nous pouvons attendre la délivrance d'une lettre à travers la grille des prisonniers. »

La lettre, hâtivement gribouillée par la comtesse, expliquait à Godfrey qu'Alpiew devait avoir accès à la maison, où elle allait recevoir Mme Cue au salon. Godfrey apporterait alors l'argent que Mme Cue avait donné à Alpiew jusqu'à la prison, et s'assurerait de la libération immédiate de la comtesse.

À six heures, lady Anastasia Ashby de la Zouche, baronne Penge, comtesse Clapham, était à nouveau établie dans sa demeure londonienne. À sept heures, Alpiew et elle étaient parvenues à un accord qui leur convenait à toutes deux : elles travailleraient en partenaires, dénichant des histoires et les rédigeant pour le journal des Cue. L'argent serait partagé, deux tiers en faveur de la comtesse, qui en échange de la part du lion, offrirait à Alpiew le gîte et le couvert à Anglesey House.

2

Imbibition

L'alimentation d'un processus par l'ajout graduel et continu d'une quelconque substance.

Anglesey House n'était pas tout à fait ce qu'elle semblait être. Construite au cours des dernières années du XVIIe siècle, elle possédait une façade merveilleuse, haute de trois étages, percée de fenêtres à guillotines superbement ornées. On entrait par une porte à panneaux enchâssée dans un élégant portique aux blanches colonnes corinthiennes surmontées de feuilles d'acanthe. Une fois à l'intérieur, le visiteur découvrait un vaste hall d'entrée où s'ouvraient plusieurs portes.

La première, à droite, donnait sur un salon aux murs tendus de brocart de soie écarlate, ornés de lambris en bois de tilleul sculpté. Au-dessus de la cheminée aux proportions exquises était suspendu un portrait à l'huile de la comtesse au temps de sa jeunesse, œuvre du pinceau satiné de sir Peter Lely. Peu de meubles dans la pièce, seulement un vaisselier en ébène à marqueteries et quelques fauteuils en acajou capitonnés de velours rouge, mais tout était de bonne facture et confortable. C'est là qu'Alpiew et la comtesse réglèrent les détails de leur association, assises dans des fauteuils devant la cheminée éteinte, tandis que Godfrey les régalait de bols de chocolat chaud bien fumant. Une fois le contrat signé et cacheté par Alpiew, la comtesse l'entraîna par la main dans le reste de la maison.

« Nous avons beaucoup de temps à rattraper, petite Alpiew... D'abord, tu dois voir comment nous vivons ici en réalité. » Elle traversa le hall en se dandinant et ouvrit brusquement une autre porte.

La pièce était vide et dépouillée de tout ornement. Même les tissus tendant les murs avaient été arrachés, et le plâtre du plafond s'effritait par petits fragments sur le parquet dénudé.

« J'ai connu bien des infortunes, et dans ma détresse, j'ai dû trouver des ressources. Alors j'ai eu recours à mon ingéniosité. D'abord j'ai dépouillé l'endroit de tous les meubles, je les ai vendus, un par un, parvenant ainsi à écarter les vautours. »

Alpiew siffla.

« Les choses sont allées de Charybde en Scylla après la disparition de Monsieur le comte, ahana la comtesse en se hissant sur les marches en bois de l'escalier. Heureusement pour moi, lorsque notre ancienne maison du Strand[1] fut saisie par ses créanciers, le roi ne m'oublia pas, et eut la bonté de me donner celle-ci. C'était quelques années à peine avant que ce cher vieux bonhomme trépassât et n'allât rejoindre son Créateur. Heureusement pour moi. Si j'eusse été ruinée quelques

---

1. À l'origine, le Strand était un chemin de campagne longeant la Tamise (« Strand » = Rivage). Au XVIIe siècle, il est investi par la bonne société. (*N.d.E.*)

années plus tard, j'eusse été obligée d'implorer le secours de son frère. Mais ce gros grognon de James n'aurait pas fait honneur à son frère. Un affreux papiste hypocrite, celui-là [1]. »

Dans toutes les chambres du premier étage, les plafonds avaient été retirés, et des taches de moisissure noire s'étalaient sur les murs. Du deuxième étage, on pouvait très nettement distinguer les étoiles et, de temps en temps, le vol d'un oiseau.

Alpiew frissonna, en se disant qu'elle n'avait peut-être pas fait une si bonne affaire en troquant sa part contre un logement gratuit.

La comtesse ouvrit la porte de la chambre la plus haute et annonça : « Ceci est la chambre à coucher de Godfrey. » La pièce était aussi glaciale, dénudée et dilapidée que les autres.

« Mais... ? » Alpiew repassa mentalement la maison en revue. Godfrey dormait peut-être ici, mais où était la chambre à coucher de Madame la comtesse ? Elle n'avait pas vu une seule pièce dotée d'un lit dans toute la demeure.

« Godfrey est un misérable vieux coquin. » La comtesse referma la porte derrière elle et entama la descente de l'escalier bancal. « Mais il est loyal. Je ne connais pas beaucoup de palefreniers qui seraient restés pour me servir même après que le cheval fut vendu, et qu'il n'y eut plus eu d'argent pour les payer. »

Elle se tourna et sourit à Alpiew. « Et puis, je me sens parfois seule. Presque tous mes amis ont passé l'arme à gauche. De toute façon, aucun d'entre eux n'aurait consenti à fréquenter cette répugnante petite savate hollandaise – et je me dis

---

1. Jacques II, qui succéda à Charles II en 1685. Très vite devenu impopulaire, il abdiqua en 1688. C'est alors que Guillaume prit le pouvoir. (*N.d.E.*)

toujours qu'avoir Godfrey dans la maison, c'est un peu comme de garder un vieux chien grincheux. »

À la fin de la visite, la comtesse guida Alpiew le long d'un couloir obscur jusqu'à l'arrière de l'édifice, et ouvrit fièrement la porte donnant sur la cuisine.

Là, enfin, il faisait chaud. La pièce était peinte en blanc, avec un grand poêle en fonte placé dans une vaste cheminée où un bon feu rugissant éructait sa chaleur dans la pièce. De l'autre côté de cette pièce se trouvaient des meubles qu'on ne rencontre pas habituellement dans une cuisine : fauteuils confortables, étagères de livres, tabourets, table à jouer et deux grands lits gigogne.

Une corde à linge était suspendue au plafond, et des piles de livres et de papiers jonchaient le sol.

« Voici où nous vivons vraiment », annonça majestueusement la comtesse. « Douillet, n'est-ce pas ? »

Les flammes des chandelles de suif, disposées un peu partout sur les bords des fenêtres et sur les tables, vacillèrent dans le froid courant d'air venant du couloir.

Godfrey grogna dans son coin. « Quand vous aurez refermé la porte, ça le sera.

— Comme tu peux le constater, il y a bien des années que je suis ruinée, dit la comtesse en refermant la porte derrière elle et en désignant à Alpiew un fauteuil près du feu.

— Mais comment en êtes-vous arrivée là ? Une dame aussi prospère ?

— Ah, Alpiew, soupira la comtesse en s'approchant de la table en bois. La plus grande prospérité n'est pas toujours la plus durable. Un train de vie fastueux, peu d'économies, des domestiques chapardeurs et une mauvaise fortune, réunis, peuvent réduire l'être le plus riche à la pire pénurie. »

Elle agita sa main potelée pour désigner la pièce. « Mais nous vivons assez confortablement. À dire vrai, maintenant que j'habite la cuisine depuis trois ans, je ne conçois pas de vivre autrement. »

Elle coupa trois tranches de pain brioché et les planta sur une étrange pièce de métal à longues dents. « Les jardiniers du parc de Rosamund's Pond s'en servaient pour ramasser les feuilles mortes. Je l'ai chipé. C'est tellement utile pour faire griller son pain. » Elle remua l'instrument devant la flambée.

« Pourquoi ne pas vendre ? demanda Alpiew, tentant de calculer mentalement combien de centaines de livres un hôtel comme celui-ci pourrait valoir. C'est une très grande maison. Le quartier est salubre...

— Ce n'est qu'un bail, ma chère. Qui me fut accordé, pour toute la durée de ma vie, par ce vieux Rowley. » Elle soupira et se renfonça dans son fauteuil. « Ce cher vieux garçon. Ça, c'était un roi. Grand, robuste, beau, drôle, séduisant et... enfin, tout ce qu'un roi doit être. Un homme, dans tous les sens du terme. » Elle exhala. « Pas comme ce nabot hollandais qui règne sur nous aujourd'hui. Chaque fois que je le contemple...

— Dois-je préparer un autre bol de chocolat ? » demanda Godfrey, bondissant de son siège avec une alarmante célérité. Naturellement paresseux, il offrait rarement ses services, mais il était prêt à tout plutôt qu'entendre à nouveau la diatribe contre les Hollandais. Une fois Madame la comtesse lancée sur les défauts du roi Guillaume et de ses compatriotes, on ne pouvait plus l'arrêter.

Tirant une petite bourse en cuir de sa poche et y plongeant ses petits doigts boudinés, la comtesse eut un sourire charmeur. « Godfrey, annonça-t-elle, nous allons arroser ça. Cours à la boutique de Mme Pickering à St. James Court et prends-nous une bouteille de vin de primevère. »

Lorsqu'il fut sorti en traînant les pieds, la comtesse se tourna vers Alpiew, le visage tendu.

« Le chemin est long jusqu'à Pickering's quand on est aussi paresseux que Godfrey. Ainsi, tandis que nous attendons son retour muni d'une bouteille de bonne humeur, tu peux me raconter ce qui s'est passé au juste entre toi et mon mari. » La comtesse envoya valser ses souliers et posa les pieds sur le garde-feu en fonte. « Si j'ai bien compris, tu t'es enfuie avec lui. Tu sais donc peut-être où il est ? »

Alpiew était consternée. Comment Madame la comtesse avait-elle pu croire une chose pareille pendant autant d'années ?

« Non, Madame la comtesse. Non, non et non encore ! »

Elle lui raconta toute l'histoire : comment elle avait été réveillée pour assister au pillage, puis bâillonnée, fourrée dans un sac, emportée dans une carriole avec le reste du butin et chargée à bord d'un navire. Elle lui raconta ensuite le voyage et la façon dont elle était parvenue, plusieurs semaines après, dans le Nouveau Monde.

« Ils m'ont libérée de mes liens dès que nous avons atteint la haute mer. » Alpiew débitait son récit le plus vite possible. « Et, heureusement pour moi, c'est l'océan qui m'a sauvée. Monsieur le comte avait un mal de mer affreux. Et j'ai usé du temps où il était indisposé pour m'attirer les bonnes grâces du capitaine et de plusieurs membres de l'équipage. Je les ai tous joués les uns contre les autres, et entre eux, les marins ont défendu mon honneur pour le reste du voyage. »

La comtesse émit un son ressemblant à « harrroumpf ! ».

« C'est vrai, Madame, plaida Alpiew. Je vous supplie de me croire. Je n'aimais pas cet homme. Je le détestais de vous avoir volée, et lorsque je lui ai échappé, mon seul désir fut de revenir à Londres pour retourner à votre service. »

Elle ne révéla pas à la comtesse que son mari perdu, lord Peter Ashby de la Zouche, était un menteur, un coureur de jupons et un voleur professionnel. Pas plus qu'elle ne lui relata les conversations entendues à bord du navire, lorsqu'il s'était vanté d'être le chef d'une bande de brigands et de cambrioleurs à Londres, et qu'il avait dit venir au Nouveau Monde pour étendre son champ d'action en pillant les riches propriétaires de plantations.

« Vous vous rappelez de l'affaire des bijoux de lady Cleveland ? avait-il demandé à un groupe de matelots bouche bée, tout en souriant ironiquement. C'était moi. Et le cambriolage de Peterborough House ? » Il avait haussé les épaules d'un air insouciant, et sourit à nouveau. « Vous voulez connaître mon secret, mes gars ? »

Les matelots avaient hoché la tête.

« C'est simple. Suivez le onzième commandement : "Démasqué tu ne seras pas." »

Alpiew poursuivit en racontant à la comtesse comment, quelques minutes après que le navire eut jeté l'ancre à Jamestown, en Virginie, elle s'était enfuie et puis comment, après plusieurs épreuves et un voyage secoué de tempêtes, elle avait enfin réussi à rentrer à Londres trois ans plus tard. Elle avait touché terre au dock de Queens Hithe et s'était immédiatement précipitée vers le Strand jusqu'à l'ancienne maison de Madame la comtesse, pour la trouver démolie.

« C'est exact. Ils l'ont abattue quelques années après mon départ. » La comtesse était plus calme maintenant, et s'était confortablement calée dans son fauteuil. Le récit d'Alpiew était assez insensé pour être vrai. « Elle a été achetée par un promoteur qui voulait bâtir une rangée de boutiques dans une sorte de passage couvert, où les clients pourraient déambuler sans être importunés par le passage des véhicules. Quelle ineptie ! Ça ne prendra jamais. Quoiqu'il y ait un très bon tailleur pour dames là-bas, d'après ce qu'on m'a dit.

— Alors j'ai dû vivre d'expédients, Madame. » Alpiew était sur le point de poursuivre son récit par ses exploits dans et autour de Covent Garden, lorsqu'elle entendit le pas traînant de Godfrey dans le hall.

« J'ai pris du jambon, dit Godfrey en sortant les bras de son manteau pour gratter le givre de ses sourcils. Avec la monnaie. »

Godfrey versa trois verres de vin, tailla des tranches de jambon et des morceaux de pain tandis que la comtesse et Alpiew traçaient leur plan d'action.

« Peut-être devrions-nous poster quelqu'un en garde permanente à la chapelle de Fleet, proposa la comtesse en regardant Alpiew, qui se tourna vers Godfrey.

— Ah non, gronda-t-il, découvrant deux dents verdies. Pas moi. Je ne vais pas en prison. Je préférerais encore me faire exporter à Nova Zembla[1].

— *Dé*porter. » La comtesse lui lança un regard noir. « Et ne crois pas que je me gênerais... » Elle ouvrit la bouche, exposant une boulette de viande à demi mastiquée. « Pouah ! dit-elle en agrippant son verre pour boire une grande lampée de vin. Es-tu bien sûr, Godfrey, que ceci n'est pas la jambe de

1. La Nouvelle-Zemble, découverte avec le Groenland par Henry Hudson en 1608. (*N.d.E.*)

la femme de Lot ? Je n'ai jamais goûté de jambon aussi salé.

— C'est bon pour la soif, par une nuit aussi froide, dit Godfrey en remplissant les verres.

— Et pourquoi, messire, souhaiterions-nous nous réchauffer en buvant, si c'est pour affronter les glaçons des latrines toute la nuit ?

— Il me semble quant à moi... » Alpiew avala une gorgée de vin et ramena la conversation sur le sujet qui la préoccupait. « ... qu'en fait de scandales, nous en sommes arrivées au point mort... »

Un grand bruit l'interrompit.

« Qu'était-ce donc ? » Elle poussa un petit cri et bondit de son fauteuil, se rappelant l'état de délabrement du reste de la maison, et s'imaginant le plafond prêt à s'effondrer à tout instant.

« La porte d'entrée ! aboya Godfrey, prenant une chandelle allumée et traversant la cuisine de son pas traînant.

— Nous avons vendu la cloche, tu vois, expliqua rapidement la comtesse. Les métaux vils peuvent rapporter de coquettes sommes. »

Le bruit sourd retentit à nouveau.

« Et Godfrey a fabriqué une sorte de tambour avec une vieille barrique à sherry. » Elle fronça les sourcils, ouvrant une longue fissure dans le masque de fard blanc qui couvrait son front. « Mais qui peut bien me rendre visite à une heure aussi tardive ? » Elle se leva et lissa sa jupe, balayant quelques miettes de blanc de céruse de sa gorge flétrie, tout en écoutant à la porte. « Une femme, siffla-t-elle. Je l'ai entendue mentionner ton nom, Alpiew. Qui sait que tu es ici ? »

Alpiew secoua la tête. « Personne. »

La comtesse entrouvrit la porte et tenta d'apercevoir, à travers la fente, ce qui se passait dans le couloir obscur. « Hum, bien vêtue, allure élégante, maintien gracieux...

— Son visage ? chuchota Alpiew, se haussant sur la pointe des pieds pour voir au-dessus de la perruque rousse frisottée de la comtesse.

— Je ne peux rien distinguer, dit celle-ci en s'approchant de la porte. Sa capuche retombe très bas sur son front et noie sa figure dans l'ombre. Mais sa voix tremble, et m'est avis que la dame est en pleurs. »

Godfrey s'avança vers la cuisine, sa bougie vacillant le long du couloir.

« Milady, appela-t-il, et mademoiselle Alpiew. Une personne pour vous voir. » Il trottina jusqu'à la porte et chuchota très vite : « Elle est jeune, riche, belle, bouleversée. Elle dit qu'elle a du travail pour vous... »

La comtesse et Alpiew échangèrent un regard. Alpiew arracha le bougeoir à Godfrey. « Alors pourquoi l'as-tu laissée dans le noir ? »

Après des présentations marmonnées dans le hall, la comtesse guida la dame mystérieuse jusqu'à un fauteuil, tandis qu'Alpiew appliquait son unique bougie en suif aux quatre chandelles en cire d'abeille plantées dans les appliques dorées du salon.

« Un travail, dites-vous ? » sourit la comtesse, s'asseyant prudemment sur une chaise tapissée à laquelle, elle le savait, il manquait le dossier. Elle sourit faiblement lorsqu'elle se fut posée. « Veuillez nous pardonner. Tous les domestiques sont malades. Pas de feu ! » Le souffle de son haleine forma un nuage blanc.

La dame mystérieuse frissonna.

« Je dois être assurée d'une discrétion absolue », dit-elle. Sa voix était à la fois grave et très douce. « L'affaire qui me conduit à vous est des plus délicates. »

Alpiew était en train d'évaluer le prix des vêtements de la visiteuse. Une robe en satin bleu et blanc. Un bleu poudré, délicat, d'allure dispendieuse. La femme était manifestement dans l'aisance, mais n'appartenait pas aux classes supérieures. Sans doute était-ce l'épouse d'un riche marchand, se dit Alpiew. Peut-être un marchand de thé, d'épices, ou de quelque produit de luxe.

« C'est mon époux, Beau, dit la femme d'une voix étouffée. Jadis amoureux, non, fou de moi, il me néglige ces derniers temps, moi, sa compagne depuis sept ans, des jours et des nuits entières, non, parfois pendant de longues semaines, sous prétexte de séjours à travers le pays pour rendre visite à ses parents.

— Et ces parents, demanda Alpiew en se penchant vers l'avant pour tenter de distinguer le visage de la femme, où peut-on les trouver ?

— Il n'a pas de parents vivants, à moins qu'ils ne soient arrivés des Indes sans avertir. Autant que je sache, il n'a qu'un frère vivant, et cet homme travaille pour la Ligue Canartique dans un endroit situé à des milliers de miles d'ici sur la côte indienne, qui s'appelle Madras.

— Ah oui, ce bon vieux Madras ! » La comtesse hocha doctement la tête, alors qu'elle n'en avait jamais entendu parler.

« Mais entre-temps, ce que j'ai découvert est affreux : plusieurs petits meubles de grande valeur, qui m'appartenaient, ont disparu. Je dois trouver la putain qui me les a volés...

— Une putain est entrée chez vous pour vous voler vos meubles ? » s'enquit Alpiew, indignée. La comtesse lui fit signe de se taire.

« Je crois que mon mari me vole, murmura la

femme. Et il le fait pour entretenir quelque garce dans le faste, et c'est dans sa couche répugnante qu'il disparaît au cours de ses absences nocturnes.

— Pourquoi êtes-vous venue à nous, madame ? » interrogea la comtesse, légèrement perturbée que quiconque puisse la croire experte en matière d'adultère et même de putains.

« J'ai demandé à M. Cue, qui est un vieil ami de mon père, s'il connaissait quelqu'un d'habile à dénicher des scandales. Il m'a dit ce jour même qu'il vous avait embauchées dans ce but précis.

— Vous vouliez que nous écrivions un article dans le journal ? » dit Alpiew, incrédule.

La femme agrippa le bras d'Alpiew et l'attira vers elle. « Pas un mot de cette affaire ne doit être rendu public. Si cela advient, je vous trancherai la gorge. »

Elle relâcha Alpiew, qui trébucha vers l'arrière, prenant note de rester hors de portée des griffes de cette femme à l'avenir.

« La trahison et le libertinage ne sont pas dans le caractère de mon Beau. Je l'aime tout comme j'aime la vertu et le bonheur. Je veux qu'il revienne dans mes bras. Malgré la souffrance causée par son ingratitude, sa négligence et son mépris, je voudrais qu'il se repente de sa transgression et qu'il me revienne. Ou alors... » La femme se tut un instant pour essuyer une larme de sa joue.

« Ou alors... » La comtesse retint son souffle.

« Ou alors qu'il disparaisse. Qu'il disparaisse à jamais. Pour ne plus revenir. »

Alpiew laissa échapper un sifflement muet. « Vous ne voulez pas que nous... ? » Elle n'osa terminer sa phrase.

La femme tira une bourse de sa poche et en sortit deux guinées d'or. « Je veux que vous le suiviez. Suivez-le nuit et jour. Suivez-le jusqu'à sa catin, que je sache au moins le nom de cette *chose* qui me dispute son amour. »

Les yeux de la comtesse étaient fixés sur les pièces scintillantes. « Et... ?

— Je vous en donne une maintenant. » Elle brandit une seule pièce, comme s'il s'agissait d'une hostie. Plus rapide qu'une langue de lézard, la main de la comtesse partit vivement et l'arracha d'entre les doigts fuselés.

« L'autre, reprit la femme en remettant la seconde pièce dans sa bourse, vous l'aurez lorsque vous me rapporterez des renseignements sur cette putain. »

La femme se leva, faisant vaciller un instant les flammes de toutes les chandelles du salon.

« Un instant, dit Alpiew. Il sera peut-être nécessaire de louer une chaise à porteurs ou un fiacre, pour suivre votre mari où il va, et de manger dans divers endroits où on nous demandera de l'argent. Qui payera ces dépenses ?

— Faites une liste de vos frais, avec des reçus, et je vous en rembourserai la totalité. »

La comtesse sourit. L'entreprise semblait de plus en plus intéressante. « Et comment le reconnaîtrons-nous, cet époux ?

— Il a l'apparence d'un ange, sa voix est une musique céleste. Il est de taille haute, ses manières et son allure sont droites et nobles. Il s'appelle Beau. Beau Wilson. Son seul défaut, si défaut il y a, est une petite cicatrice sur le haut de sa pommette droite. Une cicatrice gagnée en mer, en défendant loyalement son roi à la bataille de La Haye. » Elle tendit un papier à la comtesse. « Voici l'adresse de notre maison de ville. S'il en sort un homme élégamment vêtu répondant à ma description, il s'agira de mon mari. »

Mme Wilson était arrivée dans le vestibule.

« Vous ne devez communiquer avec moi sous aucun prétexte. Toute nouvelle ou information que vous pourrez recueillir, gardez-vous bien de les divulguer. Je viendrai ici pour vous interroger dans quelques jours. »

Lorsque Mme Wilson fut partie, la comtesse et Alpiew mouchèrent les chandelles du salon et retournèrent à la chaleur de la cuisine pour discuter de l'affaire.

« La dame était très jolie, dit Alpiew, debout dos au feu, tout en sirotant son vin de primevère. Pourquoi un homme ferait-il les quatre volontés d'une putain lorsqu'il a une aussi jolie femme à la maison ?

— Jolie, c'est toi qui le dis ! s'exclama la comtesse, pinçant les lèvres et haussant les sourcils, ce qui provoqua la dégringolade d'une autre croûte de blanc de céruse dans son décolleté. Elle t'a peut-être paru jolie, à toi, mais je parie quant à moi que cette beauté n'est que fards et plâtres.

— À propos de paris... » Alpiew demanda à voir l'argent.

« Il est en sécurité avec moi. » La comtesse tapota sa jupe et se laissa retomber dans un fauteuil devant le feu.

« Godfrey, verse-nous une autre lampée de vin. »

Alpiew intercepta la bouteille. « Je le ferai plus vite », dit-elle en se penchant pour emplir le verre de la comtesse d'abord, puis celui de Godfrey et enfin le sien. Puis elle traversa la cuisine et se pencha vers la bougie plantée sur le vaisselier. Elle ouvrit le poing, révélant la pièce qu'elle avait chipée dans la poche de la comtesse.

« C'est un faux, déclara-t-elle. Je sais. J'en ai vu au théâtre. Du vulgaire bois doré. »

Alarmée, la comtesse plongea la main dans ses

jupes, tâta sa bourse vide, puis fixa Alpiew d'un air menaçant. « Tire-laine un jour, tire-laine toujours, annonça-t-elle à la cantonade. Je me suis associée à une pickpocket professionnelle ! »

Alpiew glissa la pièce entre ses dents et la mordit vigoureusement. « Aïe ! » Elle tituba en portant une main à ses dents. « Eh bien je me suis trompée. C'est bel et bien du bon or. » Elle lança la guinée d'or en l'air pour que la comtesse l'attrape. « Félicitations, Madame la comtesse. Les affaires reprennent. »

À l'aube, Alpiew et la comtesse étaient postées dans l'entrée d'une mercerie en face de la maison des Wilson, près de Ludgate Hill. Elles observèrent divers domestiques et livreurs entrer dans la demeure, mais personne n'en sortit.

Le soleil se leva. La comtesse se mit à bâiller. « Pas de crédit, fit-elle en déchiffrant la pancarte affichée au-dessus de la porte. Curieuses paroles à inscrire en lettres d'or. » Elle lut quelques-unes des affiches de la vitrine : « Soies italiennes et soies de jardin, tissus brodés d'or et tissus argentés, velours de Genève et velours frappé… » Elle se retourna vers Alpiew dont le regard était fermement fixé sur la porte d'entrée des Wilson. « Plutôt poétique, tu ne trouves pas ? Ça a un joli rythme bondissant. » Elle poursuivit sa lecture, scandant un rythme contre sa jupe. « Beaux satins de laine, unis ou rayés, mohairs, sayettes et bons tartans d'Écosse. »

Elle esquissa une petite gigue. « Si seulement nous avions un violoneux ! Ce seraient d'excellentes paroles pour une gigue. » Elle chanta et dansa sur-le-champ. « J'étais une sacrée danseuse, rappelle-toi, Alpiew. Voilà pourquoi le roi était fou de moi. Beaux satins de laine, unis ou rayés, mohairs, sayettes et bons tartans d'Écosse. »

Elle était en train d'exécuter un entrechat particulièrement complexe lorsque Alpiew lui donna un coup de coude dans les côtes. « Serait-ce lui ? »

La comtesse tituba et s'agrippa à Alpiew pour retrouver son équilibre. Elles regardèrent toutes deux de l'autre côté de la rue, vers la porte ouverte.

Dans l'entrée se tenait un homme de haute taille, posant un chapeau à plume sur sa longue perruque noire.

« Beau garçon, fit observer la comtesse. Peux-tu voir la cicatrice dont elle parlait ?

— Si j'étais un basilic[1] je pourrais y arriver. » Alpiew roula des yeux. « Sinon, d'aussi loin, j'aurais besoin d'un télescope. »

Dans l'entrée derrière l'homme on aperçut un éclair de satin. Une femme vint à la porte pour l'embrasser et lui dire au revoir.

C'était leur mystérieuse visiteuse de la nuit dernière, Mme Wilson. Elle jeta un coup d'œil pardessus l'épaule de son mari en direction d'Alpiew et de la comtesse qui, toutes deux stupéfaites d'être remarquées, se cognèrent l'une contre l'autre en tentant de se donner l'air de faire du lèche-vitrine.

Mme Wilson referma la porte et son mari partit d'un pas vif, suivi de la comtesse trottinante et sa fidèle partenaire, Alpiew. Beau Wilson descendit Ludgate Hill et traversa Lud Gate.

« Dieu vienne en aide aux pauvres misérables qui croupissent là-dedans », dit la comtesse tandis qu'elles passaient devant la petite geôle installée dans la maison du corps de garde. Devant elles, écrasant la silhouette de Beau Wilson, surgit l'édi-

---

1. Animal mythologique, mélange de reptile et d'oiseau, à la vue perçante. (*N.d.E.*)

fice massif, bien qu'inachevé, de la cathédrale de St. Paul[1].

« Voilà près de trente-cinq ans qu'elle est en travaux, grommela la comtesse, retroussant ses jupes pour sauter par-dessus un tas de crottin de cheval au milieu du chemin. Et toujours pas l'ombre d'un clocher ! »

Les deux femmes se frayèrent un chemin entre d'immenses piles de pierres grises massives, des montagnes de madriers, des chaudrons de poix bouillante et des troupes d'ouvriers robustes qui se grattaient la tête en contemplant tantôt l'édifice, tantôt leurs matières premières. Tandis qu'elles contournaient l'angle du cimetière de la cathédrale, Alpiew agrippa le bras de la comtesse. « Regardez ! Il se tourne pour parler à quelqu'un. »

Beau Wilson s'était arrêté net et s'était tourné vers le cimetière. Il souriait. Alpiew et la comtesse plongèrent vers l'un des nombreux étals de bouquinistes et se cachèrent le visage de livres ouverts tandis qu'elles le suivaient du regard. Dès qu'elle eut posé les yeux sur l'objet de l'intérêt de Beau, la comtesse flanqua sa main devant ceux d'Alpiew. C'était un vieillard, totalement nu sous ses longs cheveux descendant jusqu'à la taille, brandissant un vigoureux gourdin.

« Ceci n'est pas un spectacle pour toi, jeune fille », dit-elle.

Alpiew se libéra d'une secousse. « Je l'ai vu cent fois ! C'est l'Homme Nu de Pest House Fields. Il se promène toujours comme ça. »

Alpiew jeta un regard vers Beau qui inspectait

1. Après le grand incendie de Londres de 1666, les travaux de reconstruction de la cathédrale durèrent jusqu'en 1710. (*N.d.E.*)

un étal de bouquiniste dans la même allée et feuilletait une pile de pamphlets.

« Vêtu du plus simple appareil, alors qu'il fait assez froid pour geler les douves de la prison de Fleet ? » La comtesse observait toujours l'homme nu. « Est-ce un fugitif de l'asile de Bedlam, pour exposer ainsi sa peau nue aux morsures cruelles d'une saison aussi glaciale ?

— C'est un homme érudit, me semble-t-il. Une sorte de philosophe. Il est persuadé que c'est le fait de s'habiller qui donne des rhumes aux gens. Que cela empêche les humeurs ou les vapeurs de s'échapper...

— Fi ! Quelle lubie ridicule ! Je parie qu'il a peu de prosélytes. »

Dégoûtée, la comtesse reporta son attention sur le livre qu'elle avait ouvert devant elle. Elle glapit et le relança sur l'étal comme s'il s'était agi d'un charbon ardent.

« Pouah ! Quelle obscénité est cela ? » Elle se mit à fouiller frénétiquement la pile de pamphlets devant elle. Alpiew la saisit par le bras et l'arracha à la consultation d'un ouvrage libertin intitulé *Les Postures de l'Arétin*, plein de gravures de femmes et d'hommes pris en flagrant délit.

« Éloignons-nous, Madame. Vous reviendrez les voir un autre jour. Notre gibier est à nouveau en mouvement.

— Je n'ai aucun désir quel qu'il soit de revoir d'aussi impudiques cochonneries, haleta la comtesse, traversant en trottant la route vers Cheapside. Si l'on considère que nous sommes en terre consacrée, je n'ai jamais vu autant de débauche en une matinée.

— Faites place ! » hurla un porteur de chaise aux jambes goutteuses. Dans sa chaise se balançait une dame fardée.

« Elle fait sa promenade du matin, dit Alpiew, bondissant lestement sur le pavé.

— Voilà ce dont je me passerais bien, ahana la comtesse. Je n'ai jamais autant marché de ma vie. »

C'était l'heure de l'ouverture des boutiques à Cheapside. Alpiew et la comtesse durent se frayer un chemin parmi les marchands ambulants vantant leurs produits :

« Avez-vous un pichet en cuivre, une bouilloire ou une poêle à frire à rétamer ?

— Deux pour quatre pence et quatre pour six, mes maquereaux !

— Pommes reinettes, pommes reinettes, bonnes reinettes anglaises. »

Devant elles, la plume verte bondissante avançait inexorablement en direction de la Bourse de Commerce.

Passant devant des hommes vendant des remèdes pour les cors aux pieds, des yeux de verre pour les borgnes, des dents pour les édentés et des bourrelets pour remplumer les bajoues pendantes, Alpiew et la comtesse fonçaient à la poursuite de la plume verte. Elles la virent tourner brusquement sur Birching Lane.

« Par tous les diables, où nous mène-t-il à présent ? », hoqueta la comtesse boitillante, s'agrippant maintenant à la jupe d'Alpiew pour maintenir l'allure.

À l'angle, les deux femmes se glissèrent dans une foule d'hommes au teint mat parlant fort et gesticulant comme des fous. « Bougres d'Italiens ! cracha la comtesse, qui leva les yeux juste à temps pour voir Beau Wilson disparaître à travers une porte. Eurêka ! ajouta-t-elle. Nous l'avons coincé. »

Alpiew inspecta l'enseigne qui se balançait au-dessus de la porte : « Café d'Amsterdam. » La comtesse s'appuya à une mangeoire en pierre pour retrouver son souffle. « Amsterdam ! Encore les Hollandais ! Les rats d'eau de l'Europe, qui n'aiment personne qu'eux-mêmes. » Alpiew se mordilla l'intérieur de la joue. « Comment pouvons-nous entrer dans un café ? Seuls les hommes sont admis. À moins que... »

Quelques minutes plus tard, Alpiew était à l'intérieur, offrant ses services au bar. Tandis qu'elle attendait l'arrivée du tenancier, elle scruta la salle pour apercevoir Beau et son chapeau à plumes. L'homme était assis tout seul à une table d'angle, avec un exemplaire du journal du matin. La serveuse tirait les manettes d'une machine à café crachotante, suspendue au-dessus du feu, balancée sur un plateau en fer noirci. Elle préparait la tasse de Beau.

« Joli garçon, dit Alpiew en indiquant du menton la table du jeune homme.

— Mmm, répondit la serveuse, versant une portion de liquide noir dans la tasse. J'ignore comment il peut boire cet affreux gruau mahométan.

— Je suis d'accord, grimaça Alpiew en hochant la tête. Quel infâme bouillon couleur de suie... Il en boit beaucoup, de ce liquide ? J'ai horreur d'un homme dont l'haleine empeste le café.

— Seulement les jours de conférence », répondit la serveuse, posant la tasse sur un plateau et allant la déposer devant Beau.

Alpiew attendit le retour de la femme. « Je ne sais pas comment vous arrivez à supporter ceci, lui dit-elle lorsqu'elle s'approcha, fendant un nuage de fumée craché par la table adjacente, à laquelle quatre hommes étaient assis, tirant intensément sur leurs pipes de bruyère. Ils fument comme des dragons !

— Je sais. Quand je sors d'ici, mes amis me comparent à un hareng, tellement je suis fumée.

— Et pendant les conférences, dit Alpiew, j'imagine qu'ils n'arrêtent pas de tousser ?

— Ah non, s'esclaffa la serveuse, lavant une tasse dans un grand bol en bois et la plaçant sur l'égouttoir. Les conférences ont lieu à Gresham College, en haut de Broad Street. À midi, en général. Ça me donne un peu de répit. »

Alpiew jeta un coup d'œil par la fenêtre à l'horloge de la rue. Elles avaient une heure devant elles.

« Savez-vous, dit-elle à la serveuse, je ne comprends pas comment vous arrivez à supporter tout cela : le café, le tabac ! J'ai déjà l'impression d'être aussi fumée qu'un morceau de bacon, et je n'ai passé que quelques minutes ici. » Elle se laissa glisser de son tabouret. « Dites à votre maître que je ne le dérangerai pas. Ce travail ne me conviendrait pas. Je souffre d'une affreuse toux sèche. »

La jeune femme poussa les portes battantes et revint dans la rue.

« Je pourrais peut-être m'acheter une paire de ces bourrelets. » La comtesse était en train de gonfler et dégonfler ses joues, comme un crapaud. « Qu'en penses-tu ? Aurais-je l'air plus jeune si mes joues étaient plus pleines ? »

Alpiew regarda la comtesse, dont les joues étaient déjà bien assez pleines. « Je n'achèterais rien à ces affreux marchands, répliqua-t-elle. Si ce n'est quelque chose à manger.

— Alors tant mieux. Car j'ai une petite fringale, dit la comtesse, qui penchait maintenant dangereusement vers l'arrière sur la mangeoire glacée. Cette petite plaisanterie nous a fait parcourir des lieues entières à pied ; il y a des heures que nous avons pris notre petit déjeuner et mon estomac crie famine ! »

Alpiew acquiesça. « Nous avons encore un moment avant que M. Wilson parte assister à la conférence de Gresham College. Pendant qu'il est ici, nous allons pouvoir faire un petit casse-croûte.

— Gresham College, hein ? ricana la comtesse. Mieux connu sous le nom de Résidence des Puits de Science. »

La suivante trottina pour aller acheter deux pommes, tandis que la comtesse faisait le guet.

« Il est très beau, dit Alpiew, croquant sa pomme. Sa femme avait raison.

— Trop beau pour être honnête, insinua la comtesse. Je parie que son meilleur ami est son miroir, où il admire l'œuvre de son tailleur pendant des heures. Mon mari, au contraire, était un homme, un vrai. »

Alpiew tenta de ne pas lever les yeux au ciel à l'évocation de ce petit freluquet pompeux. Mais la comtesse était lancée. « Ce garçon, Beau, est amoureux de lui-même et de son ombre. Il n'a pas plus d'âme qu'une oie, d'après moi, et si j'étais Mme Wilson je ne dépenserais pas deux sous pour le ravoir. »

Un homme corpulent à tête bovine, vêtu pour la City et non pour la Cour, s'engouffra dans le café.

« Voilà : ça, c'est un homme, un vrai, dit la comtesse en pointant vers lui de sa pomme. Large d'épaule. L'air coriace, fort. L'autre est bien trop occupé à soigner son teint et à lisser sa perruque. »

Alpiew observa l'allure de l'homme qui venait d'entrer. Il avait l'air d'une vraie brute, avec son nez cassé.

« Je suis aussi gelée qu'un sorbet à une foire aux glaces. » La comtesse changea malaisément de position sur sa mangeoire. « Il doit y avoir des façons plus confortables de gagner de l'argent. »

Alpiew commençait à se demander si son association avec la comtesse allait durer. Elles ne travaillaient que depuis deux heures et cette femme se lamentait déjà. Alpiew tenta de se concentrer sur la guinée en or nichée dans la poche de la comtesse. Elle commença à fredonner un air joyeux pour garder le moral.

« Autre chose, coupa la comtesse. La musique, aujourd'hui, n'est plus ce qu'elle était à mon époque. Depuis la mort prématurée de M. Purcell, qui comptons-nous comme compositeur ? M. Soufflé ! M. D'oie[1] ! » Elle émit son « haroumph » familier.

« Voilà votre réponse, gloussa Alpiew. Si vous avez froid, soufflez sur vos doigts ! » Elle leva les mains vers sa bouche et souffla, entrecoupant ses bouffées de notes de l'air qu'elle était en train de chanter. La comtesse ne put s'empêcher d'éclater de rire.

« Tu es un meilleur tonique que tous les élixirs vendus dans la boutique du docteur Megrim, à l'enseigne du Mortier et du Pilon, dit-elle en secouant la tête. Soufflé ! D'oie ! »

Les deux femmes s'assirent, balançant leurs jambes de la mangeoire et soufflant gaîment dans leurs mains réunies.

La porte du café s'ouvrit et l'homme à tête de brute en sortit, chapeau tiré sur le front, puis s'éloigna d'un pas rapide. Quelques minutes plus tard, ce fut au tour de Beau, qui marcha d'un pas tranquille dans l'autre direction. Alpiew et la comtesse

1. Jeu de mot (intraduisible) sur le nom de deux compositeurs : John Blow (littéralement « Souffle »), 1649-1708, auteur d'une célèbre « Ode sur la mort d'Henry Purcell » et Gottfried Finger (« Doigt »), 1660-1730, musicien de la chapelle de Jacques II. (*N.d.E.*)

s'époussetèrent et le suivirent. La foule se pressait à Gresham College. Les deux femmes traversèrent une petite cour en briques et parvinrent à un quadrilatère spacieux où plusieurs groupes de philosophes ruminaient ou conféraient en gesticulant comme des fous et en parlant tous à la fois.

« On dirait un colloque de moineaux. » Alpiew se dressa sur la pointe des pieds, guettant la plume verte qui allait et venait à la recherche de ses amis.

Un vieillard ratatiné en robe académique se planta devant elles et leur barra le chemin à l'aide d'un long bâton.

« Les femmes ne sont pas admises aux conférences.

— Et pourquoi pas ? répliqua la comtesse.

— Parce que leurs cervelles sont trop petites pour comprendre la philosophie expérimentale, ricana l'huissier.

— Ne soyez pas ridicule, dit la comtesse. La plupart des femmes ont, j'imagine, une plus grosse cervelle que vous, par exemple ! Et si vous voulez le savoir, j'ai assisté à de nombreuses conférences de la Royal Society dans le passé. J'ai personnellement vu M. Boyle[1] peser l'air ! »

L'huissier parut perplexe. « Mais aucune femme...

— ... n'est admise à la Royal Society, oui, oui, c'est ce qui est écrit partout, mais je peux vous assurer, messire, que j'étais là. L'appareil utilisé par M. Boyle dans son laboratoire consistait d'une paire de grands soufflets, avec un feu, des balances et un jeu de bouteilles en verre. D'ailleurs, un mala-

---

1. Le savant Robert Boyle (1627-1691), créateur et animateur de la Royal Society, y organisa un laboratoire scientifique où il se livrait aux expériences sur les gaz. Ses démonstrations publiques sont restées célèbres. (*N.d.E.*)

droit fit tomber l'une d'entre elles, et M. Boyle dut tout reprendre depuis le début... Il fit sa démonstration à l'aide d'un tube en forme de “J” rempli de vif-argent, et malgré votre horreur du vide, à vous et à vos collègues... »

Elle aurait poursuivi, mais l'huissier frappa de son bâton sur le parquet en bois.

Les hommes autour d'elle se turent et toutes les têtes se tournèrent pour voir quelle annonce allait être faite. D'autres dans le hall, en voyant qu'il était simplement en train de se disputer, reprirent leurs conversations. La comtesse poursuivit son récit de témoin oculaire. « M. Boyle me montra aussi quelques spécimens de sa fantastique collection de curiosités. Les avortons dans le vinaigre, les squelettes, les mouches des Indes, et ainsi de suite.

— Mais madame, insista l'huissier, la gravité du sujet évoqué dans la conf...

— À propos de gravité, M. Isaac Newton, maître de la monnaie royale, est mon voisin immédiat sur German Street. Je devrais peut-être lui demander une lettre de recommandation ? Je le vois assez souvent, fonçant à travers son jardin, de peur qu'une autre pomme ne lui tombe sur la tête. »

L'huissier se dandinait d'un pied sur l'autre. La comtesse n'allait pas abandonner si près du but.

« Je me suis aussi divertie de vos curieux aimants, et j'ai vu comment des rognures d'acier éparpillées sur une feuille de papier se redressent et pointent, comme les piquants d'un hérisson, et j'ai vu aussi comment on pouvait faire danser à un paquet d'aiguilles une gigue paysanne, comme si le diable s'y était logé. »

Quelques-uns des hommes autour d'elles riaient, d'autres applaudissaient la comtesse.

Elle fit une petite révérence faussement timide, et se redressa, toisant avec impertinence l'huissier, maintenant réduit à un petit tas bégayant et affolé.

« Alors vous voyez, je compte plus d'expériences pratiques de philosophie expérimentale que vous, et assurément, il ne peut pas y avoir de mal à ce que j'assiste à cette conférence, reprit-elle sur un ton plus doux. Si, comme vous le dites, je n'y comprends rien, eh bien tant pis pour moi. Ce sera moi qui perdrai mon temps, n'est-ce pas, tandis que vous, vous n'avez rien à perdre. » Elle agita les mains autour d'elle, tête penchée sur l'épaule, comme si elle disait : « Pousse-toi de là, espèce de pinailleur édenté. »

L'huissier embrassa du regard la foule d'hommes souriants qui l'entourait. Il soupira et se racla la gorge.

« Vous pouvez rester debout au fond de la salle, chuchota-t-il. Mais au moindre soupçon de grabuge, je vous mets à la porte. »

La comtesse eut un sourire affable et traversa le hall en mettant le cap sur la plume verte. Alpiew la talonnait.

Un jeune homme en perruque blonde et gilet bleu layette intercepta la comtesse pour la féliciter.

« Vous avez vraiment vu le grand Boyle ? » Il ne pouvait dissimuler son enthousiasme. « Comment était-il ? »

L'homme était accompagné d'un ami, un homme mince vêtu de noir, qui recula d'un pas et s'inclina devant la comtesse avant de s'éloigner en disant au garçon : « Je vous verrai à l'intérieur.

— Vous me voyez confus ! » Le garçon en bleu rosit. « Je crains qu'il n'apprécie pas tellement la compagnie des femmes... Alors racontez-moi tout sur Boyle.

— Ah oui. Un bien brave homme ! » fit la comtesse, flegmatique. Mis à part les détails qu'elle avait relatés, elle ne se rappelait pratiquement rien tant elle s'était ennuyée. « Ce fut une démonstration magnifique. J'ai rarement été aussi fascinée. » Un tube plein de mercure se déplaçant de deux pouces, se dit-elle, il n'y avait pas de quoi en faire toute une histoire ! Elle eut un nouveau sourire coquet. « J'ai tellement hâte d'entendre la conférence de cet après-midi, dit-elle en tentant de changer le sujet de conversation.

— Oui, sur l'imminente éclipse du soleil.

— Ah, le mouvement des planètes, soupira la comtesse. Mon sujet préféré !

— Certains disent que cela nous mène tout droit au jour du Jugement dernier. Non seulement l'éclipse a lieu à l'équinoxe vernal, mais elle tombe aussi pratiquement à la fin du siècle.

— Oui, fit la comtesse en hochant la tête avec empressement. L'an mille sept cent. Une époque prédestinée.

— Et Saturne sera en opposition à Mars, et Mars à l'étoile Regulus.

— Vous fondez-vous sur le nouveau ou sur l'ancien calendrier ?

— Je vous demande pardon ?

— Préférez-vous faire commencer l'année le 25 mars, le jour de la fête de l'Annonciation comme les protestants, ou suivez-vous le nouveau calendrier du pape Grégoire qui fait tomber le Nouvel An le premier janvier ? »

Tandis que la comtesse et le jeune homme bavardaient, Alpiew surveillait Beau. Il se tenait dans un cercle d'hommes à l'allure exaltée, discutant avec acharnement.

« J'opte pour le nouveau calendrier, bien sûr, dit le garçon en bleu. Nous sommes des hommes de science. Nous ne faisons plus débuter le Nouvel An à la fin de mars depuis 1666.

— Curieux... vous ne semblez pas assez vieux pour...

— Pas moi personnellement. Les savants et... » Le garçon se pencha vers elle et lui chuchota à l'oreille. « Et plusieurs d'entre nous ici présents appartenons également aux Compagnons de la Pierre Philosophale. Les Arts Hermétiques. Nous espérons que la nature spécifique de la date de l'éclipse nous conduira à la maturation, voire à la sublimation.

— Je vois, chuchota la comtesse avec un clin d'œil. Vous avez bien raison. » Elle n'avait pas la moindre idée de ce dont il parlait. Les portes de la salle de conférence furent ouvertes et la foule s'y déversa.

La comtesse et Alpiew se placèrent à l'arrière, derrière une rampe en cuivre, d'où elles avaient une bonne vue de Beau Wilson, assis au cinquième rang. Un vieillard chenu boitilla jusqu'à l'estrade et se mit à parler :

« Les causes, propriétés et nombreuses natures au cœur des axiomes qui gouvernent les mouvements des planètes peuvent être évalués en se référant à diverses tables éphémérides... »

La comtesse et Alpiew échangèrent un regard. Deux heures de ce jargon !

« Mais en réconciliant les désaccords entre les savants, Aristote et Descartes, Cardon et Copernic, les Chrétiens et les Arabes, et sachant que les théories de Copernic contredisent celles de Galilée... »

Les deux femmes s'affalèrent sur leur banc en s'apprêtant à mourir d'ennui.

*

* *

« Oui, dit Alpiew tandis qu'elles cheminaient deux heures et demie plus tard. Je suis d'accord avec Descartes. Le problème des vortex... »

La comtesse se demanda pourquoi elle avait donné une éducation à Alpiew lorsqu'elle était enfant, si c'était pour qu'elle se remplisse la tête de telles balivernes.

« Où va-t-il à présent ? » La comtesse tendait le cou vers la plume verte de Beau, qui passait une porte avec deux autres hommes. « Espérons qu'il s'agit d'un restaurant. Il est grand temps de déjeuner. Je suis aussi vide qu'un oreiller déplumé : j'ai besoin de rembourrage. »

Les deux femmes s'avancèrent jusqu'à la porte rouge sombre, avec des lettres dorées.

« Pontacks, lut Alpiew. On dirait bien un restaurant.

— Si fait, on dirait même un restaurant de luxe.

— Mais Mme Wilson a dit qu'elle nous rembourserait nos frais... »

La comtesse poussa la porte. La salle était petite mais bien décorée. Le tissu bordeaux qui tendait les murs et les appliques dorées donnaient à l'endroit une allure élégante ; une grande glace au cadre doré sur feuille semblait doubler le volume de la pièce.

Elles prirent une table assez proche de celle de Beau Wilson pour épier sa conversation.

Tandis qu'elles attendaient leurs menus elles écoutèrent le petit groupe parler d'or, d'argent et de plomb, de sel d'ammoniaque et d'eau-forte.

« Peut-être qu'après tout, il n'a pas de maîtresse, dit Alpiew. Il me semble, à moi, que sa maîtresse, c'est la philosophie expérimentale. »

La comtesse se pencha en avant. « Pas la philosophie expérimentale. L'alchimie ! siffla-t-elle.

Écoute ! Ils tentent de transmuter des métaux vils en or.

— Comment connaissez-vous l'alchimie ? » demanda Alpiew.

La comtesse haussa les épaules. « Le théâtre, bien sûr. Les personnages d'alchimistes ont un effet comique assuré. »

Un serveur s'inclina et leur présenta la carte.

« Est-ce là encore du jargon scientifique ? » Alpiew jeta un coup d'œil à la liste des mets proposés, tentant de la déchiffrer. « Je peux lire, Milady, comme vous le savez, mais je ne comprends rien à ces mots...

— C'est du français, coupa la comtesse. Voyons si je peux me rappeler mon petit peu de français. »

Elle leva les yeux vers le serveur qui s'affairait autour d'elles.

« *Je ne sais quoy ?* » dit-elle en pointant du doigt vers l'un des plats.

Le serveur rassembla ses doigts et les embrassa.

« Délicieux, madame !

— Bon, alors nous prenons ça. Il dit que c'est délicieux. » Elle sourit à Alpiew et parcourut la liste. « Ah, et les *poussins de deux jours en dehors des œufs* pour moi. »

Le serveur s'inclina, reprit les menus et disparut dans la cuisine.

« J'ai pris des œufs, expliqua la comtesse. Ça ne risque rien. »

Un rire fusa de la table de Beau et Alpiew saisit les derniers mots. « Il croyait que les effets malicieux des astres gâcheraient sa projection. » Les hommes en étaient encore à discuter de l'art alchimique.

« Milady, j'étais en train de penser... »

La comtesse promenait son regard sur les murs pour admirer les ravissants petits tableaux de paysages. « Mmm.

— Et notre travail chez M. Cue ? Nous ne pouvons passer tout notre temps à courir après ce monsieur. Ce travail n'est qu'un pis-aller ; nos revenus futurs dépendent de M. Cue.

— Je n'ai aucun souci. Nous aurons piégé notre gibier d'ici la tombée du jour, j'en suis persuadée. Demain matin, je parie que nous récolterons une seconde guinée pareille à celle-ci, dit-elle en tapotant sa poche. Alors, nous serons heureuses. Nous pourrons ouvrir un compte dans un de ces nouveaux établissements bancaires sur le Strand, et vivre de nos rentes. »

Le serveur déposa soigneusement deux plats devant elles.

« En tous cas, cette traque commence à me plaire. »

Le serveur plaça les mains pour retirer simultanément les deux dessus-de-plat en argent. Alpiew eut un grand sourire. Elle songea qu'hier encore, elle était enfermée en prison, et qu'aujourd'hui elle déjeunait dans un restaurant chic. Le serveur s'éloignant, tenant les deux dessus-de-plat comme s'il s'agissait d'une paire de cymbales qu'il était sur le point de frapper l'une contre l'autre, la comtesse et Alpiew se penchèrent avec gourmandise sur leurs plats. Sur l'un gisait une rangée d'escargots dans une sauce verte boueuse, sur l'autre deux petits poussins nouveau-nés avec un carré de beurre au persil en train de fondre sur leurs têtes minuscules.

« C'est une plaisanterie, j'espère ? » Alpiew se mit à déplacer les escargots avec sa cuiller.

« Des escargots ?

— Je crois que non, soupira la comtesse en

grimaçant. Et voici le résultat de “deux jours en dehors des œufs”. Moi qui croyais que c'étaient des œufs pondus voilà deux jours ! »

Incapables d'envisager l'idée de porter ces choses à leur bouche, si affamées qu'elles fussent, les deux femmes déplacèrent leurs aliments sur leurs plats jusqu'à ce qu'elles puissent demander l'addition. Les hommes de la table voisine, qui n'avaient parlé que fours et laboratoires tout au long du repas, étaient manifestement en train de terminer et de se préparer à partir. La comtesse regarda l'addition. Elles n'avaient mangé qu'un plat, mais le total était d'une guinée.

« J'espère qu'elle ne mentait pas quand elle a dit qu'elle nous paierait nos frais. » La comtesse plongea la main dans sa poche et en tira la guinée. « Car maintenant, nous sommes à nouveau sans le sou.

— Et toujours affamées, gémit Alpiew. Rien ne pourrait jamais m'obliger à manger des escargots, Madame. Ces Français sont de drôles de gredins pour manger de tels mets, puis pour en exiger la rançon d'un roi. »

Le reste de l'après-midi, les deux femmes mécontentes trottinèrent de-ci de-là sur les pas de Beau Wilson. Elles le suivirent tandis qu'il faisait quelques achats – une nouvelle cravate et un peu de poudre pour sa perruque, pour finir en se traînant lamentablement derrière lui en direction de Ludgate Hill. Comme il était plus de sept heures, les deux femmes espéraient qu'il se dirigeait vers sa demeure, mais il dépassa sa propre porte d'entrée et poursuivit d'un pas vif vers Fleet Street. Lorsqu'il tourna sur Salisbury Court, les boutiques étaient depuis longtemps fermées et la nuit était tombée, froide et sans lune. Alpiew attrapa la comtesse par le bras tandis qu'elle quittait l'avenue encore encombrée de passants pour s'engager dans une allée obscure.

« Nous ne pouvons le suivre là-dedans, Milady. C'est le quartier d'Alsatia. Où vivent tous les criminels, à l'abri des poursuites de la loi.

— Ah, peuh ! cracha la comtesse en hâtant le pas. Les lois qui les protégeaient ont été abrogées l'an dernier. Ils peuvent être arrêtés ici aussi bien que n'importe où, maintenant. Il ne nous arrivera rien. Tu verras. »

Alpiew lui tirait toujours la manche. « Vraiment, Madame, le quartier n'a pas changé. Pourquoi ne pas attendre que j'aille chercher un porteur de falot, pour qu'au moins il éclaire notre chemin ? »

La comtesse hésita une fraction de seconde. « Nous n'avons rien pour le payer. Allez, viens. Notre gibier est déjà perdu de vue. » Elle tourna le dos à Fleet Street pour s'enfoncer dans la ruelle obscure.

Alpiew trottina à son côté, en se marmonnant à elle-même, plus pour se donner du courage qu'autre chose. « Quel endroit vil et plein de vermine, habité par une colonie de démons sans foi ni loi, placés ici par le diable pour tourmenter les hommes... »

La comtesse n'était pas d'humeur à bavarder. « Dépêche-toi. Nous ne pouvons pas nous permettre de le perdre maintenant. Et pense un peu, Alpiew. Qu'est-ce qu'un gentleman prospère peut faire dans un quartier aussi mal famé que celui-ci ? Un endroit réputé pour ses dangers ? C'est ici, crois-moi, Alpiew, que nous éluciderons le mystère qui tourmente Mme Wilson.

— Alors accrochez-vous fermement à moi, Madame, dit Alpiew en tenant le coude de la comtesse, car pour ma part, je suis morte de peur. »

L'étroite ruelle était sombre, et à chaque fenêtre, des silhouettes noires se découpaient dans la lumière enfumée d'une bougie en suif ou d'une chandelle à mèche de jonc. À l'entrée d'allées encore plus sombres et plus étroites, étaient tapies de ténébreuses créatures, certaines en train de copuler, d'autres de commettre des actes criminels d'une nature indéterminée. Tout autour d'elles montait le bourdonnement de voix chuchotantes.

Les pas de Beau résonnaient toujours devant elles. En se tenant bien fort par la main, les deux femmes trottinaient dans son sillage. La porte d'une taverne s'ouvrit et une chose qui avait à peine la forme d'une femme en sortit, titubante. Elle ne portait pas de bas, et n'était vêtue que d'une blouse sale. Son visage grêlé, taché de traînées de boue par-dessus un maquillage blanc appliqué à la truelle, affichait un rictus amer. « Poussez-vous de là, espèces de putains ! » cria-t-elle à Alpiew et la comtesse.

La garce s'écroula dans les bras d'un gaillard au teint sombre qui marchait d'un pas vif, arborant une expression des plus ténébreuses, dont le corps se raidit de frayeur, puis de dégoût. Il la repoussa. « Vile raccrocheuse, laisse-moi tranquille ! », grogna-t-il. Il la jeta au sol avant de poursuivre sa route, tout en lançant des regards à droite et à gauche par-dessus son épaule.

« La peur de l'échafaud a dessiné ses traits », murmura la comtesse, tandis que l'homme renfrogné disparaissait dans une allée sordide.

Elles entendirent la femme gémir dans le caniveau, derrière elles.

« Espèce de fils d'un tas de fumier, que la vérole te pourrisse !

— Vite, dit Alpiew en tirant la comtesse par le bras. Il fait si diablement noir qu'on a du mal à reconnaître notre ami, plume verte ou pas. Je n'aimerais pas suivre le mauvais sujet dans l'un de ces culs-de-sac. »

Elles chancelèrent ensemble dans l'obscurité, cramponnées l'une à l'autre, marmottant des prières à mi-voix.

« Il est presque arrivé au fleuve, ahana la comtesse. Il ne peut pas aller plus loin. Il doit se diriger vers Dorset Garden.

— Le théâtre, Madame ? Mais il est fermé depuis longtemps.

— Je sais, souffla la comtesse en accélérant le pas. Quel meilleur endroit pour un rendez-vous clandestin qu'un théâtre vide et désert ? »

La comtesse et Alpiew se glissèrent furtivement le long de l'édifice, collées au mur. Elles entendirent devant elles le clapotement de l'eau. La marée était haute. La comtesse leva les mains vers Alpiew, et chuchota à son oreille. « Des voix ! » Un bourdonnement de voix masculines dominait le clapotis. Alpiew posa un doigt sur ses lèvres, fit signe à la comtesse de rester immobile, puis rampa à même le sol. Lorsque son visage atteignit l'angle de l'édifice, elle se figea. Elle entendait mieux mais ne pouvait toujours pas comprendre la conversation. Elle ne distinguait qu'un mot de temps à autre : « Briser les règles... », « Pardonner... »

Elle s'avança petit à petit et jeta un nouveau coup d'œil. Elle avait une assez bonne vue sur le quai, mais elle ne pouvait toujours pas distinguer les deux hommes, qui, d'après le son de leurs voix, semblaient être dissimulés sous les arcades de la façade du théâtre. Quiconque regardait vers elle ne distinguerait que la pierre d'angle qui la dissimulait.

La voix ronronnante poursuivit : « Vous tuer... »

À ce mot, Alpiew tendit la tête juste à temps pour voir l'ombre d'un colosse se jeter sur Beau, qui semblait être assis sur une bitte d'amarrage à l'autre bout du quai. L'homme corpulent prit une pièce de tissu noir ressemblant à un grand mouchoir et en banda les yeux de Beau.

« Dans la chaloupe ! » ordonna l'homme d'un ton menaçant. Il hissa Beau pour le mettre debout et, l'agrippant par le bras, traîna le galant trébuchant à ses côtés. Alpiew dut se contenir pour ne pas bondir et s'élancer à la rescousse de Beau, mais quelle chance aurait-elle contre cette énorme brute ? Les deux hommes descendirent les marches d'un pas incertain et Beau monta dans la chaloupe. Le colosse saisit les rames et commença à ramer. Tandis que la chaloupe s'éloignait du quai, la comtesse courut jusqu'à la façade du théâtre et, se glissant derrière une colonne, observa le petit bateau voguer sur les eaux noires et rapides de la Tamise.

« Savez-vous nager ? » Alpiew se remettait sur pied et s'époussetait.

La comtesse lui lança un regard noir. « Ne sois pas stupide. Dans ces eaux, tu mourrais en quelques minutes. Soit de froid, soit de putréfaction, ou sinon tu serais engloutie par ces courants en vortex qui t'intéressent tant.

— Nous ne pouvons rien, alors, soupira Alpiew. Nous l'avons perdu pour la nuit.

— Oui, dit la comtesse, mi-déçue, mi-ravie. À la maison ! Nous allons souper. Il n'y a rien d'autre à faire. »

Alpiew s'immobilisa. « Ah, Madame ! » Elle secoua la tête et essuya une larme. « Depuis le début, j'ai traité cette affaire comme un jeu, ou une pièce dont nous serions les spectatrices. Mais Beau Wilson est un être de chair et de sang comme vous et moi... » La comtesse lui demanda où elle voulait en venir.

« C'est un beau garçon, et il ne nous a jamais rien fait de mal. J'ai peur, Madame la comtesse. Peut-être l'avons-nous perdu, non seulement ce soir, mais à jamais. »

3

Revivification

Ramener une matière mortifiée à la vie, ou la réactiver.

Godfrey était lové près du feu rugissant, plongé dans la lecture, lorsque les deux femmes débraillées rentrèrent chez elles.

« Je n'arrive toujours pas à imaginer ce que nous allons dire à l'épouse, fit Alpiew. J'aurais dû lui venir en aide.

— Du lait chaud pour trois, Godfrey, soupira la comtesse, se laissant tomber dans une causeuse.

— De l'eau-de-vie, je crois, serait plus indiquée, dit Alpiew. Nous aurions peut-être pu le sauver. »

Godfrey émit un grommellement sourd et posa son livre à contrecœur. Alpiew se tourna vers la comtesse, qui secoua la tête, pour lui demander de faire comme si de rien n'était. « La question qui se pose à nous est simple. » La comtesse se pencha en avant, retira ses petits gants blancs et tendit ses mains vers la flambée pour les réchauffer. « Que faire ? Devons-nous informer la police ? Réveiller un magistrat et le tirer du lit ? »

Alpiew soupira. « Comment expliquer pourquoi nous étions à Alsatia, et pourquoi nous suivions Beau Wilson ?

— Oui, oui. Où a-t-il été emmené, et par qui ? Je vois bien que si nous parlions aux sergents du guet, on nous soupçonnerait de ne pas avoir toute notre tête.

— Surtout si l'on apprenait que nous venions d'être relâchées la veille de la prison de Fleet. »

Alpiew souleva ses jupes et pointa les pieds vers la chaleur.

« Mais nous devons avertir sa femme, dit la comtesse en se grattant le cou. Beau Wilson court manifestement un grave danger. »

Godfrey se traîna jusqu'à la cheminée et, dans un grand bruit de ferraille, retira un pot de lait chaud du crochet auquel il était suspendu.

« S'il n'est déjà mort. » Alpiew se mordilla l'intérieur de la joue. « Mais quant à se rendre chez Mme Wilson, mieux vaut que ce soit vous que moi. Cette femme a été très explicite dans ses instructions. Nous ne devons *pas* aller chez elle. À cette heure de la nuit, de toutes façons, peu importe, car aucun domestique ne nous ouvrira, ou n'écoutera ce que nous avons à dire. Ils nous prendront pour une paire de coureuses enivrées.

— Mais... » La comtesse accepta une jarre fumante de breuvage laiteux tendue par Godfrey et souffla dessus. « Combien j'aime une tasse de lait chaud au vin blanc avant de me coucher !... Enfin, si nous voulons le sauver, nous n'avons peut-être pas de temps à perdre. »

Godfrey traîna les pieds jusqu'au pot de lait fumant et le raccrocha au-dessus du feu.

« J'aimerais bien savoir qui a pu l'enlever ? » Alpiew se gratta la tête. « Et pourquoi ? »

La comtesse haussa les épaules. « Sans doute le mari ou l'amant de sa catin. » Elle appliqua ses lèvres à la pipette émergeant de la jarre de lait chaud au vin blanc, et aspira. Puis elle passa la jarre à Alpiew.

Godfrey s'affala à nouveau sur une chaise basse avec son livre.

Tous trois restèrent assis en silence pendant quelques minutes, Alpiew fixant la jarre d'un air dépité, avant d'en tirer une gorgée et de la passer à Godfrey.

Elle passa mentalement en revue toutes les hypothèses. Peut-être que Beau avait été saisi pour dettes, ou pour quelque méfait. Ou bien le ravisseur travaillait pour le mari de la catin de Beau. Peut-être qu'il était le maquereau de la garce ?

« Que lis-tu, Godfrey ? » demanda la comtesse, qui s'ennuyait maintenant, en repoussant la tranche du livre de Godfrey pour pouvoir en lire le titre. Godfrey lui arracha le livre et lui tourna le dos.

« Pouah ! s'étrangla la comtesse. Regarde ce que ce pouilleux crétin est en train de lire ! l'*Immoralité et l'état propre du théâtre anglais*, de Jeremy Collier[1] ! Harroumpf !

— Je suis d'accord avec tout ce qu'il dit, marmonna Godfrey, agitant le livre à bout de bras. Vous n'avez qu'à constater l'effet que ces nouvelles pièces ont sur la jeunesse. Sexe ! Violence ! Rien de bon ne peut en sortir[2].

---

1. Jeremy Collier s'était attaqué au théâtre dans un pamphlet fameux, *L'Immoralité et l'état propre du théâtre anglais* (1698). (*N.d.E.*)

2. Godfrey pense certainement à John Dryden (1631-1700), auteur de *The Wild Gallant* (*L'Amant sauvage*) ou aux pièces de William Congreve (1670-1729) comme *Love for Love*

— Tu es un puritain refoulé, Godfrey, et je ne permettrai pas que l'on tienne de tels propos sous mon toit. » Elle renâcla à nouveau. « J'ai supporté tes lectures de Quarles et de Prynne, et d'autres ouvrages offensant ma sensibilité, mais trop, c'est trop. Collier, rien que ça ! Encore un peu, et tu t'inscriras à la Société pour la réforme des mœurs, avec toutes les épouses jalouses qui, bien qu'elles n'aient aucune envie de s'ébattre elles-mêmes avec leurs maris, en veulent à ces pauvres bougres de s'offrir quelques parties de jambes en l'air. »

Alpiew se redressa en sursautant. La femme pouvait-elle être mêlée à cette affaire ? Elle avait dit d'un ton tellement dur que si Beau était coupable, elle préférerait qu'il « disparaisse à jamais »... Peut-être avait-elle organisé elle-même l'enlèvement ?

Alpiew se laissa retomber sur sa chaise. Non. Si Mme Wilson était l'auteur du rapt, pourquoi les aurait-elle employées pour en être témoin ?

« Assurément, vous alliez au théâtre lorsque vous étiez jeune homme, Godfrey ? »

La comtesse avait mordu à l'hameçon de Godfrey. « Avec vos bonnes amies, peut-être ?

— Lorsque j'étais jeune, Olivier Cromwell avait fermé tous les théâtres, et il avait bien fait.

— Très bien, dans ce cas, rétorqua la comtesse en aspirant bruyamment dans la pipette de lait au vin. Alors que faisiez-vous pour vous amuser dans le bon vieux temps ?

— Nous ne nous amusions pas. » Godfrey sourit de son sourire édenté. « C'était prohibé.

— Heureusement pour moi, soupira la

(*Amour pour amour*), typiques de l'éclosion du théâtre libertin de la restauration anglaise. (*N.d.E.*)

comtesse, j'étais en France durant les "Troubles[1]". » Elle toussota et recracha une gorgée dans la jarre. « Je n'étais qu'un enfant dans ses langes.

— Vous n'avez qu'à vous promener dans les rues aujourd'hui, grogna Godfrey. Regardez dans quel état est la ville ! Toutes ces bandes de jeunes qui bousculent les chaises à porteur, arrachent les marteaux de porte, insultent les femmes. Des bandes de jeunes hommes comme les *Scowrers*, les *Tityre-tus* et tous les autres[2]. Les choses n'étaient pas ainsi dans ma jeunesse. Tout ça, c'est la faute du théâtre.

— Godfrey, mon cher, tu ne vois pas où est le vrai problème, soupira la comtesse. Il y aura toujours des bandes de jeunes pour se déchaîner. Les jeunes hommes se sont toujours comportés comme des sauvages sans foi ni loi, et il en sera toujours ainsi. Le théâtre n'a rien à voir avec ça. Le problème, c'est la jeunesse. Plus ça change, et plus c'est... Enfin, un proverbe français dont je ne me rappelle pas bien... » La comtesse laissa mourir sa phrase et Godfrey retourna à sa lecture.

« Saint-Pholle le répète toujours. » La comtesse se gratta la perruque. « Plus ça change, plus c'est..., quelque chose, quelque chose en français.

— J'ai trouvé ! s'exclama Alpiew. Je vais me faire huguenote ! »

La comtesse fit volte-face et la fixa. « Huguenote ? Pas tant que tu dors sous mon toit.

---

1. La République de Cromwell (1653-1660) marquée par le puritanisme et le rejet du théâtre. (*N.d.E.*)

2. Les « Scowrers » et les « Tityre-tus » étaient des bandes de jeunes gens débauchés qui faisaient régner la terreur la nuit dans les rues de Londres, pillant, saccageant, chapardant : on les surnommait « les tyrans nocturnes ». (*N.d.E.*)

— Française, expliqua Alpiew. Nous devons informer Mme Wilson de l'infortune de son mari dès la première heure demain matin. Alors, elle fera ce qui lui semble le plus indiqué.

— Excuse ma stupidité, mais quel est le rapport entre les huguenots et Mme Wilson ?

— Écoutez : Morbleu ! Tête bleue ! Ventrebleu ! Mort de ma vie ! Vous voyez, je connais tous leurs jurons. Milady Wilson ne veut pas nous voir, ni vous ni moi, mais elle viendra sûrement à la porte si une jeune dame française s'y présente pour lui vendre des rubans en soie de Spitalfields. »

La comtesse hocha la tête et engloutit le reste du lait chaud en une lampée.

« Tu es une brave fille, Alpiew. » Elle brandit la jarre vers Godfrey pour qu'il la remplisse à nouveau. « Alors nous serons libres de traquer quelque histoire croustillante pour *La Trompette*. »

Dès la première heure le lendemain, Alpiew, qui avait fait affaire avec un marchand de rubans français de Spitalfields, sonna à la porte de Mme Wilson. De l'autre côté de la rue, la comtesse l'attendait, dissimulée sous un porche.

Un domestique ouvrit.

« Bonjour ! sourit Alpiew. Sacrebleu, mais quelles bonnes affaires je viens offrir à la dame de la maison ! »

L'air perplexe, le domestique disparut dans le hall d'entrée, laissant Alpiew sur le seuil. Elle se retourna vivement pour lancer un clin d'œil à la comtesse. Quelques minutes plus tard, Mme Wilson, pâle et défaite, vint à la porte. Un rapide frisson d'inquiétude la parcourut lorsqu'elle reconnut Alpiew. « Je vous ai dit de ne pas venir ici », siffla-t-elle tout bas.

Pour donner le change aux domestiques,

Alpiew entonna : « Toutes sortes de rubans, Madame, des nœuds écarlates, et cerise, de la gaze citron ou argent... » Elle avait oublié de simuler l'accent français. Elle se le rappela soudain. « Morbleu, ce qu'ils sont beaux. »

Impavide, Mme Wilson fouillait du bout des doigts les rubans dans le panier d'Alpiew. « Eh bien ?

— Il n'est pas rentré hier soir, n'est-ce pas ? » demanda Alpiew en baissant la voix.

Mme Wilson secoua la tête.

« Et je sais pourquoi... »

Mme Wilson se figea et regarda Alpiew droit dans les yeux.

« Votre époux a été enlevé.

— Enlevé ? » De ses mains tremblantes, Mme Wilson choisit un ruban argenté. « Combien vaut celui-ci ?

— Il est très joli, non ? Trois pence pour vous, Madame, dit Alpiew à haute voix. Les yeux bandés et poussé dans une chaloupe sur le quai près du Théâtre du duc.

— J'aime bien l'écarlate, dit Mme Wilson, des larmes jaillissant de ses paupières. Quand ?

— Hier soir, souffla Alpiew. Le ravisseur était un colosse. Une vraie brute. »

Soudain, derrière elle, retentit un cri puissant. « Sacré bleu, Alpiew ! »

Alpiew se retourna pour voir sa partenaire, les bras grands ouverts, la bouche béante, livide sous les fards, comme si elle avait vu un fantôme. Alpiew suivit le regard de la comtesse de l'autre côté de la rue.

Remontant Ludgate Hill à grands pas en affichant un grand sourire, Beau Wilson apparut, la plume verte de son chapeau voletant gracieusement dans la brise. Mme Wilson soupira le prénom de Beau, puis lança un regard venimeux à Alpiew. « Hors d'ici, espèce de garce à deux sous », aboya-t-elle, fourrant rudement le ruban dans son panier. Elle baissa la voix pour émettre une menace sourde. « Que je ne te reprenne plus à tes comédies, putain, ou je te ferai crever. »

Sur ces mots, elle lui claqua la porte au nez. Se retournant, Alpiew vit que Beau Wilson s'était arrêté pour s'adresser à la comtesse.

« Vous étiez à la conférence hier, n'est-ce pas ? » demanda-t-il avec un sourire affable.

La comtesse, frappée de mutisme, se contenta de hocher la tête. « Un discours des plus intéressants, vous ne trouvez pas ? répliqua-t-elle enfin.

— Quant à moi, je l'ai trouvé plutôt assommant », poursuivit Beau avec un sourire.

Voyant ce qui se passait, Alpiew décida d'attendre de l'autre côté de la rue. Leur traque serait plus facile si au moins l'une d'entre elles conservait son anonymat. La comtesse tentait désespérément d'essuyer une grosse goutte qui lui pendait au bout du nez. Beau fouilla dans la poche de sa culotte et en tirant un mouchoir. « Prenez ceci. »

La comtesse contempla l'objet, horrifiée. Les mouchoirs coûtaient cher. Que pourrait-il exiger d'elle en retour ?

Mais Beau se contenta de soulever son chapeau et de dire « au revoir » à la comtesse avant d'aller jusqu'à sa porte et d'entrer chez lui. Il semblait heureux : on aurait juré qu'il venait de passer une nuit d'amour. Rien ne trahissait la scène dramatique dont les deux femmes avaient été témoins. Ni contusions, ni coupures. C'était comme si Alpiew et la comtesse avaient rêvé la scène de la veille, dans la froide obscurité du quai de Dorset Garden.

Lorsque Beau eut disparu, Alpiew siffla, tirant

la comtesse de sa rêverie stupéfaite. « Qu'est-ce qui se passe ? » chuchota-t-elle, tirant sa maîtresse vers elle sous le porche d'une boutique adjacente.

La comtesse s'était essuyé le nez et avait fourré le mouchoir dans sa poche.

Alpiew secoua la tête. « Il avait l'air heureux comme un merle par un beau jour d'été.

— Le mystère s'épaissit, dit la comtesse, maintenant clouée sur place à la vue des objets étranges exposés à l'intérieur de la boutique. Qu'est-ce que cet endroit ?

— Un apothicaire, répliqua Alpiew. Mais où a-t-il pu être conduit, et comment peut-il être libre maintenant, et *pourquoi, pourquoi, pourquoi* ?

— Je n'aime pas l'aspect de ces choses, dit la comtesse, fixant toujours les grands récipients en verre remplis de liquides bouillonnants aux couleurs ignobles. Elle ne t'a pas redonné d'argent, j'imagine.

— Évidemment pas, maugréa Alpiew. Pour elle, maintenant, nous sommes à moitié folles. Tout ce qui nous reste à faire, c'est d'attendre qu'il ressorte et de le suivre... »

Elles restèrent sur place, contemplant les vitrines, faisant les cent pas pour se réchauffer sous le vent glacial, jusqu'à ce que deux heures aient sonné.

C'est alors que Beau, bien emmitouflé dans une grande cape, s'élança hors de sa demeure et marcha d'un pas vif dans la direction opposée de celle qu'il avait prise la veille.

« Prions le ciel pour qu'il nous mène dans des quartiers plus salubres cet après-midi, dit Alpiew en se lançant à sa poursuite. Et qu'il n'y ait plus d'escapades mystérieuses à Alsatia. »

Après avoir longé Fleet Street à bonne allure pendant cinq minutes, Beau Wilson prit une courte rue qui les mena jusqu'au théâtre de Lincoln's Inn sur Portugal Street. Une foule tournoyait dans la rue, face au théâtre, les gens se saluant les uns les autres et cherchant leurs amis. Beau posa une main sur l'épaule d'un homme âgé à perruque grise. Une chaise déchargea sa cargaison, une grosse dame avec son singe apprivoisé, qui leur bloqua momentanément la vue de Beau. Tandis que la grosse dame passait devant elles, pour se dandiner jusqu'à l'entrée, elles entendirent Beau qui éclatait de rire.

« Heureusement, nous avons encore les quelques shillings qui nous restent du salaire de Cue, dit la comtesse. Il semble que nous nous apprêtions à passer l'après-midi au théâtre.

— Je déteste le théâtre », gémit Alpiew.

La comtesse vit Beau et son vieux compagnon s'approcher de l'entrée.

« Je me demande quelle pièce on donne ? » La comtesse s'approcha de la porte et parcourut le programme des représentations. « Grands dieux, non ! *Xerxès*, par Colley Cibber[1]. »

Alpiew regardait par-dessus son épaule. « Non, Madame, c'était la semaine dernière. Aujourd'hui, on donne *Le Double Jeu*[2]. »

La comtesse jeta un coup d'œil en direction de Beau. « Comme c'est approprié. »

Beau entra tranquillement dans l'édifice. La comtesse et Alpiew le suivirent.

« La racaille habituelle, décréta la comtesse, se frayant un chemin à travers un groupe de femmes ricanantes.

---

1. Colley Cibber (1671-1757), comédien et auteur de comédies sentimentales. (*N.d.E.*)

2. Pièce de William Congreve (voir note 2 p. 81), *The Double Dealer*, comédie libertine. (*N.d.E.*)

— Au moins, il fait chaud ici, répliqua Alpiew tandis qu'elle s'ouvrait un chemin à coups de coude jusqu'à la porte de l'auditorium. Et on n'est pas obligées de marcher. »

Une voie s'était ouverte derrière elles pour laisser passer une dame élégante qui venait de descendre d'un carrosse richement orné, avec un équipage en grande livrée. Un petit nègre en culotte bouffante de satin rose et jaquette rayée, un ravissant turban rose et or fièrement posé sur sa petite tête, marchait derrière elle, portant ses jupes et chassant les badauds.

« Voilà Madame de la Prétention, dit la comtesse, se reculant pour éviter de croiser la femme. Ah, ces nouveaux riches... », grommela-t-elle à mi-voix.

Beau gagna un siège situé au parterre. La comtesse et Alpiew s'installèrent donc dans une loge, d'où elles pourraient l'observer à loisir. Des pages portant la livrée du théâtre étaient en train d'allumer les chandeliers suspendus au-dessus de la scène, et l'orchestre interprétait un air plein de gaîté. Puis la musique cessa, trois coups furent frappés des coulisses et le public se tut. La comtesse se pencha avec ravissement lorsque Anne Bracegirdle s'avança vers l'avant-scène pour réciter le prologue.

« Les Maures sont capables (à ce que l'on dit) de savoir
Si leurs enfants sont vraiment leurs ou pas... »

Alpiew était plongée dans la réflexion. C'était peut-être là la clé du mystère ! Si Mme Wilson était incapable de donner un héritier à Beau, et qu'il ait emprunté une voie clandestine afin de procréer ?

Anne Bracegirdle lança un sourire séducteur aux loges et aux hommes du parterre.

« *Quel que soit le destin qui attende cette pièce,*
Le poète est sûr de trouver réconfort :
Car si sa muse l'a trahi, le pire
Qui puisse lui arriver, c'est de divorcer :
Jugez, ô maris, si c'est un grand malheur. »

La comtesse enfonça son coude dans les côtes d'Alpiew. « Pertinent, très pertinent ! »

Sous les applaudissements, Anne Bracegirdle fit sa sortie, et deux acteurs émergèrent des coulisses pour débuter la pièce.

« *Ned, Ned, où allez-vous avec tant de hâte ? Quoi, vous vous dérobez ! Mais quoi, vous nous abandonneriez ?* dit l'un.

— *Où sont les femmes ?* » répliqua l'autre.

Alpiew baissa les yeux vers Beau, et balaya rapidement l'auditorium du regard. Elle huma l'odeur particulière au théâtre : un mélange de parfums, certains entêtants, d'autres musqués, d'autres encore floraux et poudrés. Cela sentait la violette, le santal, le muguet et le patchouli, l'essence de rose, le freesia, le chèvrefeuille et le musc. La salle n'était pas comble, mais c'était ce que les acteurs appelaient « une bonne salle ». Les loges étaient toutes occupées. Ses yeux rencontrèrent soudain le regard implorant du petit domestique noir.

Hier soir, elle avait dormi bien au chaud, mais elle n'avait pas passé la nuit la plus douillette de sa vie. Elle avait partagé le lit de la comtesse, qui grognait dans son sommeil. Et quant aux bruits émanant du lit de Godfrey... Elle préférait ne pas trop s'y attarder. Mais surtout, elle avait passé une nuit blanche à s'inquiéter du joli homme aux boucles sombres auquel sa femme ne faisait pas confiance. Son esprit avait été assailli d'images de meurtre et de destruction jusqu'à ce que le bruit des seaux de lait et des charrettes dans la rue signifie l'approche de l'aube. Et maintenant le gaillard était assis à moins de trois yards d'elle, souriant, heureux et libre comme l'air. « Où étiez-vous hier soir, Beau Wilson ? », aurait-elle voulu crier.

Quand les acteurs quittèrent la scène pour l'entracte, des marchandes d'oranges se hissèrent jusqu'au parterre avec leurs paniers pour vanter leurs marchandises. « Belles oranges de Chine, oranges mûres et juteuses... »

La majorité du public se leva pour sortir dans la rue glaciale, afin de fumer la pipe ou de se dégourdir les jambes. Certains n'avaient un billet que pour un acte, et projetaient de revenir un autre jour assister à la fin de la pièce.

Beau resta sur son banc, à bavarder avec le vieillard à la perruque grise. Alpiew essaya de deviner ce que faisait le bonhomme dans la vie. Médecin, peut-être, ou avocat.

« Pas mal, dit la comtesse à Alpiew. Une bonne pièce de Congreve[1], voilà ce que j'apprécie... *Bien que le mariage fasse d'un homme et d'une femme une seule chair, ils n'en restent pas moins deux fous.* » Elle gloussa toute seule. « Très à propos.

— Je n'écoutais pas, dit Alpiew, fixant toujours le parterre. Je le surveillais.

— Et ?

— Il regardait la pièce.

— A-t-il rougi lors des répliques sur le mariage ? »

Alpiew secoua la tête.

« A-t-il regardé quelque actrice avec concupis-

---

1. Voir notes 2 p. 81 et 2 p. 88.

cence ? Bracegirdle ? Je sais qu'elle se prétend vierge, mais d'après mon expérience lorsque j'ai travaillé avec elle, je dirais qu'elle n'est pas plus vierge que moi... »

Alpiew secoua la tête. « Il a ri de Mme Verbruggen, mais qui ne rirait pas ?

— Pfuit ! Avec des hanches et un postérieur de cette taille, je pense que la garce a raison de viser les effets comiques. » La comtesse pinça ses lèvres écarlates en se rappelant les traits cruels lancés par Mme Verbruggen sur sa propre pièce, jetant le texte par terre, le traitant de tous les noms avant de le piétiner. Elle leva la main et repoussa sa perruque légèrement de côté. Peste soit de cette catin. Elle dégoterait bientôt quelque scandale sur elle et obtiendrait sa vengeance.

Alpiew et la comtesse fixèrent toutes deux Beau en silence.

« Je me demande ce qui a bien pu se passer hier soir ? souffla la comtesse. Il n'a pas l'air d'avoir souffert de son escapade fluviale.

— En effet, Madame, soupira Alpiew, il semble positivement resplendissant. »

Beau agita la main en l'air. Près de lui, une marchande d'oranges l'avisa et se faufila entre les bancs pour aller jusqu'à lui. Il lui remit quelques pièces et elle lui passa deux oranges.

Alpiew saisit la comtesse par le bras. « Vous avez vu ça ? fit-elle, tout excitée. Observez ! »

Beau Wilson tendit une orange à son vieil ami. Puis il regarda rapidement la sienne et, retirant l'écorce avec une dextérité de magicien, serra le poing et le fourra dans sa poche.

« C'est un billet, s'étrangla Alpiew. N'avez-vous pas vu ? Il était glissé sous l'écorce... il l'a mis dans sa poche sans le lire.

— Enfin, souffla la comtesse. Un rendez-vous. »

Mais, à ce moment-là, l'orchestre se mit à jouer et les acteurs revinrent sur scène. Mme Anne Bracegirdle dans le rôle de l'héroïne, Cynthia, était en train d'interroger Susannah Verbruggen, qui jouait une coquette excentrique, lady Froth.

« *En effet, Madame !* » Anne Bracegirdle émit un grognement. « *Est-il possible que Madame la comtesse soit amoureuse ?* »

Susannah Verbruggen esquiva la question. « *Je ne puis dormir ; je n'ai pas fermé l'œil de trois semaines d'affilée.* »

Chaque réplique s'insinuait dans l'esprit d'Alpiew, infléchissant ses pensées sur Beau et sa femme dans une direction, puis dans l'autre...

« *Et pourquoi, je vous prie, Madame ?* »

Elle observa les deux actrices en train de s'asticoter.

« *Ah, mais j'écrivais, j'écrivais sans relâche* », disait Mme Verbruggen de sa voix modulée. *Vous n'écrivez donc jamais ?* »

Qui avait écrit le billet ? se demanda Alpiew. Et pourquoi ce subterfuge avec l'orange ?

« *Quoi ? Aimer, et ne point écrire !* » s'exclama Susannah Verbruggen.

Alpiew décida d'examiner le public, pour tenter de graver chacun des visages dans son esprit, à tout hasard. Peut-être Beau était-il assis à quelques yards à peine de la personne qui lui avait donné rendez-vous. Alpiew jeta un coup d'œil à la place de Beau. Elle était vide !

« Madame la comtesse... Madame la comtesse... »

La comtesse était fascinée par ce qui se passait sur scène. Alpiew bondit de son siège, tirant la comtesse par le bras et pointant du doigt vers le parterre. Atterrée, la comtesse suivit Alpiew, grimpant par-dessus les autres spectateurs pour sortir du théâtre. Tout autour d'elles, le public manifestait sa désapprobation et faisait signe de se taire. Partir durant l'entracte était chose courante, mais sortir précipitamment quelques minutes après le début d'un acte, c'était impardonnable.

Les deux femmes dégringolèrent les marches du porche et se précipitèrent dans la rue. Elles regardèrent de gauche à droite et de haut en bas. Pas le moindre signe de Beau. Alpiew tapa du pied en lâchant un juron. « Qu'allons-nous faire ? Nous l'avons à nouveau perdu. »

La comtesse s'était mise à courir le long de Portugal Street vers Drury Lane.

« Halte, Madame, et s'il était parti dans l'autre direction ? » Alpiew se tenait sur la pointe des pieds en haut des marches, battant des bras comme si elle essayait de s'envoler, tandis que la comtesse tournait les talons et revenait en boitillant vers elle. « Enfer et damnation ! » lança-t-elle dans l'air glacial.

La comtesse se laissa retomber sur les marches. « Peut-être est-il encore à l'intérieur, fit-elle d'un ton plein d'espoir. Ou peut-être qu'il est allé aux loges pour voir les actrices se déshabiller.

— Vous avez raison », fit Alpiew d'une voix haletante. Elle se rappelait l'époque où elle était habilleuse au théâtre, et où elle servait parfois des rafraîchissements aux actrices, l'été. Les loges étaient toujours remplies de jeunes freluquets tentant d'apercevoir un instant la gorge de Bracegirdle, ou celles d'actrices moins célèbres. « Restez ici, Milady, et observez le public à la sortie. Je vais aller dans les coulisses. J'y ai des connaissances. J'ai été habilleuse. »

Heureuse de pouvoir assister à la fin de la

comédie, la comtesse se faufila dans l'auditorium et se glissa au dernier rang du parterre. Elle leva les yeux vers les loges. On y trouvait de jolies femmes d'allure légère, des femmes qui exsudaient littéralement la disponibilité. Mais il était possible que *la* femme se soit envolée durant l'entracte. Le négrillon attira le regard de la comtesse. Jolie petite créature, songea-t-elle. Mais pas aussi joli que son propre Cupidon, à l'époque... Sa maîtresse semblait riche. Hautaine et riche. La comtesse espéra que la femme traitait l'enfant avec bonté.

> « *Que la vilenie secrète en soit avertie ;*
> *Quelque secret soit le méfait ourdi...* »

Des vers ! La pièce s'achevait. La comtesse se leva et se posta près de la porte, afin de pouvoir sortir rapidement si elle apercevait quoi que ce soit.

> « *La torture et la honte président à sa naissance ;*
> *Telle une vipère la basse trahison avance ;*
> *Rongeant toujours ce dont elle a surgi ;*
> *Aussitôt accouchée, la vile mère périt.* »

Le public applaudit et lança des hourras, s'écriant « Encore ! ». Évidemment, personne ne s'attendait à ce que la pièce soit répétée. Même la comtesse n'aurait eu aucune envie d'y assister une deuxième fois d'affilée. Cette fieffée gourgandine de Verbruggen sortit pour réciter l'épilogue. La comtesse scruta les têtes devant elle. Si seulement un indice révélateur pouvait leur fournir une petite anecdote pour le journal à scandales. Ainsi, le fait d'avoir perdu Beau pour la seconde fois ne serait pas aussi grave.

« ... Mais bien qu'il ne puisse écrire, qu'il soit affranchi
Du moins du mépris de ceux qui ne peuvent lire. »

Mme Verbruggen sourit, lança des baisers au public et sortit de scène.

Lorsque les applaudissements moururent, la comtesse se posta sur les marches pour observer le public qui sortait. Lorsqu'il ne resta plus que quelques retardataires elle retourna dans l'auditorium, espérant qu'Alpiew avait eu plus de chance dans les coulisses. Au bout de quelques minutes, Alpiew émergea de l'une des portes adjacentes à la scène.

« Rien, dit-elle en descendant au parterre. Il n'était pas là, il n'y a jamais été, personne n'a jamais entendu parler de lui. »

Elle s'affala auprès de la comtesse sur le dernier banc. Quelques-unes des marchandes d'oranges étaient revenues avec des balais pour ramasser les pelures.

« Halte ! » s'écria Alpiew à une fillette avec un grand balai, qui se penchait vers le banc où Beau avait été assis. Elle rampa à quatre pattes sous les bancs couverts de serge verte pendant un moment, puis en émergea poussiéreuse, mais les mains vides. « Rien. »

Elle se tourna vers la fillette au balai. « Je cherche un billet. J'ai pensé qu'il l'avait peut-être laissé tomber. » Elle scruta plus attentivement le visage de la petite marchande d'oranges. « C'est toi qui lui as vendu l'orange ? »

La fillette hocha la tête.

« Alors, dit doucement Alpiew, invitant la fillette à se rapprocher, dis-moi... Où as-tu pris cette orange ?

— C'était une des miennes. » La fillette était sur la défensive. « Je ne l'ai pas volée.

— Non, non, dit Alpiew. Ce n'est pas ce que je veux dire. Mais comment s'est-il trouvé qu'un billet ait été glissé sous l'écorce ?

— Ah, ça, dit la fillette en balayant paresseusement le sol. Il y a des gens qui font ça. Pour se passer des messages, vous savez. Des rendez-vous.

— Oui ? » Alpiew l'écoutait, encourageante. Mais la fillette avait manifestement peur de parler. Elle s'agenouilla brusquement et se mit à rassembler nerveusement les morceaux d'écorce ratatinée qui traînaient par terre.

La comtesse, voyant qu'il se passait quelque chose, s'était avancée en catimini. « Est-ce qu'une dame t'a donné un billet, roucoula-t-elle doucement vers le parquet, pour le remettre au beau monsieur ? »

La fillette secoua violemment la tête. « Non ! Pas une dame.

— Un homme, alors ? » questionna Alpiew.

La comtesse se mit à genoux à son tour, tentant d'aider la fillette à ramasser les pelures et les pépins. « Brillante déduction, Alpiew. Je suis étonnée que M. Newton ne t'ait pas engagée comme assistante.

— Quelle sorte d'homme ? » Alpiew avait suivi l'exemple de la comtesse et tenait ouvert le sac à ordures pour aider la gamine.

« Un homme très grand, dit la fillette en regardant autour d'elle et en baissant la voix. Avec des grandes épaules carrées. Il m'a fait peur.

— Assistait-il à la pièce ? » Alpiew tentait de se rappeler les visages des spectateurs. « De quelle couleur était sa veste ?

— Non, dit la fillette d'une voix ferme. Il est venu et reparti avant le début de la pièce. Il fallait que j'aie le temps de glisser le billet sous l'écorce de l'orange, vous voyez.

— Tu ne te rappelles rien d'autre de cet homme, alors ? » demanda Alpiew.

La fillette secoua la tête, et la comtesse saisit son balai pour une dernière tentative.

« Vous ne trouverez pas le billet, reprit la fillette en contemplant la comtesse d'un air perplexe. Sinon, comment aurait-il su où se rendre ? »

La comtesse se redressa, et remit soigneusement, posément, son balai à la petite. Elle sourit, exposant ses chicots noircis dans un rictus affable. « Suis-je bête ! Sans la note, il n'aurait jamais su que le rendez-vous d'aujourd'hui a lieu à... » Elle secoua la tête et claqua de ses doigts boudinés comme si elle tentait de libérer d'une chiquenaude une pensée égarée.

« St. Paul.

— St. Paul, gloussa la comtesse d'une voix aiguë. Ce bon vieux St. Paul.

— Tu as lu la note ? demanda Alpiew en tentant de garder son calme. Tu sais lire ? »

Alpiew était stupéfaite. La plupart des filles de son état ne pouvaient pas lire. Alpiew elle-même avait eu de la chance que la comtesse le lui enseigne.

« Je n'avais pas l'intention de la lire. Je ne voulais même pas la lire. Mais on ne peut pas s'empêcher de voir des choses quand on essaie de les glisser sous une écorce d'orange. Et quand ces choses-là sont des lettres, et qu'on connaît son alphabet, on ne peut pas s'empêcher de les lire. C'est comme si elles vous sautaient dessus. Rien qu'en les regardant.

— La lecture est une chose curieuse, n'est-ce pas ? s'esclaffa la comtesse. Quand on ne peut pas, on ne peut pas, et tout d'un coup on ne peut pas ne pas. Mais je compatis tout à fait ! Lire ! Fi donc !

— Tout a commencé par une plaisanterie, minauda la fillette. Un monsieur l'an dernier a trouvé amusant de m'enseigner les lettres de l'alphabet, depuis, c'est horrible. Ces maudites lettres ! Elles sont partout, elles vous parlent tout le temps !

— Et elles ont dit "St. Paul" ! » La comtesse sembla la plaindre. « Ces vilaines lettres !

— C'était mieux lorsqu'elles n'étaient que des traits noirs. La vie était plus facile alors... Maintenant, où que j'aille, c'est "Sortie" ou "Pas de crédit" et toutes sortes de choses que je n'ai pas envie de savoir.

— Peut-être devrais-tu aller vivre à Smyrne, dit la comtesse. Les lettres sont différentes, là-bas. »

La fillette leva les yeux, pleine d'espoir à nouveau. « Smyrne ! Est-ce que c'est un café ? »

Alpiew décida de mettre fin immédiatement à cette méthode d'interrogation. « Autre chose ? »

La fillette lui lança un regard étonné. Elle avait perdu le fil.

« Quoi, autre chose ? »

— Sur le billet ? N'importe quoi d'autre.

— 9, marmonna la fillette. St. Paul, 9.

— Neuf ! gazouilla la comtesse. Ma pauvre petite, comme c'est affreux pour toi. Tu connais aussi tes chiffres ? »

À ces mots, la fillette fondit en larmes.

Il était passé huit heures lorsque la comtesse et Alpiew traversèrent la grille ouest de la cathédrale de St. Paul. Quelques hommes rangeaient leurs outils, tirant des couvertures sur les chaudrons et le reste du matériel de construction. Les bouquinistes étaient tous rentrés chez eux et les volets des étals étaient fermés.

« Dommage, soupira la comtesse, nous aurions pu jeter un autre coup d'œil à toutes ces cochonneries en attendant. »

En tentant de franchir une flaque d'eau, Alpiew fit une longue glissade et ne se rétablit qu'en s'agrippant à la comtesse.

« De la glace, dit la comtesse. Je parie que l'homme nu qu'on a vu ici la dernière fois ne fera pas ses rondes cette nuit ! »

Les deux femmes escaladèrent le long ponton en bois qui menait au portique ouest de l'église.

« J'imagine qu'ils vont mettre des marches là-dessous, dit la comtesse en contemplant les profondes flaques sous ses pieds, semblables à des douves. Nous avons l'air de deux vaches qui montent sur l'arche de Noé ! »

Une fois à l'intérieur, elles furent frappées par l'immensité de la nouvelle cathédrale. La comtesse leva la tête. « Les piliers semblent démesurément larges.

— C'est pour mieux nous y dissimuler, dit Alpiew, lorsque notre gaillard se manifestera.

— C'est bien, pour une fois, d'arriver en avance. Où choisirons-nous de nous poster ? » La comtesse regarda autour d'elle. « Quel est le meilleur endroit pour un rendez-vous clandestin ? »

Alpiew parcourut des yeux l'immense espace vide. « Je pars en reconnaissance, Milady. Attendez-moi là. »

Au milieu de l'allée se tenait un vieillard, la tête renversée en arrière, en train de contempler les étoiles.

« Vous travaillez ici ? s'enquit la comtesse d'une voix aussi respectueuse que possible.

— Non, répondit l'homme sans bouger.

Regardez là-haut ! » Il pointa du doigt vers un trou béant dans le toit de l'église. « Les étoiles et les planètes. Dieu lui-même, peut-être.

— Hum, fit la comtesse avec un frisson, récitant en silence une petite prière pour demander pardon de tous ses péchés.

— On prétend que le ciel n'est qu'à six miles, en allant tout droit, dit l'homme. Si nous possédions un télescope assez puissant et que nous le pointions sur ce trou, nous pourrions réussir à L'apercevoir. Et vous savez ce que ces fous vont faire ? »

La comtesse marmonna un « non » perplexe.

« Y placer une coupole surmontée d'une flèche de trois cents pieds. Ce sera l'édifice le plus élevé de Londres. Plus haut encore que le Monument au grand incendie. »

La comtesse retint son souffle, tentant d'avoir l'air impressionnée. « Ce sera certainement une église imposante.

— Une église ? ricana le vieillard. Ceci n'est pas plus une église que la niche de mon chien, ma foi. Cela ressemble plus à une tourte à l'oie qu'à une église. Et ce trou brodé au milieu du toit ressemble à l'endroit dans la croûte du dessus où l'on met le beurre. »

La comtesse lui glissa un regard en coin, espérant qu'elle ne courait aucun danger en sa compagnie. Le bonhomme s'était peut-être évadé de l'asile de Bedlam. « Quelle horrible puanteur, dit-elle.

— Du soufre, sans doute, fit le vieillard comme si de rien n'était. Il n'y a pas si longtemps, c'était une écurie, poursuivit-il, étirant toujours le cou pour contempler les Cieux. Olivier Cromwell y gardait ses chevaux. Dieu est parti alors, et il ne reviendra plus. C'est un lieu païen. Pas une église. »

Alpiew revint, essoufflée, à travers la nef et rejoignit la comtesse.

« La fillette doit s'être trompée. Ils n'ont pas pu se donner rendez-vous ici.

— Et pourquoi donc ? répliqua la comtesse en surveillant le vieillard d'un œil.

— C'est toujours fermé à clé la nuit. L'église n'est ouverte ce soir que parce qu'il y a eu un incendie cet après-midi. La salle de l'orgue a brûlé. Voilà pourquoi ils sont ici, pour nettoyer les dégâts.

— Ça explique l'odeur, dit la comtesse.

— Un jugement du Ciel, ajouta le vieillard.

— Non, la torche d'un plombier, répondit Alpiew.

— St. Paul. Neuf. » La comtesse se gratta la tête sous sa perruque. « Qu'est-ce que ça pourrait vouloir dire d'autre ?

— St. Paul, la nouvelle, dit le vieillard. Ça, c'est dans un square bondé de gredins et de catins, pas une tourte à l'oie. »

Alpiew saisit la comtesse par le coude et l'entraîna.

« Où avais-je la tête, Madame ? Il parle de St. Paul, à Covent Garden, un lieu bien plus approprié à un rendez-vous avec une putain. »

Les deux femmes couraient maintenant le long du pont en bois branlant.

« Quelle heure est-il ? » La comtesse s'agrippait à la rampe, chancelant à toute vitesse.

Alpiew se retourna vers la cathédrale et leva les yeux vers l'horloge. « Neuf heures moins dix.

— Nous n'y serons jamais à temps, ahana la comtesse. Covent Garden est à des miles d'ici. »

Alpiew glissa à nouveau sur la même flaque. « Peste soit de cette glace, s'écria-t-elle. Avons-nous assez d'argent pour prendre un fiacre ? »

La comtesse plongea les mains dans sa poche. « Deux pennies.

— Alors nous irons aussi loin que nous le pouvons pour cette somme. » Alpiew s'élança à travers la grille ouest sur Ludgate Street et glapit en direction des fiacres qui passaient.

Ils poursuivaient lourdement leur route, tout comme les chaises et les carrosses privés tirés par des chevaux qui soufflaient par petites bouffées blanches dans la nuit glaciale. Devant elles, du haut en bas de Ludgate Street, des garçons allaient et venaient en brandissant des falots pour éclairer les piétons dans la rue.

« C'est la mauvaise heure, s'écria Alpiew dans le vent d'une froideur cinglante. Ces gens rentrent tous chez eux après dîner. »

Les deux femmes foncèrent droit devant, plus vite que la plupart des carrosses. Cinq minutes plus tard, elles traversaient le pont de Fleet. Sous leurs pieds, les eaux sombres du canal étaient silencieuses.

« Gelées, dit Alpiew.

— Moi aussi », répliqua la comtesse, exhalant des bouffées de vapeur comme un petit dragon dodu et ratatiné en robe verte.

Alpiew agitait toujours les bras en direction de tous les fiacres qui passaient. Soudain, l'un d'entre eux s'arrêta.

« Où allez-vous, mesdames ? s'enquit le cocher en se penchant vers elles.

— Aussi près de Covent Garden que l'on peut aller avec deux pennies, répondit Alpiew en aidant la comtesse à grimper à bord.

— Somerset House ! hurla le cocher en se retournant. À la station des fiacres. »

Dans l'obscurité du fiacre, Alpiew et la comtesse n'échangèrent pas un mot. Elles profitèrent de ce répit pour reprendre leur souffle et se préparer à la prochaine course, de Brydges Street jusqu'à la piazza de Covent Garden. Elles remontèrent la rue en courant, relevant leurs jupes, se faufilant entre les jeunes fêtards.

À cette heure de la soirée, le quartier était très fréquenté. Les hommes allaient de tavernes en bains publics et d'étuves en bordels ; les femmes partaient travailler, ou bien en revenaient – actrices, filles de cabaret, tenancières de tavernes, filles d'étuves, et tous les genres de prostituées depuis les raccrocheuses de rue jusqu'aux flagellatrices sophistiquées ou aux femmes entretenues.

« Pouah ! Regarde-moi ces deux-là, fit la comtesse en pointant du doigt vers deux dames très grandes et très fardées, on dirait deux hommes habillés en femmes.

— C'est ce qu'elles sont, souffla Alpiew. Elles font des affaires en or, à ce qu'on dit.

— Fi donc ! s'étrangla la comtesse. Godfrey a peut-être raison. La débauche nous submerge. »

Alpiew entra dans le square, repoussant une cohue d'hommes guettant, bouche bée, une porte d'entrée.

« Qu'est-ce qui se passe ici ? demanda la comtesse en courant à reculons pour mieux voir la scène.

— C'est l'Élysée de Mme Birch, Maison de la Flagellation. Ils sont en train de rassembler leur courage en se demandant s'ils doivent entrer ou ne pas entrer...

— La flagellation ? » La comtesse se figea sur place. « Voilà un endroit à explorer pour notre rubrique. Peut-être devrions-nous envoyer Godfrey là-dedans pour débusquer quelque client célèbre... »

Alpiew revint précipitamment sur ses pas et poussa la comtesse pour la faire bouger.

« Madame, nous avons déjà trois minutes de retard pour ce rendez-vous. J'ai entendu les cloches sonner l'heure tandis que nous descendions du fiacre. »

La comtesse releva ses jupes et tituba à travers les hordes avinées du square. Une bande de jeunes voyous dansait autour de la colonne centrale, lançant leurs perruques en l'air pour tenter, sans succès, de couronner le globe qui surmontait le pilier. « Hip-hip-hourra pour les *Tityre-tus*[1] », hurlaient-ils. Des porteurs de falots virevoltaient dans la foule à la recherche de clients. Des prostituées de toutes les tailles et de toutes les formes se tortillaient et se déhanchaient autour du square, certaines assises sur des poteaux, d'autres appuyées contre les énormes colonnes de l'église de St. Paul.

« Pouah ! » La comtesse fronça le nez, et tout en se faufilant le long d'une rangée de filles de joie peinturlurées assises sur les marches de l'église, elle demanda : « Qu'est-ce que cette odeur ? De la civette ?

— Non. Du parfum. » Alpiew était à la porte, secouant la poignée qui tournait et tournait dans sa main.

« C'est une fausse porte, ma puce, dit une grande prostituée efflanquée habillée de vert, dont le visage était tellement parsemé de mouches qu'elle semblait en être au dernier stade de la peste. L'autel est juste derrière.

— Alors comment entre-t-on ? » Alpiew se frottait les doigts en signe d'impatience.

« On n'entre pas, lâcha la prostituée. L'église

1. Voir note 2 p. 83.

est fermée à clé pour la nuit. Trop pratique pour les affaires. Le curé n'appréciait pas. »

Alpiew tapa du pied en s'écriant : « Alors dites-moi, où irait quelqu'un qui aurait rendez-vous à St. Paul ?

— Hé ! La grande gueule ! » Une autre prostituée sortit des ombres mouvantes. « T'es sur notre terrain. Dégage ta petite trogne vérolée d'ici. Tu fais peur aux clients. »

La comtesse se redressa du haut de ses cinq pieds deux. « Je vous demande pardon ! Je suis lady Anastasia Ashby de la Zouche.

— Je me fous de ce que tu as pu attraper, cocotte, grogna la garce. Dégage, c'est tout. Et emmène cette catin vérolée avec toi.

— Ceci est ma femme de chambre, Alpiew. Nous avons rendez-vous avec un gentleman ami de mon défunt mari... »

Alpiew était déjà en train de retrousser les manches pour décocher un coup de poing à la femme qui l'avait insultée.

La comtesse l'attira vers elle. « Viens donc, Alpiew, nous pouvons nous renseigner ailleurs... »

Elles émergèrent du portique et tentèrent de distinguer quelque chose à travers la balustrade.

« Madame la comtesse, fit Alpiew d'une voix étranglée. Le voici ! Regardez. Dans le cimetière. »

À quelques yards d'elle, sur l'un des côtés de l'église, penché en avant, le chapeau à la main, Beau Wilson était assis sur une tombe, tout seul. La comtesse et Alpiew se penchèrent et rampèrent le long de la balustrade, jusqu'à la grille séparant la piazza du cimetière.

« Verrouillée ! » La comtesse secoua la tête. « Que devons-nous faire ? L'observer d'ici ? Comment est-il entré ?

— Il y a une grille de l'autre côté. Sur Bedford Street. Elle est cachée par l'église. »

Les deux femmes se pressaient l'une contre l'autre devant la grille, le visage écrasé contre les barreaux glacés, pour tenter d'apercevoir quelque chose dans la nuit.

« Par les dieux de l'Olympe, siffla la comtesse. Voici notre proie ! »

Des ombres du fond du cimetière, le regard tourné vers Beau, une femme s'approchait. Grande, mince et gracieuse, elle était élégamment vêtue... à un détail près.

« Pourquoi porte-t-elle un loup ? chuchota la comtesse. Ce n'est pas une catin de Covent Garden. Regarde la coupe de ses vêtements. C'est une dame de qualité, ou je suis un Hollandais ! » Elle cracha à cette idée.

« Allons, dit Alpiew. Il faudra courir, mais allons jusqu'à l'entrée de Bedford Street. Nous pouvons faire le tour de l'église en deux minutes.

— Non, dit la comtesse. L'une d'entre nous. » La comtesse désigna Alpiew d'un hochement de tête. « ... doit rester ici... pour observer les développements immédiats. Par où passe-t-on ? »

Alpiew fit signe à la comtesse de tourner à la taverne de la Licorne, de descendre Henrietta Street et de tourner pour parvenir au troisième côté du square, sur Bedford Street. La comtesse disparut dans la nuit en trottinant. Alpiew regarda à nouveau. La femme était immobile. Mais Beau se leva lentement et se retourna pour lui faire face. Il fit deux pas puis trébucha. Alpiew l'entendit jurer à mi-voix. Il se redressa en s'agrippant à une pierre tombale, et s'avança d'un pas incertain.

« Alpiew, ma vie, ma joie, mon péché adoré, comment vas-tu ? »

Alpiew se retourna. C'était Simon.

« Tu es ivre, Simon. Tu ne devrais pas être à ton poste, devant les marmites ?

— Hélas, j'ai été renvoyé, Alpiew. » Le visage de Simon se chiffonna et il sembla sur le point de pleurer.

Alpiew tentait toujours de distinguer ce qui se passait dans l'obscurité du cimetière à travers les barreaux. « On cherche toujours des marmitons, Simon. Vois combien de tavernes il y a, rien qu'autour du square. Frappe à toutes les portes. Tu trouveras du travail. Allez. »

Simon ne bougea pas, mais son visage se détendit.

« Ne remets pas à demain ce que tu peux faire aujourd'hui. » Alpiew battit des bras pour lui indiquer qu'il devait s'en aller. « Allez, ouste. Tente ta chance chez Mme Lovejoy à la Tête de Nègre. Dis-lui que tu viens de ma part. »

Simon se dandina d'un pied sur l'autre, avant de se décider enfin à partir.

Alpiew se colla contre les barreaux, mais après avoir été éblouie par les lumières de la place, le cimetière lui semblait plus noir que jamais. La comtesse devait avoir fait le tour de l'église, maintenant.

Alpiew scruta l'obscurité. Tout d'un coup, elle entendit un bruit sourd, suivi d'un cri semblable à un miaulement dans la nuit, puis plus rien qu'un bruissement d'étoffe. Quelques instants plus tard, elle entendit le rythme familier des pas de la comtesse, claquant sur le sentier pavé.

« Alpiew ! » La voix de la comtesse lui parvenait d'un endroit proche de celui où Beau était assis. « Tu as vu ce qui s'est passé ? Vite. Fais le tour. »

Alpiew retroussa ses jupes et courut comme si le diable était à ses trousses. Elle passa la grille derrière l'église et galopa le long de l'allée qui menait au cimetière. Des pas lourds couraient vers elle. Qui que ce soit, il prenait toute la place, et lorsqu'il atteignit Alpiew, il la poussa par terre. Elle se hissa et tenta d'apercevoir plus nettement la silhouette fuyante. Mais il faisait trop noir, et l'inconnu allait trop vite. Il avait disparu avant qu'elle puisse le voir. Elle se remit péniblement sur pied et tituba le long de l'allée. Tandis qu'elle débouchait sur le cimetière, elle entendit un cri retentissant. Un cri de femme. Elle se maudit de n'avoir pas emprunté un falot à l'un des garçons du square pour éclairer son chemin. Tout était plongé dans le silence. La rumeur des fêtards du square montait de l'autre côté du cimetière. Alpiew parvint au mur latéral de l'église et le longea, plaquée aux pierres, scrutant les sépultures. Elle ne voyait rien d'autre que des pierres tombales. Pas de trace de Beau, ni de la mystérieuse femme masquée, ni de la comtesse. Elle s'arrêta, retenant son souffle, pour écouter. Elle distinguait maintenant de faibles gémissements.

« Milady ? chuchota-t-elle. Vous allez bien ?

— Non, répliqua-t-on. Je suis tombée et j'ai tordu ma cheville. Va chercher des secours. »

Alpiew s'élança jusqu'aux grilles donnant sur Covent Garden, près de l'endroit où elle se tenait plus tôt, et passa le visage à travers les barreaux.

« À l'aide, ho ! cria-t-elle. Appelez la garde ! Ma maîtresse est blessée. »

Espérant que l'un des fêtards du square serait assez sobre pour l'entendre, elle escalada péniblement les pierres tombales en direction des marmonnements de la comtesse.

« Je suis toute trempée, se plaignait-elle. Mes mains se sont mouillées à l'endroit où je suis tombée. » La comtesse était étalée sur le dos, comme une tortue retournée. « Je crois que j'ai trébuché sur un tas de hardes qu'un imbécile a laissées ici. » Elle s'agrippait à la pierre tombale la plus proche, tentant de se relever de l'herbe glacée.

Alpiew l'attrapa par derrière pour l'aider à se remettre sur pied, puis à s'asseoir sur la tombe.

« Avez-vous vu la femme ? demanda-t-elle.

— Elle était partie avant que je n'arrive, haleta la comtesse. Beau aussi, je crois. J'ai entendu un homme s'enfuir en courant, d'un pas lourd. » Elle se pencha et se frotta la cheville. « Je ne serai jamais capable de marcher avec cette jambe. Maudite noirceur ! Je n'y vois rien. »

Au loin, par l'entrée de Bedford Street, un flambeau allumé progressait en bondissant, éclairant deux chapeaux.

« Voici les secours, Milady. »

Alpiew jeta un coup d'œil à l'allée. « Regardez, Madame, qu'est-ce que ceci ? » Elle indiqua du doigt une lueur sur l'herbe. La comtesse suivit son regard.

« Des lucioles, expliqua-t-elle.

— Dans ce froid ? » Alpiew fit quelques pas et saisit l'objet. « C'est un morceau d'étoffe, Madame, mais il est enchanté, dit-elle en l'examinant soigneusement. Il émet de la lumière comme s'il cachait le diable... »

Derrière Alpiew, deux officiers arrivaient par l'allée du cimetière, tenant bien haut leur flambeau. « Où est la dame ? fit une voix d'homme. Je suis le commissaire de Covent Garden, et voici mon sergent. Nous l'aiderons à marcher jusqu'à un carrosse. »

Le commissaire dans sa longue cape avança d'un pas sur l'herbe, éclairant son chemin de la torche.

« Je suis terriblement confuse, monsieur. J'ai

perdu pied et hélas... » Elle abaissa la main pour désigner sa jambe blessée.

« Comment vous appelez-vous ? » demanda le commissaire du ton légèrement supérieur que prennent les officiels lorsqu'ils s'adressent à des femmes âgées.

Il lui tendit la main, et la comtesse avança la sienne pour la saisir.

« Lady Anastasia Ashby de la Zouche, baronne Penge, comtesse de Clapham... »

Alpiew fut la première à crier. Puis tous les regards suivirent le sien. D'abord vers la main tendue de la comtesse, son gant blanc barbouillé de rouge, puis le long de son poignet jusqu'au sang qui dégoulinait de ses manchettes en dentelle, suivant ensuite les gouttes sanglantes jusqu'au sol où, aux pieds de la comtesse, se trouvait un couteau. À côté du couteau gisait un visage, celui de Beau Wilson. Ses yeux étaient bandés par une étoffe noire et son teint était livide. Son corps était étalé au pied d'une tombe recouverte de lichens. La vie l'avait déserté et, d'une oreille à l'autre, sa gorge avait été tranchée.

Le commissaire et son sergent échangèrent un regard, puis ils s'avancèrent tous les deux, le sergent tirant une corde de sa poche.

« Madame Aspidistra Zela Douche, au nom du roi Guillaume, je vous arrête pour délit grave et capital de meurtre. »

4

Résolution

Ce qui se produit lorsque des substances mélangées se séparent violemment.

Avant même que les poignets de la comtesse ne soient ligotés, Alpiew avait détalé. Se faufilant entre les pierres tombales dans l'obscurité, elle avança en se recroquevillant pour échapper aux regards, puis se glissa jusqu'à la rue et la place bourdonnante d'activité. C'était devenu un réflexe chez elle : dès qu'elle voyait la police, elle prenait ses jambes à son cou. À bout de souffle, elle jeta un coup d'œil par-dessus son épaule pour s'assurer du succès de son évasion, puis s'engouffra dans la taverne de la Tête de Nègre, espérant que Simon y serait toujours.

Il y était. Elle l'agrippa par le coude. « J'ai besoin de toi pour suivre les gendarmes qui escortent ma maîtresse...

— Mais...

— ... Vois où ils l'emmènent, puis dépêche-toi d'aller porter la nouvelle à Godfrey dans sa maison de German Street.

— Mais j'attends d'être reçu par Mme Lovejoy... »

Alpiew lui pinça le menton et plongea ses yeux dans ceux du jeune homme. « C'est une question de vie ou de mort, Simon. » Après l'avoir guidé jusqu'à l'entrée, elle le poussa dehors, dans la rue. « Va. Cours. Ils seront en train de descendre Bedford Street. Ouste. »

Elle tapa des mains qu'il se dépêche, puis s'affala sur le bord du trottoir tandis qu'il disparaissait dans la nuit. Que faire ? Quelle infortune ! Quel cauchemar éveillé ! Pour le meurtre, il n'existait qu'une seule peine : la mort. Comment la comtesse pourrait-elle prouver qu'elle n'avait pas tué ce malheureux, cet adorable Beau Wilson ?

Alpiew inspira profondément et se releva tant bien que mal, car deux ivrognes chancelaient dangereusement vers elle. Bousculée par des chalands à la recherche de prostituées, elle traversa la place, tête baissée au cas où le commissaire ou l'un de ses hommes soit toujours à sa recherche. Les prostituées ! Un loup, voilà ce dont elle avait besoin. Elle pourrait alors agir en sûreté.

« Aïe ! s'exclama-t-elle à l'oreille de la prostituée la plus proche. Regardez, là ! » Elle pointa du doigt vers un homme qu'elle n'avait jamais vu de sa vie. « Mon maître. Il cherche une fille. »

La prostituée jeta un rapide coup d'œil vers l'homme.

« S'il me voit, il prendra ses jambes à son cou, j'en suis sûre, de peur que je le raconte à Madame... » Alpiew leva les yeux vers la femme. « Que puis-je faire ? »

L'homme détaillait la prostituée. Alpiew lui tourna le dos et se cacha le visage des mains.

« Aidez-moi ! Comment puis-je fuir sans être vue ? »

La prostituée, voyant qu'elle allait perdre un client sans même l'avoir gagné, décrocha le masque qui pendait d'un ruban à sa taille, et le tendit à Alpiew.

« Fous le camp, souffla-t-elle, tu gâches mes affaires. »

Alpiew plaqua le masque sur sa figure et s'élança hors du portique tandis que l'homme s'approchait de la fille de joie, afin de négocier les termes de sa partie fine. Elle s'accroupit près des barreaux et scruta le cimetière à travers les trous de son loup. Quelques gardes, flanqués de porteurs de flambeaux, se mouvaient dans la lumière dansante. Un groupe d'hommes à l'air rude avait enveloppé Beau d'un drap et le soulevaient pour l'emporter.

Le commissaire lisait un bout de papier chiffonné : « Voici où emporter le corps... »

Sans doute chez sa femme.

« Chale House, Angel Court... »

Oui, c'était l'adresse de son domicile.

« Et où c'est, ça ? grogna l'un des gardes en soulevant le cadavre.

— Dans le quartier chic entre Ludgate Hill et Old Bailey », répliqua son collègue.

Alpiew frémit aux mots de « Old Bailey ». Beau Wilson était mort, et la comtesse avait son sang sur les mains. C'était un meurtre. Sa maîtresse encourait la peine capitale.

« Heureusement qu'il avait ce reçu dans la poche », dit le commissaire en défroissant le bout de papier. Il lut : « Un galon d'urine en décomposition... curieuse emplette pour un garçon aussi élégamment vêtu. » Il chiffonna la note et la jeta par terre. « Enfin, par ici... » Il lança à ses hommes un regard lourd de sous-entendus : « Les gens sont bizarres. » Il se gratta le bas-ventre, puis leva le bras. « Chacun ses goûts, comme je dis toujours. En avant ! », ordonna-t-il, et la petite procession s'ébranla.

Alpiew attendit que le dernier flambeau ait disparu du passage donnant sur Bedford Street, puis se faufila jusqu'au cimetière déserté. Elle se pencha au ras du sol et scruta l'herbe. Elle trouva le reçu et le glissa dans sa poche, puis s'assit sur la pierre tombale où la comtesse s'était reposée. Il était temps qu'elle se fasse une vue d'ensemble de toute cette affaire. Le principal, c'était de faire libérer la comtesse. Alpiew connaissait le système de justice, et savait que, sans argent pour se défendre, sa maîtresse n'avait aucune chance de s'en tirer. La seule façon certaine de la faire relâcher était de découvrir *qui* avait tué Beau Wilson.

Que savait-elle de lui ? D'abord, qu'il avait une femme. Une femme méfiante, qui le soupçonnait d'adultère, et qui, le cas échéant, préférerait, selon ses propres termes, « qu'il disparaisse... pour ne jamais revenir ». Une femme d'un tempérament glacial. Après tout, elle avait bien menacé Alpiew de lui trancher la gorge. Et maintenant, quelqu'un venait de trancher celle de son époux... Quoi d'autre ? Et Beau, dans tout ça ? Il était d'une gaîté inépuisable, toujours en train de sourire et de saluer des gens dans la rue ; il aimait des mets français dégoûtants ; marchait très vite, à grands pas ; assistait aux conférences de la Royal Society ; au cours des vingt-quatre heures où elles l'avaient filé, il avait eu deux rendez-vous mystérieux. Au cours du premier, on l'avait enlevé et emmené sur la Tamise, les yeux bandés ; le second, à nouveau les yeux bandés, l'avait conduit à sa mort. De retour à la maison après l'incident de la chaloupe, il avait semblé insouciant, au point d'aborder la comtesse pour discuter de la conférence de la Royal Society la veille. Au théâtre, il avait également paru calme et tranquille. Pas le moins du monde effrayé. Il avait assisté au premier acte et il était parti à l'entracte, mais il n'y avait rien d'inusité à cela, de nombreux spectateurs revenaient voir le second acte un autre soir, ou ne revenaient pas si le premier ne leur avait pas plu. La marchande d'oranges qui lui avait passé le billet glissé sous l'écorce du fruit n'avait pas trouvé cela étonnant. C'était une pratique courante.

Et *quid* des fréquentations de Beau ? D'abord, sa femme soupçonneuse. Alpiew n'avait aucune confiance en elle. C'était un fait bien connu que la plupart des meurtres se commettent en famille. Ensuite, elle avait souvent croisé la même brute à nuque épaisse aux endroits où elle avait vu Beau. Il était entré dans le café Amsterdam, mais n'était pas resté assez longtemps pour manger. C'était sûrement sa silhouette qu'elle avait observée là-bas, sur le quai de Dorset Garden. Et même si elle n'avait pas eu le temps de le voir, elle était presque certaine que c'était le même homme qui l'avait poussée ce soir, pour sortir du cimetière. Derrière le loup, le visage d'Alpiew était trempé de sueur. Elle repoussa le masque et fouilla dans sa poche pour prendre son mouchoir. Elle le secoua, et l'étrange lueur se répandit à nouveau. C'était le mouchoir enchanté qu'elle avait trouvé avant qu'elle et la comtesse ne tombent sur le corps de Beau. Elle le remit dans sa poche et quitta le cimetière.

Arrivée sur le Strand, Alpiew entra dans une taverne bien éclairée et inspecta le reçu de Beau. Il était émis par l'apothicaire qui tenait boutique en face de chez lui. En le lisant plus attentivement, elle constata qu'il ne s'agissait pas d'un reçu, mais d'une facture impayée. Au bas était tracé en pattes de mouches : « Pour votre attention immédiate. » Beau avait acheté un gallon d'urine en décomposition, et plus bas était inscrite une rangée de symboles indéchiffrables. Alpiew retourna la note. À l'arrière de la facture, deux mots étaient tracés d'une main maladroite. « *Alles Mist !* » C'était incompréhensible. Elle replia la facture et la glissa entre ses seins, l'endroit le plus sûr qu'elle connaisse, et le seul avantage d'une poitrine généreuse. Elle commençait à s'apercevoir combien elle était fatiguée – chaque os, chaque tendon de son corps était douloureux de froid et d'épuisement. Mais il n'était pas encore temps de dormir. Elle sortit précipitamment de la taverne et descendit le Strand en courant. Elle voulait voir comment Mme Wilson encaissait la nouvelle de la mort de son mari.

Les gardes ne se presseraient pas pour transporter le défunt chez lui. D'abord ils retourneraient au corps de garde pour envoyer chercher une charrette, puis ils y installeraient le cadavre de façon à ce qu'il ne tombe pas, puis ils attelleraient un poney et se dirigeraient vers l'est. À cause de la nature particulière de leur cargo, ils éviteraient les axes principaux, ce qui allongerait leur trajet. Sans doute s'arrêteraient-ils pour boire une pinte ou deux en chemin.

Alpiew savait qu'en marchant d'un bon pas, elle pouvait arriver avant eux. Elle remit le masque et se dirigea vers Ludgate Hill.

Tout en marchant, elle songeait à la comtesse. Sans doute avait-on tiré du lit un juge de paix, pour qu'il rédige l'ordre instruisant quelque geôlier de l'enfermer jusqu'à ce qu'un procès puisse être organisé. Parfois, cela prenait des mois. Parfois, toute l'affaire était expédiée en une semaine.

Lorsque Alpiew parvint à Angel Court, la maison des Wilson était plongée dans l'obscurité. Elle se recroquevilla dans l'ombre de l'entrée de l'apothicaire, et attendit. Ses paupières s'abaissèrent et elle se laissa flotter dans un sommeil trouble. Elle ne sut donc pas quelle heure il était lorsque les hommes de la gendarmerie se hissèrent sur les marches avec le corps de Beau Wilson. Le commissaire en avait manifestement terminé avec les formalités de l'incarcération de la comtesse, et les accompagnait pour annoncer la nouvelle à Mme Wilson.

Il frappa trois coups à la porte. Au bout d'une ou deux minutes, Alpiew vit la lueur tremblotante d'une bougie descendre l'escalier principal. Une femme de chambre, sans doute.

On entendit le bruit des verrous qu'on poussait, puis la porte s'entrouvrit à peine. Le commissaire chuchota quelques mots et la femme de chambre referma la porte. Alpiew suivit des yeux la bougie qui remontait l'escalier. Quelques instants plus tard, de nombreuses bougies étaient allumées sur le palier et Alpiew vit l'ombre de Mme Wilson descendre les marches. La porte se rouvrit.

Alpiew distinguait très bien la jeune femme, éclairée par les flambeaux des gardes. Le commissaire fit une courbette obséquieuse et marmonna quelques mots. Le visage de Mme Wilson resta figé un moment, puis ses yeux quittèrent le commissaire pour se porter derrière lui, vers la charrette où gisait le corps de Beau. Son visage se tordit comme si elle allait hurler, elle s'élança en bousculant le commissaire puis, toujours en silence, elle courut jusqu'à la charrette et y grimpa maladroitement, tirant sur le drap qui recouvrait le corps de son mari. Le mouvement saccadé du tissu le fit bouger : son visage se tourna vers le côté. Sa main tomba hors de la charrette et se balança comme une pendule devant la roue.

« Il n'est pas mort, vous voyez bien, dit Mme Wilson, attirant sa tête sur ses genoux et lui baisant les lèvres. Il a froid, c'est tout. » Elle attira son autre main vers elle et se mit à la frictionner. « Il a froid. »

Elle regarda les hommes qui avaient escorté le corps. « Vous êtes congédiés. Merci de l'avoir ramené à la maison. Vous pouvez partir maintenant. »

Le commissaire leva la main vers la femme bouleversée, mais elle rugit en le repoussant.

« Partez, partez, partez. On ne veut pas de vous ici. »

La tête de Beau se renversa vers l'arrière, exposant toute la gravité de la blessure fatale. Le couteau avait lacéré sa trachée et tranché les deux tendons. Mme Wilson se pencha, et vit la réalité : la lourde tête ne tenait plus que par l'épine dorsale et un pan de peau. Elle se mit à pousser des hurlements sans fin.

Ses femmes de chambre et son valet de pied se précipitèrent et, après quelques paroles échangées avec le commissaire, la persuadèrent avec douceur de descendre de la charrette et de rentrer dans la maison.

« Je vais faire appeler un médecin », dit le valet de pied au commissaire. D'autres domestiques transportaient le corps de Beau à l'intérieur.

« Je dois lui parler », souffla le commissaire. « Il s'agit d'une affaire de meurtre. Le mécréant a déjà été assigné par le juge de paix et est enfermé sous bonne garde...

— Revenez demain matin, dit le valet de pied. Je dois porter assistance à ma maîtresse. »

Le corps était à l'intérieur, et Alpiew vit qu'on l'allongeait sur la table de la salle à manger. Des domestiques allaient et venaient dans la lueur inquiétante d'une seule lanterne. Le majordome de Beau s'affairait dans la pièce, allumant appliques et candélabres tandis que le valet de pied se retirait à l'intérieur et claquait la porte derrière lui.

« On ne nous a même pas offert un verre à boire, grommela le commissaire, après tous nos efforts. »

Les hommes et leur charrette redescendirent Ludgate Hill dans un grand fracas. Alpiew traversa la rue pour s'approcher de la maison des Wilson. La réaction de Mme Wilson avait sans aucun doute le cachet de l'authenticité, mais il serait intéressant de savoir ce que les gens de maison pensaient de la mort prématurée de leur maître. La salle à manger était maintenant brillamment illuminée, mais personne n'avait songé à tirer les rideaux. Alpiew, son visage masqué par le loup noir, voyait très distinctement, et comme un seul carreau de verre la séparait de la pièce, elle entendait également très bien.

« Sacrebleu ! dit le majordome, il a bel et bien été expédié dans l'autre monde.

— Pomponné jusqu'à la perruque, comme d'habitude, pour l'une de ses sorties mystérieuses, ajouta un autre serviteur.

— Peut-être que le cocu à qui feu notre maître a fait pousser les cornes a voulu lui donner la leçon. »

Les hommes éclatèrent d'un ricanement étrange et sombre.

Une vieille femme, sans doute la cuisinière, se mit à sangloter. « Mais il était bon avec nous...

— Va chercher de l'eau dans la cuisine, Abigail, dit le majordome. Il faut que nous fassions sa toilette. »

La femme en sanglots quitta la pièce, et Alpiew tenta de s'approcher un peu plus de la fenêtre. Les hommes se mirent à parler entre eux.

« Madame savait, dit le cocher, pointant du doigt vers le plafond. Elle a payé quelqu'un pour le suivre. Je l'ai emmenée. À St. James. »

Ils se turent lorsqu'une jeune bonne ouvrit brusquement la porte et s'élança dans la pièce. Elle fonça vers la table, jeta un coup d'œil aux pauvres restes de Beau, et se mit à hurler, se jetant violemment sur le cadavre, ses mains agrippées au visage du mort. « Cette garce ! beugla-t-elle. C'est cette garce qui a fait ça. Je le savais, qu'elle le ferait. »

Le majordome s'avança vers elle et la saisit pour l'arracher au corps de Beau. « Betty, laisse. » Il désigna le plafond du menton et secoua la tête en ajoutant tout bas : « Pas maintenant. »

Betty, le visage barbouillé du sang de Beau, se retourna et rugit.

« Va au diable, espèce de traître ! » Elle se tourna à nouveau vers le cadavre de Beau. « Laissez-moi simplement mettre la main sur elle. Je vais l'achever, elle aussi, pour l'avoir tué. » Elle tendit la main et caressa doucement la joue de marbre de Beau. « Je vous vengerai, Monsieur. Vous le savez, n'est-ce pas ? »

Alpiew s'aperçut qu'elle n'avait pas respiré depuis près de deux minutes, et aspira une grande goulée d'air. Voilà qui était bien plus palpitant que ce maudit théâtre.

D'un seul mouvement, les serviteurs se tournèrent vers la fenêtre. Alpiew se retira dans l'ombre, et s'éloigna d'un pas rapide, au moment même où le valet de pied s'avançait pour tirer les rideaux.

« J'exige ma libération immédiate ! coassa la comtesse. Vous me prenez peut-être pour une vieille folle ignorante dont vous pouvez abuser, mais je connais mes droits ! »

Elle hurlait à travers les barreaux, sans

s'adresser à personne en particulier. Elle était dans une cellule du corps de garde de Charing Cross. Le geôlier l'avait acceptée avec réticence avant de s'en retourner au lit.

« C'est une erreur. Pourquoi assassinerais-je cet homme ? Il était mon gagne-pain ! » croassa-t-elle. À ce rythme, elle perdrait sa voix avant l'aube, en tous cas le geôlier y comptait bien. La comtesse poussa un nouveau cri à glacer le sang, et s'affaissa contre le mur crasseux de la cellule.

La prison pour dettes était une chose ; être retenue sous une accusation de meurtre en était une autre. Elle connaissait la procédure. On vous traînait devant un magistrat et un jury qui ne demandaient pour toute preuve que l'accusation des forces de l'ordre, et on était jugé coupable. Il était vrai qu'en payant très cher un bon avocat, même un coupable pouvait s'en tirer, mais contrairement à ce que stipulait le code criminel britannique, dans la plupart des cas on était jugé « coupable jusqu'à preuve d'innocence[1]. »

Et comment allait-elle la prouver, son innocence ? Elle avait le sang de cet homme sur les mains, l'instrument du crime et le cadavre à ses pieds. Elle maudit Alpiew. Prendre ses jambes à son cou, comme ça ! La déserter à l'heure de son plus grand besoin ! Elle ne reverrait sans doute plus jamais cette fille. Entre-temps, comment faire parvenir un message à l'extérieur ? Comment trouver de l'aide ?

« Milady ? » Elle entendit le chuchotement

---

1. C'était en effet contraire au code britannique, alors récemment renforcé par la célèbre loi d'*Habeas Corpus* (1679), garantie contre l'emprisonnement abusif. On était donc en théorie jugé « innocent jusqu'à preuve de culpabilité », et non l'inverse ! (*N.d.E.*)

rauque et reconnut aussitôt la voix de Godfrey. Cette voix semblait émaner de la grille d'aération au niveau du sol, alors elle s'accroupit pour parler.

« Godfrey ? C'est moi. Ils m'ont enfermée pour meurtre. C'est une erreur, mais je vais avoir besoin d'aide. »

Godfrey grogna. « De l'aide, c'est cher, Madame. Et on n'a pas un liard. »

La comtesse avait la tête qui tournait. « Essaie de demander aux Cue, dit-elle. Raconte qu'Alpiew et moi sommes sur la piste d'un énorme scandale pour eux. Un scandale retentissant. Politique. Des gens haut placés. N'importe quoi. Arrange-toi pour que ça ait l'air sensationnel. » Godfrey ne répondit rien. « Au fait, où est Alpiew ?

— Je ne l'ai pas vue, Madame. Mais elle a envoyé un garçon pour m'avertir que vous étiez enfermée ici. »

La comtesse révisa quelque peu son opinion d'Alpiew. « Quand tu la verras, dis-lui de me sortir d'ici. Et préviens-la d'être discrète. Je les ai entendus parler. Ils la recherchent, elle aussi, pour complicité. Ce serait un désastre pour nous deux si on l'attrapait. »

Godfrey émit à nouveau un grondement sourd.

« En attendant, j'ai besoin d'un livre, siffla-t-elle. Très important. Il est énorme, brun, et en ce moment il soutient un meuble bancal dans la cuisine.

— Pas une lecture bien légère, Madame, si je puis me permettre.

— Justement, non, je ne te permets pas, Godfrey. Ce livre pourrait être ma rédemption.

— Je ne pense pas qu'un livre...

— Tu n'es pas payé pour penser, Godfrey,

rétorqua la comtesse. Contente-toi de me rapporter ce livre. »

Alpiew revint à pied jusqu'à German Street en un temps record. Quelle journée ! Et demain, ce serait encore pire. Elle devait découvrir qui avait tué Beau pour faire libérer la comtesse. Mais par où commencer ? Elle avait la facture de l'apothicaire dans la poche. Elle pourrait lui rendre visite, ce qui ferait d'une pierre deux coups, en lui donnant l'occasion d'observer la suite des événements à Chale House.

Tout d'abord, Alpiew savait qu'il lui fallait dormir un peu. Elle se faufila dans la cuisine. Manifestement, Godfrey était sorti. Elle se déshabilla et se glissa dans le lit gigogne bien au chaud, puis resta allongée dans l'obscurité, tourmentée par le sort de sa maîtresse. Ses pensées allèrent à Mme Wilson, au spectacle du cadavre de Beau et à l'esclandre provoqué par la soubrette, Betty. Cette soubrette était-elle la maîtresse que recherchait Mme Wilson ? L'accès de douleur de la jeune fille excédait de loin ce qu'elle aurait dû ressentir pour son maître, et en y repensant, aucun des autres domestiques n'avait semblé particulièrement étonné par son déluge de larmes.

Ces derniers ne lui avaient pas appris grand-chose, mais Alpiew savait maintenant que tous prenaient Beau pour un coureur de jupons. Et bien sûr, au cours de leurs tâches quotidiennes, ils avaient dû observer de quoi nourrir cette conclusion. Les femmes de chambre devaient savoir qu'il découchait régulièrement, les valets l'aidaient à passer ses plus beaux atours, les porteurs de chaise et le cocher devinaient qu'il avait quelque chose à cacher, sinon pourquoi choisirait-il de partir si souvent à pied, ou de prendre un fiacre, alors qu'il les payait pour le transporter ? Donc, ce que la comtesse et Alpiew soupçonnaient depuis le début de cette affaire semblait être exact, si ce n'était le mystère des rapports de Betty avec son maître, et sa promesse de se venger de Mme Wilson.

Demain, décida Alpiew, elle rendrait visite à l'apothicaire et lui poserait quelques questions. Après tout, cette facture était son seul indice. Du même coup, elle tenterait de faire parler quelque membre de la maisonnée Wilson. Et, pour finir, d'une façon ou d'une autre, elle ferait parvenir un message à Madame la comtesse, pour la tenir au courant de son enquête.

Juste au moment où elle s'assoupissait enfin, Godfrey fit une entrée fracassante.

« Faut lui rapporter un bouquin, marmonna-t-il. Avec un titre ronflant, *Coke contre Littleton.* » Il s'agenouilla et scruta le plancher de la cuisine. « Tu vas devoir sortir du lit », fit-il en jetant un regard concupiscent vers Alpiew. Elle remonta le drap pour recouvrir sa mince chemise de nuit.

« Je ne peux pas soulever le lit si tu es dedans », ajouta-t-il, pointant du doigt vers un livre calé sous l'un des pieds du lit.

Alpiew soupira bruyamment et, tirant le drap à son cou, se leva. Godfrey essuya une goutte de salive qui lui coulait sur le menton, puis retira le livre d'une saccade. Le lit pencha périlleusement.

« Alors, voyons voir. » Alpiew tendit une main d'en dessous du drap. Godfrey lança le livre en l'air, espérant qu'Alpiew soit obligée de lâcher le drap, mais elle l'attrapa et se rassit dans un même mouvement souple.

« Hum, fit-elle. Tout est en latin. Ce doit être un livre juridique. C'est bien ce que je croyais. » Elle leva les yeux vers Godfrey, qui la détaillait toujours en salivant. « Allez, va te coucher, espèce de vieux cochon débile ! »

La bouche de Godfrey s'ouvrit encore plus grande, mais il se recula en grognant. « Eh bien, il va falloir que tu le lui apportes demain.

— Et comment vais-je m'y prendre ? Être en prison pour présomption de meurtre, ce n'est pas comme être invitée à prendre le thé. Ils ne vont pas me laisser entrer et tout bonnement lui donner le livre.

— Non, certainement pas. Ils te pinceraient immédiatement sur place. »

Alpiew le regarda. « Que veux-tu dire ?

— Ils sont venus te chercher ici. » Il fit glisser son pardessus de ses épaules et s'affala. « Enfin, j'imagine que c'est après toi qu'ils en avaient : "Une fille bien en chair, cheveux bruns, yeux bleus..." »

S'entourant de son drap, Alpiew se leva pour dominer Godfrey de toute sa hauteur. « J'espère bien que tu leur as dit que tu ne connaissais personne répondant à cette description. »

Godfrey haussa les épaules, reluquant sa poitrine. « Pas si bien en chair que ça, de toutes façons. J'en ai vu de plus gros en mon temps. Je leur ai dit que j'aurais bien de la chance...

— Alors il vaut mieux que je trouve un autre endroit où dormir demain. » Elle regarda autour d'elle. Elle regretterait cette cuisine. C'était bien chaud et franchement assez douillet. « Où va la comtesse lorsqu'elle doit se cacher de ses créanciers ? »

Alpiew savait que la question méritait d'être posée. Plusieurs maisons avaient toujours des cachettes à prêtres qui subsistaient depuis l'époque du Commonwealth[1], lorsqu'il était illégal d'être

1. Nom officiel de la République de Cromwell (1649-1658). (*N.d.E.*)

catholique, et que les prêtres devaient être cachés pour célébrer des cérémonies clandestines, messes, baptêmes ou mariages.

« Elle se terre en général chez Saint-Pholle, cette femelle française qui est sa meilleure amie. »

La duchesse de Saint-Pholle ! La dernière fois qu'Alpiew l'avait vue, elle était habillée en cavalier et se battait en duel contre un jeune homme à Hyde Park. Mais c'était vingt ans auparavant, sir Peter n'avait pas encore emmené Alpiew contre son gré au Nouveau Monde.

Rien que de se le rappeler, Alpiew sentit monter sa rage. Elle jeta un regard noir à Godfrey.

« Et le livre ? Comment le feras-tu parvenir à Madame la comtesse, alors ?

— J'avais l'intention de le lui glisser demain après-midi, ahana Godfrey en retirant d'antiques bottes. Lorsqu'ils l'emmèneront du corps de garde de Charing Cross à la prison de Newgate. »

Alpiew fit volte-face : « On la déménage ?

— Évidemment qu'on la déménage ! » Godfrey ne portait plus maintenant que sa chemise et ses chaussettes. « On ne peut pas remuer le petit doigt dans ces cellules de corps de garde, tu le sais bien. »

Alpiew se mordit la lèvre inférieure et se laissa retomber dans son lit, lequel, sans le livre qui maintenait son équilibre, l'expédia sur le carrelage. Alpiew saisit une pile de papier, et fourra un gros manuscrit intitulé *Le Dernier Souffle de l'amour*, signé « Le Galant Éthéré », sous le pied court. « Bien. Alors on va la balader dans les rues, chuchota-t-elle. Les affaires reprennent. »

*

* *

Le lendemain matin, Alpiew était postée devant la boutique de l'apothicaire, attendant son ouverture. Levée de bonne heure, elle s'était arrêtée pour bavarder avec quelques amis à Hay Market. Un certain charretier lui devait une faveur, et plus tard dans la journée, elle comptait se la faire rendre.

La maison des Wilson semblait en pleine ébullition, mais c'était normal : croque-morts et autres embaumeurs venaient proposer leurs services, ainsi que les couturières pour le suaire, les menuisiers pour le cercueil, les bijoutiers pour proposer des bagues de deuil, les imprimeurs pour les faire-part... Les funérailles ! Voilà qui serait intéressant. Qui se présenterait, qui enverrait des fleurs ? La porte des Wilson s'ouvrit et un homme vêtu de brun sombre entra.

« Puis-je vous aider, madame ? » Dans l'entrée de la boutique, le petit apothicaire maigrichon tenait la porte ouverte de sa béquille, en penchant la tête de côté. Il n'avait qu'une jambe. Alpiew fit volte-face tandis que l'homme reculait en sautillant et passait derrière le comptoir. Elle tira la facture de son décolleté et entra dans la boutique.

« J'ai besoin de renseignements là-dessus, expliqua-t-elle en posant la facture sur le comptoir.

— Ces articles ne m'ont toujours pas été réglés. » L'apothicaire avait glissé un pince-nez sur l'arête de son nez mince et crochu. « Qu'est-ce qui se passe là-bas, au fait ? dit-il en indiquant la maison des Wilson. Quelqu'un a gagné à la loterie ? »

Alpiew secoua la tête. « Non. Il y a eu quelques ennuis. Pouvez-vous me parler de cette facture ?

— Vous êtes nouvelle ? Je ne vous ai jamais vue dans le coin avant aujourd'hui... »

L'apothicaire inspira brusquement de l'air entre ses dents jaunies. « Il me doit de l'argent depuis plusieurs semaines. Je ne sais pas pourquoi je le laisse se fournir à crédit... »

Alpiew sourit. « Je suis ici pour m'assurer que toutes les dettes soient réglées. Je dois simplement connaître leur nature auparavant. »

L'apothicaire prit le bout de papier et se mit à écrire, l'encre noire de sa plume d'oie râpeuse éclaboussant le comptoir. « Simples fournitures de laboratoire, en fait. » Il la scruta par-dessus son pince-nez. « Habituellement utilisées lorsqu'on travaille les métaux. »

Tandis qu'il faisait glisser le papier vers Alpiew, la porte s'ouvrit derrière elle et l'homme en brun qu'elle avait déjà vu entrer dans la maison des Wilson se précipita dans la boutique. Il était à bout de souffle et paniqué.

« Une solution saline. Avec de la moutarde... » Il repoussa sa perruque et essuya la sueur de son front. « Un émétique, un antidote contre le poison. Vite ! »

Il hurla cette dernière parole et l'apothicaire fit un saut en arrière.

« Que s'est-il passé ? » Alpiew jeta un coup d'œil à la fenêtre, de l'autre côté de la rue. La porte d'entrée était ouverte et certains des serviteurs qu'elle avait vus la veille au soir étaient dehors, agitant leurs mains et discutant fébrilement entre eux.

« Elle a pris du poison. Mme Wilson se meurt.

— Quel poison ?

— Au nom de Dieu, comment le saurais-je ? » hurla l'homme en brun, hystérique.

L'apothicaire se pencha vers l'avant et agrippa l'homme par la veste. « Dites-moi de quel poison il s'agit. J'ai peut-être un antidote.

— Je ne sais pas. Je ne suis que l'avocat. » L'homme s'essuya à nouveau le front. « Elle a vomi toute la nuit. Elle est couverte de déjections. Maintenant elle est inconsciente. Livide. Mourante. Elle respire à peine.

— Dites-moi quoi faire, monsieur, lança Alpiew à l'apothicaire, fourrant le morceau de papier qu'il lui avait rendu dans son décolleté. Je le ferai. »

L'apothicaire passa devant son comptoir en boitant. « Trouvez-moi un échantillon de ce qu'elle a pris, quelque infime qu'il soit, et rapportez-le-moi. Vite. »

Alpiew s'élança de la boutique à la maison, hurlant aux domestiques tandis qu'elle les dépassait. « Qu'est-ce qu'elle a pris ? L'apothicaire a besoin de savoir. »

Personne ne bougea.

Elle s'empara d'un grand garçon avec une perruque noire frisée. « Viens avec moi. Montre-moi le chemin.

— Je n'ai rien à voir là-dedans ! » Le garçon se dégagea d'une secousse, en vociférant « Je ne travaille pas ici ! Je ne suis que le valet de l'avocat ! Je ne la connais même pas. »

Alpiew se retourna vivement vers les autres. « Vite ! » Saisissant le majordome par la cravate, elle l'attira à l'intérieur de la maison. Ils grimpèrent ensemble l'escalier et déboulèrent dans la chambre de Mme Wilson. La veuve de Beau gisait immobile dans son lit, son visage livide étrangement teinté de vert. Il y avait une tasse près du lit. Alpiew s'en saisit et retourna au pas de course chez l'apothicaire. À présent, l'avocat sanglotait. Elle passa l'article au-dessus du comptoir et après l'avoir examiné et reniflé, frottant les résidus poudreux et argentés entre ses doigts, l'apothicaire se prononça : « Antimoine. La dernière chose à faire est de lui administrer un émétique. Levez-la. Faites-la marcher. Lavage gastrique. De l'eau, de l'eau et encore de l'eau. Puis, mettez-vous à genoux et priez. »

Alpiew regarda l'avocat traverser la rue d'un pas incertain, entraînant avec lui son valet avant d'entrer. Le garçon protestait en reculant.

« Pourquoi une femme comme elle prendrait-elle sa propre vie ? Elle a tout pour être heureuse ! » L'apothicaire lui aussi regardait de l'autre côté de la rue, vers la maison de Wilson.

« Son mari a été tué hier soir, expliqua Alpiew à voix basse. Assassiné. »

L'apothicaire siffla entre ses dents. « Ah, eh bien dans ce cas... », dit-il. Comme si cela expliquait tout.

Une jeune fille se faufila devant la boutique, regardant à travers la vitrine, les empêchant de voir. Alpiew la reconnut : Betty ! La soubrette de Mme Wilson. Elle portait une large cape à capuche et tenait un paquet sous le bras. Alpiew nota qu'elle ne regardait pas vraiment à l'intérieur de la boutique. C'était plutôt comme si elle détournait le visage de la maison des Wilson. Comme si elle essayait de se cacher. Alpiew salua l'apothicaire et sortit précipitamment de la boutique, juste à temps pour voir Betty tourner sur Ludgate Hill en direction de Fleet Street.

Maintenant une bonne distance entre elle et la soubrette, mais sans jamais la perdre de vue, elle la suivit, par-delà le cimetière de St. Bridget et le long de la voie étroite qui passait derrière la prison de Bridewell. Puis la jeune fille plongea dans une allée pas plus large qu'un yard. Alpiew savait où elles allaient. Vers les taudis sordides et redoutables d'Alsatia – Salisbury Court, là où Beau les avait entraînées dans une joyeuse sarabande le soir de son prétendu rapt.

Elle laissa Betty prendre de l'avance, certaine

qu'elle pourrait toujours la repérer au claquement de ses chaussures. Le claquement s'arrêta. Alpiew s'engouffra dans l'allée, juste à temps pour voir la cape de Betty disparaître derrière une porte basse en chêne. Alpiew courut et colla son œil au trou de la serrure, mais il était difficile de distinguer quoi que ce soit. Vu de la rue, l'endroit ressemblait à un entrepôt relié aux quais de la Tamise. Cette allée n'était qu'à quelques yards de la berge.

Les seules fenêtres étaient deux petits soupiraux en demi-lune au niveau du sol. Alpiew tenta d'y apercevoir quelque chose, mais elles étaient protégées de lourds barreaux, et en plus de la crasse qui l'empêchait de voir à travers, les carreaux avaient été peints en noir de l'intérieur. Une cloche se mit à tinter. Sans doute sonnait-on midi à Bridewell, songea Alpiew.

Elle se leva, affolée. Midi ! Sa mission ne pouvait attendre. Elle retroussa ses jupes et détala.

La comtesse grimpait à bord de la petite charrette en bois. On avait lié ses mains d'une corde. Sa perruque tanguait périlleusement, mais chaque tentative de la redresser n'avait réussi qu'à la mettre encore plus de guingois. Les officiers de Newgate grimpèrent à l'avant de la charrette, et avec un claquement de langue l'un d'entre eux ordonna au cheval d'avancer.

La comtesse scruta la foule qui se pressait tout le long du Strand, tentant d'apercevoir Godfrey. Il lui *fallait* ce livre. C'était une étude complète de la législation anglaise et il contenait plusieurs cas d'appels réussis contre des accusations de meurtre et de mutilation. La charrette avançait en se balançant. Quelques personnes s'immobilisaient pour la fixer, certains même la huaient, mais la comtesse les toisait impérieusement par-dessous sa perruque miteuse, tout en continuant à rechercher Godfrey et son précieux livre de loi.

Soudain, la charrette tangua à droite et, tournant sur Shoe Lane, quitta Fleet Street.

« Pourquoi avons-nous pris cette route ? exigea de savoir la comtesse. Je suis sûre que la route normale longe le nouveau canal.

— Pas aujourd'hui, ma mignonne, grogna l'officier par-dessus son épaule. Trop glacé. C'est dangereux pour le cheval, au bord de l'eau comme ça. S'il tombait, on n'arriverait jamais à le tirer de là.

— Et tu coulerais comme une roche », ricana son compagnon.

La comtesse se renfrogna, tentant d'ignorer cette remarque grossière. Mais, inquiète à l'idée que les Cue soient devant leur imprimerie, ou dans la rue, elle se tint coite et la tête rentrée dans les épaules tout au long du trajet.

Au bout de Shoe Lane, la charrette tourna sur Holborn Street. Toujours aucun signe de Godfrey ou de son livre. Elle avait un instant espéré qu'il soit assez malin pour constater que son itinéraire avait changé. Mais il devait l'attendre, comme un nigaud, au mauvais endroit...

Elle scruta les berges du canal tandis qu'ils traversaient Holborn Bridge, mais dut se rendre à l'évidence : l'état de ses yeux ne lui aurait de toutes façons pas permis de distinguer Godfrey, même s'il était là. La charrette grondait inexorablement vers Newgate, tournant sur Snow Hill, par-delà le cimetière de St. Sepulchre. La comtesse frémit. Des tombes à gauche, et devant elle la sinistre façade en briques rouges de la prison de Newgate. Toujours pas de Godfrey. Cet idiot radoteur était sans doute encore à la maison, en train de ronfler, ou lové près du poêle à parcourir son exemplaire de *L'Histrio-Mastix, ou Le Fléau des Acteurs*, de ce pourceau puritain de Prynne. « Où il est largement démontré par divers arguments que les œuvres jouées au théâtre sont des spectacles scandaleux, païens, lubriques et impies. » Quel livre ridicule. Elle fit jouer ses menottes en corde. Comme si assister à des pièces de théâtre menait à une existence criminelle !

« Ho là, gémit le conducteur, tirant sur les rênes, ce qui fit chanceler la comtesse. Quelle pagaille ! »

Devant eux, bloquant la totalité de Snow Hill à l'entrée de Newgate Street, une charrette de foin avait renversé sa cargaison. Un groupe d'hommes rempilait le monticule de foin dans le wagon, utilisant des fourches ou leurs mains nues.

« Nous devons passer ! hurla le conducteur. Il y a un meurtrier à bord. »

Les hommes qui ramassaient le foin levèrent les yeux vers la comtesse. « Ah ouais ? » L'un d'entre eux ricana, se pencha à nouveau pour retourner à sa tâche. « Alors il vaut mieux nous aider, ce sera fait plus vite. C'est à cause de cette glace », ajouta-t-il, faisant glisser ses pieds pour illustrer ses propos. Le deuxième officier descendit avec réticence et commença à ramasser des poignées de foin pour les lancer sur la charrette.

« Madame la comtesse ! » La comtesse regarda devant elle. De l'autre côté du monticule de foin, Godfrey sautillait sur place en agitant un gros livre brun en l'air.

La comtesse jura à mi-voix. Ce n'était pas là la meilleure façon de rester discret ! Maintenant, elle ne mettrait jamais la main sur ce bouquin. Puis elle se rendit compte qu'il ne s'agissait même pas du bon livre. L'imbécile brandissait son exemplaire des tragédies de Shakespeare ! En quoi ces foutaises pompeuses et barbares, rédigées par un voleur de moutons chauve et barbu du Warwickshire, pouvaient-elles l'aider à se faire libérer ? Elle se relevait péniblement pour l'invectiver, lorsque quelqu'un tira sur sa jupe par derrière. Elle tomba à la renverse hors de la charrette, et atterrit lourdement par terre avec un bruit sourd.

Avant même de pouvoir ouvrir les yeux et de laisser libre cours à sa fureur, quelqu'un lui avait arraché sa perruque et coiffé son crâne presque dégarni d'une énorme perruque d'homme à cheveux noirs. Elle fut relevée, et une vaste cape verte de cavalier fut jetée sur ses épaules. Puis elle fut prestement poussée vers l'avant, contournant la charrette de la prison et traversant le tas de foin.

« Continuez à marcher droit devant, souffla Alpiew, également vêtue d'une lourde cape. Ne vous retournez pas. Marchez comme un homme. Ce n'est pas un homme qu'ils recherchent, rappelez-vous. »

La comtesse allongea le pas et redressa les épaules. Elle avait déjà dépassé la charrette lorsque l'officier de Newgate s'aperçut de sa disparition. Il se retourna, vit que la charrette était vide et lança un grand cri, sautant à terre et s'élançant vers l'arrière, regardant en dessous, scrutant la rue dans laquelle ils étaient passés.

« Le meurtrier s'est échappé, rugit-il. Une vieille femme en rose, avec une robe tachée de sang sur le devant. Une perruque rousse miteuse. Plus repeinte qu'une devanture de boutique. Trouvez-la ! »

Il regarda à ses pieds, où gisait un objet qui ressemblait à un rat mort. Il se pencha pour ramasser la perruque de la comtesse. « Une vieille femme *chauve* ! cria-t-il. Sans perruque !

— Baissez-vous ! souffla Alpiew tandis qu'un

homme qui ressemblait à un officier s'élançait de la porte de la prison jusqu'à la charrette.

— Lady Ashby de la Zouche ? » demanda l'officier au conducteur de la charrette.

Alpiew et la comtesse prirent une rue transversale et s'éloignèrent de la scène. Lorsqu'elles parvinrent aux appartements de la duchesse de Saint-Pholle, sur Arlington Street à St. James, à un coin de rue de la maison de la comtesse, Alpiew avait délié les poignets de sa maîtresse et lui avait relaté les événements qui venaient de se produire chez les Wilson.

« Et cette créature, Betty ? Je présume qu'elle voulait M. Wilson pour elle-même ?

— Peut-être, dit Alpiew, en se rappelant que la comtesse avait cru la même chose d'elle et de son mari infidèle, sir Peter.

— Et qu'elle l'aimait assez pour tenter de tuer l'épouse, parce qu'elle la soupçonnait d'être coupable du meurtre ? C'est cela ? »

Dit de cette façon, cela semblait totalement tiré par les cheveux. Mais Alpiew était certaine que quelque chose se tramait, et que ce quelque chose avait à voir avec la soubrette, Betty.

« Et cette histoire d'antimoine ? haleta la comtesse. Qu'est-ce que c'est, au juste ? » Alpiew secoua la tête. « Je n'ai pas eu le temps de rester bavarder chez l'apothicaire, vous savez, dit-elle. J'ai dû suivre cette fille jusqu'à Salisbury Court.

— Et alors, qu'est-ce que c'était que cette facture ? » La comtesse était en train d'ordonner les faits dans son esprit. « Dans quel but Beau Wilson voulait-il de l'urine fermentée, enfin ce que tu as dit ?

— La facture ? » Alpiew fouilla son décolleté. « Je n'ai pas encore eu le temps de la regarder. J'étais trop occupée. »

Elles se tenaient sur le seuil de la maison de Saint-Pholle. La comtesse tira sur la sonnette, tandis qu'Alpiew dépliait le bout de papier en lambeaux, éclaboussé d'encre, que l'apothicaire lui avait remis.

« *Item* : un gallon d'urine décomposée, lut-elle à haute voix. *Item* : une cornue en verre allemand. *Item* : une livre de sable pur. *Item* : sept drachmes de cinabre... »

La porte s'ouvrit et un serviteur d'allure exotique, coiffé d'un turban en satin et abondamment moustachu, les regarda de haut en bas.

« Messieurs, ricana-t-il d'un ton méprisant, né d'une longue fréquentation des excentriques. Puis-je vous aider ? J'imagine que vous êtes venus voir Madame la duchesse ? »

Alpiew et la comtesse avaient oublié qu'elles portaient des perruques et des capes d'homme, et de toutes façons elles étaient trop absorbées par la lecture de la facture. Alpiew déchiffra le dernier article de la liste d'achats de Beau : « *Item* : deux scrupules d'antimoine. »

5

Décoction

La digestion d'une substance dans la fiole sans l'addition d'aucune autre matière.

Olympe Athénée Montélimar, duchesse de Saint-Pholle, était en deuil. Enveloppée de la tête aux pieds de satin noir, elle s'avança d'un air dolent vers ses visiteuses, sa chevelure couleur de carotte éclairant son visage comme un halo criard.

« Ma chère Ashby ! » Elle fit un pas vers la comtesse, bras ouverts, prête à y accueillir son amie. « Je savais que tu y viendrais. »

La comtesse s'esquiva, et recula du plus qu'elle put, jusqu'à se coller contre l'encadrement de la porte. Elle tendit le bras devant elle. « Arrière, ô lesbienne », déclara-t-elle d'une voix ferme.

Saint-Pholle haussa les épaules et secoua la tête. « Mais je croyais...

— Parce que je suis habillée comme un homme, il ne s'ensuit pas nécessairement que je me suis convertie aux mœurs de Sapho. » La comtesse entra dans la salle obscure. « Pourquoi les rideaux sont-ils tirés, et les chandelles allumées ? Nous ne sommes qu'au milieu de l'après-midi. »

Elle se retourna pour faire face à sa vieille amie, si rapidement qu'elle en perdit l'équilibre. Chancelante, elle s'agrippa à la table la plus proche et se trouva nez à nez avec le cadavre d'un écureuil roux pelé.

« Hélas, c'est George, hulula Saint-Pholle en se penchant avec amour sur le cercueil ouvert. Il est mort hier soir. La semaine a été dure pour moi. Lundi, un rat a tué mon rossignol, hier ma pie adorée s'est enfuie avec mes boucles d'oreilles préférées et n'est pas revenue, et maintenant... George. » Elle tendit un long doigt noueux et caressa le cadavre galeux. « Je crois que c'était une fièvre. »

Clignant des yeux dans la pénombre, Alpiew regarda autour d'elle. De sa vie, elle n'avait rien contemplé de semblable. Jamais elle n'avait vu de salon aussi richement décoré. Des draperies de satin et de soie ornaient somptueusement les murs. De magnifiques tableaux représentant une belle femme à diverses étapes de son déshabillé étaient suspendus au-dessus de la cheminée. Sur un autre mur était suspendue une guitare. Les meubles étaient rouge et or. Chaque surface était couverte de mille objets : une énorme conque, un collier, une horloge, un chou, un pot plein de pinceaux, une paire de tam-tams, un chat endormi, un crocodile empaillé. Le tapis ressemblait à une épaisse couverture laineuse de fleurs et de rubans, bizarrement semée de pois blancs. En l'examinant de plus près, Alpiew s'aperçut qu'il s'agissait d'excréments d'oiseaux.

« Nous avons besoin d'un sanctuaire, dit la comtesse d'un ton dégagé.

— Pas encore tes créanciers, chérie ?

— Pis que ça, hélas, ma chère Olympe. Je suis recherchée pour meurtre. »

Les lippes rouges de Saint-Pholle s'étirèrent en un sourire salace. « Mais pourquoi ne l'as-tu pas dit avant ? C'est merveilleux ! » Elle tapa des mains en direction du laquais moustachu. « Aziz ! Dresse la table à jouer. Nous serons quatre pour notre partie de bassette. » Elle jeta un regard compatissant vers la comtesse. « Qui était-ce, ma chérie ? Ton cochon de mari ?

— Mais Madame... » Aziz toussota en indiquant l'écureuil mort. « La cérémonie pour...

— Ah oui, bien sûr. » Saint-Pholle referma d'un coup sec le couvercle du cercueil de l'écureuil et l'apporta jusqu'à la cheminée. « Adieu, serviteur fidèle, s'écria-t-elle, et d'une chiquenaude nonchalante, elle jeta la petite boîte dans les flammes, avant de revenir prendre un siège auprès de la comtesse, maintenant coquettement perchée sur le bord d'un sofa de velours. Alors, raconte-moi *tout*... »

Tandis qu'Aziz et Alpiew installaient les chaises et sortaient les cartes, la comtesse expliqua les événements des derniers jours à la duchesse.

« Alors qui est le coupable, d'après toi ? dit Saint-Pholle en se levant du sofa à la fin de la saga, prête à prendre place à la table à jouer.

— À mon avis, c'est une affaire bouclée. » La comtesse se frotta les mains. « C'est la femme. » Saint-Pholle commença à battre les cartes.

« Ou la soubrette », glissa Alpiew.

La comtesse semblait hésiter à s'asseoir. « Je n'ai pas d'argent.

— Évidemment pas, ma toute belle. Je prends des notes de crédit. » Saint-Pholle tendit la main. « Aziz ! Mon loup. »

Aziz prit le loup brodé de paillettes rouges qui

pendait à la poignée de porte et le remit à sa maîtresse. Elle l'enfila. « Il est important que je sois masquée, afin que vous ne deviniez pas à mon expression si je perds ou si je gagne. » Elle étala son jeu, puis jeta une carte sur la table. « J'annonce. »

Alpiew se tortilla sur sa chaise. Dans quel pétrin s'étaient-elles fourrées ? Tant qu'elles étaient ici, elles n'avaient aucune chance d'enquêter pour découvrir le vrai coupable, mais si elles s'aventuraient à l'extérieur elles couraient le risque d'être appréhendées pour le crime. Elle abattit un sept de trèfle.

« Ce dont vous avez besoin toutes les deux, mes amies, c'est d'un Brevet de Tyburn, glousssa Saint-Pholle. C'est le dernier cri. Tous mes amis en veulent. Voici de quoi il s'agit : d'abord vous attrapez un voleur de grands chemins, puis vous le remettez à la justice, et alors on vous remet un Brevet de Tyburn, ce qui vous met à l'abri de la potence. »

La comtesse frémit en portant ses mains à son cou maigrelet, offrant à Saint-Pholle, dans le même mouvement, l'occasion de bien voir son jeu. Alpiew leva les yeux au ciel et abattit un trois de cœur. Il était encore plus difficile d'attraper un bandit de grands chemins que de découvrir qui avait tué Beau.

« Toutes ces histoires d'empoisonnements, c'est comme dans le bon vieux temps. Tu te rappelles, Ashby, à Paris ? Tout le monde s'y était mis. Le poison était presque devenu un divertissement national[1]. Et lorsqu'on attrapait les coupables, on

1. Saint-Pholle fait allusion à l'« affaire des poisons » qui eut lieu en France en 1679, compromettant la Voisin et Mme de Montespan, soupçonnées de fournir et de vendre des poisons. (*N.d.E.*)

les brûlait vifs, et nous allions tous regarder le supplice, et nos vêtements étaient gâchés. »

La comtesse éclata de rire. « Couverts de suie ! Ah Olympe, ma chérie, c'était le bon temps.

— Et nous l'aimions tellement, notre roi Charlie, n'est-ce pas ? »

La comtesse laissa échapper un soupir langoureux. « En effet, nous l'aimions.

— Je me rappelle, tu étais une vraie diablesse. » Saint-Pholle donna un petit coup de coude à son amie et en profita pour étudier à nouveau son jeu. « Souviens-toi lorsque tu as écrit sur ta tête de lit, "Le roi est passé par là" ! Ah, qu'est-ce que nous avons ri !

— Leroy ? s'enquit Alpiew en remettant en ordre ses cartes et en abattant un as.

— Le roi, ma chérie. » Elle baissa les yeux vers la table. « Ah. Un as. C'est plus fort qu'un roi. »

Aziz ramassait les cartes, prêt à battre à nouveau.

« Tout est si différent maintenant. » La comtesse savait qu'elle avait perdu, et déposa ses cartes.

« Au contraire, ma chère, rien n'a changé, rétorqua Saint-Pholle, furieuse d'avoir été battue par une domestique. Aujourd'hui, tout n'est que verbiage. À la cour, tout le monde se confit en dévotions, mais lorsque la nuit tombe, ils sont tous en train de foutre, comme toujours. »

Aziz distribua de nouveaux jeux.

Saint-Pholle prit le sien et plaça ses cartes. « J'ai une loge demain au théâtre. Une représentation au bénéfice de M. Finger[1], musicien. Le célèbre castrat Sigismondo Fideli va chanter. Veux-tu te joindre à moi ? »

---

1. Voir p. 63, note 1.

Elle abattit un valet de pique. La comtesse se trémoussa sur sa chaise en hochant la tête.

« J'en serais ravie. »

C'en fut trop pour Alpiew, qui se leva d'un bond. « Puis-je vous rappeler, Madame la comtesse, que nous sommes recherchées pour meurtre ? À moins que nous ne prouvions notre innocence, nous serons en cavale jusqu'à la fin de nos jours. »

La comtesse se mordit la lèvre. Vivre ici, dans cette maison charmante, avec une amie qui se rappelait le bon vieux temps, lui semblait tout simplement divin.

« Et tôt ou tard, ajouta Alpiew, lisant dans les pensées de la comtesse, si nous demeurons ici ils nous retrouveront, et alors ils nous expédieront à Tyburn où nous serons pendues par le cou jusqu'à ce que mort s'ensuive. J'annonce. » Elle déposa son jeu gagnant sur le dessus de la table.

« Cette fille a raison, déclara Saint-Pholle en abattant ses cartes. Vous devez dormir ici cette nuit, mais lorsqu'il fera noir, vous devez aller chez cette femme, Mme Wilson, pour tenter d'obtenir une confession... Avant qu'elle... » Saint-Pholle mima la mort par une grimace grotesque.

« Il fait presque noir, maintenant. » Alpiew ratissa l'argent qu'elle avait gagné, y compris une note de crédit de la comtesse.

« Non, non ! glapit Saint-Pholle. Ce sera beaucoup mieux après minuit... plus tard. Quand tous les gendarmes seront allés se coucher, et que les hommes du guet seront ivres. Juste avant l'aube, c'est le meilleur moment. »

La comtesse lui glissa un regard circonspect. « Et comment le sais-tu ?

— Je suis si souvent entrée par la fenêtre pour

récupérer des lettres d'amour écrites dans un moment d'égarement...

— J'annonce, dit Alpiew, retournant un valet de carreaux. Ah, et je vous conseille une bonne culotte de gentleman sous cette cape. »

La comtesse prit une mine soucieuse.

« Je peux vous en prêter, sourit Saint-Pholle. J'ai ici de superbes vêtements d'hommes. Ils t'iront, ma chérie. »

Dans un coin, un perroquet déplumé poussa un cri strident, et le singe qui jusque-là était resté endormi sur un buffet, bondit et grimpa aux rideaux.

« J'abandonne, dit la comtesse. Saint-Pholle, mon cœur, j'ai tellement faim que je n'arrive plus à réfléchir.

— Pourquoi ne l'as-tu pas dit plus tôt ? » Saint-Pholle s'élança de sa chaise. « J'ai un petit souper parfait pour nous. Aziz, apporte-nous le pécan au fromage, s'il te plaît. »

Alpiew frémit. Encore de la cuisine française. Enfin, elle avait de l'argent dans les poches, un endroit douillet où dormir, et après minuit, la comtesse et elle sortiraient à pas de loup pour affronter Mme Wilson.

Mme Wilson s'éveilla en sursaut. La comtesse lui mit un doigt sur les lèvres. « C'est nous, madame Wilson, chuchota-t-elle. Vos employées. »

Elle se redressa toute droite dans son lit. Alpiew avait tiré les rideaux et les premières lueurs de l'aube étaient visibles au-dessus des toits.

Après ce qui s'était finalement avéré un délicieux souper de cailles grillées au fromage, arrosées d'un verre d'Asti Spumante (« Je me le fais envoyer spécialement par bateau, ma chérie, du Piémont »), la comtesse et sa suivante avaient toutes deux sombré dans un profond sommeil, et ne s'étaient réveillées que lorsque les seaux des laitiers avaient tinté sous leurs fenêtres. Il faisait encore noir quand, vêtues de leurs habits d'hommes, les deux femmes avaient traversé la ville jusqu'à Angel Court. Elles étaient entrées par une fenêtre du rez-de-chaussée, et avaient grimpé doucement l'escalier. Alpiew avait guidé la comtesse jusqu'à la chambre à coucher de Mme Wilson.

« Pourquoi êtes-vous ici ? » Mme Wilson repoussa une mèche de ses yeux. « Je croyais...

— Vous croyiez, dit la comtesse en rajustant sa lourde perruque, que j'étais en prison. Mais comme vous le voyez, j'ai été libérée. » Elle contourna le lit d'un pas désinvolte et s'assit sur une couverture au pied du lit. « Alors dites-moi la vérité. Est-ce vous ? Nous avez-vous engagées pour masquer votre propre crime ? Avez-vous fait assassiner votre mari, assurée qu'Alpiew et moi serions les premières à découvrir son corps, et par conséquent à être soupçonnées par la justice ? Était-ce là votre plan ? »

Avant que Mme Wilson ne puisse parler, Alpiew, maintenant accroupie de l'autre côté du lit, lui chuchota à l'oreille : « Qui est votre complice ? Ce grand bonhomme qui suivait aussi votre mari ? Est-ce votre amant ?

— Ou, ajouta la comtesse, l'avez-vous engagé pour nous suivre ?

— Pour être certaine que nous serions là en temps voulu ? » souffla Alpiew.

Une lueur grise filtrait à présent dans la chambre et éclairait le teint livide de Mme Wilson qui restait muette.

« Pourquoi nous avez-vous recrutées, madame

Wilson ? Dites-nous la vraie raison pour laquelle vous nous avez payées pour suivre votre mari ?

— Je vous ai déjà tout dit. » Mme Wilson se cala dans ses oreillers. « Je soupçonnais mon époux d'avoir une maîtresse. Je croyais qu'il lui donnait de l'argent. Sinon, pourquoi n'aurions-nous que des dettes partout ? »

Alpiew haussa un sourcil en examinant la chambre, élégamment meublée à la dernière mode.

« J'étais une femme riche. J'ai apporté à mon mari une dot substantielle. Maintenant, mon avocat me dit que je n'ai plus que cette maison et ce qu'elle recèle. Mon mari, lorsque je l'ai épousé, était un marchand prospère. Et pourtant, son coffre-fort ne contient que reconnaissances de dettes.

— Alors vous l'avez fait tuer pour limiter vos pertes ?

— Non. Je ne l'ai pas fait tuer. Je l'aimais. Il était toute ma vie.

— Vous avez laissé les autorités m'arrêter, et vous n'avez rien fait pour me libérer. » La comtesse se recula un peu. « Nous avons fait notre part, dit-elle. Peut-être pourriez-vous expliquer aux autorités pourquoi vous nous avez employées, afin qu'elles nous laissent en paix. »

Il faisait presque jour dans la chambre. Alpiew se leva et jeta un coup d'œil anxieux aux fenêtres. Des domestiques s'activaient de toutes parts, transportant des seaux d'eau, des jattes de lait, des miches de pain. « Écrivez-le pour nous. Écrivez une lettre où vous dites que vous nous aviez engagées pour suivre votre mari, mais que vous nous croyez innocentes de son meurtre. »

Mme Wilson secoua la tête. « Je ne le puis.

— Parce que vous êtes la coupable ? » La

comtesse se pencha au-dessus d'elle d'un air menaçant. « Vous devez le faire. Ou nous nous arrangerons pour que les gendarmes apprennent que vous nous avez dit, à peine deux jours avant qu'il soit tué, que vous préféreriez voir votre mari mort qu'infidèle.

— Je n'ai rien dit de la sorte ! »

Alpiew se retourna brusquement pour lui faire face. « Vous avez dit que s'il avait quelqu'un d'autre, vous préféreriez qu'il disparaisse. À jamais. Et qu'il ne revienne plus. »

Mme Wilson secoua la tête.

« Juste quelques mots, reprit Alpiew en sortant de sa poche ce qu'il fallait pour écrire. Voici une plume et du papier. Maintenant, écrivez.

— C'est impossible. » Mme Wilson courba la tête. Alpiew lui glissa la plume entre les doigts. Mme Wilson se mit à pleurer. « Je ne sais pas écrire. Je ne connais pas mon alphabet. » Elle émit un sanglot de désespoir. « Je sais que vous n'avez pas tué mon Beau. Mais moi non plus. Il faut que vous me croyiez. Je l'aimais. Il m'a donné des raisons de croire qu'il m'aimait aussi. Je voulais avoir son enfant, et partir vivre à la campagne, et fuir tout ce remue-ménage de la ville. Mais maintenant, cela ne sera plus jamais. »

Alpiew et la comtesse échangèrent un regard.

« Est-ce la culpabilité qui vous a fait vous empoisonner ?

— Je n'ai pris aucun poison. Cette nuit-là, j'ai failli mourir de douleur. »

Alpiew éclata de rire. « Madame, je puis vous assurer que vous avez pris du poison. Vous avez pris une mesure d'antimoine pur. J'étais avec l'apothicaire qui a identifié pour votre avocat la substance dans le verre qui était sur votre table de chevet.

— Non. » Mme Wilson prit un air très perplexe. « Cela ne se peut. J'ai été malade parce que j'étais bouleversée.

— Non, madame. » Alpiew secoua la tête. « Je vous assure que c'était du poison.

— J'ai pris cette poudre avant d'apprendre que Beau était... » Sa voix s'étrangla et ses yeux débordèrent à nouveau de larmes. « J'ai pris la poudre, comme chaque soir. » Mme Wilson ouvrit un tiroir dans sa table de chevet. « J'ai pris la poudre que Beau avait préparée pour moi. »

La comtesse haussa l'un de ses sourcils crayonnés. « C'est Beau qui a préparé ce sachet de poison pour vous ?

— Pas du poison. Je prenais le même toutes les nuits. Il me préparait toujours la poudre lui-même. Pour me donner des forces, afin que je puisse concevoir un enfant et nous donner un héritier. » Elle tira un papier chiffonné du tiroir.

La comtesse prit l'enveloppe, un morceau de papier blanc, vide mais replié pour contenir la poudre, et marqué d'un ♀.

« Ce symbole signifie "femme" », dit doucement Mme Wilson. La comtesse inspecta attentivement le papier puis l'empocha et examina l'intérieur du tiroir. Il était rempli de colifichets féminins, épingles, broches, rubans, poudre, rouge, quelques papiers d'Espagne et un pot d'une mixture couleur chair... Elle se félicita d'avoir deviné juste : Mme Wilson portait des fards.

« Il semble ne pas y en avoir d'autres, madame. Et pourtant, vous semblez dire que vous étiez régulièrement approvisionnée.

— En effet. Beau me préparait cette poudre par fournées, et en glissait la dose dans une enveloppe que ma soubrette Betty m'apportait tous les soirs. »

Alpiew, qui faisait toujours le guet à la fenêtre, fit volte-face. La mystérieuse Betty ! Qu'avait-elle à voir dans cette affaire ? « Pourquoi quelqu'un voudrait-il assassiner votre mari ? demanda-t-elle. À part vous, je veux dire.

— Cela, je l'ignore. Tout le monde l'aimait. Même les serviteurs. Betty ne cachait pas qu'elle l'adulait. C'était un homme merveilleux. »

Alpiew haussa les sourcils. Encore Betty ! Elle avait assisté de ses yeux mêmes à une démonstration de cette adulation, et savait que si Betty était folle de Beau, elle n'avait que mépris pour sa femme.

« Quiconque empruntait mon Beau pour quelques nuits, soupira Mme Wilson, me l'a maintenant volé à tout jamais. » Elle prit la main de la comtesse et la pressa. « Je suis sincèrement désolée de vous avoir mêlées à cet enfer sur terre en vous engageant. Maintenant, tout ce que je vous demande, c'est de continuer à m'aider. Je vous en prie, lady Ashby de la Zouche, aidez-moi, de grâce, à trouver les meurtriers de Beau afin qu'ils soient traînés en justice. »

La comtesse recula un peu en traînant des pieds. Mme Wilson repoussa les couvertures et ouvrit une petite cassette sur sa table de chevet. « Je vous payerai largement, je le jure. Mais je ne puis vous payer que si vous réussissez. » Elle tira de la cassette une petite bourse. « Voici cinq guinées pour vos frais. Trouvez qui a tué Beau. Et pourquoi.

— Mais vous avez dit que vous n'aviez que des dettes, madame. Comment pourrez-vous nous payer largement ?

— Maintenant que Beau est mort, j'aurai assez d'argent... »

Un coup frappé à la porte d'entrée fit accourir Alpiew à la fenêtre.

« Doux Jésus, Madame, ce sont les gendarmes. Quelqu'un a dû nous voir entrer. »

Mme Wilson regarda la comtesse, puis Alpiew, puis à nouveau la comtesse.

« Vous n'avez pas été libérée, n'est-ce pas ? Vous êtes en fuite... » Elle se pencha et saisit le bras dodu de la comtesse. « Si vous m'aidez, je vous aiderai. »

La comtesse acquiesça, sautillant d'un pied à l'autre comme si elle pouvait s'extirper de ce mauvais pas en dansant. Mme Wilson tira une tapisserie qui pendait au mur, à côté du lit. Elle agrippa la comtesse par les épaules et la poussa à travers une petite porte cachée.

« Qu'est-ce que cela ? Une cachette de prêtre ?

— C'est ma garde-robe, idiote ! Vite. »

Alpiew la suivit dans le minuscule réduit, et les deux femmes se tapirent derrière les portants de robes, de jupons, de capes et de redingotes. Alpiew inspecta rapidement les lieux et découvrit un petit vasistas au bout d'un portant de vêtements.

À travers le rideau de tapisserie, elles pouvaient entendre des pas rapides se rapprochant dans l'escalier, puis la porte de la chambre de Mme Wilson s'ouvrir.

« Mme Elizabeth Wilson ? » gronda une voix mâle.

La voix de Mme Wilson était nettement audible. Elle se tenait sans doute de l'autre côté du rideau. « Oui. » Sa voix tremblait légèrement.

« Êtes-vous seule ? »

Il y eut une pause. Alpiew espéra que Mme Wilson n'était pas en train de jeter un regard aux gendarmes, pour trahir leur présence dans la garde-robe.

« Où étiez-vous entre neuf heures et dix heures, la nuit où votre époux Beau Wilson est passé de vie à trépas ?

— J'étais ici, à la maison. » Mme Wilson s'éloigna du rideau, et le lit craqua un peu. Elle s'y était manifestement assise.

Alpiew articula silencieusement à la comtesse, en pointant vers le vasistas. « Je vais essayer... » Elle poussa doucement le verrou et leva la jambe vers le rebord de la fenêtre.

« Nous avons été informés qu'on vous a aperçue, quittant rapidement le cimetière de St. Paul, quelques minutes avant que le guet ne découvre le corps sans vie de votre mari.

— Non, non. » La voix de Mme Wilson tremblait, maintenant. « Je jure que j'étais ici, à la maison. »

Alpiew avait les deux jambes dehors, maintenant, et elle tentait de faire passer sa croupe à travers l'ouverture.

« Et où est votre amant ?

— Je n'ai pas d'amant. »

Alpiew se retourna et se prépara à se laisser tomber par terre. Elle agita la main avant de glisser hors de la fenêtre et de disparaître aux yeux de la comtesse.

« C'est assez. Gendarme, liez-lui les mains. » Des pas se pressèrent aussitôt. « Nous vous amenons devant le juge de paix, où nous porterons de graves accusations contre vous.

— Mais...

— Ouuuuuuille ! »

La comtesse tressaillit. C'était Alpiew qui venait de toucher terre.

« Qu'était-ce ? » Le bruit de pas se rapprocha

du rideau. « Tiens, qu'avons-nous ici ? » Le rideau fut brusquement repoussé, la porte ouverte et les vêtements écartés, révélant la comtesse accroupie. Elle se leva en titubant.

« Ce monsieur est votre ami... ? » L'officier tira la comtesse hors de la garde-robe par son manteau, et l'examina de la tête aux pieds. « Ah, diable, madame Wilson. Quel est ce vil coquin ?

— Ce n'est pas un monsieur, messire. C'est une femme.

— Chacun ses goûts... » L'officier contemplait le spectacle qui s'offrait à lui : la comtesse souriante, son petit corps replet boudiné dans un costume d'homme, la perruque coquettement penchée sur un œil. « Alors, madame Wilson, pourriez-vous nous faire les présentations ? »

La comtesse arracha sa perruque et ouvrit sa veste, exposant les contours de son buste imposant sous la chemise en lin et la cravate. « Mme Wilson dit vrai, monsieur le gendarme. Je ne suis pas l'amant de cette dame. Je suis lady Ashby de la Zouche. »

Les hommes de l'officier riaient sous cape.

« Bien, bien. » L'officier toussota. « Précisément la femme que nous recherchions. C'est une belle évasion que vous avez réussie hier, madame. »

Il se retourna et fit un signe à ses compagnons, qui avaient ligoté Mme Wilson et jeté une cape sur ses épaules pour dissimuler son déshabillé. « Emmenez-la, mes garçons. Eh bien, lady Je-ne-sais-quoi. Je suis ici pour vous dire que suite aux informations qui nous ont été fournies par divers témoins qui ont vu une femme élégante de haute taille s'éloigner en courant du lieu du crime... » L'officier mesura de l'œil la silhouette courte et trapue de la comtesse. « Il semble, par conséquent, que vous ne soyez plus soupçonnée. Votre récit de la façon dont vous êtes tombée sur le cadavre a été cru par le juge de paix. Vous êtes donc libre d'aller à votre guise. Mais vous aimeriez peut-être vous expliquer auparavant sur les raisons de votre présence ici. »

La comtesse réfléchit rapidement. « Je savais que la seule personne qui pouvait accomplir des démarches pour ma libération était Mme Wilson. Je suis venue ici pour lui demander d'intercéder en ma faveur... »

L'officier lui sourit et lui tapota l'épaule. « Alors lorsqu'il y aura un procès, vous pourrez témoigner contre Mme Wilson ? »

La comtesse hocha la tête. « Je pourrai témoigner, en effet. » Elle était sûre qu'Alpiew était maintenant en bonne position, et prête à suivre l'étrange procession menant Mme Wilson devant le juge de paix, et de là au corps de garde ou à la prison qu'on désignerait pour son incarcération.

« Vous habitez chez vous ? »

La comtesse hocha à nouveau la tête. « On peut me trouver à Anglesey House, oui.

— Alors vous pouvez partir. »

Alpiew avait atterri dans un petit buisson d'ajoncs et perdu sa perruque. Elle traversa précipitamment le jardin et, enfonçant la perruque sur sa tête, elle avait tourné la poignée de la porte de derrière et marché vers le hall avec toute l'autorité de quelqu'un qui est censé se trouver là.

La cuisinière, qui avait tout écouté depuis l'escalier et discutait maintenant avec le valet de Beau, la dévisagea fixement. Alpiew pencha le bord de son chapeau et dit de sa voix la plus grave : « Je suis avec les gendarmes, madame », avant de gagner rapidement la porte d'entrée, par laquelle elle sortit aussitôt.

Une fois dehors, elle traîna dans la rue, à l'endroit où elle avait guetté le retour du corps de Beau jusqu'à ce qu'à son grand étonnement les gendarmes poussent Mme Wilson hors de chez elle. Elle hésita un moment. Que faire ? Suivre Mme Wilson ou voir ce qui était arrivé à la comtesse ? Elle décida de suivre les gendarmes.

Elle s'attarda sous un porche tandis que Mme Wilson était poussée dans la maison du juge, et l'entendit ordonner qu'elle soit détenue à la prison de Fleet. Ayant appris ce qu'elle voulait savoir, elle se hâta de retourner à Chale House. La comtesse inspectait la vitrine d'une boutique de marchandises des Indes à l'angle de Ludgate Street lorsque Alpiew la retrouva.

« Regarde ces plateaux du Japon ! Magnifiques, et seulement une guinée pièce. »

Alpiew jeta un coup d'œil par-dessus son épaule au somptueux étalage de gravures, d'éventails, de châles et d'autres babioles à la mode.

« Viens, Alpiew, dit la comtesse en faisant luire la pièce de cinq guinées dans sa paume. Nous avons de l'argent, asseyons-nous parmi ce bric-à-brac du meilleur goût, et prenons le thé, pendant que nous passons en revue les derniers développements. »

Alpiew était incapable de tenir en place. « Mais Madame, nous ne pouvons pas... »

La comtesse l'agrippa par le poignet et l'entraîna dans la boutique. « Qu'avons-nous de si pressé à faire ? Notre suspect principal est détenu et notre meilleure tactique est d'en avoir une. De dresser la liste de nos indices. »

Elles prirent une table à l'arrière de la boutique et sirotèrent leur thé, en contemplant avec stupéfaction les clients qui entraient et payaient plus de deux guinées pour des bagatelles comme un éventail en bois de santal, un bouquet en fleurs de papier ou des tasses en grès.

« Alors, la femme du cimetière aurait-elle pu être Mme Wilson ? » La comtesse croqua dans un petit biscuit rond. « Réfléchis bien, Alpiew. L'officier de police a dit qu'elle était là. Aurait-ce pu être Mme Wilson derrière le loup argenté ?

— Je ne crois pas. » Alpiew secoua la tête. « Trop grande. Trop élégante. »

La comtesse aspira bruyamment le contenu de sa soucoupe. « Je suis d'accord. Je crois que la femme Wilson nous dit la vérité. Bien que je ne sois pas sûre que ce soit toute la vérité, et rien que la vérité. Penses-tu qu'elle sait écrire ?

— On dit que toutes les femmes de chambre de Londres savent écrire de nos jours, mais cela ne signifie pas pour autant que toutes les femmes de marchand en soient capables. »

Deux femmes Quaker[1], s'inclinant devant tout un chacun, et examinant les prix d'un étalage voisin, décochèrent à Alpiew un sourire qui ressemblait plutôt à une menace. « Je crois qu'elles veulent notre table », dit Alpiew.

La comtesse leur lança un regard majestueux. « Eh bien, qu'elles attendent. Continue, Alpiew.

— Si Mme Wilson voulait se débarrasser de son mari – et rappelez-vous ce qu'elle a dit aujourd'hui, que puisqu'il était mort elle aurait de l'argent – même si elle n'était pas là en personne, il est toujours possible qu'elle ait engagé quelqu'un pour faire la sale besogne.

---

1. La secte Quaker était alors numériquement très importante à Londres. Hostiles aux dogmes officiels, ces puritains dissidents refusaient de boire de l'alcool, comme on va le voir ici. (*N.d.E.*)

— Et qu'elle ait pris la poudre... » La comtesse regarda en direction des Quakers, glissa un autre biscuit dans sa bouche et, croquant bruyamment, poursuivit : « ... pour se rendre malade, afin d'éloigner tout soupçon. » Enfournant un nouveau biscuit, elle s'arrêta en pleine mastication, éparpillant les miettes. « Mais serait-ce efficace ? Assurément, le coup du poison la fait paraître encore plus coupable. Comme si elle regrettait ce qu'elle avait fait. »

Alpiew soupira. « Alors voilà qui est dit. Elle est coupable et nous ne recevrons rien de plus que ces cinq guinées ?

— Non... », fit la comtesse.

Une serveuse qui tournait autour d'elles leur enleva leurs soucoupes. « Ce sera tout ? » Elle inclina la tête en direction des Quakers. « On fait la queue pour cette table. »

La comtesse lui lança un regard furieux. Les Quakers s'inclinèrent à l'unisson. « Apportez-nous la carte, fit-elle d'un ton cassant. Nous voulons autre chose. En attendant, je suis sûre que ces dames peuvent se distraire en examinant les colifichets de cet établissement. »

La fille disparut. Les Quakers prirent une mine offusquée.

« Je ne vais pas me laisser bousculer par ces adeptes d'un nouveau culte bizarre ! Si Mme Wilson est coupable, et que nous pouvons révéler l'identité de ses complices au juge, peut-être nous accordera-t-on une récompense. De même, s'il y a une chance infime qu'elle soit innocente, alors éventuellement elle nous payera. Nous n'avons rien à perdre. »

La serveuse mit le menu sous le nez de la comtesse et lui lança un regard revêche. Alpiew entendit distinctement les mots « bizarre » et « contre nature » émanant des Quakers.

« Encore une pinte de thé noir, s'il vous plaît. » La comtesse repoussa le menu vers la serveuse, en élevant la voix. « *Et* une assiette de ratafias.

— Alors, qu'avons-nous, Milady ? Déduisons les faits.

— Qu'avons-nous, en effet ? » La comtesse compta sur ses doigts. « Les suspects : Mme Wilson, la grande femme élégante avec le loup et le colosse qui a enlevé Beau dans son canot.

— Vous en avez oublié un. » Alpiew inclina la tête, pensive. « C'est la soubrette, Betty, que je soupçonne. Je parie qu'elle en sait plus que quiconque sur le fin fond de cette affaire. »

Elle rappela à la comtesse comment elle avait vu Betty s'enfuir de la maison le matin où Mme Wilson s'était trouvée mal. « Et rappelez-vous ce que je vous ai raconté, de la passion avec laquelle elle s'est jetée sur le cadavre de Beau. »

La comtesse soupira. « Il y a tant de mystères... Et qui a rédigé le billet que nous l'avons vu tirer de l'orange ?

— Eh bien, Mme Wilson, c'est évident.

— Mais elle a prétendu qu'elle ne savait pas écrire.

— Ah, c'est juste.

— Et la poudre. S'il s'agissait de la poudre habituelle, alors nous savons pourquoi elle l'a prise. Mais s'il s'agissait d'une autre poudre, qui les a interverties ? »

Un serveur arriva avec une théière et un plateau où se trouvaient deux verres d'un liquide rouge sombre. Bien que la journée soit à peine commencée, la serveuse en avait manifestement assez de sa clientèle.

« Qu'est ceci ? » La comtesse examina les verres.

« Deux ratafias, madame, répondit le serveur en les déposant sur la table.

— Des ratafias ?

— Oui, madame, du vin au ratafia.

— Pas du vin, espèce de balourd, soupira Alpiew. Ma maîtresse voulait des *biscuits* au ratafia. Pourquoi aurait-elle demandé une *assiette* de vin au ratafia ?

— C'est bon, c'est bon. » La comtesse agita la main. « Nous gardons le vin, mais je vous prie d'apporter aussi des biscuits au ratafia. »

Les Quakers manifestaient maintenant ouvertement leur désapprobation.

Alpiew croisa leur regard et chuchota : « Nous ne pouvons pas boire de l'alcool à cette heure de la matinée...

— Pourquoi pas ? Nous pouvons boire ce qui nous plaît, quand il nous plaît, sans leur approbation. » La comtesse prit une gorgée et leva son verre comme si elle portait un toast. « Mmm ! Délicieux ! »

Alpiew se mordit la lèvre. « Quelle affaire ! » marmonna-t-elle tout en observant la serveuse qui griffonnait leur addition afin d'apaiser les Quakers indignées. La comtesse sirota son vin au ratafia. « Mme Wilson doit encore répondre à quelques questions. Mais mieux vaut la laisser moisir un moment en prison. En attendant, je propose que nous retrouvions la mystérieuse Betty et que nous lui tirions les vers du nez. » La comtesse avala le reste de son verre de vin d'une lampée et le rinça d'une gorgée de thé. « Allez, Alpiew, bois, bois. C'est mon avis, tu sais, que les Quakers sont la secte de créatures les plus calculatrices et les plus perfides de la terre, qui affichent plus d'orgueil et exigent plus d'hommages avec leur apparente sainteté, que les personnes vraiment pieuses. » Elle avait sciemment élevé la voix. Fixant son verre de ratafia, Alpiew grimaça et secoua la tête. « Il est trop tôt pour prendre un vin fortifié, Madame. J'en aurai la migraine.

— Ne t'en fais pas, ma chère. » La comtesse engloutit le deuxième verre de ratafia en une goulée, et sourit malicieusement. « Je vous en prie, mesdames, quittez cet air plein de componction et tentez de ressembler à deux habitantes de ce monde. Vous arriverez bien assez vite dans l'autre. » Elle traversa la boutique jusqu'à la caisse, et se pencha vers le caissier. « Je suis abasourdie de trouver deux sœurs aussi fières de leur vertu, parmi toutes ces jolies choses qu'elles ne considèrent que comme des ordures. » Tandis que la comtesse payait, la serveuse arriva à la table avec les biscuits. Alpiew les prit directement de l'assiette et les fourra dans sa poche en sortant de la boutique.

Ce ne fut qu'en voyant deux garçons, portant une chaise vide, s'arrêter pour s'esclaffer, qu'Alpiew et la comtesse se regardèrent l'une l'autre et réalisèrent qu'elles étaient toujours vêtues en hommes. Revoyant l'air outragé des deux femmes Quaker, elles rejetèrent leurs têtes en arrière et rirent jusqu'à s'en faire des crampes aux maxillaires.

Les fenêtres noircies de l'entrepôt d'Alsatia ne permettaient pas de deviner si Betty, ou qui que ce soit, était à l'intérieur. Après être rentrées à German Street pour reprendre leurs vêtements féminins, Alpiew et la comtesse étaient allées rendre visite à Chale House pour s'enquérir de Betty, mais la cuisinière en sanglots leur apprit qu'elle n'avait pas été revue depuis la veille au matin, avant que Mme Wilson ne soit « prise du mal ».

« C'est à ce moment-là que je l'ai vue se faufiler devant la boutique de l'apothicaire », dit Alpiew à la comtesse tandis qu'elles s'éloignaient en direction de Salisbury Court.

De jour, les ruelles d'Alsatia étaient moins effrayantes. Mais les personnages qui les peuplaient semblaient encore plus redoutables vus de près. « Le mensonge, l'escroquerie, l'impudence et la misère sont inscrits sur leurs visages », chuchota la comtesse alors qu'elles traversaient d'un pas vif un petit square où traînaient des gaillards fumant la pipe et buvant à la bouteille. « Leurs traits transpirent le vice. »

Bras dessus, bras dessous, l'œil aux aguets, les deux femmes prirent une ruelle étroite.

« Cela empeste plus qu'un urinoir au mois d'août. » La comtesse pressa un mouchoir sur son nez et regarda autour d'elle. Des visages féminins flétris les observaient derrière des rideaux loqueteux. « Betty appartient peut-être à la fraternité criminelle qui habite cet endroit effroyable.

— Peut-être, qu'elle volait les Wilson, continua Alpiew. Et si c'était elle qui avait dérobé les meubles dont parlait Mme Wilson ? En tous cas, c'est sûr, elle transportait quelque chose sous sa cape hier matin. »

Un homme grand au teint basané les bouscula pour passer, en crachant un glaviot sur les pavés.

« Je n'ai jamais connu d'endroit peuplé d'une pire engeance de dépravés, murmura la comtesse, resserrant sa cape un peu plus autour d'elle. Comme les chauves-souris et les hiboux, ils se terrent dans leurs trous obscurs le jour, émergeant la nuit pour exercer leurs vilenies. C'est ce que

Londres compte de plus semblable à Sodome, j'imagine.

— Voilà l'endroit où je l'ai vue entrer. » Alpiew tentait d'apercevoir quelque chose à travers les fenêtres noircies, au ras du sol.

« Quelle cachette de trésors découvrirons-nous derrière ces murs ? » La comtesse alla jusqu'à la petite porte gothique et tenta de regarder par le trou de la serrure. « Il y a une bougie allumée, souffla-t-elle à Alpiew. Quelqu'un est à l'intérieur. »

La comtesse agrippa la poignée. « Alors il n'y a qu'une chose à faire », s'écria-t-elle en donnant un grand coup d'épaule à la porte, qui céda aussitôt, à son grand étonnement. Les deux femmes déboulèrent un petit escalier en bois et atterrirent l'une par-dessus l'autre sur le sol en pierre. Elles se retrouvèrent dans une pièce encombrée et anormalement chaude, malgré la proximité de la Tamise, qui aurait dû faire de cette cave un lieu froid et humide. Des étagères couvraient les murs. Elles soutenaient des rangées et des rangées de bocaux, de bouteilles, de mortiers et de boîtes. Tout au long du mur du fond courait un comptoir où étaient rangés des piles de cuillères et de pilons, d'étranges récipients en verre et des bassines en cuivre. Dans un coin, un petit four en briques éructait des bouffées de chaleur et des lueurs orangées. Dans l'autre était un rideau gris défraîchi, dissimulant sans doute une chaise percée. Des meubles d'allure cossue – un superbe fauteuil, un coffre en chêne incrusté d'ivoire, une jolie petite écritoire, un tabouret – étaient disposés çà et là dans le laboratoire. Une couverture en laine chiffonnée et un oreiller en plumes gisaient à même le sol au milieu de la pièce.

« Pouah ! s'exclama la comtesse en s'éventant de la main. Quelle est cette odeur abominable ? »

Alpiew posa le doigt sur les lèvres. Elle avait remarqué un bout d'étoffe disparaissant derrière le rideau. D'un geste vif, elle le tira. Accroupie au sol, tassée contre le mur et roulée en boule comme pour se protéger des coups, se blottissait la soubrette de Beau Wilson, Betty, échevelée et en larmes.

« Eh bien ! Qu'avons-nous là ? s'exclama la comtesse, se hissant de toute sa hauteur. Le gibier est acculé. »

Comme un animal pourchassé, Betty se jeta vers l'escalier et la porte ouverte. Mais à son passage, Alpiew l'attrapa par les cheveux et la comtesse bloqua l'issue. Les bras de Betty battirent furieusement l'air, frappant la comtesse, s'agrippant à ses vêtements. Elle n'allait pas se laisser capturer sans se défendre.

« Est-ce là le nid d'amour que tu partageais avec Beau ? » ironisa la comtesse tandis qu'Alpiew et Betty se crêpaient le chignon. Tout d'un coup, avec un gémissement, Betty lâcha prise et se laissa retomber sur le sol en sanglotant.

Alpiew saisit l'occasion pour l'immobiliser en s'asseyant sur elle, tandis que la comtesse trottinait jusqu'en haut de l'escalier et refermait la porte donnant sur la rue. Mais en fermant la porte, la cave fut plongée dans l'obscurité, car dans l'agitation du combat l'unique bougie s'était éteinte. Seule la lueur orangée émanant du four en briques éclairait la pièce. La comtesse descendit lentement, prudemment, les marches dans le noir.

« Alors Betty, fit Alpiew en lui agrippant les poignets et en les maintenant au sol, tu l'as tué ? »

Betty arrêta de gigoter et se mit à pleurer tout doucement, les larmes roulant sur ses joues et de là, au sol. « Bien sûr que non. Pourquoi ferais-je une chose pareille ? Il était tout pour moi. »

La comtesse se cognait aux meubles en essayant de retrouver la bougie. « Tout ?

— Il tenait mon avenir entre ses mains. » Betty demeurait parfaitement immobile maintenant. « Je l'adorais, ajouta-t-elle d'une voix faible et fêlée.

— Et qu'était Beau Wilson pour toi, au juste ? » La comtesse avait presque chantonné la question, tout en tâtonnant sur le plan de travail pour trouver la bougie. « Était-il ton amant ?

— Comment aurait-ce été possible ? » Betty sanglota à nouveau, en secouant la tête. « Bien sûr que non. Je n'étais qu'une servante, et lui, un gentleman. » Elle se roula en boule. « C'est *elle* qui l'a tué. Je le sais.

— Ah bon, c'est elle ? » La comtesse hocha la tête en regardant Alpiew, toujours assise sur la petite bonne. Voilà qui était excellent. Mieux encore, la comtesse avait retrouvé la bougie. Maintenant, il ne lui restait plus qu'à mettre la main sur un briquet à amadou. « Vous êtes très malheureuse, n'est-ce pas, Betty ? Comment s'en étonner ! Vous devez vous sentir si seule en ce moment... » Elle se pencha pour caresser les cheveux de la jeune fille. « Personne ne comprend ce que vous pouvez ressentir. » Elle se tourna vers Alpiew et fit d'un ton tranchant : « Cessez de malmener cette enfant, mademoiselle Alpiew. Vous n'êtes pas en train d'interpréter *Les Reines rivales* au théâtre, que je sache. Alors ne jouez plus la scène du combat de Roxane et Statire, et aidez mademoiselle Betty à se relever. »

Non seulement Alpiew n'avait jamais vu la pièce en question, mais elle n'en avait jamais entendu parler. Mais elle connaissait la scène du combat de réputation : c'était l'une des plus populaires du répertoire, autant chez le public que chez les actrices. Deux jeunes premières s'y affrontaient bec et ongles pour l'amour d'Alexandre le Grand (se poignardant à deux reprises avec des dagues de comédie). Elle aida Betty à se remettre sur pied.

« C'était un homme charmant, que ce M. Wilson, sanglotait la jeune fille. Si bon. Si gentil. Il n'aurait pas fait de mal à une mouche. Personne n'a jamais été aussi généreux que lui avec moi.

— Prends la couverture, Alpiew. » La comtesse aida Betty à s'asseoir. « La pauvre a subi un vilain choc. »

Tandis qu'Alpiew passait la couverture autour des épaules de Betty, la comtesse, dont l'œil s'était habitué à la pénombre, jeta un coup d'œil circulaire à la pièce, qui ressemblait à un atelier, avec de grandes jarres en grès, d'étranges appareils en métal, de longs tubes, des étagères de livres et encore des jarres.

« Quel est cet endroit où vous avez pris refuge ? demanda la comtesse. Ce doit être très pénible, de vivre ici ? »

Les yeux de Betty allèrent dans tous les sens, comme si elle craignait que la comtesse n'ait aperçu quelque chose qu'elle n'aurait pas dû voir.

« C'est un laboratoire, Madame, dit-elle. J'y travaillais pour M. Wilson.

— Mme Wilson y venait-elle fréquemment ?

— Mme Wilson ? Non, jamais. » Betty essuya les larmes de ses joues. « Personne ne connaissait cet endroit. Sauf M. Wilson et moi. J'étais son assistante. Il me formait, comme une apprentie, vous voyez.

— Il est étrange pour une jeune fille d'être apprentie dans un endroit comme celui-ci, n'est-ce pas ? » Alpiew était perplexe. « Une distillerie de vinaigre, une fabrique d'huile, une brasserie, oui, on forme les filles à travailler dans de tels endroits, mais si je ne m'abuse, cet endroit a un rapport avec la nouvelle philosophie expérimentale, et le beau sexe n'est pas bienvenu dans ce nouveau monde. »

La comtesse caressait du doigt un bocal à demi rempli d'une poudre d'un vert vif. « En quoi consistait votre travail ?

— Je l'aidais à mélanger... » Betty secoua la tête. « Je lui ai promis. J'ai juré que je n'en parlerais pas à âme qui vive. »

La comtesse s'assit sur un petit tabouret en cuir brun, aux pieds de Betty. Elle prit la main de la jeune fille et la tapota. « Je sais, je sais. Ce pauvre Beau tentait de garder le secret sur ses découvertes, mais à quoi bon maintenant, hein ? Alpiew et moi... Au fait, je suis la comtesse Anastasia Ashby de la Zouche. » Elle désigna Alpiew. « Et voici ma femme de chambre, Alpiew. » Elle tapotait toujours la main de Betty. « Nous tentions de protéger Beau, parce que nous le savions en danger, n'est-ce pas vrai, Alpiew ? »

Les lèvres de Betty tremblaient. Elle n'était pas encore convaincue.

« Beau, M. Wilson, avait fait en sorte qu'Alpiew et moi l'accompagnions à la conférence de Gresham College il y a quelques jours. Même si nous étions des femmes ! Comme vous le savez, il n'adhérait pas aux préjugés imbéciles, et nous encourageait nous *aussi*, vous voyez. Parce que c'était *si* important pour lui, ce projet, qui lui a coûté tellement d'argent, et presque son mariage. Et sa vie... » Elle attendit de voir la réaction de Betty. Mais la jeune fille l'observait toujours d'un œil méfiant. « Et maintenant, nous sommes toutes plongées dans la même infortune, parce qu'il est... parti. » La comtesse se tut et éclata en larmes amères.

Alpiew fixa sa maîtresse, bouche bée. Qu'est-ce qui lui prenait ? Betty saisit la main de la comtesse et la pressa vivement. Celle-ci fouilla frénétiquement sa mémoire pour se rappeler les termes employés lors de cette conférence scientifique si mortellement ennuyeuse.

« Était-il soudain parvenu à une projection ? Ou en était-il toujours au stade de la calcination ? Quelque chose s'est produit, cela est certain. Cet après-midi-là au théâtre, lorsqu'il a reçu le billet...

— Vous êtes au courant, pour le billet ? » L'œil de Betty s'éclaira. « Alors vous devez savoir qui l'a tué. Car c'est ce billet qui l'a conduit à sa mort...

— Elle devait être désespérée, roucoula la comtesse. En découvrant que tout son argent avait disparu...

— Ah, de l'argent, elle en a bien assez, d'après moi. » Betty plissa les yeux. « Elle était riche. C'était bien pour ça que... Autrement, il ne l'aurait jamais fait. »

Elle se leva et alla vers un meuble et, ouvrant un tiroir, révéla un amas de pièces de guinées d'or. « En voici la preuve. » Elle fit couler les pièces d'or entre ses doigts. « Elle lui a donné tout ça le jour où elle l'a tué.

— Elle lui a donné tout ça ? » Alpiew fixa le tiroir. « Il doit y avoir plus de cent guinées là-dedans. Alors pourquoi nous a-t-elle dit qu'elle était ruinée ?

— Vous lui avez *parlé* ? » Betty se retourna pour fusiller Alpiew du regard. « Où est-elle ? Conduisez-moi à elle. »

La comtesse pencha la tête sur l'épaule. Il y avait quelque chose qui ne collait pas tout à fait dans cette histoire, et Alpiew était sur le point de gâcher leur interrogatoire. « Alpiew, ma chère, laisse-moi poser les questions pendant que tu allumes d'autres bougies un peu partout. Il fait affreusement sombre ici. Maintenant, Betty, il faut que tu me parles des poudres que tu préparais pour elle.

— Qui ?

— Mme Wilson.

— Ah. »

La différence de ton de Betty renseigna la comtesse sur ce qu'elle voulait savoir. Il y avait deux « elle » : Mme Wilson, et une autre.

« M. Wilson composait la substance et je la glissais dans des enveloppes en papier. »

La comtesse se leva avec peine du tabouret : elle avait des fourmis dans les jambes. S'agrippant au mur en briques nues pour garder l'équilibre, elle tituba vers Betty. « Les poudres étaient préparées ici, j'imagine ? »

Betty acquiesça. « Mais qu'est-ce que les poudres ont à voir dans tout ceci ?

— Quelqu'un a également essayé de tuer Mme Wilson, n'est-ce pas ? » Elle plongea ses yeux dans ceux de Betty pour voir si une quelconque lueur la trahissait. « Montre-moi la mixture que tu préparais pour Mme Wilson. »

Betty indiqua des étagères encombrées de centaines de bouteilles et de bocaux portant des étiquettes. « Vénus. C'est celle-là. »

Retroussant ses jupes, elle grimpa sur le plan de travail et tendit le bras pour attraper le bocal, un joli bocal en porcelaine de Delft bleue et blanche. « M. Wilson a composé la mixture lui-même. C'est pour les femmes. » Elle rougit en posant le bocal sur le comptoir et sauta par terre. « Les femmes mariées, je veux dire, car je crois que cela a un rapport avec la procréation. Je n'avais pas le droit d'en prendre. Il me l'avait strictement interdit. » Elle ouvrit un tiroir et montra une liasse de papiers marqués du signe ♀. « Ce signe veut dire “femme”, m’avait expliqué M. Wilson. Vénus était une femme, vous savez. »

La comtesse eut un regard interrogateur.

« Cela fait partie de l’apprentissage », précisa Betty. Elle prit un papier, ouvrit le bocal et en tira une cuillère de poudre brune, qu’elle égalisa à l’aide d’une spatule en acier. Puis elle versa la poudre au milieu du papier, et avec l’habileté d’un prestidigitateur, replia le papier de manière à ce que la poudre ne puisse s’échapper.

« Et voici un sachet, prêt à l’usage. » Elle brandit le produit fini sous les yeux de la comtesse.

« Vous êtes une véritable experte. » La comtesse prit la poudre et inspecta l’enveloppe soigneusement repliée. « Beau, M. Wilson, savait ce qu’il faisait lorsqu’il vous a prise pour apprentie. »

Alpiew avait illuminé la cave, et inspectait maintenant attentivement les lieux. C’était étrange : les plans de travail étaient mal dégrossis, les étagères poussiéreuses, les murs noirs de suie, mais les meubles, qui auraient eu leur place dans le plus élégant salon, étaient en parfait état : un fauteuil richement décoré en chêne et en osier, une belle console aux pattes en forme de sucres d’orge, une écritoire en acajou, deux appliques murales en argent...

« C’est un très beau laboratoire, assurément, dit Alpiew en tâtant du doigt une machine en métal, et quant à moi, j’aimerais bien y pratiquer quelques expériences. M. Wilson avait-il étudié les écrits de M. Newton [1] ?

---

1. Le physicien anglais Isaac Newton (1642-1727) est alors au faîte de sa gloire, et vient d’être nommé directeur de la monnaie (1699) – équivalent d’un ministre du Budget. (*N.d.E.*)

— Isaac Newton ! » Le visage de Betty s'illumina. « Ah, c'était son idole.

— Je connais personnellement M. Newton, fit la comtesse avec un sourire tentateur. C'est mon voisin. »

Alpiew parcourait maintenant les titres de tous les livres sur le comptoir. « Alors cet endroit était tenu secret. N'est-ce pas ? Ç'aurait été de première importance dans une affaire comme celle-ci.

— Et M. Wilson a transporté ces jolis meubles d'Angel Court jusqu'ici ?

— Il avait besoin de quelque chose pour écrire, d'un endroit où s'asseoir. » Betty était soulagée d'avoir quelqu'un à qui se confier. « Alors je les ai portés ici, un à un. »

Voilà qui expliquait la disparition mystérieuse des meubles de Mme Wilson.

« Je n'étais pas assez forte pour porter un lit jusqu'ici, alors il s'est contenté d'une couverture et d'oreillers. »

Bien qu'elle leur tournât le dos, Alpiew se figea. Elle redoutait la réaction de la comtesse à cette réplique.

« Vous dormiez tous les deux ici de temps en temps ? » La comtesse se frottait le pied, comme si la réponse ne l'intéressait que vaguement.

« Je n'ai jamais dormi ici. Jamais. » La comtesse maniait la couverture qui gisait à ses pieds. « Jusqu'à hier soir.

— Et pourquoi hier soir, tout d'un coup ? » Alpiew fit volte-face.

Betty reprit la couverture à la comtesse pour la replier. « Parce que j'avais peur. Après ce qui était arrivé à M. Wilson, j'ai cru qu'ils s'en prendraient peut-être à moi.

— Pourquoi n'es-tu pas partie tout de suite, lorsqu'ils ont rapporté le corps de M. Wilson ? »

Betty roula des yeux. « Vous avez vu les ruelles du quartier. J'aurais eu trop peur, dans le noir.

— Mais M. Wilson venait ici avec *elle* certaines nuits ?

— Elle ignorait où il travaillait. » Betty fronça les sourcils. « Non. Il restait ici lorsqu'il fallait surveiller le processus, et les autres nuits il demeurait à la maison.

— Toujours à la maison ?

— Sauf... » Les lèvres de Betty se pincèrent. « Sauf les six fois où il est allé chez *elle*.

— Six ? Pourquoi t'en souviens-tu si bien ?

— C'était deux fois par mois, depuis janvier, qu'il allait la voir.

— Et cette autre femme, risqua la comtesse, Mme Wilson connaissait son existence ?

— Ah non ! » Betty était catégorique. « Mais je crois qu'elle commençait à soupçonner quelque chose. M. Wilson m'a dit qu'il croyait qu'elle avait engagé de vieilles corneilles décrépies pour le suivre. »

La comtesse se retint de réagir. « As-tu jamais découvert le nom de cette autre femme ?

— Non. » Betty alla au comptoir et commença à ranger méthodiquement les livres en piles. « Je me demande même si M. Wilson le connaissait. Tout devait se faire dans le plus grand mystère.

— Il y a des tas de mystères, n'est-ce pas, Betty ? » La comtesse retroussa ses manches. « Allez, mademoiselle Alpiew, nous allons aider mademoiselle Betty à ranger. »

Alpiew vint se placer à côté de Betty. La comtesse tendit le bras pour prendre un torchon, afin d'essuyer le plan de travail. « Et c'est bien le problème. Comment faire traduire en justice l'assassin de M. Wilson ? » La comtesse frottait frénétiquement sa portion du comptoir. Elle se retourna pour sourire à Betty, en lui passant le torchon. « Mais au moins, la loi agit, car ce matin on a arrêté Mme Wilson. »

Betty s'étrangla. « On l'a arrêtée ? »

Alpiew acquiesça.

« Arrêtée, Mme Wilson ? Mais pourquoi ? Pas pour... ?

— Eh bien, fit la comtesse en haussant les épaules, parce qu'elle a tué son mari, bien sûr. » Betty porta les mains à sa bouche, puis se retourna et fit signe à la comtesse de s'asseoir dans le fauteuil.

« Je vais vous dire tout ce que je sais, comtesse. Si vous tentez d'aider Madame, je dois vous aider. » Betty s'appuya contre le comptoir. Elle parlait rapidement, d'un ton franc, mais en pesant chaque phrase. « M. Wilson travaillait ici, avec moi, dans ce laboratoire. Nous étudions les arts hermétiques. » Elle désigna de la main l'équipement, les bocaux, le four. « Tout ceci coûte cher, vous ne l'ignorez pas, et il s'était énormément endetté. Sa femme n'en savait rien. Afin de ne pas faire banqueroute et entraîner sa femme dans sa ruine, il a entrepris une certaine tâche pour une dame. Qui était cette dame, ou ce qu'il devait faire pour elle, je l'ignore.

— Alors comment étaient organisés leurs rendez-vous ? » Alpiew s'agenouilla par terre à côté de la comtesse.

« Il recevait un billet lui indiquant l'heure et l'endroit du rendez-vous. Pour autant que je sache, c'était toujours un homme qui l'attendait. Je l'ai aperçu une fois. Un colosse à l'air brutal. Puis il suivait cet homme, pour aller faire ce qu'il devait faire. Quand il rentrait à la maison, il rapportait de l'argent. Toujours des pièces, jamais des billets de change. Cela faisait partie de l'anonymat, comme il disait, qui était “vital”, prétendait-il, à “l’entreprise”. Il me remettait ces pièces, et je les enveloppais dans un ballot de linge sale pour les apporter ici dans le laboratoire, afin qu’il puisse payer ses créanciers sans que sa femme sache qu’il avait des dettes.

— Ainsi, ce lieu lui servait à la fois de bureau secret et de banque personnelle, en plus d’être un laboratoire ?

— C’était l’endroit où il pouvait échapper au train-train de la vie dans la City, disait-il.

— Et M. Wilson et toi, vous n’avez jamais... » Alpiew laissa la phrase en suspens. Betty protesta, indignée : « Jamais. J’étais l’apprentie de M. Wilson. Une fois dévoilée sa grande découverte alchimique, je me serais fait une renommée en tant qu’assistante...

— Et tu es sûre que cet endroit n’est connu de personne ? Nul n’est jamais venu ici, à part toi et lui ? »

Betty hocha à nouveau la tête.

« Pas même Mme Wilson ?

— Il voulait lui en faire la surprise, dit Betty. Quand il aurait atteint la projection, ou même la sublimation, alors il allait tout lui dire. Parce qu’alors, il était assuré de faire fortune.

— Et la projection, la sublimation, cela veut dire...

— Qu’on peut transformer de vils métaux en or, évidemment. L’alchimie comporte plusieurs étapes, et à la dernière phase du processus, l’or commence à émerger.

— Et ta participation à ce processus ? » Alpiew se pencha vers l’avant.

« Je prenais des notes. Je décrivais chaque processus, la chaleur, les ingrédients, les résultats. Ici... » Betty se retourna et tira un petit livre relié en cuir vert d'une étagère. « ... c'était son carnet de bord. Tout notre travail était consigné ici. »

La comtesse feuilleta ce qui semblait être une suite d'hiéroglyphes indéchiffrables. Elle releva la tête et sourit à Betty. « Puis-je emprunter ceci ? »

Betty lui arracha le livre et le fourra dans sa poche.

« Maintenant que M. Wilson ne peut plus... » La comtesse lança à Betty un regard interrogateur. « Peut-être pourrions-nous demander l'aide de M. Newton ?

— Pas même M. Newton. » Betty tapota sa poche. « Le livre ne me quitte pas. »

L'horloge de Bridewell sonna l'heure. D'un seul mouvement, la comtesse se leva du fauteuil et s'avança vers la porte. « Comme le temps passe, Miss Betty. Resterez-vous ici ? »

Alpiew s'était glissée le long du comptoir et avait empoché l'échantillon marqué d'un ♀, que Betty avait préparé plus tôt. Elle fut tentée de remplir sa poche de guinées d'or, mais la comtesse avait déjà atteint le haut des marches.

« Je crois qu'il savait quelque chose... » Betty soupira. On aurait cru qu'elle voulait se soulager d'une dernière bribe d'information avant d'être à nouveau seule. « Il avait été chez *elle* la veille. Dans l'après-midi, il était allé au théâtre pour recevoir le billet lui fixant son prochain rendez-vous. Il avait quitté la pièce avant la fin, il était rentré à la maison et m'avait dit... »

La comtesse vacillait dangereusement en haut de la dernière marche. « T'avait dit... ?

— Qu'il avait fait une grande découverte. Une découverte si importante qu'elle ébranlerait la société de haut en bas, et dont la connaissance pouvait faire de lui un homme très, très riche. »

Alpiew était à côté de Betty. « Et cette découverte, c'était... ? »

Betty leva les deux bras au ciel en signe de désespoir. « Cela, je ne le saurai jamais. Il a quitté sa demeure pour venir un moment ici, seul, et puis...

— Et puis... ? » Alpiew et la comtesse avaient parlé à l'unisson.

« Il est allé au rendez-vous pour poser ses conditions. Et c'est là qu'il a été assassiné. »

Alpiew longeait le quai en poussant des cailloux d'un coup de pied dans les eaux troubles de la Tamise. La comtesse s'était perchée sur un cabestan au bord du fleuve. À midi, il y avait du passage : des péniches lourdes de charbon montaient et descendaient le fleuve pour décharger leur marchandise, des bateliers de l'ouest barraient leurs chalands vers les docks de Tilbury pour repartir aussitôt, des canots à rames faisaient la navette vers la rive sud avec un assortiment de passagers – prêtres, filles fardées, jardiniers maculés de boue et soldats à manteau rouge. Tous les bateliers s'injuriaient les uns les autres au-dessus des flots, de sorte que le fleuve était aussi bruyant que n'importe quelle rue commerçante.

« Alors qu'en pensez-vous ? » Alpiew se retourna pour contempler la façade décrépie et condamnée du Dorset Garden Theatre. « Miss Betty dit-elle la vérité ?

— À mon avis, nous n'obtiendrons rien du charabia de ce carnet. » La comtesse s'efforça de distinguer, au loin, l'autre rive de la Tamise. « Je ne crois même pas que ç'ait été rédigé en anglais. C'étaient d'étranges hiéroglyphes. Des rébus impénétrables. »

Alpiew sautilla à nouveau vers le bord de l'eau.

« J'aime les rébus. Je reviendrai tantôt, pour voir si elle me laisse jeter un coup d'œil. »

Un rameur solitaire dans un petit canot à rames passait le long du quai. « Où allait Beau ce soir-là avec ses yeux bandés, d'après vous ?

— Vous avez besoin d'un batelier, Madame Arc-en-Ciel ? s'écria le rameur au même instant.

— Non merci, vilain bonhomme, rétorqua Alpiew.

— Je suis un professionnel. » Le batelier retira son pourpoint à courtes basques et désigna l'écusson sur sa manche, pour montrer à quel compagnie il appartenait. « Tout comme vous, si je ne m'abuse.

— Tiens ta langue, vieux marin d'eau douce, tonna la comtesse. Retourne tes rames vers la rive et tu auras notre pratique. »

Tandis qu'il manœuvrait le canot jusqu'aux marches, Alpiew aida la comtesse à descendre au bord de l'eau. « Tu vois, Alpiew, nous pouvons déduire l'endroit où Beau a pu être emmené. »

La comtesse jeta un coup d'œil au batelier, qui était debout, un pied à terre, l'autre dans son canot, en train d'invectiver une péniche dont le sillage l'avait fait tanguer.

« Entre-temps, Alpiew, ma chère, affûtons nos langues pour affronter cet insolent rat d'eau.

— Oui-da, je me demande comment les bateliers se trouvent même des clients, soupira Alpiew. Pour tirer quoi que ce soit de ce bonhomme, nous devrons supporter un torrent d'esprit fluvial.

— C'est leur coutume, dit la comtesse en haussant les épaules. Tout comme les acteurs ne font que se flatter les uns les autres, les bateliers échangent des insultes. C'est ainsi qu'ils conçoivent les conversations amicales.

— Où allez-vous ? » Le batelier, tout sourire

tant il était heureux d'avoir des clients par une journée aussi venteuse, tendit la main pour aider la comtesse.

« Ma maîtresse a quelques difficultés avec son mari, chuchota Alpiew. Nous avons plutôt besoin d'être renseignées que conduites quelque part.

— Alors, cette crapule libertine, ce méchant dépravé vous a cocufiée, mémère ? »

La comtesse se dressa sur ses ergots, prête à rendre coup pour coup, mais Alpiew lui pressa le bras tandis qu'elles s'asseyaient toutes deux prudemment sur le banc.

Pendant que le rameur barrait son canot jusqu'au milieu du fleuve, Alpiew poursuivit.

« Elle est grièvement blessée par cette offense, et veut savoir où elle peut dénicher la catin notoire qui a assiégé son chéri.

— Il venait d'où ? »

Alpiew pointa du doigt vers la façade du théâtre abandonné de Dorset Garden.

« Il faut me dire quelle nuit, et à quelle heure. »

Un autre canot passa avec une cargaison de jardiniers en route pour la City. Les deux bateliers firent s'entrechoquer leurs rames.

« Bande de bouffeurs de vers et de chasseurs d'escargots, vous ne pouvez pas faire attention ? » Le batelier de la comtesse repoussa l'autre canot d'un coup de rame.

« Il y a trois nuits, vers neuf heures.

— Il y a trois nuits ? » Le batelier se frotta le menton de la main. « Hum, elle était froide, celle-là. Beaucoup de glace partout. Je suis même étonné que des bateaux aient été dans les parages.

— Il y en avait un, dit Alpiew. Je l'ai vu partir, de mes yeux.

— Combien de rameurs ? demanda le batelier.

— Un seul, répliqua Alpiew.

— Combien de passagers ?

— Un.

— Et il faisait noir, en plus. » Le batelier reprit ses rames. « À mon avis, madame, ils ne sont pas allés bien loin. Ce n'aurait pas été possible par cette nuit-là.

— Pourquoi donc ? fit Alpiew en se penchant vers lui.

— Les marées, madame la maligne. La Tamise est comme la mer, sujette aux caprices de la lune, et nous autres bateliers sommes soumis à ses vicissitudes. Il y a trois nuits, à neuf heures, la marée aurait rendu n'importe quel trajet difficile à moins qu'on ne veuille tourner en rond au gré des courants. Et avec cette glace, qui a failli interrompre tout le trafic fluvial, je suis même étonné que quiconque soit allé sur l'eau.

— Mais je l'ai vu monter dans le canot et quitter le quai.

— À mon avis, il ne peut y avoir qu'une raison de traverser le fleuve par une telle nuit...

— Oui ? fit la comtesse.

— Comme la poule, vieille ronchon, s'esclaffa le batelier. Pour aller de l'autre côté.

— Je ne m'y connais pas en volaille, messire, je veux simplement savoir où il a pu aller, pour ne pas rentrer avant le lendemain.

— Eh bien, madame la grondeuse, il n'y a que deux façons de traverser notre fleuve majestueux : par le pont de Londres ou par voie d'eau. À mon avis, s'il a choisi le fleuve, c'est qu'il se dirigeait par là. »

Il agita un aviron vers un escalier sur la rive sud.

« Dans ce cas, dit la comtesse qui, en se rasseyant, manqua tomber à la renverse car il n'y avait pas de dossier à son siège, conduisez-nous à cet endroit. »

Le batelier mit quelques minutes à manœuvrer son canot jusqu'à l'autre rive, rugissant des injures à tous les autres bateliers des parages, qui lui répondaient sur le même ton.

Ils accostèrent sur une plage de galets.

« Voilà, ô ballot suranné, l'escalier des Soucis. »

Alpiew se retourna vers Dorset Stairs. « C'est trop près, dit-elle. J'ai le sentiment que ce trajet sur le fleuve était un peu plus long. On ne pouvait voir où ils allaient, de l'endroit où ils étaient partis. » Elle étudia la berge et vit qu'elle tournait à angle droit. « Y a-t-il un autre endroit où accoster, que l'on ne peut voir d'ici ?

— Il faudrait remonter le fleuve, dans la direction opposée au pont, dit le batelier avec un haussement d'épaules.

— Pourquoi donc dans la direction opposée au pont ? s'enquit Alpiew.

— Enfin, madame, si vous deviez vous rapprocher du pont à la rame, pourquoi ne pas directement emprunter le pont ? » C'était logique. Le batelier replia à nouveau ses avirons. « En tous cas, il aurait fallu être un gars costaud pour y arriver l'autre soir, en allant contre la marée. »

Maniant vigoureusement ses avirons, il fila rapidement dans les hauts-fonds. « Juste de l'autre côté de ce petit cap, se trouve l'escalier de Cupidon. »

Les sourcils de la comtesse s'arrondirent en arc et ses lèvres se pincèrent si fort qu'elle faillit en baver. « L'escalier de Cupidon ! » Elle sourit et se tapota le nez. « Je crois que vous avez trouvé, ô esclave du grand Neptune. Montrez-nous cet endroit.

— La manœuvre est un peu difficile, aujourd'hui, répondit le batelier en s'arc-boutant sur ses avirons. On va contre la marée, on remonte le courant et on a le vent en face. Enfin, si je me souviens bien, il n'y avait pas de vent l'autre soir. »

La comtesse et Alpiew débarquèrent et grimpèrent les marches branlantes de l'escalier de Cupidon, suivies du batelier.

« Quel est ce désert affreux ? s'écria la comtesse en contemplant les arpents de champs et de terrains vagues.

— Ici ? » Le batelier se tenait les poings sur les hanches. « Apprenez, vieille mégère, que nous sommes à Lambeth[1].

— Peste soit de Lambeth. Y a-t-il quelqu'un d'assez insensé pour y habiter ?

— Ceux qui n'ont pas le choix. À part l'archevêque de Canterbury[2].

— Dieu me garde de lui rendre visite, si Canterbury est aussi sinistre que Lambeth. Et, au nom de Dieu, quelle est cette puanteur ?

— Ce sont les tanneries de Southwark. » Le batelier s'esclaffa, et leva le bras pour pointer le long de la rive, au sud du pont de Londres. « Ça empeste plus qu'un pot de chambre sous le lit d'une putain vérolée. »

Tous les trois, dos au fleuve, scrutèrent le terrain qui s'étendait sous leurs yeux, la comtesse

1. Alors un faubourg très pauvre où l'environnement était particulièrement malsain, à la fois « dépotoir » du centre-ville et lieu d'installation des nouvelles manufactures. (*N.d.E.*)

2. C'est aussi là que se trouvait le palais de l'archevêque. (*N.d.E.*)

s'éventant vigoureusement sous le menton. Un petit chemin serpentait devant eux, en direction du sud. Du côté du chemin qui allait vers le fleuve, s'étendaient des miles de chantiers de bois. De l'autre, des arpents de marécages.

« S'il a débarqué ici, on a dû venir le prendre en voiture, dit Alpiew.

— Ramenez-moi à la civilisation, glapit la comtesse, refermant son éventail d'un coup sec et déboulant l'escalier jusqu'au canot. Je n'ai jamais soupçonné qu'un désert aussi lugubre existât, si près de mon cher Londres.

— On retourne d'où on vient ? questionna le batelier.

— Quel est cet endroit d'aspect charmant ? demanda la comtesse en indiquant d'élégantes bâtisses entourées de jardins, sur l'autre rive.

— Ce sont les jardins de Somerset House, madame.

— Bien sûr, bien sûr. Parfait. Emmenez-nous là. »

6

Désintégration

La décomposition ou la dissociation d'une substance en parties différentes.

Alpiew et la comtesse frissonnaient sur un banc, sous un mûrier, dans les jardins de Somerset. Des domestiques en livrée allaient et venaient rapidement le long des allées bordées d'arbres, zigzaguant entre les élégants parterres menant de Somerset House[1] à la Garde-Robe Royale du Savoy, transportant boîtes et paquets d'articles à entreposer dans les magasins, ou qui en sortaient.

« C'est sans espoir, soupira Alpiew. Je crois que nous devrions renoncer. Il n'y a rien que nous puissions faire pour découvrir le meurtrier de Beau Wilson. »

La comtesse porta ses mains gantées à son visage et souffla dedans. « Avons-nous des pistes ?

— Aucune, dit Alpiew en resserrant sa cape plus étroitement autour de son corps.

— Non, non, non, Alpiew. Nous sommes défaites, mais pas vaincues. Et de un, dit la

1. Le palais de Somerset, résidence royale. (*N.d.E.*)

comtesse en comptant sur ses doigts boudinés, qui était l'homme que nous avons vu à Dorset Quay ? Et de deux : qui était la femme que nous avons vue au cimetière de St. Paul ? Et de trois : est-ce la même femme que celle dont Betty nous a dit qu'elle payait Beau ? Et de quatre : qui a tenté de tuer Mme Wilson, et pourquoi ?...

— Et de cinq, ajouta Alpiew, quelle était cette découverte immense faite par Beau à la veille de son meurtre ?

— Et, tant qu'on y est, de six, poursuivit la comtesse, où Beau a-t-il été mené lors de son trajet en canot ?

— Sept, ajouta Alpiew, se prenant au jeu, qu'espérait-il fabriquer dans son laboratoire ? » Elle soupira et se leva. « C'est absurde. Nous pourrions continuer sans fin. »

La comtesse commençait à avoir la goutte au nez. Elle plongea la main dans sa poche et en tira un mouchoir.

« Huit, dit Alpiew en tirant un mouchoir de sa propre poche, par quel mystère ce mouchoir brille-t-il dans le noir, et à qui appartenait-il ?

— Neuf, dit la comtesse en tenant son mouchoir à bout de bras, peux-tu m'en prêter un ? Je n'ai pas le cœur d'utiliser celui que m'a laissé Beau. »

Alpiew arracha le mouchoir de la main de la comtesse et l'étala sur un genou, plaçant le mouchoir « enchanté » sur l'autre. « Ce sont les mêmes ! Mais l'un produit de la lumière, et l'autre est un mouchoir ordinaire. Par conséquent, je crois que nous pouvons en déduire sans crainte de nous tromper que le mouchoir enchanté appartenait également à Beau. »

Elle fourra les deux mouchoirs dans sa poche,

pendant que la comtesse s'essuyait le nez de son gant.

Une voiture s'arrêta dans la rue derrière elles et un groupe d'hommes en descendit pour traverser les jardins jusqu'à Somerset House.

« La reine habitait ici, tu sais. La reine Henriette Marie. Même après la mort de mon cher Charlie. Elle est rentrée au Portugal il y a quelques années.

— Madame, dit Alpiew qui n'était pas d'humeur à [illegible] les réminiscences de sa maîtresse, j'adore vous entendre parler du passé, mais pas lorsque nous avons un meurtre à élucider.

— Je suis désolée, mais on se demande quand même, lorsqu'on voit un endroit aussi charmant, pourquoi les reines suivantes l'ont dédaigné. La Marie italienne de James ne s'en est pas servie, ni la Marie de Guillaume. »

Alpiew fulminait.

« Très bien, très bien ! » La comtesse se tortilla d'embarras sur son banc. « Alors, où en était-on ?

— Pas plus loin que ça, Madame. Voici ce que nous avons : Beau Wilson fréquentait une femme, au nom et au domicile inconnus. Elle lui donnait de l'argent pour quelque chose, nous ne savons quoi, et il utilisait cet argent pour payer ses dettes. Entre-temps, il formait Betty, sa domestique et confidente, aux arts de la chimie, dont la pratique l'avait plongé dans les dettes, et pendant tout ce temps il laissait sa femme bien-aimée, qui ne peut même pas lire ou écrire, dans l'obscurité.

— Pendant que cette Betty dépouillait sa maison de belles pièces d'ameublement pour les apporter dans un entrepôt sordide de Salisbury Court. »

Une charrette passa en brinquebalant à travers le parc. Deux garçons en livrée se dirigeaient vers elle en traînant le pas, portant de grandes boîtes libellées « chandelles » et « linge de table ».

« Nous savons également, ajouta la comtesse, qu'il a assisté à une conférence à Gresham College, qu'il a déjeuné dans un immonde restaurant français...

— Peste soit de l'endroit. » Son seul souvenir fit cracher Alpiew.

« ... qu'il est parti en canot, peut-être pour aller dans un endroit désolé appelé Lambeth, et qu'il est rentré chez lui le lendemain matin, souriant et sans une égratignure. Puis il a assisté à une pièce de théâtre, où il a reçu un billet... »

La comtesse claqua des doigts. « Voilà qui nous devons revoir. La petite marchande d'oranges. »

Alpiew soupira. La marchande d'oranges leur avait manifestement déjà livré tout ce qu'elle savait. La comtesse avait tout simplement envie de passer un après-midi au chaud, au théâtre.

« Viens, Alpiew ! » La comtesse se frotta les mains, crachant des nuages blancs en parlant. « Le théâtre, voilà la solution ! Et c'est tout près ! »

Alpiew gémit. Son pire cauchemar. Elle aurait préféré rester dans le froid jusqu'à se transformer en statue de glace, plutôt que de subir à nouveau ces tirades d'absurdités. Néanmoins, elle suivit la comtesse vers le théâtre de Lincoln's Inn.

Elles arrivèrent juste à temps pour la représentation. Le public se bousculait pour passer la porte. Le visage de la comtesse s'illumina. « On joue aujourd'hui. Tant mieux. Nous pourrons entrer et observer au chaud. »

« Ashby, ma chérie ! » fit une voix familière, celle de Saint-Pholle, retroussant ses jupes pour descendre de son carrosse. Elle agrippa le bras de la comtesse d'une poigne implacable. « Ma vie est une tragédie ! Tu dois venir dans ma loge pour que je puisse te raconter tout ça. » Elle enlaça la taille de la comtesse et la poussa dans l'escalier. « J'ai l'impression que quelqu'un me joue un poisson d'avril, mais comme nous ne sommes qu'à la mi-mars, c'est impossible.

— Je suis sûre que ce n'est pas aussi grave que tu le dis, minauda la comtesse tandis que les trois femmes prenaient place dans la loge. Que donne-t-on aujourd'hui ?

— Tu ne sais pas de quoi tu parles, Ashby. Tu as tellement, tellement, tellement de chance, pleurnicha Saint-Pholle, sa tignasse rousse hérissée tremblotant sur sa tête. Tu as la charmante, la douce Alpiew pour t'aider, t'habiller, préparer tes repas et te verser à boire. Moi, hélas, je n'ai personne !

— Mais Aziz ? » hasarda la comtesse avec un sourire.

Le visage de Saint-Pholle s'assombrit.

« Il n'est pas mort, au moins ?

— Non, fulmina Saint-Pholle. Pis. Il m'a quittée. Débauché par la femme de ce parvenu, Alfons Van Keppel. »

La comtesse frémit. « Parti au service d'une Hollandaise ?

— Ne m'en parle pas, frissonna Saint-Pholle. Les Bataves ! » Elle se racla la gorge et cracha. « Une engeance répugnante, tous autant qu'ils sont. »

L'orchestre conclut l'ouverture et le rideau glissa pour révéler un petit homme ventru vêtu d'une longue jaquette en velours cerise et de culottes argentées. Le public se leva pour l'applaudir. Saint-Pholle se pencha pour souffler à la comtesse : « J'adore le Signore Fideli, pas toi ?

Quel artiste ! Et aujourd'hui, il est accompagné par M. Finger ! Quel régal nous attend ! »

Un violoniste en habit brun monta sur scène et se posta à côté du Signore Fideli. Il cala son violon sous son menton, le Signore Fideli prit une immense inspiration et se mit à chanter :

« Lorsque du vieux chaos la lumière émergea
En rythme et mesure le monde s'ordonna... »

Sa voix pure s'élançait de plus en plus haut dans les octaves, tandis que le public, majoritairement féminin, se tendait vers lui, en pleine extase.

« Tels des volumes de musique les sphères alors commencèrent
À rafraîchir et raviver l'âme de nos congénères... »

La mâchoire d'Alpiew lui dégringola jusqu'à la taille. Elle n'avait jamais rien entendu de tel. Un homme se trouvait sur scène, mais il chantait avec la voix d'une femme. Enfin, en réalité, c'était une voix plus aiguë que celle de n'importe quelle femme. Quant à elle, elle n'aurait jamais pu atteindre ce ré aigu, même si un cheval de traite et sa charrette lui passaient sur le pied.

« Toutes les orbes tour à tour s'avancent à plaisir
Et par leurs mouvements nous apprennent à danser,
Nous apprennent à danser et à aimer. »

Les yeux écarquillés, Alpiew se pencha en avant pour chuchoter à la comtesse : « Est-ce une femme en perruque d'homme ? »

La comtesse ricana de son ignorance. « Non,

ma chère, c'est le célèbre Sigismondo Fideli. C'est le castrat italien le plus adulé du monde.

— Le quoi italien ?

— Castrat ! Castrat ! C'est un homme, mais on lui a enlevé ses bijoux. »

« Les planètes suivent leurs cours,
La lune et les étoiles dansant tout autour... »

« Ses bijoux ? Vous voulez dire... ? » Alpiew indiqua son pubis, tandis que la comtesse hochait la tête en poussant sa langue à l'intérieur de ses joues, avant d'articuler : « Plus de testicules. »

Se penchant vers l'avant, Alpiew scruta intensément pour tenter de mieux voir la culotte de l'homme.

« ... elles dansent et par leur grâce elles prouvent
Le pouvoir de l'harmonie et de l'amour. »

Alpiew jeta un coup d'œil au public, tétanisé d'admiration. Pendant quelques minutes, elle observa la comtesse et Saint-Pholle contemplant toutes deux le Signore Fideli d'un air aussi adorateur que si, enfin... que s'il s'agissait d'un homme intact.

Puis elle se pencha pour chuchoter à l'oreille de la duchesse. « Je viens de voir quelqu'une de mes connaissances, Madame. Profitez du concert. Je vous attendrai devant lorsque ce sera terminé. »

Sans quitter des yeux le petit homme dodu, la comtesse acquiesça. Alpiew se faufila hors de la salle et prit ses jambes à son cou. « Quels braillements ! lança-t-elle à une marchande d'oranges accroupie dans le couloir et comptant sa recette avant le premier entracte.

« Le Signore Fideli ? s'écria la fillette. Mais

assurément, c'est la créature la plus charmante qui soit. Il a une voix d'ange. »

Alpiew hâta le pas. Le monde devenait fou. Elle glissa rapidement derrière un rideau et passa la porte menant aux coulisses. Un troupeau d'adoratrices se pressait dans l'ombre au pied de la scène, s'appuyant langoureusement aux décors et observant le chanteur d'un air transporté. Alpiew les écarta du coude pour parvenir aux loges. Quelques acteurs subalternes y traînaient. Alpiew saisit quelques bribes de conversation, où revenaient sans arrêt les mots « Je », « Premier rôle », « mes années d'expérience », « Moi » et puis à nouveau « Je ». Grâce au ciel, elle ne faisait que passer... Elle se fraya un chemin jusqu'à la loge des femmes. Une femme mûre et robuste était en train de coudre, assise sous une fenêtre.

« Bonjour, Molly, dit Alpiew en s'installant sur le long banc des actrices, tournant le dos au plan de travail et au miroir. Comment vas-tu ? »

Molly la regarda par-dessus ses lunettes. « Mais si ce n'est pas ma jolie Alpiew ? Tu ne cherches pas du travail, par hasard ? »

Alpiew se dit que décidément, Molly ne la connaissait pas bien. « Milady est au spectacle. »

Molly esquissa une grimace de compassion. « En voilà, un mystère. À Drury Lane, on a donné un spectacle de chiens acrobates, de funambules et de danseurs, qui attire les foules. Après ce succès, on triomphe à nouveau avec un Hercule du Kent... Tu l'as vu ? »

Alpiew secoua la tête. « Je déteste le théâtre.

— Non, non, sourit Molly. Le spectacle méritait d'être vu ! Six pieds de haut, et des muscles comme des soucoupes parsemés sur le corps. Il faisait tressauter ces muscles comme si chacun avait une vie propre. Il a soulevé un poids de deux mille deux cent quarante livres, et a rompu de fortes cordes de ses mains nues. C'était stupéfiant. Et quand il a soulevé un cheval...

— Un homme a soulevé un cheval ? » Alpiew crut qu'elle avait mal compris, mais Molly hocha la tête.

« Un cheval ! » Elle posa son aiguille en soupirant. « Quel homme ! Je ne dirais pas non à une petite partie de chatouilles et de papouilles avec lui. » Elle recommença à coudre. « Mais ici, il faut voir ce qu'ils engagent ! Un petit gros italien sans noisettes, à la voix plus aiguë qu'une chatte en chaleur, pour qui toutes les femmes se pâment. »

Alpiew fit un signe de tête vers l'antichambre. « Et pourquoi sont-ils tous ici ?

— Les acteurs ? Ils sont passablement mécontents. Ils répétaient encore ce matin, et ils ne sont pas rentrés. » Molly tira sur un fil et le noua, avant de choisir une autre couleur de fil dans son panier à couture. « Ça a été une mauvaise saison pour les pièces. Personne n'est content. Plusieurs acteurs ont été licenciés avant Noël. Sauf s'ils étaient capables de sauter à travers un cerceau, ou de danser sur une corde raide.

— Et aucun des acteurs ne sera payé tant que cet eunuque restera là, à brailler ? »

Molly hocha la tête. « Et la semaine prochaine, la direction, dans sa grande sagesse, a décidé d'annuler les représentations prévues pour engager un certain M. Ballon, maître de danse du dauphin de France. »

Alpiew resta bouche bée. « Le dauphin de France ? Mais comment peut-on enseigner à danser à un poisson ?

— Le dauphin, c'est le prince héritier de la France. Enfin, un autre numéro de spécialité vient empêcher les acteurs de gagner leur pain. » Molly soupira et tendit son fil. « Enfin, ce sont des acteurs. » Elle leva les sourcils et se tapota le nez de son dé à coudre. « Tu vois ce que je veux dire ? Ils ont de vrais problèmes, mais tout ce dont ils peuvent se plaindre, c'est de la taille de leurs rôles.

— Ils devraient plutôt être reconnaissants de ne pas être comme le Signore Fideli ! Il n'a plus rien à mesurer, lui ! »

Les deux femmes éclatèrent de rire, et durent se couvrir la bouche de peur que le son ne portât jusqu'à la scène.

« Alors qu'est-ce que tu viens chercher ici, ma fille ? » dit Molly en coinçant son fil entre ses dents pendant qu'elle recherchait une perle perdue dans son giron.

Alpiew se pencha en avant pour chuchoter. « Je veux des renseignements sur un bonhomme, un vrai colosse. Il se sert des marchandes d'oranges pour passer des billets à certaines personnes.

— Des femmes riches, je suppose ? Elles le font toutes.

— Non. » Alpiew secoua la tête. « Il a fait passer un billet à un monsieur ami de ma maîtresse, et ce billet l'a attiré jusqu'à l'endroit où il a été assassiné. »

Molly s'étrangla. Un tonnerre d'applaudissements retentit jusqu'à la loge. Molly attendit qu'il meure pour parler. « S'agirait-il du jeune gentleman tué à Covent Garden l'autre soir ?

— Tu es au courant ?

— Comme tout le monde. » Molly saisit l'ourlet et retourna la jupe sens dessus dessous. « Nous traînons tous sur la place, le soir. Alors quand quelqu'un se fait trancher la gorge... » Elle haussa les épaules.

« Jolie robe, dit Alpiew. À qui est-elle ? À Bracegirdle ?

— Non, à Mme Barry. » Molly secoua la robe, pour la montrer dans toute sa splendeur. « C'était la robe de mariée de la reine Marie.

— La reine Marie... dans une pièce ? »

Molly secoua la tête. « Non, la vraie reine Marie.

— La femme du roi Guillaume, qui est morte ? » La reine Marie avait succombé à la petite vérole à l'âge de trente-deux ans, il y avait cinq ans à peine.

« Pas celle-là. L'Italienne, Marie de Modène, la femme du roi James. »

Molly caressa la robe, brossant un fil de coton du corsage brodé de perles. « Elle l'a donnée à Mme Barry pour lui avoir enseigné à *parlare inglese* ! Elle la porte toutes les fois qu'elle joue des reines. Ce qui est, comme tu le sais, la plupart du temps. »

Le seul souvenir qu'Alpiew conservât de Mme Barry datait de l'époque où elle avait pris un emploi temporaire dans les coulisses. Une femme sarcastique, avec un visage de travers, qui glapissait « Habilleuse ! » en claquant des doigts. Une vraie diva. Ainsi, Mme Barry était propriétaire de cette robe ravissante, jadis portée par une reine.

« La reine lui a aussi offert la robe qu'elle portait le jour de son couronnement, peux-tu le croire ? Et comme Mme Barry se démène comme une diablesse dans tous ses rôles, ces robes ont souvent besoin de mes soins. » Molly tint la robe à bout de bras devant elle. « Tu crois que je pourrais faire la reine si j'allais m'entretenir avec ce vieux Guillaume ? Il doit se sentir seul, dans ce grand palais sans femme.

— Je n'en sais rien, rit Alpiew, mais tu serais

la reine des amies pour moi si tu découvrais quoi que ce soit à propos de ce gaillard qui a laissé un billet. » Une autre chanson criarde prit fin dans un tumulte d'applaudissements. Alpiew se leva et embrassa Molly sur la joue avant de sortir par l'entrée des artistes.

Une meute de femmes s'était déjà agglutinée dehors, attendant la fin de la représentation et la sortie du Signore Fideli afin de pouvoir le voir, lui parler, peut-être même le toucher.

« Il est tout ce dont on peut rêver ! s'exclamait une grosse femme en rouge.

— On dit qu'une dame de la City a eu un enfant de lui », gazouilla une jolie petite blonde.

Un grand éclat de rire partit de la foule des dames rassemblées, qu'Alpiew franchit, la mine renfrognée.

« Eh bien, ce doit être charmant d'avoir un enfant de lui, réitéra la blonde.

— Madame, j'ai rencontré l'autre jour une dame qui en avait trois ! » C'était à nouveau la grosse femme en rouge, agitant son éventail, tout excitée.

« Tous de Fideli ? » La foule était bouche bée.

« Tous de Fideli, et tous en cire. À deux pence pièce. »

L'éclat de rire fut général. Alpiew haussa les sourcils, en s'émerveillant de ce que ces femmes aient si peu à faire qu'elles perdent leur temps à pourchasser ce gros petit soprano masculin.

« Ah, qui les fabrique ? Je dois en acheter une douzaine. » Chaque dame farfouillait dans ses poches pour trouver un carnet, un bout de papier, n'importe quoi, afin d'y noter la boutique vendant des poupées de cire à l'effigie du Signore Sigismondo Fideli. Alpiew grogna, exaspérée, et contournant l'édifice, revint à l'entrée principale du théâtre.

« Il me le *faut* », siffla Saint-Pholle.

La comtesse haussa ses sourcils repeints. « Fideli ?

— Ne sois pas ridicule, cracha Saint-Pholle, en pointant vers un petit Maure vêtu de satin dans la loge voisine. Lui ! Le joli bambin. »

Comme la fois précédente, l'enfant lançait des sourires et des clins d'œil aguicheurs aux femmes du public, pendant que son élégante maîtresse contemplait la scène.

« Ne te flatte pas, souffla la comtesse. Il est volage. Il a flirté avec moi de la même manière lors de la représentation du *Double Jeu*.

— Je m'en fiche, dit Saint-Pholle en décochant un sourire d'une mignardise affligeante au petit garçon. Il est beau et il serait délicieux dans mon équipage. Surtout maintenant que ce rat d'Aziz est parti. » Saint-Pholle réfléchit aux méthodes qu'elle pourrait employer pour enlever l'enfant, ou le soutirer à sa maîtresse à force de caresses et de friandises. « Et je pourrais le gâter tous les jours en lui faisant de charmantes surprises, et des cadeaux, et je lui donnerais un torrent d'amour. »

Le Signore Fideli arrivait au point culminant du récital :

« Buvons, rions, dansons et réjouissons-nous
De bordeaux, de xérès et des chants les plus doux...
En ce monde injuste notre joie est précaire,
Les trésors incertains, partant tous en poussière.
En ébats répandez votre or et votre argent
Car nous ne serons plus rien dans cent ans. »

« Voilà, siffla Saint-Pholle. Je vais lui offrir tellement d'argent pour lui qu'elle ne pourra me le refuser.

— Chut ! » La comtesse fronça des sourcils. Au moins, elle, elle écoutait Fideli. Tandis que Saint-Pholle ne s'intéressait qu'au petit garçon maure de la loge adjacente.

« Pourquoi se tourmenter de soucis et d'alarmes,
Transformer notre calme en soupirs et en larmes... »

« De toutes façons, je l'aurai. C'est l'amour ! » Saint-Pholle se détourna de la comtesse pour battre à nouveau des cils vers le petit Maure.

Alpiew, qui s'était frayé un chemin vers le fond de la loge, lança un regard à la comtesse.

« Mangeons, buvons et jouons jusqu'à que la vermine nous ait dévorés,
Car après le trépas, c'est certain, il n'est nulle volupté... »

Fideli chauffait son public avant le crescendo échevelé qui précédait le premier entracte. C'était bien assez déprimant d'entendre ces paroles, sans sentir avec toutes les fleurs du cimetière. Un parfum à l'odeur entêtante – violette, muguet et musc – lui donnait le tournis.

« ... Rapprochons-nous en chœur que nous puissions donner
Aux siècles à venir de dignes héritiers. »

« Dans son cas, ça ne risque pas d'arriver... », chuchota Alpiew, prête à arracher la comtesse au spectacle dès les premiers applaudissements.

Fideli reprit la dernière phrase :

« *Aux siècles à venir de dignes héritiers.* »

Saint-Pholle lorgnait toujours sur le petit Maure quand la comtesse se leva, chancelante d'admiration.

« *Aux siècles à venir de dignes héritiers.* »

Le reste du public bondit et se mit à applaudir en criant « *Ancora !* ». Alpiew poussa la comtesse par la porte et elles s'élancèrent dans le couloir jusqu'à l'entrée principale.

« Rappelez-vous, Milady, que nous avons du travail. » Alpiew ouvrit la porte et elles se retrouvèrent dans l'obscurité croissante de l'après-midi.

Tandis qu'elles descendaient les marches du porche, une main s'abattit sur l'épaule d'Alpiew. Un peu inquiète, elle se retourna pour voir Mme Cue qui lui souriait. « Mademoiselle Alpiew ! Et comment se présente le scandale de la semaine ? »

Alpiew sourit bêtement.

« Ah, comtesse Ashby de la Zouche. » M. Cue s'avança et lui fit le baisemain. « Quels ragots juteux rapportez-vous dans votre escarcelle ? Nous ne sommes plus qu'à deux jours du bouclage, n'est-ce pas ? »

La comtesse déglutit. Les Cue souriaient avec gourmandise. « Alpiew enquête sur la vie amoureuse du Signore Fideli, n'est-ce pas, ma chère ? »

Alpiew sourit faiblement. « Les femmes collectionnent des poupées de cire de ce pauvre castrat, à ce qu'on m'a dit.

— Vraiment ? » Mme Cue sourit de toutes ses dents. « Et qui en possède ? Des duchesses ? Des femmes de ministres ? Elles diront toutes qu'elles les ont achetées pour leurs enfants. J'espère que vous avez mieux à nous offrir que cela, Dame Alpiew.

— La maison des fouetteuses... » La comtesse

fouillait sa mémoire pour se rappeler des détails. « Nous avons vu des gens très intéressants y entrer. Des gens excessivement haut placés dans le gouvernement. »

Mme Cue lui lança un regard pénétrant. « Ah, vraiment ? Qui ?

— Ah, madame Cue, répondit la comtesse en se frottant les mains. Patience, patience ! Vous l'apprendrez bien assez tôt. Croyez-moi, nous traquons du *très* gros gibier. » Elle regarda autour d'elle, espérant apercevoir une horloge. Il n'y en avait pas. Elle agita la main dans le vague. « Ah, regardez l'heure qu'il est. Nous sommes en retard pour notre rendez-vous avec Maîtresse Whiplash. »

Elle attrapa la main d'Alpiew et elles prirent Portugal Street au pas de course, se retournant un instant pour saluer les Cue, lorsqu'ils furent trop loin pour leur répondre.

De retour à Anglesey House, la comtesse trouva Godfrey en train de somnoler devant la cheminée, un gros livre ouvert sur ses cuisses. La comtesse s'en saisit et lut le titre sur la tranche. « *Un festin pour les vers*, par Francis Quarles ! Où trouve-t-il ces infections ? » La comtesse jeta le volume par terre.

Alpiew le ramassa. « Qu'est-ce que c'est ?

— Épithètes pour une vie vertueuse : “Celui qui commence à vivre, commence à mourir” ; “Celui qui ne porte pas sa croix ne mérite pas de porter la couronne”, et autres absurdités moralistes assommantes. Godfrey ! » Elle donna une bourrade à son palefrenier. « Il y a du travail à faire. Enfile ton manteau et viens avec nous.

— Pas un travail éprouvant, j'espère, Milady. » Godfrey cligna des yeux et gémit. « Je ne peux porter ni charbon, ni quoi que ce soit. Je me suis fait mal au dos.

— À ta place, je ne m'inquiéterais pas. » La comtesse lui tendit son chapeau. « Tes problèmes de dos seront bientôt *corrigés*. » Elle lança un petit sourire narquois à Alpiew. « Tu vas voir, ça va te *fouetter* les sangs. N'oublie pas tes gants, le vent est *cinglant*. Et ne *claque* pas la porte en sortant. En route pour Covent Garden. »

Une demi-heure plus tard, ils étaient tous trois devant l'Élysée, Maison de la flagellation, tenue par Mme Birch.

« Je n'entre pas là-dedans, jappa Godfrey. Je n'ai aucune envie qu'une catin à gros tétons me tripote le membre.

— Personne ne va te tripoter le membre, je peux te l'assurer. » La comtesse frémit à l'idée même du membre de Godfrey. « Une gentille fille va simplement te chatouiller avec un fouet. Et tu vas devoir découvrir qui est son client le plus célèbre, et puis nous pourrons manger du bifteck pendant une semaine. »

Serrant les dents, Godfrey s'agrippa à l'architrave, tandis qu'Alpiew et la comtesse poussaient sa carcasse décharnée à travers le rideau de perles, dans l'entrée ténébreuse du célèbre établissement.

Une paire de mains pâles aux longues serres s'empara de Godfrey pour l'attirer à l'intérieur.

« Allez, monsieur le timoré, aboya une femme à la voix de stentor. File dans ma cellule. Comment t'appelles-tu ?

— Godfrey ! s'écrièrent Alpiew et la comtesse de l'autre côté du rideau.

— Eh bien, Godfrey, rugit la dominatrice, tu dois être puni. Tu as été un très, très vilain garçon. »

Elles entendirent Godfrey couiner tandis qu'il s'évanouissait dans l'obscurité.

« Bien, dit la comtesse en s'essuyant les mains.

Nous pouvons nous trouver un joli salon de thé et prendre une collation légère avec une tasse de chocolat en attendant qu'il termine sa session.

— Eh non, impossible, dit Alpiew en plongeant la main dans sa poche. Nous allons apporter notre échantillon chez l'apothicaire pour qu'il l'analyse.

— Quel échantillon ? »

Alpiew montra la poudre qu'elle avait subtilisée au laboratoire de Beau Wilson. « C'est une réplique de la poudre qui a empoisonné Mme Wilson.

— Comment l'as-tu obtenue ?

— Ne me posez pas la question. »

L'apothicaire jeta un coup d'œil à la poudre, la renifla, en mit un peu sur une lamelle en verre et la mouilla, la tint à la lumière, en jeta un peu dans une flamme, et enfin il en goûta. « Ce n'est certainement pas de l'antimoine », dit-il.

La comtesse et Alpiew étaient arrivées juste à temps : il était sur le point de fermer boutique pour la journée.

« Mais la matière contenue dans le verre de Mme Wilson en était certainement. »

La comtesse regardait par la vitrine, vers la maison des Wilson. La porte d'entrée était ouverte. Des chandelles plantées dans les appliques murales éclairaient le hall d'entrée, lançant leurs ombres dans la rue assombrie. Le majordome était assis sur les marches. Il fumait la pipe, jetant des bouffées de fumée dans l'air déjà embrumé du crépuscule.

« Alors qu'est-ce que cette substance, si ce n'est pas de l'antimoine ? » Alpiew baissa les yeux vers la poudre brun sombre.

« Je n'en ai aucune idée. » L'apothicaire la

remua avec une petite pince en métal. « On dirait un amalgame de plusieurs produits. Regardez, vous verrez que certains granules sont plus petits et d'une couleur différente des autres. » Il en prit une pincée et la sentit. « Si je ne m'abuse, l'un des ingrédients est de la poudre d'arack puant.

— Quoi ?

— C'est une mauvaise herbe très commune. Elle pousse sur tous les tas de fumier de la nation. Elle possède une vertu magnétique secrète qui fortifie la matrice, et en guérit les maladies par sympathie. Ainsi que celles de la tête. Elle est réputée céphalique, et toutes les herbes céphaliques sont bénéfiques à la matrice.

— Pourrait-on prendre la mixture pour encourager la conception ?

— Mais certainement. Si c'est pour cela qu'on l'a prescrite, je parierais que vos autres ingrédients seraient sans doute le calment, le thym, le pouliot, la béthanie, la fraxinelle, la saxifrage, la triostée, l'armoise, la sauge, des racines de pivoine, des baies de genièvre, des racines de gentiane. Au choix. » Il plongea le doigt dans la poudre et la goûta. « Mmm. Les deux derniers ingrédients expliqueraient la couleur. Voyez comme elle vire au violet lorsqu'on l'humecte. C'est à cause de la gentiane.

— Ce n'est pas un poison, alors ? » Alpiew était déçue. « C'est une vraie poudre médicinale ?

— Mais oui. » Il désigna les étagères derrière lui. « Comme celles que je fabrique moi-même ici. Ces poudres sont très demandées.

— Et cette autre substance ? À votre avis, c'était un poison ? Il n'existe pas d'autre usage ?

— Pour l'antimoine ? » L'apothicaire balaya la poudre pour la remettre dans le sachet. « Non. Pas prise de cette manière. Il s'agit d'un métal, en fait.

On l'utilise dans la production d'alliages et la recherche alchimique.

— Vous en avez vendu à Beau Wilson, la veille de sa mort ? »

L'apothicaire acquiesça, feuilletant un grand cahier de factures sur son comptoir. Il plaça le doigt sur une entrée de la page précédente. « C'est exact. Deux scrupules.

— Dans ce cas, comment l'antimoine est-il arrivé dans le verre de Mme Wilson, et qui l'a mis là ? C'est ce que je dois découvrir. »

Alpiew remercia l'apothicaire, reprit le sachet et quitta la boutique, tandis qu'il prenait ses béquilles et contournait le comptoir en boitant pour fermer à clé derrière elle. La comtesse l'attendait dehors, installée sur la marche où s'était assis le majordome. La porte d'entrée était refermée.

« Les choses sont dans un état assez déplorable, là-dedans, dit-elle. La maison a été mise à sac cet après-midi, et le personnel a reçu un message de l'avocat de Mme Wilson leur disant qu'elle est destinée à se balancer au gibet de Tyburn, et qu'il valait mieux qu'ils s'en aillent.

— Il dit qu'elle va être pendue ?

— Exactement !

— C'est un peu expéditif, vous ne trouvez pas, Milady ? Cette femme n'a été arrêtée que ce matin. Et en plus, sa maison a été pillée ! Qu'est-ce qui a été volé ?

— Quelques objets de valeur, les bijoux de Mme Wilson, des tableaux, une horloge, du linge de maison, de l'orfèvrerie et de l'argenterie. Mais ils ont retourné la maison sens dessus dessous, et fait d'affreux dégâts.

— Où étaient tous les domestiques ? » Alpiew poussa la porte, qui s'ouvrit sans résistance. « Ils n'ont rien entendu ?

— D'après ce que j'ai compris, quand on leur a donné leur congé, ils se sont tous enivrés avec les liqueurs fortes du défunt. Ainsi, pendant que les voleurs pillaient la maison, le loyal personnel était ivre mort dans la cuisine. »

Les deux femmes restèrent sur le seuil, à fixer le hall d'entrée. Des papiers étaient éparpillés partout et les murs, dépouillés de tous leurs tableaux. Elles allèrent jusqu'aux cuisines. Elles y trouvèrent le majordome, qui entassait divers objets dans un grand sac. Il releva les yeux, l'air coupable. « Si ce n'est pas moi, ce sera quelqu'un d'autre ! s'exclama-t-il, s'appropriant un rouleau en papier bleu contenant un pain de sucre. Si ce n'est pas quelqu'un d'autre, ce seront les rats. Ils le sentent, quand une maison est vide, vous savez. »

La cuisine était en aussi piteux état que le hall. Le plan de travail était jonché de verres sales et de plats sur lesquels les détritus de tabac se mélangeaient aux sauces figées. Les chaises étaient retournées, les armoires béantes et vides.

« Ainsi, on ne peut même plus compter sur la loyauté des domestiques ? dit la comtesse en remettant une chaise debout pour s'y asseoir.

— Pas quand le maître est mort et que la maîtresse est condamnée à la potence. » Le valet enroula une pile d'ustensiles de table dans un morceau de serge verte et jeta le paquet sur le sucre. « En plus, nous n'avons pas eu nos gages depuis deux semaines. Je considère ceci comme un paiement en nature.

— Croyez-vous que votre maîtresse a tué votre maître ? » Alpiew prit un pot d'épices et le plaça dans le sac du majordome.

« Je ne sais que croire. Il se passait quelque chose de louche. Il y avait une femme de chambre ici, du nom de Betty, qui était au courant. Elle savait que le maître avait une bonne amie, d'après ce que j'ai compris. La maîtresse l'a peut-être appris elle aussi. Elle aura voulu se venger. »

Il ouvrit un tiroir et fouilla pour voir s'il y avait autre chose à grappiller. « Et maintenant, si ça ne vous dérange pas d'aller exercer votre curiosité ailleurs, j'ai à faire avant de quitter cette maudite maison.

— Je vois. » La comtesse se leva. « Eh bien, je vous souhaite la meilleure des chances dans la recherche d'un nouvel emploi. J'espère que votre nouvelle maîtresse vous trouvera aussi digne de confiance que la précédente. » La comtesse se tenait déjà sur le seuil. « Viens, Alpiew, nous devons laisser cet homme emballer les affaires de Mme Wilson. »

Alpiew referma la porte de la cuisine derrière elle et suivit la comtesse dans le couloir. « Qu'en pensez-vous ?

— Je crois que le monde est dans un triste état, et que toute société où la préservation de soi passe avant la loyauté aux autres est destinée à la souffrance et à la haine.

— Allez, Milady, vous savez bien que Godfrey et moi, nous vous resterions fidèles. » Elle se retourna pour jeter un coup d'œil à la porte de la cuisine. « Vite, venez, allons voir à l'étage. »

Elles grimpèrent l'escalier sur la pointe des pieds. La chambre de Mme Wilson était encore plus dévastée que le hall d'entrée. On l'avait littéralement mise à sac. Sur le parquet se trouvait un autre sachet de poudre marqué du symbole qui, selon les explications de Betty, signifiait « femme » : ♀. Alpiew le ramassa et le secoua. Il était plein.

« Faisons-le analyser aussi, pendant que nous y sommes.

— Quiconque a commis cet acte de cambriolage semble avoir concentré ses efforts ici, tu ne crois pas ? » La comtesse fouillait les tiroirs qui, arrachés aux meubles, gisaient empilés au pied du lit. « Regarde ! » Elle pointa vers la garde-robe où elles s'étaient cachées plus tôt ce matin-là. Les poches des manteaux et des mantes avaient été retournées, comme tous les sacs. « Je dirais qu'on ne s'est pas contenté de voler, ici. » La comtesse avisa une pile de livres, tous ouverts et jetés par terre, comme s'ils avaient été feuilletés l'un après l'autre. « À mon avis, cette pièce a été l'objet d'une fouille méthodique, à défaut d'être ordonnée. »

Elle regarda le lit. Les oreillers avaient été lacérés, les draps arrachés, et le matelas était de guingois sur le sommier. « Cela ressemble assez à ma chambre au petit matin, après une visite nocturne de ce bon vieux Charlie... » La comtesse sourit en se rappelant ses nuits avec le roi Charles. « Un amour assez ardent pour brûler toute la nuit... » Elle soupira. « Il y a bien longtemps que je n'ai éprouvé ces délices.

— Godfrey ! s'écria Alpiew en songeant à des ébats bien différents. Quelle heure est-il ? Il va être réduit en bouillie si nous tardons trop ! »

Elles parvinrent à l'*Élysée*, Maison de discipline de Mme Birch, paradis des flagellants, au moment précis où Godfrey en sortait, tout vacillant. Il semblait brisé mais serein, ce qui ne laissa pas de perturber Alpiew et la comtesse.

« Eh bien ? » La comtesse se planta devant lui, lui barrant le passage.

« Eh bien quoi ? ricana Godfrey.

— Vous avez besoin d'une lumière pour rentrer chez vous, maîtresse ? » Un garçonnet tira la comtesse par la manche en agitant sa lanterne devant elle. « La nuit est sinistre, humide et brumeuse : on ne voit pas à deux pieds devant soi. »

La comtesse remit un penny au garçon. « À German Street ! s'écria-t-elle. Par le chemin le plus court et le plus direct. »

Le garçonnet ouvrit la voie. Godfrey était toujours appuyé contre le mur.

« Allez, Godfrey, suis-nous ! » La comtesse lui enfonça un doigt dans le bras. « Es-tu ivre ? »

Alpiew mit Godfrey en mouvement d'un coup d'épaule. « Tu t'es bien amusé, Godfrey. Maintenant, crache le morceau. Qui était là ? » Elle n'était pas d'humeur à laisser Godfrey jouer les mijaurées.

Godfrey ricana et se gratta le nez. « Ce serait bien indiscret, vous ne croyez pas ? » Il émit une toux sèche censée passer pour un petit rire, et tituba derrière la flamme vacillante.

« Reprends tes esprits, bonhomme. » La comtesse lui agrippa la manche, et passa son bras sous le sien. « Tu sais quelque chose, c'est évident vu ta façon de sourire. Alors, qui est-ce ?

— Vous êtes sûre que ce ne serait pas indiscret ? » Godfrey marchait maintenant d'un pas curieusement guilleret.

Il y avait foule dans la rue en dépit du brouillard épais, stagnant en tourbillons impénétrables.

« Je croyais que tu avais mal au dos, Godfrey ? » La comtesse était à bout de souffle et peinait à le suivre. Le porteur de flambeau avait maintenant ajusté son pas à celui de Godfrey.

« En effet, comtesse. Et alors ? » Godfrey rit à nouveau, jusqu'à ce que son rire se transforme en toux sèche. « Vous apprendrez bien assez vite qui était là.

— Ce sont de bonnes nouvelles pour nous ? » La comtesse était presque suppliante. « Garçon, garçon ! »

Le porteur de falot s'arrêta pour se retourner.

« Un peu plus lentement, de grâce. Cet air enfumé ne prête pas aux promenades. »

Le garçonnet brandit son falot et se remit en marche. Ricanant sereinement, Godfrey suivit d'un pas plus lent, les deux femmes derrière lui. « Eh oui, Milady. Ce sont de très bonnes nouvelles pour vous.

— Garçon ! »

Le porteur de flambeau s'arrêta à nouveau. La comtesse leva la main. « Une seconde, je t'en prie. » Elle se planta devant Godfrey, lui bloquant la voie alors qu'ils traversaient la rangée de poteaux au bout de la ruelle menant à Leicester Fields.

« Dis ce que tu as à dire, Godfrey. Ce n'est pas le moment de tergiverser. Je dois rédiger cet article et l'envoyer aux Cue, ou nous ne dînerons pas.

— C'est une perte de temps, si vous voulez mon avis. » Godfrey soupira et haussa les épaules, désabusé. « Mais si je vous dis que Robert Smith est le client préféré de Mme Birch, cela vous dit-il quelque chose ?

— Non ! Qui diable est Robert Smith ? » La comtesse se mit à battre des bras, fouettant la brume en vagues tourbillonnantes.

« C'est un membre éminent du Parlement, répondit Alpiew, remorquant Godfrey vers la comtesse.

— De Stratford-upon-Avon, ricana Godfrey, dans le Warwickshire.

— Laisse tomber la leçon de géographie, fit Alpiew en poussant Godfrey vers Leicester Fields. Cela nous suffit. Merci, Godfrey. Rentre à la maison. » Alpiew se tourna vers la comtesse. « Laissez-le ricaner de ses cochonneries, ce vieux dégoûtant libertin ! » Elle appela le porteur de falot. « Demi-tour, mon garçon. Car nous allons à la prison de Fleet. »

Le garçonnet fit la grimace.

« Nous devons aller parler à Mme Wilson, chuchota Alpiew à la comtesse. Pour la tenir au courant. »

La comtesse se laissa tomber contre un poteau bleu. « Mais oui, Alpiew, ce serait très utile ! Mais au cas où tu ne l'aurais pas remarqué, il fait nuit. Oui, tu as raison, allons donc voir cette dame par une nuit sombre et affreuse comme celle-ci, pour lui dire que nous en sommes au point mort, alors qu'elle va dormir sur des dalles humides, et rêver toute la nuit de sa pendaison... »

Alpiew comprit que la comtesse avait raison. Elles n'avaient pas avancé. La situation avait même empiré depuis ce matin. À commencer par le pillage de la maison de Mme Wilson.

Les pensées de la comtesse avaient pris le même tour. « Un instant, Alpiew. Tu as raison. Il faudrait lui apprendre les dégâts produits dans sa maison. » Elle jeta un regard noir au porteur de falot.

« Tu ne m'as pas entendue ? À la prison de Fleet !

— Il va falloir me donner un supplément. » Le garçonnet tendit sa main libre.

« Évidemment », dit la comtesse en pressant deux nouveaux pennies dans sa paume.

Il n'y avait personne devant la grille de la prison, ce soir. Un brouillard âcre, plus épais encore que celui de Covent Garden, stagnait dans les rues du quartier. Crachée par des milliers de feux de cheminée, la fumée était repoussée vers le sol par l'air froid, et flottait dans les rues, prises au piège de l'épais brouillard s'élevant du canal fétide. Le porteur de falot toussa. Alpiew toussa. La comtesse toussa.

« C'est certain, ce mois-ci, la chronique nécrologique sera remplie de décès par toux et étouffements.

— Merci pour cette information, Alpiew. » La comtesse saisit la lanterne de la main du garçon et la brandit vers la grille de la prison. « Hé ho, là-dedans ? Nous devons parler à Mme Elizabeth Wilson. C'est urgent.

— Fous le camp, putain vérolée, rétorqua le seul prisonnier penché à la grille. T'as passé l'âge, mémé. »

La comtesse pressa son visage contre le fer des barreaux. « Fi, vilain chien qui empeste les excréments lâchés par les fondements des autres, ton insulte ne vaut pas un pet. Rentre ton petit boudin ratatiné dans le gland de chêne où tu le ranges, minable fils de pute, puis remonte ta culotte et va me chercher Mme Wilson. »

Ébahi, le prisonnier disparut. Alpiew et le porteur de flambeau restèrent cloués sur place, bouche bée, les yeux écarquillés. La comtesse leur jeta un coup d'œil, tirant son foulard sur son nez. « Je ne veux pas que les humeurs putrides qui remontent de là-dedans redescendent dans mes poumons », marmonna-t-elle entre ses lèvres closes. « Tu vois, Alpiew, je n'ai aucune intention de figurer dans la chronique nécrologique avant bien des années. »

Au bout de quelques minutes, Mme Wilson parut à la grille. Elle semblait abattue, épuisée.

« Nous avons besoin de renseignements... » La comtesse s'agenouilla pour parler plus intimement. « Avez-vous des objets dans votre maison que quelqu'un pourrait convoiter ?

— Plusieurs, coupa Mme Wilson. Des tableaux de valeur, des bijoux...

— Rien d'écrit ? Le testament de Beau, par exemple ? Un morceau de papier que quelqu'un voudrait retrouver, maintenant que... » Elle laissa la phrase en suspens.

La lumière vacillante de la lanterne à travers les barreaux rayait de noir le visage de la prisonnière. Elle secoua la tête.

« Le testament est chez l'avocat. Beau m'a tout laissé. » Elle se mit à pleurer en silence. Son visage ne trahissait rien, mais de grosses larmes roulaient sur ses joues grises. « Comme des furies, les spectres de mes péchés passés s'éveillent et terrifient mon imagination sans répit.

— Des péchés ? » La comtesse se pencha vers la grille.

« J'ai été dure. J'ai traité les gens avec froideur. Même Beau. Je voulais qu'il réussisse. Qu'il fasse fortune. Je haïssais ses échecs. » Elle eut un petit sanglot. « Je suis coupable. C'est moi qui l'ai tué. C'est moi. »

Alpiew retint son souffle. Elle espéra que le garçon se tairait, qu'il n'interromprait pas ce moment de vérité.

Mme Wilson tendit le bras et prit la main de la comtesse.

« Je suis rongée par la culpabilité. La culpabilité ! Cette blessure secrète saigne en moi.

— Je sais. » La comtesse pressa la main de Mme Wilson dans la sienne. « Je sais.

— Si je n'avais pas voulu qu'il devienne quelque chose, quelqu'un... » Elle ferma les yeux et gémit. « ... je ne l'aurais pas poussé dans les bras de celle qui l'a assassiné. Et la mort n'aurait pas fermé ses yeux, elle n'aurait pas posé sa main glaciale sur le cœur de mon Beau. »

Le silence n'était brisé que par le faible crépitement de la mèche du falot.

« J'ai envoyé un mot à mon avocat, pour lui dire que tout était de ma faute. C'est moi qui ai tué Beau. »

La comtesse déglutit avant de parler. Voilà pourquoi la nouvelle de sa prochaine pendaison était parvenue à sa maisonnée si rapidement après son arrestation. Elle était tout bonnement en train de plaider coupable pour un crime qu'elle n'avait pas commis : de cela, la comtesse était persuadée. « Madame Wilson, vous aimiez votre époux. Il vous aimait. Je me maudirais mille fois de vous laisser monter sur l'échafaud pour un crime que vous n'avez pas perpétré, et que d'après moi, vous n'auriez même pas pu envisager. »

Mme Wilson ne répondit rien. Mais les larmes débordèrent de ses yeux rougis.

« Madame Wilson, vous devez m'écouter. » La comtesse se retourna vers Alpiew. « Mlle Alpiew et moi-même ferons tout ce qui est en notre pouvoir pour vous sauver. Mais pour l'amour de Beau, je vous en prie, ne vous résignez pas à l'arbre fatal de Tyburn. » La comtesse fit signe à Alpiew de l'aider à se relever. « Maintenant, Alpiew va vous poser quelques questions. Permettez-nous au moins d'essayer. Quelque part dans cette ville, le vrai tueur de votre Beau erre en liberté. Songez-y un moment. Si vous permettez que l'on vous pende pour ce crime, il exultera du triomphe de l'avoir tué, et d'avoir échappé à la punition qu'il méritait. »

Alpiew s'agenouilla devant la grille. « Avez-vous confiance en votre femme de chambre, Betty ? » Alpiew avait décidé d'être directe et précise dans ses questions.

« Oui.

— Et en votre majordome ?

— Un carriériste qui ne pense qu'à lui-même. »

Alpiew était tout à fait d'accord. « À votre connaissance, Beau était-il propriétaire ou locataire d'un édifice dans une ruelle donnant sur Salisbury Court ?

— Dans le quartier d'Alsatia ? » Mme Wilson eut un sourire sardonique. « Ça m'étonnerait !

— Avait-il d'autres centres d'intérêts que ses affaires de marchand ?

— Il s'intéressait à la nouvelle philosophie expérimentale.

— Vous savez que la philosophie expérimentale est un passe-temps coûteux ?

— Pas si l'on se contente d'assister à des conférences.

— Où avait-il obtenu les poudres qu'il vous donnait pour vos problèmes féminins ?

— Il les confectionnait lui-même.

— Il pratiquait donc la philosophie expérimentale, madame Wilson. Pour laquelle il avait assurément besoin d'un équipement et d'un local. »

Mme Wilson accusa le coup. Alpiew la voyait réfléchir à toute vitesse.

« Et voilà, ajouta-t-elle pour voir comment réagirait la prisonnière, pourquoi vos meubles ont disparu.

— Beau les a pris ? Pas pour meubler la maison d'une maîtresse ?

— Il avait un laboratoire. Dans Bridewell Alley. Une cave basse, derrière les vieux quais près du théâtre de Dorset Garden. C'est là qu'il pratiquait la philosophie expérimentale. Et c'est là que Betty est allée se cacher lorsque vous êtes tombée malade.

— Est-ce qu'elle va bien ? »

Alpiew hocha la tête. « Mais elle a peur.

— Vous allez la voir ? »

Alpiew acquiesça à nouveau.

« Demandez à Betty de venir ici pour me parler. Je vous en prie. » Mme Wilson ferma les yeux et vacilla.

La comtesse se pencha pour parler à nouveau. « Vous êtes fatiguée, madame Wilson. Nous reviendrons demain. Allez vous coucher maintenant. Quelque sinistre soit votre lit, ici. »

Mme Wilson eut un faible sourire et disparut lentement dans les ténèbres de la prison de Fleet.

« Alors, mon garçon... » La comtesse fouilla sa poche. « Pour quelques pennies de plus, nous éclairerais-tu jusqu'à Salisbury Court ?

— Salisbury Court ? Ce domaine de sauvages barbares et brutaux ? Tard le soir ? Dans le brouillard ? Sans un homme pour me protéger ? » Le garçon fit la grimace et prit ses jambes à son cou. « Jamais de la vie ! »

7

Digestion

La lente modification d'une substance au moyen d'une chaleur douce.

Alpiew et la comtesse arrivèrent au laboratoire saines et sauves.

« Eh bien, Alpiew, nous venons d'entreprendre l'une des aventures les plus téméraires, les plus insensées et les plus désespérées qui aient jamais été entreprises par homme ou femme. » Elle rabattit sa capuche. « Lorsque ce vilain bonhomme a surgi de la taverne pour foncer sur nous en rugissant, je jure qu'il m'a donné de telles sueurs froides que si j'avais porté un chapeau, mes cheveux l'auraient soulevé. »

Alpiew réprima un bâillement. Malgré les émotions fortes de la promenade, elle était exténuée. « Le clocher sonne les neuf heures, Milady. La journée a été longue. Et, si je puis me permettre, pour ma part, je suis excessivement fatiguée. » Elle tendit la main vers la poignée de porte. « Expédions cette affaire aussi vite que possible, pour rentrer vite vers notre cuisine douillette, une tasse de vin chaud et un bon lit. »

Lorsqu'elles entrèrent dans le laboratoire, Betty s'éloigna en sursaut d'un air coupable de ce qu'elle était en train de faire. Alpiew perçut le froufroutement des pages feuilletées sur le comptoir, quand la jeune fille fit volte-face.

« Mademoiselle Betty, sourit la comtesse en descendant l'escalier, cette fois prudemment agrippée à la rampe, j'espère que nous ne vous avons pas effrayée ? »

La cave était éclairée par une seule bougie sur le comptoir, qui lançait des ombres dansantes dans l'obscurité. Dans un coin, une marmite bouillonnait sur le poêle. Les mains de Betty étaient noires.

« Ta maîtresse va être pendue, Betty. Qu'est-ce que tu en dis ? »

Il y eut un moment de silence, puis Betty se mit à sangloter.

« Eh bien ? » La comtesse s'installa dans le fauteuil. « As-tu quelque renseignement qui puisse nous aider à la faire relâcher ? »

Betty s'essuya le front de la manche. « Il n'y a rien d'autre que je puisse vous dire. Je le jure. »

Alpiew s'avança et examina le plan de travail. Une grande machine en cuivre dotée d'étranges tuyaux menant à un large bol vide y était installée. Tout près, une substance brune et grumeleuse emplissait un énorme mortier.

« Tu poursuis les expériences ? » Alpiew souleva un bocal noir et poussiéreux. Il n'y avait pas de couvercle. Elle jeta un coup d'œil à l'intérieur. « Qu'est-ce que cette matière dégoûtante ?

— De la poudre de charbon. » Betty était debout face aux appareils principaux. « Je dois à M. Wilson de continuer son œuvre. Peut-être parviendrai-je à reproduire sa dernière découverte. »

Alpiew se déplaça vers le coin du comptoir et commença à farfouiller autour du poêle, ramassant des contenants en cuivre et en plomb pour les inspecter. « Comment cela s'appelle-t-il ?

— Ne touchez pas à cela ! » Betty s'élança et arracha des mains d'Alpiew un récipient de forme étrange. « C'est un pélican. Mais il est strictement réservé à l'usage de ceux qui pratiquent les arts hermétiques. L'adepte doit être une âme pure. » Elle posa résolument le pélican sur le sol dallé et se planta devant. « Vous n'êtes pas une initiée. »

La comtesse saisit la main de Betty. « Et toi, es-tu une âme pure, Betty ? En quoi te profitera cette expérimentation ? Seras-tu capable de libérer Mme Wilson, ou de retrouver l'assassin de son mari ? Ou n'es-tu intéressée que par l'argent ? Peut-être fais-tu partie de la conspiration qui l'a mené à son ignoble mort. »

Betty secouait la tête. « Non ! Non ! Ce n'est pas vrai. J'en savais quelque chose, mais je n'en faisais pas partie.

— Tu savais ? Tu savais quoi ? »

Betty parla lentement. « Pourquoi aurais-je voulu sa mort ? Ma vie était douce lorsqu'il était vivant. Maintenant, regardez-moi. » Elle agita la main pour indiquer la cave poussiéreuse. « Je vis sous terre comme une taupe, ne me risquant dehors qu'à l'aube pour chercher de quoi manger.

— Mais pourquoi dois-tu vivre ainsi ? » Alpiew tournait dans la pièce, fouillant et furetant. « Les autres domestiques continuent à vivre comme si de rien n'était. Tu pourrais faire comme eux, et dormir dans ton lit douillet d'Angel Court.

— Ils sont restés ? Après que M. Wilson a été tué et qu'on a tenté d'assassiner Mme Wilson ? Je n'y crois pas. Ils n'avaient aucune affection pour la famille. Aucun d'entre eux. C'étaient des domestiques modernes. Ils travaillaient pour l'argent, pas par loyauté. »

La comtesse était ravie. Comme cette fille était perspicace d'avoir compris tout cela. « Alors tu n'aimais pas les autres domestiques ?

— J'ai été élevée par mes parents, qui étaient des domestiques à l'ancienne. Ils choisissaient judicieusement leurs maîtres, et leur restaient fidèles.

— Comme c'est digne d'éloge. » La comtesse se pencha en avant. « Pourquoi ne t'assieds-tu pas, mon petit ? »

Betty secoua la tête. « Je suis trop fatiguée. Je pourrais m'assoupir.

— Il y a quelque chose qui m'intrigue, chère Betty. Quelque chose qui me fait croire que tu ne dis pas exactement la vérité. »

Betty la regarda en haussant des épaules. « Quoi ?

— Pourquoi as-tu apporté ici l'argent qui avait été versé à M. Wilson par cette dame mystérieuse l'autre matin, alors que tu savais que M. Wilson était mort ? »

Betty resta impavide.

« Je comprends pourquoi tu l'as apporté ici les fois précédentes. Et ne le nie pas, parce que Mlle Alpiew t'a vue sortir quand le drame s'est produit, avec un paquet sous le bras. »

Betty jeta un coup d'œil à Alpiew.

« Alors ? Pourquoi ne pas laisser l'argent dans la maison pour sa veuve, à laquelle il appartient assurément ?

— J'ai paniqué. J'étais habituée à l'apporter ici le matin lorsque j'avais terminé mon travail dans la maison. »

La comtesse battit des mains. « Trouve mieux que ça !

— Il fallait sortir l'argent de la maison, sinon Mme Wilson aurait découvert ce qui se passait.

— C'est mieux. » La comtesse pencha la tête de côté d'un air interrogateur. « Et qu'est-ce qui se passait au juste, Betty ? Tu en sais bien plus que ce que tu nous as raconté, de cela je suis persuadée.

— M. Wilson avait donné des ordres formels concernant son histoire avec cette femme. Il ne voulait pas que son épouse sache.

— Sache quoi ?

— Ce qu'il faisait de ses soirées. Ce qu'il faisait pour de l'argent.

— Ne vois-tu pas, Betty, que maintenant cela n'a plus d'importance ? Tu veux voir ta maîtresse pendue par le cou à Tyburn, à cause d'un banal secret d'alcôve ?

— Mais en quoi le fait de vous le révéler changera-t-il les choses ?

— Peut-être que si nous savions ce qui se tramait, nous pourrions découvrir la personne qui a tué Beau. Ou penses-tu qu'il s'agit de Mme Wilson ?

— Évidemment pas. » Betty tapa du pied. « Elle l'adorait. En plus, elle est restée à la maison toute la soirée. J'y étais aussi. Elle était dans sa chambre. Je l'entendais pleurer.

— Pourquoi pleurait-elle ? »

Betty se tut.

« Tu le sais, c'est évident. Peu importe que tu te sois mêlée de ce qui ne te regarde pas, en écoutant aux portes, ou quoi que ce soit d'autre, mais tu dois nous dire ce qui s'est produit ce dernier jour. C'est notre seule chance de sauver le cou de ta maîtresse. »

Betty se laissa retomber sur le tabouret et prit sa tête entre ses mains.

« Le maître est rentré du théâtre. Il était environ quatre heures. Il m'a donné les pièces qu'il avait obtenues la veille au soir, et je les ai rangées dans du linge sale, sous mon lit, comme je le faisais toujours. Et quand je suis redescendue je les ai entendus se quereller. Je suis restée sur le palier et j'ai écouté. J'avais peur qu'ils se disputent à cause de moi.

— De toi ? Pourquoi se seraient-ils querellés à cause de toi ?

— Avant, j'aidais M. Wilson avec ses livres de comptes, ce genre de choses. Parce que je pouvais lire. Mme Wilson était de l'école moderne quant aux rapports avec les domestiques. Elle pense qu'il ne faut pas s'en faire des amis, ou leur parler sauf pour leur donner des ordres. Mais M. Wilson venait d'une famille campagnarde...

— Et il te traitait en amie ? » La comtesse connaissait bien cette nouvelle méthode de mener une maison, et cela ne lui plaisait pas du tout. Elle était entièrement d'accord avec M. Wilson. « Comme moi avec Alpiew. »

Betty jeta à nouveau un coup d'œil vers Alpiew. « Et puis je me suis dit que si Mme Wilson découvrait que je pratiquais la chimie ici avec lui, elle me renverrait de son service.

— Mais... ? » murmura la comtesse. Il y eut un court silence, auquel ne répondirent que les ombres dansant sur les murs. Alpiew ne bougeait pas. Elle avait trouvé le carnet de bord en peau de chagrin et, debout devant le comptoir, le feuilletait rapidement.

« Mais ils ne se querellaient pas à cause de moi. » Betty parlait à voix basse. Elle était manifestement tourmentée par ce sujet. « M. Wilson lui a dit qu'il devait encore sortir ce soir-là pour ses affaires. Elle l'a défié, l'accusant d'avoir une maîtresse, une femme entretenue pour laquelle il allait la quitter. Il y a eu une petite rixe entre eux. J'ai entendu un grand bruit, et je pouvais deviner d'après sa voix qu'il était par terre, en train de ramasser des choses. Elle a continué à crier qu'il dépensait tout son argent pour cette femme mystérieuse, sa putain, comme elle disait. Alors que c'était tout à fait le contraire, vous comprenez ? Pauvre M. Wilson. Il s'est mis en colère, et lui a dit que tout ce qu'il faisait, il le faisait pour elle. Et qu'il allait leur faire faire fortune, à tous les deux.

— Et lui a-t-il dit comment il comptait s'y prendre ?

— Bien sûr que non. » Betty tiraillait les ourlets effilochés de sa manche. « Il ne me l'a pas dit, non plus. Je croyais qu'il s'agissait de ce qu'il faisait d'habitude, mais il m'a dit que non. Il a parlé d'une fortune. Bien plus que ce qu'il obtenait d'ordinaire.

— D'ordinaire ?

— Pour ce qu'il faisait d'habitude quand il découchait.

— Et que faisait-il ?

— Parfois... »

La comtesse leva la main. « Tu nous as dit qu'il venait parfois ici pour travailler sur ses expériences, mais lors des six nuits dont tu nous as parlé, que faisait-il ?

— Il recevait un billet à un moment de la journée. Cela venait sans prévenir. On le lui passait où qu'il se trouve : dans un dîner, au théâtre, enfin partout où l'on peut acheter les services d'une créature prête à porter un billet pour un penny.

— Qu'était-il écrit sur ces billets, Betty ?

— L'heure et l'endroit. Les rendez-vous avaient toujours lieu le jour même. Mais chaque fois, il se rendait dans un endroit différent. Alors il se faisait bander les yeux par un homme qu'il surnommait La Racaille.

— La Racaille ?

— Il ne connaissait pas son nom, mais c'était un énorme ruffian, terrifiant et brutal. Alors il l'appelait La Racaille, simplement pour lui donner un nom lorsque nous parlions de lui.

— Et quand La Racaille lui avait bandé les yeux ?

— Il était poussé dans un carrosse. Mais l'avant-dernière fois, c'était dans...

— Un canot.

— Comment le savez-vous ? » Betty sursauta, stupéfaite. « Vous n'êtes pas...

— Nous l'avons vu. Alpiew et moi. Nous étions sur le quai de Dorset Garden, juste derrière, et nous l'avons vu quand il s'est fait bander les yeux par La Racaille, et qu'ils sont partis.

— Le trajet en bateau a été très court, m'a-t-il dit. Quelques minutes seulement. Puis il a été hissé hors du canot, traîné sur quelques marches et jeté dans un fiacre.

— Comment savait-il qu'il s'agissait d'un fiacre ?

— M. Wilson était persuadé qu'il s'agissait d'un carrosse différent à chaque fois. Les odeurs variaient, les sièges aussi. Il disait que c'était l'odeur des fiacres publics. La Racaille paya le cocher et lui chuchota ses instructions, les rideaux furent tirés pour qu'il ne voie rien, et il est parti dans la nuit.

— Les cochers ne trouvaient-ils pas bizarre de transporter un passager aux yeux bandés ?

— Ah, Milady, avec toutes ces mascarades et ces fêtes et ces escapades nocturnes ? »

Alpiew avait rejoint les deux autres, ayant lu tout ce qu'elle pouvait déchiffrer. « Je ne crois pas. L'homme ne criait pas, et le cocher était payé rubis sur l'ongle. Pourquoi aurait-il été inquiet ? »

La comtesse soupira. Alpiew avait raison. « Alors où le menait-on dans ces fiacres de louage ?

— Quelque part à la campagne. Il pouvait entendre les oiseaux, et les vaches. Et là, il...

— Oui.

— ... il faisait quelque chose d'affreux pour de l'argent. Quelque chose d'affreux avec une femme.

— Par affreux, dit Alpiew, tu entends, j'imagine, qu'il la besognait ? »

Betty acquiesça. « Pour de l'argent.

— Et qui était cette femme ?

— Je ne sais pas, parce qu'il ne le savait pas lui-même. Il ne l'a jamais vue.

— Pouah ! » La comtesse leva les bras au ciel. « Il la besognait et il n'avait jamais vu sa figure ?

— Vraiment, Madame. C'est ce qu'il m'a dit. Le bandeau n'était jamais retiré. La Racaille lui avait dit que s'il cherchait à voir quelque chose, c'en serait fait de lui. Qu'on lui trancherait la gorge.

— Où vivait cette femme ?

— Il n'était pas arrivé non plus à le déterminer. Lorsqu'il montait en fiacre dans la City, le trajet était très long. Environ une heure.

— Dans quelle direction ?

— Comment l'aurait-il su ? Il avait les yeux bandés, et il faisait noir.

— S'il n'y voyait rien, comment savait-il l'heure ?

— Des horloges d'églises durant le trajet. Et les dernières fois, il avait commencé à compter les secondes. Il voulait découvrir où il était emmené.

— S'agissait-il toujours du même endroit ?

— Oui. Il reconnaissait la sensation du parquet, le craquement des lattes, la disposition des pièces et des escaliers où on le conduisait.

— Comment a-t-il obtenu son premier rendez-vous, avec une femme qui le payait pour... ça ? » La comtesse était scandalisée par l'idée même qu'une femme puisse payer un homme pour avoir des rapports sexuels.

« Il a reçu un billet, un jour, au théâtre. Il était signé "Une Dame de Qualité". Elle lui offrait de financer ses recherches alchimiques. »

Alpiew fut auprès d'elle en un bond. « Comment savait-elle qu'il menait des recherches alchimiques, si c'était un secret ?

— Je n'y ai jamais songé. » Betty pressa ses doigts sur ses tempes, plongée dans la réflexion. « Beaucoup d'hommes s'y adonnent. C'est comme une grande toile d'araignée à travers Londres. Ils se connaissent tous entre eux. Peut-être qu'un autre, qui était allé avant lui, avait parlé de lui à cette femme. Je n'en sais rien. »

La comtesse s'était levée et s'étirait les jambes. « Alors, qu'est-ce qui s'est passé ? Pourquoi cet arrangement lucratif et idyllique a-t-il pris fin ? Beau est-il devenu trop gourmand ? Ou a-t-il voulu voir ce qu'il ne devait pas voir ?

— Je l'ignore. Mais quoi qu'il se soit passé cette nuit-là, la nuit où il est parti en canot, cela l'avait transformé. Depuis, il semblait très tendu, survolté. Après la querelle avec sa femme, il est venu ici. Pour rédiger ses notes, a-t-il dit. Puis il est revenu brièvement à Angel Court pour changer de tenue avant de repartir à ce fatal rendez-vous. C'est alors qu'il m'a dit qu'il avait fait une découverte si importante qu'elle pouvait ébranler la nation, et que, s'il usait sagement de son savoir, il deviendrait immensément riche. »

Alpiew et la comtesse examinaient maintenant les ustensiles alchimiques, en regrettant qu'ils ne puissent s'animer et leur parler.

« Vous aviez raison, à propos de ce que je suis en train de faire. »

Betty alla vers le poêle et ouvrit un conduit d'air pour l'amener à la température maximale.

« Je relis le carnet et j'essaie de reconstituer ses dernières expériences, pour voir si je parviens à mon tour à découvrir ce qu'il avait trouvé.

— Pourquoi ce carnet ?

— C'est là où il consignait tout. Pour ne jamais rien perdre de ses notes. Il n'y avait pas de bouts de papier, rien que ceci.

— Tu en sembles très sûre, Betty. » La comtesse avait quand même l'impression que quelque chose clochait. « Comment peux-tu être certaine que le secret est contenu dans le carnet ?

— Où pourrait-il être, sinon là ? » Betty activait le feu d'un soufflet en cuir. « Il m'a dit que ce rendez-vous l'inquiétait, et qu'en cas de malheur, il me laisserait un message. » Elle agita le soufflet pour désigner le laboratoire. « J'ai regardé partout. Il n'y a pas de note. Alors ce doit être dans le carnet.

— Alors il n'y a rien d'autre à faire. » Alpiew rapprocha un tabouret. « Nous devons éplucher le carnet.

— Je me concentre sur les dernières pages. » Betty indiqua les instruments sur le comptoir. « Ceci est une cornue allemande. Elle est remplie de sève d'urine... »

La comtesse déploya son éventail, l'agita et se laissa retomber dans le fauteuil. « Je me demandais d'où venait cette puanteur.

— Sur le poêle est un luth que je dois remplir d'eau, et c'est à l'intérieur que je place la cornue allemande. »

Alpiew retroussa ses manches. « Et qu'espères-tu produire ?

— *Astrum Lunare Microcosmicum.* » Betty se mit à mesurer la poudre de charbon. « Je dois en produire pour l'étape suivante de l'expérience. C'est une substance qui produit une lumière factice.

— Ce qui veut dire ?

— C'est une sorte de feu, mais qui ne brûle pas. »

Alpiew tira de sa poche son mouchoir enchanté brillant dans le noir.

« Comme ceci ? »

Betty poussa un petit cri. « Où avez-vous eu cela ?

— Il était dans le cimetière, près du corps de Beau. »

Betty inspecta le mouchoir. « C'est la même substance, assurément. Mais c'est le mouchoir de sa femme.

— Et à propos de sa femme, dit la comtesse depuis le confort de son fauteuil, pourquoi as-tu essayé de l'empoisonner ?

— C'en est assez. Sortez. Je vous l'ai déjà dit. » Betty referma d'un claquement le carnet et pointa vers la porte. « Je n'aurais jamais levé le petit doigt contre l'un ou l'autre.

— Et comment expliques-tu ceci, alors, dame Betty ? » Alpiew sortit le sachet qu'elle avait ramassé sur le parquet de la chambre de Mme Wilson.

Betty lui jeta un coup d'œil. « Où est l'autre ?

— L'autre ? » Alpiew éclata de rire. « Tu peux en fabriquer autant que tu veux. Tu nous l'as prouvé hier.

— Il devrait y avoir deux sachets comme celui-là. M. Wilson en avait pris deux, le jour où il a acheté ceci. » Elle pointa vers le sachet que tenait Alpiew.

« Mme Wilson a bu l'un de ceux-ci, que tu as préparés pour elle, mais quant à l'autre...

— Non, non s'écria Betty. Mme Wilson n'a pas bu celui-ci. C'est du poison.

— Mais il s'agit pourtant de la même substance que celle que tu préparais pour elle tous les jours. » Alpiew pointa vers le bocal étiqueté du signe de Vénus.

« Non pas. »

Alpiew brandit le papier. « Regarde. C'est le même symbole que celui que tu nous as montré la dernière fois.

— Non, pas du tout. » Betty ouvrit le tiroir et y prit une feuille de papier. « Laissez-moi vous montrer. »

Elle replia le papier comme elle l'avait fait la dernière fois, puis le retourna et y inscrivit un ♀.

« Regardez. » Elle retourna à nouveau le papier. « Voici le dessus, et voilà le dessous. Donnez-moi le vôtre. »

Elle prit le sachet d'Alpiew et le retourna. « Le haut, le bas. » Elle le tourna dans le bon sens, révélant le signe ♁. « Voilà ! Le symbole de l'antimoine. »

Alpiew examina les deux sachets et constata la différence. Une fois qu'on savait, c'était évident.

« Quelle confusion. Je suis absolument perdue. » Alpiew avait presque oublié la présence de la comtesse, assise dans son fauteuil, en train d'inspecter le sachet vide qu'elle avait pris dans le tiroir de Mme Wilson et qu'elle avait gardé dans sa poche. « Ceci doit être le second sachet.

— Vous voyez ? » Betty s'en empara et le posa à côté de la poudre d'Alpiew et de la sienne. Il était évident que les deux sachets, le plein et le vide, provenant de la chambre de Mme Wilson, étaient pliés de la même façon, et dans le sens contraire de ceux fabriqués par Betty. Ils contenaient tous deux de l'antimoine.

« J'ai préparé le breuvage pour elle comme d'habitude, dans l'après-midi. La poudre devait infuser dans un verre de vin, pendant quelques heures avant qu'elle le boive. Dans la bagarre, il a dû laisser tomber les poudres qu'il avait achetées, et elle a dû renverser le breuvage que je lui avais préparé, et puis elle a dû s'en refaire un autre elle-même avec la mauvaise substance. »

Alpiew tentait de replier elle-même le sachet de la comtesse. « Dis-moi, Betty, pourquoi ne pas simplement écrire “Antimoine” sur le papier ?

— Le sachet replié est trop petit, et puis les symboles sont plus rapides à tracer. Et quand on ne sait pas lire, un symbole est plus simple à déchiffrer.

— Pas pour Mme Wilson. Elle a failli se tuer en confondant Vénus et Vénus-à-l'envers, qui se trouve être de l'antimoine.

— Mais pourquoi, chère Betty, demanda la comtesse depuis son fauteuil, M. Wilson avait-il besoin d'antimoine, finalement ?

— C'est évident, non ?

— Pas pour moi, Betty. » La comtesse poussa un grand soupir, se rappelant la conférence à Gresham College. « Je suis aussi ignorante de la nouvelle philosophie expérimentale qu'un Hottentot élevé dans une caverne. »

Betty indiqua un petit bocal vide. « Il voulait produire l'étoile regulus.

— Tu m'as encore perdue, j'en ai bien peur. » La comtesse leva le nez vers les étagères de bocaux et de flacons mystérieux, tout en se demandant pourquoi quiconque pouvait perdre son temps à poursuivre une marotte aussi ridicule.

« Du sulfite d'antimoine. C'est la voie menant

à la découverte de la pierre philosophale, et à la transmutation des vils métaux en or. Nous allons prendre l'antimoine, le mélanger au charbon et chauffer jusqu'à ce que les éléments métalliques se déposent au fond. Nous obtiendrons ainsi la semence d'antimoine, que l'on appelle aussi l'étoile regulus.

— Et alors ? »

Betty grimaça. « Je ne sais pas. C'est pourquoi je dois étudier ce carnet. » Elle se tourna à nouveau vers le poêle où l'eau était en train de bouillir. « Mademoiselle Alpiew, aidez-moi à soulever le couvercle. »

Alpiew prit l'autre extrémité de la cornue allemande et elles la déposèrent dans l'eau bouillonnante.

« Maintenant, observez. Ce processus est miraculeux, et très beau. »

Les trois femmes se regroupèrent autour du poêle et observèrent, tandis que Betty soufflait sur le feu. Les charbons tournèrent au rouge, puis au jaune, puis devinrent presque blancs. « Ça vient, maintenant. Regardez le liquide dans la cornue. »

L'épaisse et boueuse mixture d'urine décomposée et de poudre de charbon se mit à faire des bulles et d'étranges flocons, comme de petits éclairs, commencèrent à s'élever et à déborder des bords de la cornue dans l'eau bouillante du grand luth. La pièce tout entière était illuminée d'une vive lumière jaune.

« Nous venons de distiller l'esprit du microcosme de la lune : *Astrum Lunare Microcosmicum*. Plus communément appelé phosphore. »

Betty retira une longue cuillère métallique et recueillit une petite flaque du liquide lumineux pour qu'elles puissent l'examiner.

« Eh bien ! » La comtesse s'était levée, fascinée. « C'est un phénomène prodigieux en effet, Betty. Qui aurait cru que de la vieille pisse puante puisse se transformer de façon aussi réjouissante. »

Alpiew brandit son mouchoir ensorcelé. « Il semble terne, en comparaison.

— Cela s'estompe avec le temps, mais on peut le recharger en l'exposant à la lumière. » Elle prit le mouchoir d'Alpiew et s'en servit pour essuyer quelques gouttes sur les dalles. « C'est en effet prodigieux, mais aussi très dangereux. Sous sa forme liquide, le phosphore doit être conservé dans l'eau en tout temps. Je pourrais me fabriquer une lampe avec cette substance, pour lire à sa lumière, en la laissant dans un bocal soigneusement scellé. »

La comtesse tendit la main. Betty éloigna la cuillère aussitôt.

« Non, Madame la comtesse. Si cette substance vous touche la peau, vous semblerez enflammée, même dans le noir. Et cela brûle affreusement les chairs. »

Alpiew brandit le mouchoir rechargé de Beau. « Mais cela ne brûle pas les objets inanimés ? » La comtesse était en train d'enfiler ses gants. « Ce cours de philosophie expérimentale est des plus fascinants, Betty, mais en quoi nous aide-t-il à identifier l'assassin de M. Wilson ? »

Comme l'*Astrum Lunare Microcosmicum,* la jeune fille s'était enflammée, mais cette remarque l'assombrit à nouveau.

« Donnez-moi quelques heures pour étudier le carnet. Je suis sûre que j'y trouverai un indice. » Elle leva la tête vers la porte. Aucune lumière ne filtrait par le trou de la serrure. « Il est tard maintenant, mais je travaillerai toute la nuit. Venez me voir demain matin, et j'espère avoir pu résoudre la dernière énigme de Beau Wilson. »

Lorsqu'elles replongèrent dans la nuit, le brouillard était encore plus dense, et la route d'autant plus dangereuse qu'une fine couche de glace recouvrait les pavés. Alpiew et la comtesse se serrèrent l'une contre l'autre durant tout le trajet qui les ramenait chez elles.

« Il doit être près de minuit », chuchota Alpiew tandis qu'elles parvenaient à Hay Market. Bruits de pas et toussotements se faisaient entendre tout autour d'elles, sans qu'elles arrivent à distinguer leur source dans ce brouillard impénétrable.

« Ils seront nombreux à ne pas retrouver le chemin de leur domicile ce soir, dit la comtesse. Heureusement, nous pouvons compter l'une sur l'autre pour nous conduire jusqu'au lit.

— Quelque impressionnant que soit cet *Astrum Lunare Microcosmicum*, fit Alpiew tout en aiguillant la comtesse vers German Street, je ne peux rien imaginer de plus prodigieux qu'un bon feu de cheminée, une tasse fumante de lait au vin et un bon plat sur les genoux.

— Un beau filet de poulet bien juteux.

— Une tourte à la viande.

— Et puis dormir.

— Oh oui, dormir ! renchérit Alpiew, poussant la porte d'entrée. Sommeil merveilleux ! »

Elles secouèrent leurs capes et les accrochèrent dans le hall d'entrée.

« Quelle journée ! » Alpiew traîna des pieds dans le couloir derrière la comtesse.

« Je dormirai comme un nouveau-né ce soir, Alpiew. » La comtesse ouvrit grande la porte de la cuisine, mais au lieu d'y entrer, elle resta figée sur le seuil comme une statue de sel, en poussant un cri.

Alpiew s'élança et regarda par-dessus son épaule. Godfrey était debout près de la table et devant lui, dans un fauteuil, en train de fumer une longue pipe de bruyère, les pieds posés sur le garde-feu, était sir Peter Ashby de la Zouche, baron Penge, comte de Clapham. Le mari disparu de la comtesse.

8

Mortification

La substance subit une sorte de mort habituellement par putréfaction, et semble avoir été détruite, son pouvoir actif perdu, mais elle est finalement réactivée.

« Venez-vous boire avec nous un verre du meilleur vin de Rhénanie ? » Sir Peter brandit la longue bouteille verte, exactement comme s'il n'était jamais parti, et encore moins pendant vingt ans. « C'est un petit vin fringant, qui roule sur la langue.

— Comment avez-vous... ? Pourquoi... ? » La comtesse s'avança en titubant. « Je croyais que vous...

— Que j'étais mort, ou en Amérique ? » Sir Peter se leva et avança le meilleur fauteuil pour que sa femme puisse s'y effondrer. « Ce qui revient au même. Ah, ces colons américains ! Ils s'imaginent que "pubis" est le pluriel de "pub". » Il ouvrit grand les bras, prêt à ce que la comtesse s'y précipite pour une étreinte. « Venez, ma jolie, embrasser votre mari perdu et retrouvé. »

À travers les couches blanches de céruse de

Venise (appliquée en début de semaine et rappliquée tous les matins ; il y en avait quatre couches à ce jour), la comtesse rougit. « Peter ! Tu es là. Je savais que tu reviendrais. » Elle s'avança en minaudant dans ses bras, avec un sourire enjôleur.

Alpiew n'en croyait pas ses yeux. Sa maîtresse était à nouveau palpitante, comme une jeune fille folâtrant avec un soupirant. Après toutes les choses affreuses qu'elle avait dites sur son mari ! Alpiew dévisagea le petit homme en costume de velours turquoise à manchettes en dentelle. Il tortillait les extrémités de sa barbe et de ses moustaches en pointe à la Van Dyke (d'abord cultivées en France durant le Commonwealth[1] et « coiffées à la mode de feu notre roi martyr, Charles Ier »). Son sourire dévoilait deux nouvelles dents en or. Une perruque brune luisante et d'aspect dispendieux répandait sur ses épaules une cascade de boucles poudrées et ordonnées. Son chapeau au large bord, surmonté d'une touffe de plumes multicolores, était posé à ses pieds.

« Ainsi, mademoiselle Alpiew, vous n'avez pas été scalpée par les Sioux ou brûlée comme une sorcière par les colons anglais ? dit-il en la fixant de son œil de fouine.

— Je suis revenue à Londres voici bien des années, sir Peter, grommela Alpiew entre ses dents, estimant qu'elle ne devait aucune explication à ce gredin. Et je suis ravie de vous apprendre que ma maîtresse et moi, nous nous sommes retrouvées récemment, à mon immense plaisir. »

Sir Peter serrait la comtesse contre lui, parlant par-dessus son épaule tout en lui caressant doucement le dos. Alpiew le contemplait, fascinée. Elle

---

1. La République de Cromwell, ennemie déclarée de la France. (*N.d.E.*)

avait oublié à quel point l'homme était petit, et elle était plutôt intriguée par sa nouvelle parure – une grande boucle d'oreille en or, en forme d'anneau.

« Quand Godfrey s'est traîné jusqu'à ce bordel pour flagellants, cet après-midi, j'ai eu du mal à en croire mes yeux. » Sir Peter éclata d'un rire bruyant. « Je lui ai immédiatement demandé de vos nouvelles, évidemment. Puisque vous aviez quitté notre ancien logis, chère épouse, je n'avais aucun moyen de vous retrouver lorsque je suis revenu du Nouveau Monde. Mais Godfrey m'a tout raconté... »

Alpiew se demanda ce que sir Peter faisait à l'Élysée, Maison de Discipline. Il comprit son regard.

« L'endroit appartient à un ami à moi, en fait. Un vieux compagnon de l'armée, vous comprenez. »

Alpiew savait pertinemment que sir Peter n'avait jamais servi un seul jour de sa vie dans l'armée. « Bon petit commerce, qu'il a là. De l'argent facilement gagné, en plus. Je songe à m'acheter une part dans cette affaire. De plus, grâce au heureux hasard de cette visite, je viens de retrouver l'épouse dont je me languissais depuis si longtemps. »

Il tint la comtesse devant lui à bout de bras, couvant des yeux sa figure fripée, ses lèvres d'un carmin passé barbouillées aux commissures, son fard à paupières noir coulant en rigoles sur la surface craquelée de son maquillage, sa perruque rousse miteuse, fichée, comme toujours, de travers sur son crâne. « Quel beau brin de fille ! Vous avez toujours été une beauté, mon amour, et maintenant le Seigneur a cru bon de nous réunir. »

La comtesse baissa les cils et posa sa tête contre la poitrine de son mari tandis qu'il la serrait à nouveau dans ses bras. Alpiew jugea le spectacle insupportable. Quel but poursuivait cet ignoble petit bonhomme ?

« Ravissant petit pied-à-terre que voilà, ma chère. » Peter tapota le dos de la comtesse. Alpiew remarqua le clin d'œil qu'il lançait à Godfrey. « Je crois qu'en vivant ensemble ici, nous pourrions accomplir de grandes choses.

— Excusez-moi, Milady, dit Alpiew qui n'en pouvait plus, mais j'ai encore à faire, en ce qui concerne les enquêtes d'aujourd'hui. Puis-je prendre congé de vous, Madame, jusqu'à demain ? »

La comtesse releva la tête de la poitrine de son mari. « Mais Alpiew, ne vas-tu pas rester ici pour célébrer le retour de mon mari ? Maintenant, nous formons à nouveau une famille, comme dans le bon vieux temps. »

Alpiew se rapprocha de la porte. « Il sera toujours temps, Madame, j'en suis sûre. Mais ce soir je dois... »

Sir Peter cligna des yeux et leva un sourcil. « Et quelle est cette affaire, voyons ? »

Avant que la comtesse ne puisse répliquer, Alpiew cria presque : « Nous recherchons des informations compromettantes sur Robert Smith, le député moraliste qui a de vilains secrets.

— Ah, ce vieux Bob Smith ! » Sir Peter gloussa. « Tu aurais dû me demander. J'ai un dossier sur lui qui est long comme ton bras.

— J'aimerais le consulter demain, si c'est possible. » Alpiew lança un regard furibond à Godfrey, qui souriait sereinement en contemplant le feu de cheminée. Comment avait-il pu les fourrer dans un tel pétrin ? « Mais ce soir, dit Alpiew, j'ai encore quelque chose à faire. »

Elle tenait la porte ouverte. « Je vais dormir

chez une amie et je reviendrai vous voir demain matin, Milady. »

La comtesse ne releva pas la tête. Elle était au paradis et n'avait besoin d'aucune autre compagnie. Sir Peter salua Alpiew d'un air sarcastique. Il cachait si peu sa joie de la voir partir, qu'elle en eut presque envie de rester. Après avoir passé sa cape et son foulard, elle quitta la maison et descendit en trébuchant German Street, jurant et pestant dans le brouillard impénétrable. À cette heure de la nuit, il n'y avait qu'un endroit où elle pouvait envisager de se réfugier, et c'était le laboratoire de Beau Wilson. Au moins, elle était sûre que Betty ne dormirait pas. Elle pourrait même l'aider dans ses préparations. Mais quoi qu'il arrivât, il faisait chaud là-bas, et elle pourrait enfin dormir un peu, enroulée dans la couverture sur les dalles. La faim se mit à la tarauder au moment où elle émergeait de Leicester Fields, et elle s'arrêta sur la place toujours achalandée de Covent Garden pour un souper tardif à un éventaire ambulant, avant d'attaquer les ruelles dangereuses d'Alsatia.

Elle était en train de traverser Salisbury Court lorsqu'elle se rendit compte qu'il devait être passé une heure du matin. Elle continua d'avancer, en essayant de calmer sa peur, car assurément, lorsqu'on avait peur, cela se voyait. Dans les ruelles étroites d'Alsatia, les mêmes silhouettes ténébreuses étaient tapies dans les entrées, elle entendit les mêmes glapissements et gémissements émaner des carreaux fendus et des impasses nauséabondes, mais tous les sons étaient amortis par la purée de pois stagnant dans les rues étroites.

Elle approchait de l'intersection menant au laboratoire de Beau lorsqu'elle vit flotter vers elle quelque chose qui ressemblait à un immense papillon luisant. Mais ce n'était pas un insecte, car le son qui l'accompagnait était celui de pieds martelant rapidement le sol. Les taches de lumière s'agrandirent au fur et à mesure qu'elles se rapprochaient. Alpiew resta totalement immobile. Le bruit de pas pressés fit trembler jusqu'aux pavés où elle se tenait, puis, l'espace d'un instant, l'ombre d'un homme émergea devant elle, portant deux taches lumineuses comme deux écussons sur chaque gant. Il lui fonça dessus, ce qui lui fit perdre son équilibre et tomber à la renverse dans l'embrasure malodorante d'une porte.

Lorsqu'elle réussit à se relever, l'homme était parti. Le brouillard estompait les bruits, et c'était comme s'il avait été avalé par l'obscurité. Mais son attention fut attirée par l'effluve d'un parfum. Un parfum curieusement étranger à ce lieu puant et mal famé. Celui de la violette, du muguet et du musc. Comme au théâtre de Lincoln's Inn. Le parfum qui flottait jusqu'à ses narines lui rappelait l'après-midi où elle s'était assise dans la loge du théâtre...

La frayeur lui avait coupé le souffle, et son cœur battait la chamade. Elle resta un moment dans la ruelle, pour reprendre ses esprits, avant de se précipiter vers le laboratoire. À son grand étonnement, et en dépit du brouillard glacé, la porte était ouverte sur la pièce vivement éclairée. Toute cette lumière provenait d'une grande zone brillante dans un coin près du poêle. « Betty ? », fit Alpiew, avançant à pas de loup. Puis, elle vit d'où provenait la lumière. Le corps nu de Betty était affalé, à moitié assis contre le mur, tête pendante et immobile. La plaie béante creusée dans sa poitrine par une dague n'était pas ce qui attirait le plus l'attention. Car Betty était couverte de la tête aux pieds de phosphore. D'après l'expression tourmentée de son visage, il était évident que dans ses derniers moments, elle avait souffert le martyre.

Ses mains tremblant de façon incontrôlable, Alpiew se pencha et ferma les yeux de la pauvre fille. Avisant une pile de vêtements par terre, elle les lança sur le corps par pudeur, mais se rendit compte qu'une fois Betty recouverte, la pièce était plongée dans l'obscurité, à l'exception d'une main luisante que son geste maladroit n'avait pas réussi à cacher. Alpiew s'avança et du bout du pied, fourra la main de Betty sous les hardes. Puis, respirant à peine, elle se dirigea vers le plan de travail pour allumer quelques bougies.

La comtesse et elle étaient parties depuis environ deux heures. Elle entreprit d'examiner le laboratoire, toujours en tournant le dos au cadavre, pour voir si quelque chose avait changé depuis leur départ. La différence la plus évidente était Betty elle-même, et la pile de hardes qui recouvraient maintenant son cadavre. Près de l'endroit où gisaient les vêtements, était posé un grand bol d'eau laiteuse qui sentait le savon. Alpiew y plongea le doigt. Elle était tiède. Betty devait être en train de se laver quand elle avait été surprise par l'auteur de cet horrible crime. Alpiew aspira une grande goulée d'air. L'idée même de ce qui venait de se produire ici lui était insupportable.

Elle alla vers le fond de la pièce, inspectant les rayons de livres et les rangées de bocaux. Tout semblait être comme avant. Il y avait de l'eau par terre, sans doute renversée du récipient où le phosphore avait été fabriqué, lorsque le meurtrier avait lancé le contenu du luth sur Betty. Le luth gisait à l'envers près du corps, s'égouttant lentement sur les dalles.

Alpiew, qui n'arrivait pas à contrôler ses tremblements, dut s'asseoir dans le fauteuil. Puis elle se leva d'un bond et s'élança vers le plan de travail. Où était le carnet de Beau ? Elle parcourut les étagères à la recherche de sa tranche en peau de chagrin verte. Il n'était ni sur le comptoir, ni par terre. Peut-être Betty l'avait-elle rangé, pour le dissimuler ? La jeune femme fouilla tous les tiroirs du comptoir. Ils étaient remplis de morceaux de tubes, de couteaux, de cuillères, de petites pièces d'équipement, et de la pile de pièces d'or payées à Beau par la femme mystérieuse. L'argent était toujours là ! Parce qu'Alpiew ignorait combien il y en avait eu au départ, elle ne pouvait savoir si on en avait pris, mais pourquoi un voleur aurait-il laissé la part du lion ? Quiconque était venu ici ce soir ne cherchait sûrement pas de l'argent. C'était forcément le carnet. Alpiew tira un siège vers l'écritoire et ouvrit un tiroir. Elle feuilleta une pile de factures, qui provenaient pour la plupart de l'apothicaire et du marchand d'huile, à part quelques-unes pour de l'équipement ou des pièces de cuivre, de plomb, d'acier ou de fer-blanc. Tout semblait directement relié aux expériences alchimiques. Elle sortit carrément le tiroir et vérifia ce qu'il y avait derrière. Rien.

Alpiew fouilla pendant plus d'une heure avant de s'avouer vaincue. Le carnet n'était pas dans le laboratoire. Quiconque avait tué Betty l'avait emporté avec lui. Ainsi, l'hypothèse de Betty était juste. La grande découverte faite par Beau juste avant sa mort était consignée quelque part dans ce livre. Et maintenant, cette grande découverte avait entraîné une autre mort.

Alpiew frémit. Elle ne dormirait pas ici cette nuit. Cela était certain. Mais avant de partir, elle décida de fouiller une dernière fois la pièce. Il n'y avait qu'un endroit où elle n'avait pas encore cherché : le corps et les vêtements de Betty. Peut-être qu'après tout le carnet était encore là, dans une poche ?

Elle se pencha sur les hardes couvrant Betty, et plongea profondément la main dans chaque poche, tentant de ne pas remuer les vêtements afin de ne pas dévoiler le visage torturé de Betty. Mais les poches étaient vides. C'était l'impasse. Elle fit le tour de la cave, soufflant les bougies une à une. Tandis que la lueur vacillante de la dernière mèche s'éteignait, elle se tourna vers la sortie. Il faisait trop noir pour y voir. L'idée de trébucher, de se prendre les pieds dans les hardes et de tomber sur le cadavre la terrifiait. Elle se tourna à nouveau vers le poêle pour trouver une bougie et le briquet à l'amadou.

Dans un coin, près du corps de Betty, quelque chose luisait. Cela se trouvait à quelques pouces du bord des vêtements, là où pendait la main de Betty avant qu'Alpiew ne la cache. Des lettres étincelaient sur une dalle. Betty avait écrit un message dans le phosphore qui dégoulinait du bout de ses doigts. Alpiew s'agenouilla et inspecta les signes tracés dans la vive lumière jaune.

Le message d'agonie de Betty était court, mais lisible. Il se résumait à un chiffre : 33.

9

Lixiviation

Un processus d'oxydation qui,
en exposant la substance à l'air et à l'eau,
forme les vitriols.

Alpiew regagna German Street, mais elle ne trouva pas le courage d'entrer. Comment pouvait-elle dormir là pendant que cet idiot débitait ses histoires ridicules ? Comment pouvait-elle voir la comtesse sans lui raconter ce qu'elle avait vu cette nuit ? Elle descendit la rue et tourna dans Berry Street. Elle n'avait plus peur, malgré la densité du brouillard. Grimpant la pente de James Street elle décida de couper à travers Park Place jusqu'au nord de St. James Park. Il y aurait d'autres vagabonds là-bas auprès desquels elle pourrait se blottir. Soudain, elle leva les yeux vers les fenêtres de la demeure de la duchesse de Saint-Pholle, sur Arlington Street. À son grand étonnement, toutes les lumières étaient allumées partout dans la maison. Peut-être était-elle encore levée à cette heure tardive. Cela valait la peine d'essayer. Un lit, même dans un asile d'aliénés, valait mieux qu'un buisson dans le parc.

Il ne lui fallut que quelques minutes pour parvenir jusqu'à la porte d'entrée de la duchesse. Si elle était chassée à coups d'injures françaises incompréhensibles, en quoi cela pouvait-il empirer son malheur actuel ? Elle frappa la porte avec le heurtoir.

La porte s'ouvrit presque aussitôt et la duchesse apparut dans le couloir, légèrement vacillante. Derrière elle, les chandelles des appliques en miroir illuminaient ses cheveux rouges si vivement qu'ils semblaient enflammés.

« Merde alors ! glapit-elle. Alpiew ! J'ai failli en chier dans mon froc ! »

Derrière elle, dans le hall, un petit groupe de vieillards s'avançait d'un pas hésitant tout en hasardant des « Tout va bien, Olympe ? », « Qui est-ce ? » ou « Attention... »

« Ces messieurs s'en vont, mon chou. Nous avons passé une soirée exquise à jouer. Les dés m'aiment, ce soir. N'est-ce pas, sir Charles ? »

Un monsieur corpulent s'avança furtivement jusqu'à la duchesse et lui planta un baiser juteux sur la joue. « Hélas, trois fois hélas, vous m'avez mis à sec, ma petite caille coquine. Je devrai ramener cinq navires des Indes avant d'avoir les moyens de jouer avec vous, vilaine ! » Il contourna Alpiew pour sortir. « Quelqu'un a-t-il envie de se promener ? » Il s'inclina vers Alpiew avant de dégringoler jusqu'à la rue. « On ne se voit pas le nez sur la figure, messieurs. Nous allons devoir rentrer bras dessus, bras dessous.

— Duchesse, je vous appartiens plus qu'à moi-même. » Un homme maigre au profil d'aigle prit son congé avec un baiser.

Alpiew crut qu'ils ne s'en iraient jamais, à force d'embrassades et de plaisanteries. Lorsque le brouillard eut avalé le dernier invité, Saint-Pholle se tourna vers Alpiew. « Que se passe-t-il ?

— Je viens vous offrir mes services, comme remplaçante temporaire d'Aziz.

— Merveilleux ! s'écria Saint-Pholle, agrippant le bras d'Alpiew de ses serres et l'attirant vers l'étage, soufflant les bougies au fur et à mesure qu'elle montait. Dieu soit loué ! Aziz était mon valet de chambre, mon compagnon, mon cuisinier, mon secrétaire, mon écuyer, mon *tout*. Je suis perdue sans lui. »

Au premier palier, la duchesse, titubant d'un excès de vin, conduisit Alpiew jusqu'à une porte.

« Voilà où vivait ce rat. Tu peux dormir là-dedans ! » Puis elle s'éloigna seule en tanguant, soufflant toujours les bougies. Elle se retourna devant sa propre porte. « J'ai l'habitude de prendre un bon petit déjeuner bien roboratif, Alpiew, s'il te plaît. Mais ne t'y trompe pas. Pas un petit déjeuner anglais. Je n'arrive pas à comprendre comment vous, les Anglais, pouvez déguster huîtres, harengs saurs, anchois et petit lait avant midi. Pour rompre mon jeûne, je préfère des œufs, du pain grillé et de la marmelade. À huit heures pile, je te prie. »

Alpiew dormit dans une chambre toute noire, des murs tendus de brocart noir aux rideaux en velours noir orné de passementerie en soie noire, en passant par les meubles, tous en laque noire, et jusqu'aux draps et aux couvertures, noirs aussi. Cela avait sur les sens le même effet émoussant que le brouillard. Alpiew était curieusement consciente de chaque souffle, chaque battement de cœur. Elle dormit mal, hantée de songes lumineux où paraissait Betty, baignée du mystérieux *Astrum Mare Microcosmicum*.

Elle s'éveilla quelques heures plus tard, à l'aube, pour préparer le petit déjeuner de la duchesse. Elle mit le beurre à dégeler sur la table de la cuisine (le garde-manger était aussi froid qu'une glacière) et alluma un feu dans la salle à manger. Lorsqu'elle put voir des rais de lumière dans le ciel elle se rendit au marché de St. James pour acheter du pain frais bien chaud. Tandis qu'elle cheminait dans la rue, un tourbillon d'images s'agitait dans son esprit : le sang dégoulinant des manches de la comtesse, le gros petit Italien chantant dans le théâtre, la chambre noire, si noire et surtout le corps phosphorescent de Betty. Elle frémit.

Le marché était animé, comme tous les matins. Alpiew était dans un tel état second, en partie à cause du manque de sommeil, en partie à cause des chocs de la veille, que la normalité même des marchands lui sembla assez stupéfiante. La mort de Betty l'avait bien plus profondément affectée que celle de Beau. Elle acheta une demi-douzaine d'œufs frais, une miche de pain et des champignons. Elle se dit que Saint-Pholle se passerait bien de viande, sinon elle devrait pousser jusqu'à Hay Market. L'image de Betty, gisant toute luisante dans le laboratoire, tournoyait sans arrêt dans sa tête. Elle ne savait pas quoi faire. Devait-elle partager l'information de la mort de Betty avec quiconque ? Devait-elle en faire part aux autorités ? Elle décida que non. Vu sa chance, et sa récente implication dans la mort de Beau Wilson, ce n'était sans doute pas indiqué. Comment diable justifierait-elle son innocence ?

Le pauvre visage tourmenté de la victime surgissait devant elle à chaque étal proposant des pommes, des fromages, des oranges ou des noix. Alpiew repensa aux frayeurs pathétiques de Betty, plus tôt ce jour-là. Quelle importance maintenant, que son aveu d'avoir épié une querelle par le trou de la serrure ? Elle songea à la main blanche glissée hors des vêtements. Que signifiait 33 ? Cela avait-il un sens ? Sa tête lui tournait lorsqu'elle se faufila dans la maison de Saint-Pholle et tira le rideau menant aux cuisines de la duchesse.

« Haut les mains ! » Devant elle dans le couloir obscur se tenait un homme masqué, brandissant une rapière dont il enfonça la pointe brillante dans son décolleté dénudé.

Alpiew leva les mains sans poser de questions. La miche, les champignons et les œufs s'écrasèrent au sol.

« Eh *merde* ! Alpiew, c'est toi ! » Saint-Pholle arracha son masque. « J'avais oublié que je t'avais engagée. J'ai bu beaucoup de brandy hier soir avec le prince di Ponce. C'est un grand ami de Fideli, alors *naturellement* je lui ai offert de venir prendre un dernier verre chez moi. Avec ses amis. Je les ai tous plumés. »

Alpiew se mit à genoux et commença à essuyer les œufs cassés. « Quel gaspillage !

— Tant pis, trancha Saint-Pholle. Nous les mangerons broutés.

— Je vous demande pardon, Madame ?

— Broutés, broutés. Tu sais, les œufs broutés sur du pain grillé, on adore ça à Londres, non[1] ? »

Alpiew contempla, consternée, le parquet poussiéreux couvert de toiles d'araignée, de poils de chat et pis encore.

Lorsque le plat d'œufs pré-assaisonné fut servi, Saint-Pholle, l'engloutissant à grandes cuillerées, se leva. « Sacrebleu ! J'ai oublié de te demander

---

1. Saint-Pholle ne maîtrise pas toujours bien l'anglais : elle veut dire « brouillés » (*scrambled*) et non « broutés » (*strangled*). (*N.d.E.*)

comment tu en étais arrivée à travailler pour moi. Mon amie Ashby est-elle malade ?

— C'est pire que cela, j'en ai bien peur. » Alpiew repêcha un gros mouton de son pain détrempé. « Son mari est revenu. Il s'est installé chez elle et, ce qui est plus grave, elle en semble ravie.

— Quel foutoir ! » Saint-Pholle recracha le contenu bien mastiqué de sa bouche sur son assiette. « Cette femme a-t-elle perdu la tête ? Cet homme est le roi des cons, n'est-ce pas ? Le roi des trous du cul. Et elle, c'est une vache folle, pas vrai ? »

Elle ré-enfourna la nourriture mastiquée dans sa bouche, et pendant un moment, le seul bruit dans la pièce fut celui de sa mastication. Elle essuya l'assiette d'un morceau de pain et se leva avec un grand geste.

« Je dois porter secours à ma plus chère amie. » Elle repoussa sa chaise et se mit à retirer ses vêtements pour les jeter par terre. « Alpiew, je t'embrasse ! »

Alpiew remonta sa robe sur son buste pour recouvrir son décolleté. Elle avait entendu des rumeurs sur la façon dont Saint-Pholle séduisait ses femmes de chambre. Trois semaines après avoir été renvoyée du service de la duchesse, une jolie fille de vingt ans avait dû être enfermée dans l'asile de Bedlam, car on disait qu'elle passait toutes ses heures de veille à embrasser un portrait de la duchesse qu'elle gardait dans sa poche.

« Viens ici, Alpiew. » Saint-Pholle fonça vers elle. Alpiew se raidit. « Non, mon petit chou, je n'irai pas faire de l'escrime à St. James Park ce matin. J'ai besoin de toi pour me passer ma plus belle robe », et elle se précipita hors de la salle à manger, escalada deux à deux les marches de l'escalier. « Et pendant que tu m'habilles, je délibérerai sur un plan d'action. »

Une heure plus tard, la duchesse émergeait dans une robe écarlate jurant puissamment avec ses cheveux rouges. Elle portait un mantelet en velours vert, un chapeau assorti et une paire de grands patins. « Juste au cas où il y ait de la boue, chère Alpiew. Il y en aura beaucoup, et pire encore, là où je me rends aujourd'hui. »

Alpiew sortit rapidement par la porte de derrière pour aller aux écuries, avertir le cocher de préparer le plus beau carrosse de la duchesse, et d'y atteler des chevaux assez vigoureux pour une journée à la campagne.

« Pendant que je suis partie, tu peux faire un peu de ménage. Sur ce point, je ne suis pas trop tatillonne... » Tandis que Saint-Pholle grimpait dans le carrosse, elle se retourna pour parler à Alpiew, qui se tenait sur le seuil.

« Fais-moi livrer du champagne de chez la veuve Bourne à St. James, et va chercher du poisson bien frais au marché pour demain, et puis emmène les chats se promener dans le parc. Leurs laisses sont accrochées dans le vestibule. »

Saint-Pholle referma la portière du carrosse, et se pencha à la fenêtre. « Je vais faire de mon mieux, mais ma foi, j'en ai ras le cul ! Pense à nous, mon chou, nous allons faire un long, long voyage. Enfin, si je peux la persuader de m'accompagner. »

Alpiew se recula, de peur que les roues du carrosse ne lui écrasent les pieds. Le cocher fit claquer son fouet et les chevaux s'ébranlèrent. Saint-Pholle tomba à la renverse sur les banquettes en velours rouge, qui juraient avec sa robe, qui jurait elle-même avec ses cheveux.

« Où allez-vous Madame ? Au cas où l'on vous demande ?

— Sacrebleu, cocotte ! » Saint-Pholle sortit la tête par la fenêtre. « C'est trop affreux. » Elle se cramponna à la cordelette des stores pour maintenir son équilibre avant de lancer : « Je vais à Acton ! »

Alpiew tenta de faire le ménage du mieux qu'elle put. Partout où elle voyait que la poussière était opaque, elle ne la troublait pas. Elle mit de l'ordre dans le garde-manger, et frotta le parquet là où elle avait laissé tomber les œufs. Puis elle fit le tour de la maison pour nourrir les animaux. Certains étaient si vieux qu'elle était incapable de décider s'ils étaient vivants ou empaillés. Dans le doute, elle leur laissait un peu de nourriture, espérant que dans une maisonnée aussi fantasque, ce genre d'excentricité passerait pour normale. Il n'était pas dans ses intentions de promener les chats de la duchesse dans le parc de St. James. Elle espérait seulement qu'ils ne disposent pas de moyens surnaturels pour la dénoncer...

Lorsque la maison fut assez propre pour donner l'impression qu'elle avait travaillé dur, Alpiew s'enveloppa dans sa mante et se rendit à Angel Court. Elle espérait parler au majordome, au cas où il puisse lui fournir d'autres détails. S'il était toujours là. Mais comme elle le craignait, la maison était fermée à clé, les volets fermés, et personne ne répondit à l'entrée, ni à la porte de service. Elle entra chez l'apothicaire pour obtenir des renseignements.

« Ils sont tous partis. Jusqu'au dernier. Les créanciers ont fait le tour de la maison, et je doute qu'il y reste un seul meuble. Et j'ai aussi entendu dire que les nouvelles concernant Mme Wilson sont mauvaises. Il est difficile d'imaginer qu'une jolie femme aussi douce puisse être un tueur de sang-froid, mais contrairement à ce qu'affirme M. LeBrun dans sa théorie des passions, qui veut qu'elles se gravent sur la physionomie, nous avons ici le cas du mal, revêtant le masque d'un visage très aimable.

— Je travaillais pour elle, soupira Alpiew en s'appuyant au comptoir, examinant les tubes et les flacons rangés dans leurs boîtes. Mais j'avoue que mon travail est arrivé au point mort. »

La sonnette de la porte tinta et un coursier entra, dans une grande bouffée de buée.

« Bonjour, Thomas ! » L'apothicaire lui prit sa liste et commença à préparer la commande. « As-tu un sac pour porter ces affaires ? » Il lut la liste. « Vitriol bleu. » Il tira un bocal d'une étagère derrière lui et commença à verser des cuillerées pleines de cristaux bleus dans un morceau de papier, qu'il replia ensuite avec la même dextérité qu'avait admirée Alpiew chez Betty.

« Ah, de l'alcali marin caustique. Je crois que je n'en ai plus. Si j'en ai, il ne peut être que sur l'étagère du haut. Peux-tu aller me chercher mon escabeau ?

— Vous savez que j'en suis incapable, monsieur. » Le garçon recula en boitant et révéla ses membres contrefaits. « Désolé. »

Alpiew se retrouvait donc entre un unijambiste et un garçon avec une main atrophiée et un pied bot. Étant la seule personne valide dans le magasin, elle prit le petit escabeau posé à côté du comptoir et le disposa près de l'apothicaire.

« Auriez-vous l'obligeance de grimper et de me passer ce bocal ? L'étagère du haut, le troisième à partir de la gauche. »

Alpiew retroussa ses jupes et grimpa les échelons, s'appuyant aux étagères pour garder son équilibre. Elle saisit le grand bocal brun, qui était coincé contre le plafond, et le passa à l'apothicaire. Alors qu'il tendait les mains, l'escabeau se mit à osciller, puis à se balancer. Alpiew laissa tomber le bocal et se retourna, s'agrippant aux étagères poussiéreuses pour retrouver l'équilibre. Puis, au moment même où l'escabeau se réconciliait avec la gravité et arrêtait de chanceler, Alpiew se retrouva nez à nez avec une étiquette. L'étiquette était collée sur un grand bocal en terre cuite, sur l'avant-dernière étagère. Et sur cette étiquette était un chiffre, tracé par une main ferme et décidée : 33.

« Qu'est-ce que c'est que ça ? » Le ton de sa voix effraya le coursier, qui s'élança vers la porte. « Vite, monsieur. Vous devez me dire ce que signifie le chiffre 33 ! »

Alarmé par le revirement soudain de l'humeur d'Alpiew, l'apothicaire repoussa aussitôt ses lunettes de son nez et scruta le bocal qu'elle frappait du doigt. « Ce n'est pas le chiffre 33. C'est un symbole chimique. »

Alpiew descendit d'un bond et agrippa l'apothicaire par les revers du col. « Oui, oui. Un symbole chimique – mais de *quoi* ? »

L'apothicaire se dégagea d'une saccade, tentant de s'épousseter et de calmer cette folle qui fulminait devant lui, avec son regard enflammé. « Rien de particulier, dit-il, en repoussant ses lunettes haut sur l'arête de son nez. Rien que du sulfure de mercure. Mieux connu sous le nom de cinabre. »

« C'est encore loin ? »

Saint-Pholle avait réussi à entraîner la comtesse hors de chez elle. Non parce que la dame rechignait à demeurer avec son époux, mais parce que l'époux en question avait quitté German Street très tôt le matin pour un rendez-vous d'affaires, et qu'il ne rentrerait que tard le soir.

« Des affaires ? Oui, oui, aux courses de chevaux de Newmarket, que ça ne m'étonnerait pas, dit Saint-Pholle, hissant son amie dans le carrosse. Tu ne lui as pas donné de l'argent, au moins ? »

La comtesse eut un hochement de tête coquet. « Seulement quelques livres. »

Saint-Pholle roula des yeux et frappa le toit du carrosse d'un grand coup d'éventail, pour signaler au cocher de partir.

« Alors, nous allons passer une agréable journée. On me dit que la campagne anglaise est superbe en hiver. »

Le carrosse roula bruyamment jusqu'à St. James Street, et sous les claquements du fouet, les chevaux accélérèrent en tournant sur la route conduisant à la barrière à péage de Hyde Park Corner. Le cocher acquitta son droit de passage, et le carrosse traversa la grille qui marquait la frontière occidentale de Westminster.

La comtesse contempla l'avenue bordée d'arbres. « King's Road est trop excentrée, n'est-ce pas, pour être à la mode ?

— Ceci n'est pas King's Road. Seuls le roi et ses amis personnels peuvent utiliser cette voie élégante. Je te signale que maintenant, nous n'avons plus droit au laissez-passer. »

Les deux femmes émirent un soupir déchirant.

« Maintenant que Charlie est parti...

— Et que le Batave règne. » Saint-Pholle se signa et jeta un coup d'œil au dehors. « Cette route, je crois, s'appelle Knightsbridge. » Elle pointa vers une étendue de terrain boisé. « Oui, regarde, voilà Hyde Park. »

Le carrosse roula sur des routes correctes,

puis sur de petits chemins et finalement, sur des chemins de terre.

« Tu ne m'as pas dit *pourquoi* nous sortions de Londres aujourd'hui, ma chère Olympe. »

Saint-Pholle se tapota le bout du nez, laissant une traînée grise là où son doigt s'était sali au loqueteau sale de la fenêtre. « Tu te souviens de ce charmant petit nègre, au théâtre ? »

La comtesse hocha la tête. Comment aurait-elle pu oublier ce petit séducteur volage ?

« Eh bien il m'a dit, pendant que sa maîtresse était indisposée, qu'ils vivaient à Acton !

— Acton ! glapit la comtesse. Allons-nous jusqu'au bout du monde, Saint-Pholle ? Fi donc, je croyais qu'il ne s'agissait que d'une petite excursion.

— C'est un peu en dehors des sentiers battus, mais quelle aventure ce sera !

— Harroumpf, fit la comtesse, comme on aurait pu s'y attendre. Alors, quelle est leur adresse ?

— Je n'en suis pas sûre, fit Saint-Pholle en haussant les épaules. Mais, ventre bleu, il ne peut y avoir tant de grandes dames vivant dans un endroit aussi perdu qu'Acton.

— Au contraire, ma chère. » Les lèvres de la comtesse étaient pincées. « C'est la mode de nos jours dans le grand monde de se vautrer dans les porcheries, à des miles de toute civilisation, pour se gargariser de nature et d'air frais.

— Tu plaisantes ?

— Non, je ne plaisante pas. Nous ne sommes plus dans les années soixante, mon amie[1]. »

La comtesse secoua la tête. « Danser jusqu'à

1. Période du règne de Charles II, vouée aux plaisirs citadins. (*N.d.E.*)

l'aube dans un bal de la City et tituber jusque chez soi, ivre mort, aux petites heures, pour retrouver une maison élégante au centre-ville n'est plus à la mode. Maintenant, nous sommes dans les années quatre-vingt-dix. »

Saint-Pholle la fixait, bouche bée d'incrédulité. La comtesse décida donc de poursuivre sa tirade.

« Aujourd'hui, les jeunes veulent errer sur des chemins rustiques, non dans un parc élégant orné de parterres harmonieusement cultivés, mais dans de grandes clairières grouillantes d'insectes et de vaches, sans aucune autre musique que celle d'oiseaux imbéciles. De nos jours, on trouve merveilleux de bavarder dans une taverne campagnarde avec des rustres, plutôt que de converser gaîment dans un salon londonien. Tu ne me croirais peut-être pas, ma chère, mais les riches d'aujourd'hui *veulent* vivre à la campagne ! »

Saint-Pholle émit un grognement. « Alors comment arriverons-nous à le retrouver ?

— C'est ton problème, j'en ai bien peur. » La comtesse se frotta les mains, prête à passer une journée délicieuse de « je-te-l'avais-bien-dit ». « Le garçon ne t'a-t-il donné aucun indice ?

— Un indice ?

— La maison est-elle un manoir ou un cottage ? A-t-elle un jardin, une grille, un troupeau de cochons ?

— Rien. » Saint-Pholle s'affala dans un coin. « C'est comme chercher une aiguille dans une botte de foin.

— Tu m'avais promis une journée amusante, Saint-Pholle ! » La comtesse soupira et s'affala dans le coin opposé. « Pas une chasse au trésor dans un coin perdu. »

Saint-Pholle se ragaillardit, regardant par la fenêtre, tentant de paraître joyeuse et optimiste quant au résultat de sa course. Le carrosse dépassa une grande taverne en bordure de route.

« Oh, regarde, Ashby, s'écria-t-elle gaîment. Ça s'appelle Le Bout du Monde ! »

La comtesse cligna des yeux et renifla. « C'est le cas de le dire, ma chère. »

Une odeur fétide régnait dans le laboratoire. Le poêle s'était éteint maintenant, mais l'endroit était encore chaud. Le corps de Betty commençait déjà à se décomposer. Paix à sa pauvre âme.

Mais Alpiew savait qu'elle trouverait ici son dernier indice. Essayant de ne pas penser au cadavre dans le coin de la pièce, Alpiew grimpa sur le comptoir et parcourut des yeux les étagères. Bouteilles et bocaux, tous soigneusement étiquetés, certains poussiéreux et oubliés, d'autres tout neufs, s'alignaient sur deux rangées. Il devait y en avoir des centaines. Alpiew retroussa ses manches et commença l'inspection : ambre, sciure, charbon, limaille d'acier. Il devait y avoir du cinabre quelque part. Thym, essence de thym, gentiane, houblon, verveine, sauge, arak, hellébore, assa fœtida. Alpiew déplaça quelques bouteilles pour inspecter la deuxième rangée de l'étagère supérieure : borax, gomme arabique, térébenthine, sciures d'ivoire, peaux de serpent, vif-argent, sang de pigeon, testicules broyées de renard. Alpiew déglutit. Que pouvait-on bien faire de testicules de renard réduites en poudre ? Chaux éteinte, vitriol, litharge d'argent, sel de Glauber, luna cornea, magnétite...

Des bruits de pas retentirent de la rue vers la cave. Et si le tueur revenait ? Alpiew retint son souffle et chercha un endroit où se cacher. Mais le pas rythmé s'éloigna.

Elle reprit sa tâche. Plombagine, réalgar,

pyrites, ostracites, poudre d'algaroth... En remuant la poussière des étagères, elle avait irrité son nez. Elle lâcha un puissant éternuement, soufflant la poussière dans toutes les directions. Elle se baissa pour prendre son mouchoir et tomba nez à nez avec un grand bocal de poudre rouge. Celle-ci portait une étiquette boueuse : « Cinabre – *pulverum*. »

Alpiew descendit d'un bond et plaça le bocal sur le comptoir. Retirant le bouchon de liège, elle jeta un coup d'œil à l'intérieur. Une poudre grumeleuse d'un rouge terreux emplissait le bocal à ras bord. Elle le renversa et répandit son contenu sur le plan de travail. Balayant la poudre de tous les côtés, elle trouva ce qu'elle cherchait. Un bout de papier déchiré. Il était de la même taille que le carnet. Manifestement, c'était une page arrachée. Sur le papier, de la main de Beau, était tracée une longue suite de symboles. Rien d'autre. C'était un indice, mais qu'est-ce que ça pouvait bien vouloir dire ?

Simplement une équation :

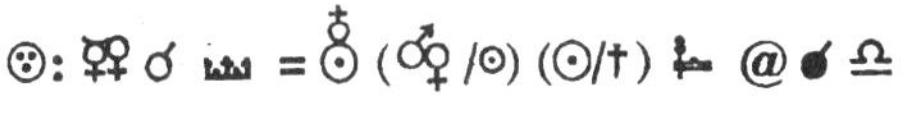

« Après Kensington Place nous prenons une petite route, puis nous traversons deux ponts, l'un en bois et l'autre en pierre, pour parvenir jusqu'à un endroit dénommé Sheperd's Bush.

— Shepherd's Bush ! Le buisson des bergers ! couina la comtesse. Je t'en supplie, ne poursuis pas, Saint-Pholle. L'endroit est pire encore lorsqu'on en connaît le nom. Dans quels abîmes de rusticité nous apprêtons-nous à sombrer ? » Elle se tourna soudain et agrippa le coude de la duchesse. « Je t'en prie, je t'en prie, promets-moi que nous n'aurons pas à nous arrêter pour parler à des bergers. Je t'en conjure !

— Non, si tu n'en as pas envie. » Saint-Pholle haussa les épaules. « Si nous nous perdons, nous n'aurons qu'à pousser jusqu'à Turnham Green.

— Turnham Green ! Tu veux ma mort, scélérate ? »

Les deux femmes passèrent le reste du trajet à fixer des champs lugubres, dans un silence minéral. À l'entrée du hameau d'Acton, le cocher s'arrêta devant une auberge, dont l'enseigne maladroitement peinte grinçait au vent.

« Nous allons nous renseigner ici, dit Saint-Pholle en se penchant pour descendre.

— Et savourer une soupe aux pieds de porc, j'imagine, en la rinçant d'un tonnelet de bière ! »

La comtesse se dandina jusqu'à une chaise près d'un feu rugissant, et se chauffa les mains.

« Allez, Saint-Pholle, c'est toi qui invites, rappelle-toi. Aujourd'hui, je suis censée faire une grande sortie. »

Saint-Pholle leur commanda à déjeuner. De grandes tranches de pain avec du fromage et un oignon. « Je ne sais pourquoi, on appelle cela un Laboureur, dit Saint-Pholle en déchirant le pain de ses longues dents jaunes.

— Hum, dit la comtesse en arrachant un morceau. En tous cas, ça en a le goût. »

Elles mastiquèrent en silence, tout en fixant le feu. Saint-Pholle repoussa la première son assiette.

« J'ai demandé à mon cocher de s'enquérir, discrètement, de l'enfant. » Elle avala une goulée de bière d'une chope en terre cuite.

« Comment s'appelle-t-il ?

— J'aimerais bien m'en rappeler. C'était l'un de ces noms étrangers, d'accord. Un nom qui, au théâtre, prêterait idéalement aux calembours, me suis-je dit sur le coup. Abdullah ? Mahatma ?

— Eh bien si tu ne connais pas son nom... »

La comtesse poussa une miette de fromage entre ses lèvres et revint à sa diatribe. « À mon avis, il n'y a que deux personnes qui aient jamais eu une excuse pour vivre à la campagne. Adam et Ève. »

Mais Saint-Pholle ne se laissait pas facilement décourager. « Owzat ? Abenazah ? Saladin ? Qu'était-ce donc ? » Elle fit une grimace de concentration. « Je l'ai sur le bout de la langue...

— Tutéféberné ? suggéra la comtesse.

— Arrête, Ashby, aboya Saint-Pholle. Tu ne comprends pas. C'est l'amour. Il me le faut.

— Il faut, il faut, il faut. Avec toi, c'est toujours il faut, Saint-Pholle, tu as remarqué ?

— Tu peux bien parler. » Elle poursuivit sa litanie de Maures de théâtre. « Oroonoko ? Jaffar ?

— Il faut que je te suive à la campagne, il faut que tu aies un singe, il faut que tu prennes une loge au théâtre. » La comtesse mordit dans l'oignon. « Rappelle-toi la mousse qu'il t'a fallu... »

Saint-Pholle se redressa abruptement, posant sa chope si brutalement que la bière se renversa sur la table. « Tu as mis dans le mille, mon amie. Maintenant nous savons comment retrouver la maison. Voilà le nom du garçon. Je m'en souviens maintenant.

— Son nom, c'est Tafallu ? Comme c'est drôle !

— Non, non. Il s'appelle Moustafa ! Moustafa Roy ! »

La comtesse comprit. « Je vois ce que tu veux dire. Moustafa. Alors s'il s'agit de maître Moustafa Roy, sa maîtresse doit s'appelle Mme Roy. » Elle se leva d'un bond. « Allez, Saint-Pholle. Nous sommes à la mi-mars. Il fera noir avant que nous terminions ce répugnant déjeuner, et nous ne le retrouverons jamais. »

Selon l'apothicaire, l'équation n'était que charabia.

« Un vrai méli-mélo de symboles. Je crois qu'un astrologue vous serait plus utile que moi. »

Il étudia le papier à travers ses lunettes. « Je peux comprendre quelques éléments. Ici... » Il posa le doigt sur le premier symbole et parcourut l'équation. « Crâne, vif-argent, cuivre, jour. Plus loin on a le fer, et à nouveau le cuivre. Et l'or survient dans la dernière parenthèse. Après cela, il y a une croix, qui symbolise un poison mortel. » Il déposa le papier et retira ses lunettes. « Je ne peux pas vous en apprendre plus. Les symboles me semblent plutôt astrologiques. Ceci ressemble à un thème de naissance. Essayez un philomathe.

— Un quoi ?

— Un philomathe, dit l'apothicaire. En langage courant, quelqu'un qui s'intéresse aux arts astrologiques. »

« C'est ici que nous laissons le carrosse. » Saint-Pholle glissa les pieds dans ses patins en métal et ouvrit grande la portière.

« J'ose espérer que tu plaisantes. » La comtesse baissa les yeux vers ses chaussures en satin rose et fit la grimace. Par-delà la portière du carrosse, des champs détrempés s'étendaient jusqu'à l'horizon. Ou plutôt, jusqu'à la grande haie qui cachait l'horizon à leurs yeux. Derrière la haie, on distinguait le toit d'une petite maison.

« Ce n'est pas si loin, mon chou. Regarde... » Saint-Pholle était déjà sortie, pressée de partir.

« ... C'est juste derrière ce gros buisson.

— Mais si, c'est loin, Saint-Pholle, dit la comtesse en indiquant ses chaussures, lorsqu'on porte ses plus jolis souliers de satin. »

Saint-Pholle soupira, retira ses patins et les passa à la comtesse.

« Alors d'accord. » La comtesse s'empara des patins. « Si le cocher peut me donner le bras.

— Non, non, ne sois pas idiote, Ashby. » Saint-Pholle tâtait le sol du bout du pied pour voir quels dégâts risquaient ses souliers. « Il doit réparer une roue cassée. »

La comtesse émit un petit sanglot d'horreur et se retourna pour regarder le carrosse. Dire qu'elle avait frôlé la catastrophe... « Mais il est en parfait état, ce carrosse !

— Comment peut-elle refuser de nous aider ? » Saint-Pholle lui décocha un clin d'œil. « Deux dames en détresse. »

La comtesse s'avança en chancelant sur le chemin de gravier. Les patins de Saint-Pholle étaient anormalement élevés. « J'ai l'impression de marcher sur un fil de fer à la foire de Bartholomew », couina-t-elle, s'agrippant au bras de son amie tandis qu'elles titubaient vers la clairière verte et bosselée qui menait à la petite maison.

La comtesse releva la tête et s'immobilisa, chancelant périlleusement, en pointant du doigt vers un échalier en bois. « Devrons-nous surmonter cela ? »

Saint-Pholle acquiesça et grimpa, se retournant pour aider son amie. Puis elles prirent à travers champs, trébuchant sur des touffes d'herbes hautes, ratant de peu des bouses de vaches à demi séchées. Elles avancèrent jusqu'à une clôture rustique et dans le jardin fermé, elles aperçurent la femme élégante du théâtre. Elle portait une robe flottante blanche et argent, doublée de satin rose, un chapeau de paille hollandais était nonchalamment perché sur ses cheveux dénoués, et des rubans roses pendaient de ses manches.

« Le type parfait de la Riche Rustique, railla la comtesse. C'est le comble de la mode. »

La femme portait un panier en osier et arrachait distraitement des mauvaises herbes de son gazon de camomille. Elle se retourna et voyant ces deux femmes débraillées s'avancer vers elle, se dirigea rapidement vers la porte de la maison.

« Madame, je vous en prie, aidez-nous, lança la comtesse du ton le plus pitoyable qu'elle put. Notre carrosse est en panne... Voyez... » La comtesse se retourna et désigna le carrosse de Saint-Pholle, maintenant périlleusement incliné de l'autre côté de la haie.

« Laissez-moi nous présenter, madame. Je suis la duchesse de Saint-Pholle, et voici mon amie Anastasia, lady Ashby de la Zouche, comtesse de Clapham.

— Et baronne Penge...

— Oui, oui, oui, coupa Saint-Pholle, lançant un sourire doucereux à Mme Roy. Peut-être pourrions-nous entrer et nous asseoir au coin du feu...

— ... et boire une tasse de chocolat pendant que... ? » La comtesse lui décochant un sourire coquet et indiqua à nouveau le carrosse.

Mme Roy, jupes froufroutantes, vint ouvrir le cadenas qui fermait la clôture. À mi-voix, Saint-Pholle lança le plan d'action :

« Tu la distrais par tes bavardages tandis que je séduis l'enfant. »

Avec un déclic, la clôture s'ouvrit.

« Je suis désolée de vous décevoir, mesdames, dit Mme Roy. Mais pour l'instant, je vais pêcher. Si toutefois vous daignez vous joindre à moi, je serai ravie de vous inviter à partager un petit souper. Mais avant que je n'aille à la pêche, il n'y aura rien à manger. »

La comtesse ouvrit la bouche, mais avant

qu'elle ait pu émettre un son, Saint-Pholle lui décocha un fort coup de pied dans la cheville. « Nous en serions ravies. Comme j'adore la pêche ! »

Les deux femmes passèrent la barrière. Saint-Pholle manqua tomber à la renverse, tant elle se tordait le cou dans tous les sens pour tenter d'apercevoir le petit garçon noir.

« Quelle propriété ravissante vous avez là. » La comtesse contempla le joli petit cottage en briques rouges, couvert de lierre et de buissons de roses, tout en regrettant de n'être pas de retour dans son antre sordide de German Street, dans le monde civilisé.

« Préférez-vous une canne ou une épuisette ?

— Peu importe, dit la comtesse, mystifiée quant au sens exact de la question.

— Et M. Roy, aime-t-il aussi la pêche ? »

Mme Roy marqua une pause avant de répliquer. « M. Roy travaille à Londres. Il n'a pas beaucoup l'occasion de venir jusqu'ici.

— Je comprends », dit la comtesse d'une voix pleine de compassion, plutôt pour l'homme que pour sa femme.

Mme Roy retroussa ses jupes et traversa la pelouse à grands pas. « Mes domestiques nous assisteront jusqu'à la rivière.

— Une rivière ! s'écria la comtesse, redoutant une nouvelle équipée à travers champs. Comme c'est étrange ! Qui se serait figuré qu'il puisse y avoir une rivière à la campagne. On est si habitués à la vieille mère Tamise, qu'on n'imagine pas qu'hors de la ville...

— Ne vous inquiétez pas, dit Mme Roy, elle est au fond du jardin. »

Moustafa, revêtu ce jour-là des tweeds d'un hobereau de campagne, transportait la boîte de mouches et de hameçons, et une grosse fille avec des tresses jaunes portait toutes les cannes, les paniers et le matériel de pêche. Heureusement, il y avait un banc au bord de l'eau.

Les trois dames s'y assirent, pendant que les deux domestiques, Moustafa et la fille aux cheveux de lin, disposaient tout l'équipement nécessaire à un après-midi de pêche à la ligne.

« Nous prenons d'excellentes truites ici. Je crois que je ne pourrais vous offrir une diversion plus adaptée à votre tempérament. Pouvez-vous rien imaginer de si plaisant ? » La femme attacha une mouche au bout de sa ligne et la lança fermement. « Voici vos cannes. Lancez, et parions sur celle qui prendra le premier poisson. »

Saint-Pholle et la comtesse se regardèrent en battant des paupières affolées.

« Cette journée est si belle, bredouilla la comtesse, que je me demande si je rêve éveillée, ou si je suis ensorcelée, tant je suis heureuse. »

Saint-Pholle faisait les yeux doux au petit garçon qui, fidèle à sa nature, lui retourna son clin d'œil.

La comtesse s'empressa de poursuivre sa conversation de diversion. « Nous voici avec nos lignes et nos appâts, à tenter de mystifier les pauvres poissons inoffensifs de... » Elle pencha la tête. « Comment nomme-t-on cette rivière ?

— Le ruisseau de Stamford, comtesse.

— Bien sûr, soupira la comtesse, en tentant de démêler un nœud dans sa ligne, qui s'était pris aux broderies de sa robe. Ce cher vieux ruisseau de Stamford. » Elle libéra le nœud d'une secousse. Le hameçon s'envola et s'accrocha à sa perruque. Elle se tint le plus immobile qu'elle put, consciente que la moindre secousse pouvait entraîner un désastre. « Alors parlez-moi de M. Roy.

— Madame ! » La voix de Mme Roy était devenue tranchante. « M'est avis que vous êtes très curieuse, et que vous m'empêchez d'attraper les poissons. Si nous ne réussissons pas notre entreprise, nous mourrons de faim et il n'y aura rien à souper. »

La comtesse glissa un regard furtif vers Saint-Pholle, pour qu'elle vienne à son secours, mais cette satanée Française lui tournait le dos, occupée à farfouiller dans un grand panier avec Moustafa. Elle n'éprouvait aucun intérêt pour ce spécimen prétentieux de féminité, et se dit que c'était une immense faveur que Saint-Pholle lui devrait là. Mais comment poursuivre la conversation sans sembler trop indiscrète ?

« Quelle robe ravissante vous portez ! De style italien, si je ne m'abuse. J'ai toujours rêvé moi aussi d'un modèle italien, mais mon époux, enfin, vous savez comment sont les hommes... »

Elle sentit Mme Roy se raidir. Seigneur, elle avait encore parlé de maris ! Elle palpa la large jupe de Mme Roy. « Quelle étoffe merveilleuse. Un moiré de satin, n'est-ce pas ? » Elle savait parfaitement que ce n'en était pas, mais au moins, cela détournait du sujet du mari absent de cette malheureuse femme.

« C'est un damassé blanc, doublé de taffetas rose. La traîne mesure la moitié d'une aune, le corsage est en moiré argent, avec une cravate en mousseline à pompons en soie. Les rubans sont en soie de Spitalfields. Il y en a environ pour cinq yards. »

Quelque chose troublait la surface de l'eau.

« Ma parole ! Regardez ! » La comtesse se pencha en avant pour mieux voir et l'hameçon fiché dans sa perruque la tira immédiatement de guingois. Elle la redressa habilement.

« Serait-ce un poisson au bout de votre ligne ?

— Un petit, on dirait. » Mme Roy s'agenouilla pour scruter l'eau sombre. « Les truites fraient à ce temps-ci de l'année. Soit elles sont gigantesques, soit on attrape une épuisette remplie de menu fretin. »

La comtesse saisit l'occasion pour donner un coup de coude à Saint-Pholle, qui comprit aussitôt sa détresse et tenta de démêler la ligne de la comtesse de ses faux cheveux. « As-tu réussi à convaincre le garçon ? » souffla-t-elle lorsqu'elle fut assez proche de l'oreille de Saint-Pholle.

Celle-ci hocha la tête.

« J'avais une ravissante robe couleur de pêche, poursuivit Mme Roy, se rasseyant après avoir lancé à nouveau sa ligne. Elle était magnifique, en damassé rose de Chine doublé de taffetas jaune, avec une échelle de rubans bourgogne, des rubans sur les manches et derrière, un gros nœud de rubans pour souligner la taille. »

Saint-Pholle étouffa un bâillement.

« J'avais aussi une cravate en dentelle de Malines pour cacher ma gorge, qui était assortie. »

La comtesse la détailla discrètement. À son avis, il n'y avait pas grand gorge à cacher.

« Lorsque nous rentrerons, je vous montrerai mes nouvelles boucles d'oreilles, qui sont ravissantes. Des brillants indiens avec quelques rubis.

— Ah, tant mieux, dit la comtesse, songeant plus au fait de se mettre au chaud, qu'à la perspective d'admirer les boucles d'oreilles. Je meurs d'impatience.

— Et alors, qu'est-il arrivé à la robe couleur de rose ? » Saint-Pholle avait remballé sa ligne et s'était levée, prête à déguerpir.

Mme Roy se retourna vivement. « Eh bien... quelqu'un a renversé quelque chose dessus. Elle est gâchée. » Elle eut un grand sourire. « Mais peu importe. Mon mari m'en a promis une autre pour la remplacer. Encore plus belle que la dernière. Je crois que cette fois, elle sera eau de Nil, avec des rubans vert olive et une bordure sépia...

— Oui, oui, oui, dit la comtesse avec empressement. Mais regardez ! Je crois vraiment qu'il semble y avoir un très gros poisson au bout de votre, euh, ficelle. »

Le cabinet de l'astrologue était de loin l'endroit le plus étrange qu'Alpiew ait jamais vu. Des chauves-souris séchées pendaient du plafond, et des étoiles argentées ornaient les murs. Dans un coin se dressait un squelette humain, et au centre de la table, un meuble laqué de noir et incrusté de symboles et de chiffres en nacre (dont l'un fut immédiatement reconnu par Alpiew, qui l'avait vu sur la page déchirée du carnet de bord de Beau), était posé un hibou empaillé. Un vieillard était assis derrière la table, hideux, boursouflé, violacé et d'aspect venimeux, comme un monstrueux crapaud.

Dès qu'Alpiew entra, il étala un gros paquet de cartes. « Coupez ! » ordonna-t-il.

Alpiew hésita sur le seuil. « Je suis désolée de vous déranger, monsieur. Mais je ne viens pas pour me faire prédire l'avenir...

— Vous voulez que je dresse votre thème astral ? »

Alpiew secoua la tête et fouilla sa poche pour en tirer le papier. « Voici. C'est un rébus qu'on a remis à ma maîtresse. Et nous sommes perplexes quant à son interprétation. »

Elle tendit la feuille, priant pour qu'il n'exige pas des honoraires énormes pour ses efforts.

L'astrologue poussa un formidable soupir, comme s'il était sur le point de se dégonfler totalement.

« Ah, voici une référence à la quatrième grande éclipse de cet an de grâce, 1699. »

Alpiew s'avança d'un pas. « Vous pouvez le déchiffrer ? »

Sans lever les yeux de la feuille l'astrologue lui fit signe de s'asseoir. « Nous sommes en l'an de grâce 1699 ; 5 648 ans depuis la création du monde, 4 047 ans depuis le déluge général de l'époque de Noé, 321 ans depuis l'invention du fusil, 33 ans depuis que Londres fut presque consumée par le feu... »

Trois ans depuis que le rat a mangé le chat, se dit Alpiew, pressée de le voir en venir au fait.

« ... 1699, année au cours de laquelle ce noble royaume fut béni par non moins de quatre éclipses des luminaires. La première, de la lune, vient d'avoir lieu, et près de dix doigts de ce corps lumineux furent obscurcis. Elle se produisit cinq ans jour pour jour après l'enterrement de feu la reine Marie, épouse du présent roi, mais je doute que cela ait une signification. » Il passa la main au-dessus de la tête. « Ce matin je vis la deuxième, une éclipse solaire inférieure, à peine discernable. La troisième, un événement lunaire, nous sera, hélas, invisible, mais à nos antipodes elle paraîtra totale. » Il releva les yeux. « Vous me suivez ? »

Alpiew comprenait, confusément. Elle sourit donc et l'encouragea à poursuivre.

« La quatrième et dernière est une éclipse du soleil, le treizième jour de septembre à environ midi moins onze. Heure de Londres. Je ne puis parler pour le pays de Galles ou la Cornouaille, et ainsi de suite. Vous connaissez la cause des éclipses, je présume ? Je peux vous la résumer brièvement dans un poème allégorique. » L'homme écarquilla étonnamment les yeux et se mit à réciter pour Alpiew :

« *Ainsi, Cynthia...* »

Il abandonna le mode poétique un instant pour expliquer : « Il s'agit de la lune... »

« ... *s'élevant avec une terrible grâce,*
Coiffa son voile, cachant sa vénérée face,
Et de peur que le fier Solus – c'est le soleil – *ne s'interrogeât,*
D'un masque de bal aussitôt elle l'étonna.
Lorsque cet auguste couple songe ainsi à se divertir,
Nous autres, pauvres mortels, nous devons en frémir. »

L'astrologue se frotta les mains. « Vous voyez ! C'est clair comme de l'eau de roche. »

Par une nuit brumeuse, dans la boue, songea Alpiew.

« Ainsi donc, l'éclipse en question est célébrée à l'entrée du signe de la Balance, constellation dominée par la déesse Vénus. Une éclipse importante, que celle-là, et qui nous sera visible, ici, à Londres. Elle est notable également en ce qu'elle se produit en même temps qu'une opposition de Jupiter et de Mars au Lion et au Verseau, ce qui en aggravera beaucoup les effets. »

Alpiew déglutit. Mais de quoi parlait-il ?

« Mars, dieu de la guerre, sera occupé, car il sera également en opposition au Cœur de Lion, le Basilic, *Cor Leonis*.

— Est-ce cela qui est écrit sur la feuille ? demanda Alpiew en indiquant la page tirée du carnet.

— Évidemment pas, s'indigna l'astrologue. Je vous expliquais simplement les éclipses qui se produiront cette année. Ces deux derniers symboles se réfèrent sûrement à l'ultime grande éclipse dont je viens de parler. Vous voyez, le symbole noirci dénote l'éclipse, le dernier caractère de l'équation représente le signe de la Balance céleste. »

Ce processus de déchiffrage serait peut-être long, se dit Alpiew, mais au moins cet homme semblait penser que la note avait un sens. Elle se pencha vers lui pour tenter de comprendre.

« Hélas, hélas, coassa le vieux crapaud. Je crains que les effets redoutables de cette éclipse ne soient fatals à la pauvre Angleterre, car si le seul fait de lui jeter un coup d'œil peut mener un homme au désastre, prions pour que la providence protège le royaume tout entier de son influence malicieuse. »

Alpiew commençait à avoir un peu peur. Cet homme savait peut-être de quoi il parlait. On aurait dit qu'il annonçait l'imminente fin du monde, ou quelque chose dans le genre. Puis, sans cérémonie, reprenant une expression des plus prosaïques, il revint au papier d'Alpiew.

« Le premier caractère que nous voyons représente Nigredo, une sorte d'état plein de mélancolie et de pourriture, nécessitant le changement. Ensuite, vient Mercure, la planète de la communication, à la fois mentale et relevant de la coordination nerveuse, ainsi que de la transmission. Tout près, trop près pour être honnête, vient la belle Vénus, planète de l'amour, de l'unité et du sentiment. » Il retourna le papier vers Alpiew pour qu'elle voie mieux. « Ce quatrième symbole représente une conjonction, ce qui veut dire que deux planètes ne sont qu'à quelques degrés l'une de l'autre. Il s'agit d'un aspect puissant, qui accorde une grande emphase aux planètes en question. Ensuite, nous avons le *Cor Leonis* dont j'ai déjà parlé. Il y a une étoile au cœur du signe du Lion, d'où le Cœur de Lion – vous me suivez toujours ? » Alpiew se mordilla la lèvre en hochant la tête. Elle suivait – plus ou moins. Elle se pencha en avant pour regarder de plus près. « Et cette Vénus à l'envers, pourrait-il s'agir d'antimoine ? » Elle désigna le symbole qu'elle reconnaissait. « Je l'ai déjà vu avant. »

L'astrologue fronça le nez. « Absolument pas. Ceci est la terre, qui, dans ce cas, chevauche le soleil. Un curieux concept. » Il darda un doigt vers l'équation. « Entre les premières parenthèses, nous trouvons Mars et Vénus blottis ensemble et une ligne qui les sépare tous les deux du soleil – un plus petit soleil que le dernier, mais c'est peut-être simplement la plume qui a glissé, ces plumes d'oie ne sont pas toujours aussi précises qu'on le souhaiterait ; dans les deuxièmes parenthèses, on trouve le soleil et ce qui semble être une dague, ou une croix. J'avancerais l'hypothèse qu'il s'agit de la croix latine, *crux ordinaria, crux imissa* ou *crux capitata*. Le mot latin *crux* dérivant bien sûr de *cruciare*, qui signifie torturer. Cette forme de croix est parfois appelée “la marque de Dieu”. Vous suivez ? »

Alpiew fit ce qu'elle espéra être un sourire intelligent. Elle tentait de tout assimiler, et regrettait de ne pas avoir pris des notes. L'astrologue souffla et poursuivit sa lecture, pointant du doigt sur chaque signe tandis qu'il proposait son interprétation. « Ladite croix est suivie d'un signe alchimique que je ne connais pas, puis de l'abréviation typographique traditionnelle, signifiant “égal à”. » Il fit glisser le papier vers Alpiew. « Le reste, je vous l'ai déjà dit. Éclipse en Balance. »

Alpiew reprit le papier et fixa les signes. « Alors, qu'est-ce que tout cela signifie ? »

L'astrologue se renversa sur sa chaise, prit une grande inspiration, pressa le bout de ses doigts les uns contre les autres et leva les sourcils. « À dire vrai, jeune femme... »

Alpiew se pencha vers lui, pleine d'espoir. L'homme expira à nouveau, puis s'inclina vers l'avant et regarda Alpiew droit dans les yeux. « ... je n'en ai pas la moindre idée. »

La table de campagne de Mme Roy était dressée dans une élégante salle à manger dallée de marbre. Les murs étaient ornés de peintures indiennes et les lambris soulignés de carreaux en faïence hollandaise. Dans un coin de la salle, adjacente au beau buffet en chêne, gargouillait une petite fontaine où la servante rinçait les verres.

« C'est vraiment bien installé, pour une maison de campagne, dit la comtesse. Dans un lieu aussi éloigné, je m'attendais à des systèmes hydrauliques excessivement primitifs. Mais cette petite invention est tout à fait du dernier cri.

— Oui, acquiesça Saint-Pholle. On trouve tous les conforts d'un palais dans cette petite maison. »

Mme Roy eut un sourire radieux. « Mon mari est très attentif à mes besoins. »

La servante apporta le poisson fumant, disposé sur un grand plateau d'argent. Moustafa trottinait derrière avec un bol de pommes de terre et de chou.

« Hum, fit Saint-Pholle en reniflant d'un air gourmand tandis que les plats étaient placés sur la table. Quel parfum divin.

— C'est un très joli cottage, dit la comtesse en remplissant son assiette à ras bord. Vous vivez ici depuis longtemps ? »

Mme Roy sourit. « Quatre mois. Je suis une

jeune mariée. » Elle caressa son ventre. « J'espère que l'air de la campagne m'aidera à donner un héritier à M. Roy. »

Saint-Pholle inspectait le dessous de la délicate assiette en porcelaine gris bleuté, décorée de canards et de rochers. « Mais ma parole, c'est de l'authentique porcelaine de Carrack.

— Un cadeau de mon époux, pour célébrer...

— Célébrer ?

— Un heureux événement. » Elle posa la main sur son ventre.

« Ainsi, M. Roy a bien profité de ses week-ends, dit la comtesse en enfournant une bouchée de poisson dans sa bouche. Ceci est succulent. Et vous pouvez prendre les restes pour en faire un délicieux pilaf de poisson pour votre petit déjeuner demain. »

La servante, dont le visage avait viré au gris le plus malsain, mit la main sur la bouche et se précipita hors de la pièce.

Saint-Pholle la suivit des yeux. « Cette fille... Elle est malade, non ? » Elle grimaça. « Peut-être que dans ce pays, la grossesse est contagieuse. »

Mme Roy posa brutalement son couteau et sa fourchette. « Assez ! C'en est assez ! J'en ai assez de vos insinuations. Je vous accueille dans ma maison, et tout ce que je reçois en retour, ce sont vos grossièretés. » Elle se leva de table, faisant largement virevolter sa jupe. « Insultée par deux vieilles décaties, maîtresses rejetées d'un roi mort depuis longtemps et qu'il vaut mieux oublier... Je suis sûre qu'à cette heure, votre cocher a réparé la roue qu'il a sans doute retirée exprès, pour que vous puissiez venir fouiner ici. Allez ! Retournez à vos tanières enfumées et rendez-moi la paix et la tranquillité que je recherche. »

Saint-Pholle en recracha sa bouchée. La

comtesse essayait d'engloutir le plus possible du contenu de son assiette avant qu'elles ne soient chassées. Mme Roy se jeta sur elle avec toute la passion de Mme Barry récitant une tragédie héroïque en vers. « Et ne croyez pas que je ne vous ai pas entendue essayer d'attirer mon petit Moustafa loin de moi, avec vos histoires de rois, de princes, de singes, de perroquets, de chats en laisse et de pièces d'or. Mais vous ne l'aurez pas. Il est à moi. Il m'a été donné, par mon mari. »

Elle jeta sa serviette sur la table si violemment que sa fourchette tomba de son assiette dans un grand fracas. Un verre de vin se renversa sous le choc, et la tache s'étendit lentement sur la nappe en lin.

« Sortez. Toutes les deux. Allez ! Dehors ! »

Saint-Pholle était déjà à la porte, la comtesse sur ses talons.

« Dehors, dehors, dehors ! Espèces de vieilles catins séniles, cria Mme Roy d'une voix rauque et sauvage. Et ne revenez plus. »

Alpiew passa un bon moment, assise dans une taverne, à tenter d'élucider l'équation de Beau grâce aux informations glanées au cours de la matinée.

Dans l'après-midi, à l'heure du spectacle, elle retourna au théâtre pour voir si Molly pouvait lui apprendre quelque chose. Les rues étaient à nouveau grouillantes des amoureux du Signore Fideli. Alpiew se fraya un chemin à travers un groupe de femmes dans le couloir menant aux loges, et parvint jusqu'à la chambre verte.

Molly cousait un morceau de dentelle qui s'était détaché de la cravate qu'il ornait d'ordinaire.

« Alpiew ! s'écria-t-elle en lâchant l'aiguille et le fil. J'ai des nouvelles de ton ruffian. »

Alpiew se percha sur un tabouret.

« S'il s'agit bien du même homme, il était acteur ici. Il faisait les comparses. Il n'est resté que quelques semaines, a récolté deux ou trois petits rôles et beaucoup d'ennemis, puis il est reparti.

— Comment l'as-tu appris ?

— Une autre marchande d'oranges, qui est chez nous depuis des années, l'a remarqué en train d'attendre de passer son billet à la nouvelle fille que tu avais interrogée. Elle l'a reconnu tout de suite, et a essayé de lui parler, de lui demander comment il allait, ce genre de choses. Mais il a continué à marcher, en faisant comme s'il ne la connaissait pas.

— Comment était-il ?

— Ah, tu sais... C'était un acteur. Que puis-je ajouter ? Lorsqu'on travaille à leur service, ils ne vous parlent pas comme à un être humain. Je n'ai pas tellement eu affaire à lui pendant qu'il était ici, sauf pour lui boutonner la braguette, qui, dans son cas, semblait se défaire plus souvent qu'autrement.

— Vraiment ! Pourquoi ?

— Parce qu'il était... » Molly toussota et ravala son sourire. « Remarquablement bien doté par la nature en ce domaine. »

Alpiew haussa les sourcils. « Comme dans tous les autres.

— En effet. Un taureau d'homme.

— Et quelqu'un pourrait-il en savoir plus sur lui ? Une actrice, par exemple ?

— Tente ta chance à la pension de Rose Court. Il y avait une chambre.

— C'est là qu'ils logent tous...

— Vrai. » Molly noua et coupa le fil, et posa la cravate. « Certains d'entre eux y sont certainement en ce moment, en train de se lamenter sur la taille de leur rôle dans ceci, et comment leur rôle dans cela a été donné à un autre, et combien le public d'aujourd'hui est idiot de leur préférer le Signore Fideli... »

Elles écoutèrent quelques instants le chant qui leur parvenait de la scène.

« ... *Rapprochons-nous en chœur que nous puissions donner*
Aux siècles à venir de dignes héritiers. »

« C'est plutôt amusant, tu ne trouves pas ? » Molly ramassa une coiffure de plumes et l'examina pour voir si elle était abîmée. « Les glapissements de cet homme totalement dépourvu d'équipement viril lui font faire fortune, grâce aux multitudes de femmes qui se jettent à son cou, tandis qu'un homme prodigieusement membré a été incapable de tourner ne fût-ce qu'une tête, ou de garder un rôle de trois répliques... »

« Jack Fry ! Une brute épaisse et grossière. De la racaille.

— Curieux, c'est ainsi que le surnommait l'une de mes connaissances – La Racaille. »

Alpiew était assise dans l'une des chambres louées aux acteurs, à Rose Court. La pièce était exiguë, à peine assez grande pour permettre de faire le tour du lit, mais assez douillette. De l'étage supérieur leur parvenaient les glapissements et les braillements d'une querelle entre deux femmes. Alpiew leva les yeux. « On dirait qu'elles vont s'entretuer... »

L'acteur se laissa retomber sur le lit et hurla de rire. « Elles répètent, chérie. Elles récitent des scènes du répertoire. À en juger à leur façon d'arriver sans souffle à la fin de chaque déclamation, je parierais qu'il s'agit de la scène de la dague dans *Les Reines rivales*.

— Ah, répliqua Alpiew, sans comprendre.

— Ce sont presque des amateurs, ces deux-là. Un bon acteur doit être passé maître de toutes les passions : l'amour, la joie, le chagrin, la fureur, la tendresse et la jalousie. Elles, elles ne réussissent que la fureur. » L'acteur renifla. « Mais je dois dire que chez elles, la fureur ressemble plutôt à une crise de nerfs. »

Alpiew tenta de l'entraîner à nouveau sur le sujet de Jack Fry, dit « La Racaille ».

« Ah, lui ! » L'acteur soupira et retira une peluche de son gilet. « Il nous rendait fous. Toujours en train de se plaindre, de croire qu'il était meilleur que tout le monde... »

Alpiew se retint de dire, « comme tous les acteurs, non ? », se contentant d'acquiescer poliment.

« Il se croyait capable de reprendre les rôles de Betterton. Il clamait que l'homme était un vieil imbécile suranné. Sénile, Thomas Betterton ! Le plus grand acteur de notre époque ! Pouvez-vous l'imaginer ! Il disait qu'aujourd'hui, le public voulait des hommes, des vrais. »

Alpiew éclata de rire. « Pas si l'on en juge d'après le succès du Signore Fideli.

— Ce sot petit Italien. » L'acteur grimaça de dégoût et se tapota la braguette. « Je ferais beaucoup pour mon art, mais je ne serais pas prêt à aller aussi loin. Ce n'est pas nécessaire. Dans mon jeune temps, il y avait une pièce...

— Mais vous n'avez rien en commun avec Jack Fry », coupa Alpiew, au cas où l'acteur s'apprêtât à se lancer dans une autre anecdote théâtrale assommante. À ce rythme, elle aurait bien de la chance de glaner trois informations avant minuit.

« Ah oui. Jack Fry ! Un histrion de seconde zone. Enfin, cet affreux bonhomme a quitté la compagnie après une dispute avec le triumvirat – si l'on peut décrire ainsi deux femmes et un homme – au sujet des gratifications.

— Pourquoi pas ? » répliqua Alpiew, à qui il était bien égal qu'il l'appelât comme il voudrait, s'il poursuivait son anecdote sur La Racaille.

L'acteur se redressa tout d'un coup. « Le genre du mot triumvirat est tout à fait inapproprié. Il présuppose trois hommes, alors que notre compagnie est dirigée par la tragédienne Elizabeth Barry (une femme), la vierge professionnelle, Anne Bracegirdle (une autre femme) et le plus grand acteur de notre époque, Thomas Betterton. Deux femmes et un homme. Entre eux, ils dirigent l'exploitation et contrôlent la compagnie. Ils choisissent les pièces, le répertoire, les acteurs et ils accaparent tous les meilleurs costumes. Je crains que lorsque mon tour arrivera d'être promu...

— Et pourquoi n'aimaient-ils pas Jack Fry ? » Alpiew saisit l'occasion de rappeler au comédien pourquoi elle était là.

« Jack Fry ! Quel bouffon ! Il voulait plus d'argent, des rôles plus importants, et être emmené en tournée en province. Tout, quoi. Il n'arrêtait pas de clamer qu'il devrait être fait membre de la compagnie, et non simple comparse. »

L'acteur était tellement agité qu'il se mit à s'éventer avec une feuille de papier prise sur sa table de nuit. « J'ai eu une altercation effrayante avec lui. Je jouais le rôle, petit mais déterminant, d'Osman dans *Les Caprices royaux*. Une pièce épouvantable ! Écrite par une petite bonne femme... »

Alpiew toussa, espérant que cela suffirait à le remettre sur le droit chemin.

« Ah oui. Eh bien, Jack Fry avait pris le rôle d'Acmat, l'eunuque. Laissez-moi vous dire qu'Acmat est un rôle *merveilleux*, merveilleux. *Moi*, j'y aurais été génial. Mais ce gredin de Jack Fry n'arrêtait pas de me provoquer, en me disant que nous devrions échanger nos rôles, "pour plus de vraisemblance" ! » L'acteur haussa les sourcils d'horreur et se pencha vers Alpiew pour dire, sur le ton de la confidence : « Vous saisissez l'insinuation, ma chère ? » Il fit la moue. « Il essayait de me dire qu'il était plus homme que moi ! Enfin ! Il m'a tellement enragé que je l'ai pratiquement décervelé avec ma trompette ornementale.

— Et ces tournées dont Jack Fry ne faisait pas partie, de quoi s'agit-il exactement ?

— La compagnie suit la cour là où elle va pendant l'été, ou bien se produit dans des festivals – Oxford, Windsor, Hampton Court – pour la famille royale et les courtisans. J'ai joué devant...

— Et pourquoi Jack Fry y attachait-il tant d'importance ?

— Ah, lui ! Il se croyait aussi séduisant dans la vie que sur scène. Il s'imaginait que son physique pouvait attirer une femme riche ou noble, qui pourvoirait à ses besoins pour le reste de ses jours. Lorsque les trois patrons lui ont dit qu'il ne convenait pas, il a renversé une table, démoli une chaise et leur a dit qu'ils pouvaient se fourrer leur théâtre dans l'écoutille. »

À travers tout ce babillage théâtral, Alpiew commençait à se faire une idée assez précise de l'homme que Beau avait surnommé La Racaille. « Et cet accès de colère ? J'imagine que Fry l'a regretté ensuite ?

— Aucunement. » L'acteur caressa une boucle

qui s'était échappée de sa perruque et lui pendait sur la joue. « En fait, il a souri de son sourire vicieux, emballé ses affaires et nous a tous dit d'aller "jouer avec nos parties", parce qu'il avait reçu une autre offre.

— Qui était ?

— Au début, nous avons tous cru qu'il avait rejoint ces Philistins de la compagnie de Drury Lane (un ensemble de troisième ordre s'il en est, rien que des saltimbanques, des chiens qui dansent et de grosses femmes marchant sur des fils de fer), mais finalement pas. » L'acteur se pencha en avant et baissa la voix. « L'une des filles qui l'habillait et qui, m'a-t-on dit, avait eu une sorte d'intrigue avec cet homme répugnant, est tombée sur lui par hasard un soir sur la piazza, et il était très satisfait de son sort. Il disait qu'il gagnait une fortune en protégeant une dame.

— Vraiment ? » Maintenant nous avançons, songea Alpiew. « Qui était cette dame, l'a-t-il nommée ?

— Une dame élégante vivant à la campagne, a-t-il dit. » L'acteur prit un air encore plus méprisant que de coutume. « Mais je ne croirais pas un mot prononcé par cet homme.

— Et la femme ? » Alpiew cherchait par tous les moyens à rester sur le sujet. « Que faisait-elle de lui ?

— Un majordome, un maître d'hôtel ? » L'acteur haussa les épaules. « Qui sait ? On aurait cru qu'il était son greluchon, à la façon dont il se vantait.

— Et il n'est pas possible qu'il l'ait été ?

— Comment le saurais-je, chérie ? Il n'allait pas parler de sa vie amoureuse avec son ancienne maîtresse, n'est-ce pas ?

— Et cette dame qui payait Jack Fry, a-t-il dit à la fille où elle habitait ?

— Un nom adéquat pour endroit où loge un aspirant acteur... » Le comédien se lécha l'index et caressa son sourcil.

« Oui ? » Alpiew dut se maîtriser pour ne pas se lever et secouer l'homme jusqu'à ce qu'il crache le morceau. « Et où est-ce ?

— Acton ! Acton ! » L'acteur sourit d'une oreille à l'autre. « Vous saisissez ? Acton. Il pouvait encore dire qu'il jouait un rôle dans l'Action. »

Alpiew joua elle-même un peu la comédie en éclatant de rire. « Et était-il bon acteur ?

— *Lui* en était convaincu. Il était bien le seul. Bien qu'il ait eu un certain je ne sais quoi.

— Pardon ?

— Il avait une présence sur scène qui était assez effrayante, admit l'acteur à regret. Il aurait été admirable dans ces exhibitions vulgaires et frustes de M. Shakespeare (un rustaud verbeux du siècle dernier), mais n'était d'aucun recours dans les pièces élégantes et raffinées où nous excellons dans ce pays. Oui. Je peux le voir en soldat combatif dans *Henry V*, en monstre comme Caliban, ou même en seigneur rustique comme Hotspur dans *Henry IV*[1]. Mais Jack Fry ne pouvait jouer les petits maîtres distingués ou les amoureux de nos plus célèbres auteurs actuels. Eh non. »

Les deux restèrent assis un moment en silence. Une horloge marqua la demie heure. L'acteur se leva d'un bond et saisit sa cape accrochée à la colonne du lit. « Quelle heure est-il ? Je suis en retard. » Il jeta la cape sur ses épaules dans un

---

1. Caliban, la brute sauvage de *La Tempête* de Shakespeare (1611) ; sir Hotspur, le vaillant guerrier de *Henry IV* de Shakespeare (1598). (*N.d.E.*)

grand geste. « Là où je verrais le mieux Jack Fry, c'est dans cette pièce ignoble, *L'Histoire du roi Richard III*. »

Alpiew se leva et se glissa le long du lit. Saint-Pholle allait s'impatienter. Elle allait devoir courir jusqu'à la maison. « Dans le rôle du roi ?

— Non, non. » L'acteur tint la porte ouverte pour Alpiew. « Dans celui du meurtrier des princes de la Tour[1]. »

---

1. Dans *Richard III* (1592), ce dernier fait assassiner son neveu par son complice, le duc de Birmingham. (*N.d.E.*)

10

Division

La séparation d'une substance en ses différents éléments.

La comtesse et la duchesse observèrent un silence agité jusqu'à ce qu'elles soient parvenues à Hyde Park Corner.

« Et il va bien, ton mari ?

— Peter, pourquoi ne l'appelles-tu pas Peter ? C'est son nom », fit la comtesse d'un ton cassant.

Retour du silence. Alors que le carrosse prenait German Street, Saint-Pholle tenta à nouveau de faire la paix.

« C'était une idée stupide d'essayer d'avoir ce garçon. Tu avais raison. » Elle se tourna vers son amie. « Ashby, ma chérie, je suis désolée. Pourquoi ne pas emmener Peter chez moi pour dîner ce soir ? Nous serions quatre pour jouer aux cartes. »

La comtesse fit une petite moue. « Et comment comptes-tu t'y prendre, Olympe ? As-tu oublié qu'Aziz t'a quittée ? Comme *tous* tes domestiques, d'ailleurs. »

Saint-Pholle se pencha vers la comtesse et lui pinça le coude. « Mais maintenant, j'ai Alpiew.

— Alpiew ! » La mâchoire de la comtesse se décrocha, et ses yeux lui sortirent des orbites. « Oui, oui. Je comprends, maintenant. » La comtesse gonfla les joues comme un poisson et ses lèvres mincirent jusqu'à n'être pas plus larges qu'une ficelle. « Une femme capable de me traîner dans la boue et la fange pour voler un petit Maure à une pauvre épouse solitaire à la campagne, ne se gênerait pas pour me voler ma chère belle Alpiew. » Elle était au bord des larmes, maintenant. « Alpiew, cette précieuse créature, qui m'est aussi chère que si elle était ma propre enfant. »

Le carrosse s'arrêta avec une secousse. La comtesse tira sur la portière pour l'ouvrir et sortit. Oubliant qu'elle portait toujours les hauts patins de Saint-Pholle, elle s'étala sur le ventre. Saint-Pholle s'élança pour l'aider à se relever, mais dès qu'elle fut debout la comtesse se retourna et appliqua une gifle vigoureuse sur la joue poudrée de Saint-Pholle. « Tu n'es pas une amie ! cracha-t-elle. Il est heureux pour moi que quelqu'un qui m'aime vraiment ait réussi à me retrouver, après toutes ces années terribles de séparation. »

À ce moment précis, sir Peter et Godfrey surgirent dans la rue.

« Peter, mon chéri. » La comtesse adopta la posture traditionnelle des tragédiennes implorantes. « Je vous en prie, mon bien-aimé, sauvez-moi de cette lesbienne voleuse !

— Ah, mais c'est cette vieille morue de Saint-Pholle ! Comment diable allez-vous ? » Sir Peter lui sourit tout en embrassant sa femme sur la joue. « Pourquoi ne vous joignez-vous pas à nous ? Godfrey a allumé un bon feu dans le salon, et nous pourrions jouer une partie ou deux de bassette. »

Saint-Pholle s'excusa, alléguant qu'elle avait à faire, qu'il fallait nourrir les oiseaux.

« Désolé, ma vieille. Aucune excuse n'est admise. Il y a trop longtemps que je ne vous ai vue. »

Saint-Pholle jeta un regard à la comtesse, qui palpitait pudiquement auprès de son mari. Préoccupée par la santé mentale de son amie, elle accepta.

« Mais d'abord, je dois aller chercher Alpiew. Elle habite temporairement chez moi... » Saint-Pholle prit une profonde inspiration. « ... de façon à donner un peu d'intimité aux deux tourtereaux. »

Saint-Pholle arriva chez la comtesse une demi-heure plus tard avec Alpiew à sa suite. Tous les cinq s'assirent autour d'une table pliante. Godfrey ouvrit quatre nouveaux jeux de cartes et les distribua. La comtesse jouait mais, toujours furieuse contre Alpiew et Saint-Pholle, elle abattait ses cartes dans un silence boudeur.

Sir Peter réorganisa son jeu avec un sourire énigmatique. « Godfrey et moi, nous avons fait du bon travail aujourd'hui, n'est-ce pas, Godfrey ? »

Godfrey grogna son assentiment.

« Nous avons mis en place une bonne petite affaire bien rentable. Au palais. Sept, je mise. »

Sir Peter glissa deux pièces d'or sur la table. Godfrey posa ses cartes. Alpiew et Saint-Pholle échangèrent un regard.

« Dommage que j'aie oublié mon masque. Je porte toujours un masque lorsque je joue pour de l'argent. » Saint-Pholle parlait les yeux baissés, obstinément fixés sur son jeu. « Quel palais ? St. James ou Kensington ?

— Aujourd'hui, St. James. » Peter sourit. « Avec succès. Aujourd'hui, St. James et demain, le monde !

— Je fais paroli. » Saint-Pholle posa à son tour deux pièces d'or. « Et je mise autant. Votre carte perd, sir Peter, pour deux guinées. Alors dites-moi, quelle est cette affaire à la cour ?

— Nous allons faire fortune grâce aux trous du cul royaux. » Sir Peter se tapota le nez. « Une grande quantité de toile m'est tombée entre les mains.

— De la toile ? dit Alpiew en jetant un regard subreptice au jeu de sir Peter.

— C'est juste, Alpiew. Je l'ai vendue au palais. Je mise. » Il retourna une carte. « Quatre fois ce que je l'avais payée. »

Godfrey distribua à nouveau des cartes. « Le cinq gagne, le valet perd. »

Saint-Pholle ramassa ses gains. « Et quelle est cette toile fabuleuse ? Des aunes de brocart broché d'argent des Indes ?

— Deux vieilles voiles crasseuses qui ont été, je ne sais comment, fit-il en adressant un clin d'œil à Godfrey, déchirées et gâchées.

— Et c'est cela que vous avez vendu au palais ? Je savais que les Hollandais avaient des goûts bizarres en matière de tissus d'ameublement, mais... »

Alpiew glissa une carte dans sa manche. Elle pourrait lui servir plus tard.

« Des torche-culs, répondit sir Peter avec le sourire. Des torche-culs pour leurs étrons. Qui se formaliserait d'utiliser un vieux morceau de voile sale pour s'essuyer le fondement ? Je vous relance d'un paroli.

— Je mise encore deux guinées. » Saint-Pholle abattit un cinq de carreau. « Je croyais qu'il existait des fournisseurs officiels pour ce genre d'article. C'est l'affaire de la Maison royale, non ?

— Oui, c'est exact. Mais le département du lord intendant connaît certaines difficultés en ce moment. Les ordres inférieurs sont très mécontents. Et rappelez-vous, Saint-Pholle, ce que je dis toujours : où sont les mécontents, on trouve l'argent comptant.

— Je ne vois pas pourquoi ils seraient mécontents. » Alpiew glissa quelques pence sur la table et abattit sa carte. « Travailler au palais, c'est une bonne place. Une place sûre.

— Perte des bénéfices en nature, dit Godfrey. Ils étaient habitués à être nourris pour rien, et ils pouvaient vendre les bouts de chandelles... et les restes des banquets.

— Mais depuis que le Hollandais s'est emparé des cordons de la bourse, c'est fini. » Sir Peter ordonna rapidement ses cartes et abattit un sept de pique. « Le problème, c'est qu'au moment où on privait le petit personnel de ses gratifications, on oubliait de le payer. Certains ont un an de retard de paie. Alors... Le sept gagne, le cinq perd.

— Je vois, dit Saint-Pholle en regardant son argent glisser sur la table jusqu'à sir Peter, tandis qu'il plaçait un valet au centre de la table. Vous leur vendez des guenilles pas chères, ils les facturent au prix habituel et empochent la différence. » Elle abattit un as.

« Je vous relance d'un sept. » Sir Peter misa cinq guinées. « Car, vous voyez, j'ai la main heureuse, ce soir ! Aujourd'hui nous avons tâté le terrain. Demain, nous serons lancés !

— Vraiment ? » Saint-Pholle misa autant que sir Peter. « Vous vous attaquez à Kensington Palace ?

— Oui, pour voir quels autres articles, tombés de la charrette, nous pourrons leur fourguer. » Il suçota la pointe de sa barbe tandis qu'il délibérait sur ses cartes. « On prétend que la princesse Anne a une maison presque aussi importante que celle du roi lui-même. » Sir Peter se tourna vers sa femme. « Je ne vous ai jamais vue aussi coite, Ashby, ma chère. Êtes-vous souffrante ? »

La comtesse fit la moue. « Si je souffre, c'est de la façon dont me traitent mes amis, geignit-elle. Qui plus est, j'ai passé la journée la plus horrible qu'on puisse se figurer.

— L'as gagne, le valet perd. » Godfrey coupa le paquet et brassa. Sir Peter, Saint-Pholle et la comtesse abattirent. Alpiew était en train de replacer la carte dans sa manche, s'apprêtant à la jouer.

La comtesse, elle, s'apprêtait à se lancer dans une longue et délicieuse complainte.

« Aujourd'hui, ma soi-disant amie française m'a traînée jusqu'à un lieu d'une horreur inconcevable. Un vilain petit coin perdu qu'on appelle Acton.

— Ah, fit sir Peter avec un soupir. Acton ! Ses arbres enchanteurs ! »

La carte d'Alpiew dégringola de sa manche jusqu'au parquet. « Acton ?

— Acton Green, la bien nommée. » Sir Peter réarrangea ses cartes. « Acton et ses bois verdoyants, dont les frondes feuillues abritent toutes les routes qui vont vers l'ouest... »

La comtesse ne comptait pas se laisser détourner de sa colère contre Saint-Pholle. « Elle m'a traînée jusque-là pour voir une misérable femme, et des plus insolentes, qui ne savait parler de rien d'autre que de parures et de pêche à la ligne.

— Avec une grande brute de laquais ? » Alpiew avait posé ses cartes face en l'air sur la table. Saint-Pholle tenta de les mémoriser rapidement.

« De quoi parles-tu, Alpiew ? dit la comtesse, stupéfaite d'avoir obtenu une telle réaction. Il n'y avait pas de laquais. Seulement une servante vomissante et un enfant carbonisé. » Elle aperçut la carte par terre à ses pieds. « Alpiew, ce roi de carreau est-il à toi ou à moi ? »

Complètement décontenancée, Alpiew ramassa la carte et la posa sur la table. « Je mise. Mais, Milady, il faut me parler d'Acton. Est-ce grand ? »

Godfrey retourna le paquet. « Le roi gagne. »

Sans se soucier de son gain, Alpiew pressa la comtesse. « Parlez-moi d'Acton. Qui avez-vous vu là-bas ?

— Ne m'en parle plus, je t'en prie. Ne vois-tu pas que c'est déjà bien assez malheureux d'y être allée, sans avoir à en parler toute la soirée. » La comtesse préleva une carte du jeu d'Alpiew. « De toutes façons, pourquoi t'intéresser à ce coin de campagne rustique ? »

Alpiew savait d'instinct qu'elle ne devait pas parler de l'affaire Beau Wilson devant sir Peter, Godfrey et la duchesse de Saint-Pholle. Elle se rappela qu'elle n'avait même pas averti la comtesse de l'affreux sort de Betty, ni de la découverte de l'ultime message de Beau.

Tandis qu'Alpiew fixait la comtesse, Godfrey répétait inlassablement : « Tu as gagné, Alpiew. Prends ton argent. » Saint-Pholle balaya la monnaie vers Alpiew pour que la partie puisse reprendre.

« Merci, Godfrey. De nouvelles cartes, s'il te plaît.

— Comtesse... » Alpiew se tut, tentant par de subtiles expressions faciales de faire comprendre à la comtesse à quel point l'affaire était sérieuse. « Milady, c'est une affaire de la plus grande urgence. Je dois vous parler seule. »

La comtesse pinça les lèvres et haussa les épaules. « Ne crois pas que je te pardonne de si tôt une trahison aussi fatale.

— Ma maîtresse, vous devez m'aider. Je dois vous parler en privé. » Alpiew lâcha la première phrase choquante qui lui passa par la tête pour attirer son attention. « Je suis grosse ! »

La comtesse examina posément Alpiew, puis jeta un regard en coulisse à son époux avant de se rappeler qu'il n'était rentré que de la veille.

« Je dois vous parler maintenant, Milady, s'écria Alpiew. Loin des oreilles des autres. Vous êtes la seule vers qui je puisse me tourner. Vous êtes presque une mère pour moi... »

Inclinant dignement la tête vers les autres joueurs, la comtesse se leva et prit Alpiew par la main. « Viens, Alpiew, retirons-nous dans la cuisine et laissons cette scène dissolue de gaie frivolité se poursuivre. »

Une fois qu'elles furent assises au coin du feu, Alpiew lâcha le fin mot de l'histoire. « Ah, Milady, pardonnez-moi. Mais je devais vous parler seule à seule, expliqua-t-elle. Voyez-vous, tomber enceinte est pratiquement la seule chose qui ne soit pas arrivée. »

Alpiew raconta précipitamment à la comtesse la mort choquante de Betty, le numéro 33 et la note dans le bocal, les visites chez l'apothicaire et l'astrologue, et comment le colosse de Beau était selon toute probabilité le même acteur qui travaillait maintenant pour une riche dame d'Acton.

« Alors vous voyez, Milady, que nous devons retourner à Acton. Explorer, poser des questions, découvrir si quelqu'un le connaît là-bas.

— Nous pourrions commencer par la taverne. On y sert un excellent déjeuner qu'on appelle le Fermier. » La comtesse avait maintenant l'impression d'être une experte en matière de campagne et de mœurs champêtres, et elle était ravie de partager ses connaissances. « Peut-être même que cette affreuse femme insolente le connaît. Ou même si elle ne le connaît pas, nous pourrions lui concocter une bonne petite vengeance à froid. Viens. »

Elle prit Alpiew par la main et la raccompagna jusqu'au salon.

« Saint-Pholle, ma chère amie, Alpiew peut demeurer avec toi pendant quelques jours pour te dépanner. Et en retour, j'aimerais emprunter ton carrosse et ton cocher demain. »

Saint-Pholle était en train de perdre sa partie. « Oui, oui ! » Elle releva la tête de son jeu. « Maudites soient ces piques ! dit-elle, en jouant un trois. Et pour quand attend-on le bébé ? »

Alpiew se rassit et reprit son jeu, maintenant mystérieusement composé de toutes les cartes les plus basses du paquet. « Quel bébé ?

— Une erreur toute simple », fit la comtesse en venant à son secours. « Je n'ai jamais appris à Alpiew les choses de la vie. Cet après-midi, un vilain bonhomme lui a mis la langue dans l'oreille. La pauvre fille est si sotte qu'elle a cru qu'elle en deviendrait grosse. Mais je lui ai appris comment cela se passe vraiment. Alors, Saint-Pholle, tu es d'accord pour le carrosse ? »

Saint-Pholle aperçut le clin d'œil malicieux d'Alpiew et en déduisit que cela devait être une ruse de la jeune femme pour distraire la comtesse, afin de l'informer sur son mari. « D'accord ! D'accord ! »

La comtesse se tourna vers sir Peter. « Et, très cher époux, nous pouvons vous déposer à Kensington Palace pour vendre votre marchandise. Nous sommes passées devant aujourd'hui. C'est sur la route ! »

La puanteur des vieilles voiles goudronneuses emplissait le carrosse.

« Je ne sais pas si j'aurais envie de me torcher le postérieur avec ça, déclara la comtesse en s'éventant le nez.

— Nous avions pensé vendre des blocs de glace du canal de Fleet au Gardien de la Glace et de la Neige, mais il a été inondé d'offres, et personne n'a envie de manger des sorbets à ce temps-ci de l'année, alors... » Sir Peter décocha un coup de pied au sac de toile. « ... lorsque nous nous serons débarrassés de ces voiles, ma prochaine affaire sera le crottin de cheval. » Il claqua des mains et les leva comme un magicien de foire. « On en trouve partout dans les rues de la ville. Impossible de traverser le Strand sans se faire bel et bien crotter les bottes. Tout ce qu'il faut, c'est que je m'organise pour ramasser le crottin, le transporter jusqu'ici et le vendre aux jardiniers. Regardez, ils sont en train de planter des hectares entiers de jardins ornementaux par ici.

— Alors, sir Peter, dit Alpiew, soulagée qu'ils soient déjà quasiment parvenus au palais, et qui tentait de rester polie en attendant, par quoi commencerez-vous aujourd'hui ?

— La merde ou les torchons à merde ? » Il s'esclaffa de sa propre vulgarité. Il fut le seul. « Avec la princesse Anne, je crois. Elle a l'air d'un bon pigeon. Un peu autoritaire, et pas la plus jolie fille du royaume, mais on me dit qu'elle est mariée à un gros balourd qui peut à peine parler l'anglais du roi. Sans doute se sent-elle seule. Un peu de galanterie me vaudra sans doute un ordre pour ces ordures ! »

Alpiew soupira. Elle avait trop souvent été témoin des combines de sir Peter pour faire fortune, et avait toujours détesté son humour grossier. Heureusement, les briques rouges de Kensington Palace se profilaient à l'horizon.

« Nous y voici, sir Peter. Mieux vaut descendre rapidement, ou vous allez nous mettre en retard.

— Allez, vieux feignant. » Sir Peter décocha à Godfrey, qui ronflait, un grand coup de coude dans les côtes. « Tu dois transporter ce ballot à travers les jardins. »

Les deux hommes extirpèrent leur sac plein de voiles déchirées hors du carrosse et se mirent en devoir de le traîner jusqu'à l'entrée de service du palais. Une fois en route, après un signe de la main et un sourire à travers la fenêtre, la comtesse pressa le cocher d'avancer. Puis elle se tourna vers Alpiew. « Alors, montre-moi le papier que tu as trouvé. »

Alpiew lui présenta la feuille déchirée couverte de symboles. La comtesse la contempla pendant un moment avant de la lui rendre. « Incompréhensible. Mais je me demande si ce monsieur bizarre, qui vit à côté de chez nous...

— M. Newton ?

— Précisément. M. Newton y comprendrait peut-être quelque chose. Après tout, il a bien rédigé un livre auquel on ne comprend rien.

— Quel livre ? » Alpiew était une avide lectrice de romans.

« Un best-seller d'il y a quelques années. Tout le monde en possède un exemplaire, et personne n'a pu dépasser la page quatre. Cela s'appelle *Mathematica Principia* [1].

— Ce n'est pas un titre très accrocheur.

— Néanmoins, tout Londres l'a acheté. Quiconque est capable de réussir un tel coup, devrait pouvoir te dire ce que signifie ce charabia. »

---

1. *Les Principes mathématiques de philosophie naturelle* (1687) considéré comme l'un des chefs-d'œuvre scientifiques universels. Sa parution fut un grand événement, dépassant largement le cercle savant. (*N.d.E.*)

Lorsqu'elles parvinrent à Acton elles allèrent d'abord à la taverne, qui est toujours au cœur de la vie villageoise. Alpiew mena l'enquête la première. Elle s'approcha d'un serveur solitaire, qui était en train de rouler une barrique en bois dans la cour. Il lui dit qu'il ne connaissait aucun homme bien bâti dans le village, « sauf moi-même, évidemment ». Puis, en ricanant, il tapota la croupe d'Alpiew. « C'est ça que tu cherches, ma jolie ? Sûr, je serais aussi doué entre les draps que ce saltimbanque. »

Alpiew se dégagea et alla rejoindre la comtesse dans la chaleur de la taverne.

« Et vous n'avez jamais entrevu M. Roy ? » La comtesse était perchée sur un haut tabouret, appuyée au bar, devant une pinte de bière et une assiette du laboureur.

« Non pas, et si vous voulez mon avis... » La tenancière se pencha vers elles d'un air de conspiratrice. « Nous ne sommes pas censés le voir. C'est certain. Personne ne l'a jamais vu, et ce n'est pas faute d'essayer, croyez-moi. Ce bonhomme arrive toujours dans un carrosse sans armes, aux persiennes baissées. D'ordinaire au milieu de la nuit. »

La comtesse hocha la tête pour qu'elle poursuive. Elle avait l'impression que la femme en savait plus. « Mais... ?

— Mais... » La tenancière se rapprocha encore plus, les rubans en dentelle de son bonnet trempant presque dans la bière de la comtesse. « J'étais sortie un soir, je traversais les champs pour aller voir mon amie qui vit à l'autre bout du village. Il faisait noir. Ni lune, ni rien, alors il ne m'a pas vue, j'espère. Mais je l'ai aperçue, elle, en train d'attendre à la barrière...

— Celle qu'elle ferme au cadenas ?

— Oui, c'est ça. » Elle donna une chiquenaude

à la comtesse. « Pour ça aussi, ils sont bizarres. Qui ferme à clé une clôture de jardin ? » Elle tira ses rubans de la bière et se mit à les tordre pour les égoutter sur le comptoir. « Eh bien, elle était plantée là. Et ce n'était pas une nuit chaude, non plus. C'était en janvier dernier. La rivière était gelée. Enfin, un carrosse arrive et il en sort...

— Un colosse ? s'enquit la comtesse en se pourléchant. Habillé en noir ? La nuque épaisse ? »

La tenancière se recula en secouant la tête. « Pas du tout. Qu'est-ce qui a pu vous donner cette idée ? Rien de la sorte. Un drôle de petit nabot, que ce gars-là. Minuscule. Avec une drôle de démarche. Mais c'était peut-être à cause du froid. Le sol était un peu glissant. » Elle rapprocha ses lèvres de l'oreille de la comtesse. « J'ai failli éclater de rire tellement c'était incongru. Elle, si grande, et lui si petit. Mais c'était comme ça. La princesse et le nabot. »

Elle éclata d'un rire violent. La comtesse s'écarta vivement pour préserver ses tympans.

« Et son visage ? demanda la comtesse, à quoi ressemblait-il ?

— Je n'ai pas pu l'apercevoir. Il portait une grosse perruque, vous voyez. Et un chapeau à plume.

— Et la femme elle-même, Mme Roy ? » Alpiew les avait rejointes. « Que pensez-vous d'elle ? »

— Une étrange créature. » La tenancière semblait ravie qu'on lui ait posé la question. « On l'aperçoit toujours dans le jardin, en train de bêcher et de planter. Elle va jusqu'à la rivière avec une canne à pêche. C'est tout. Elle n'est pas entrée ici une seule fois. Elle ne parle pas aux gens qui tentent de lui adresser la parole.

— On la voit dans le village ? En train de se promener, ou... ? »

La tenancière tapa du plat de la main sur le comptoir. « Elle ne quitte jamais la maison. Elle n'a pas de carrosse à elle, et ne loue jamais le fiacre du village, et ne prend jamais la voiture de poste qui passe par ici. Nous louons des chevaux aussi, mais on ne l'a jamais vue en monter.

— Alors comment se rend-elle au théâtre ?

— Quel théâtre ? persifla la tenancière. Il n'y a pas de théâtre ici. Nous sommes à Acton.

— Mais elle va au théâtre à Londres. » La comtesse prit une gorgée de bière et le regretta. Elle n'avait jamais rien goûté d'aussi infâme. « Nous l'y avons vue. Assise dans une loge.

— Vous l'avez vue ! À Londres ! brailla la tenancière. Mais c'est impossible. Elle s'est installée ici l'automne dernier, et autant que nous le sachions, ici, elle n'a jamais quitté la maison. Même pas pour marcher jusqu'au village acheter une motte de beurre ou une douzaine d'œufs.

— Même pas pour apporter une lettre à la poste ? » Alpiew arracha un bout de pain et le mâcha. « Ou pour aller au salon de thé ?

— Non. » La tenancière ramassa du bout du doigt les miettes de pain sur le comptoir. « Elle envoie ses domestiques faire des courses. Elle n'est jamais venue en personne.

— Le petit garçon maure et la fille aux cheveux blonds ? » La comtesse pourchassa un moment son oignon mariné de la fourchette dans l'assiette en étain. Puis elle renonça à tout semblant de bonnes manières, et l'attrapa entre ses doigts pour le fourrer dans sa bouche.

« Parfois c'est la fille, oui. Le garçon est trop jeune. » La tenancière cassa un morceau du fromage de la comtesse et le mangea. « Mais parfois, elle envoie son homme à tout faire.

— Un factotum ? » Alpiew se redressa. C'était sûrement ça ! Elles avaient retrouvé La Racaille ! « Un grand gaillard bien bâti, costaud, avec un nez cassé ?

— Ah non. Bien au contraire. » La tenancière secoua la tête. « Grand, mince, frêle. Des cheveux auburn, coupés courts. Jamais de perruque. On le voit aller et venir, portant des colis, galopant sur son cheval, portant parfois en croupe la fille et l'enfant.

— Et vous ne connaissez aucune autre grande dame qui aurait un domestique correspondant à ce signalement – bien bâti, costaud ? » Alpiew n'arrivait pas à croire que la piste menant à La Racaille pût ainsi s'évanouir en fumée, mais la tenancière secoua la tête.

« Et comment est-il, l'homme à tout faire des Roy ?

— Il ne dit jamais rien d'autre que : “un pain de sucre s'il vous plaît” ou “un quart de houblon”. C'est un garçon des plus taciturnes. Très distant. Affichant constamment une expression assez narquoise. » La tenancière essuya le comptoir. « Alors, en quoi cela vous intéresse-t-il, mesdames ?

— Mme Roy m'a insultée hier. Après que nous eûmes déjeuné chez vous, mon amie et moi, notre carrosse s'est cassé une roue, et elle a profité de notre infortune pour nous traiter de tous les noms. » La comtesse eut un sourire énigmatique. « Je veux donc découvrir ses points faibles.

— Dans ce cas, je vous souhaite bien de la chance. » La tenancière éclata de rire et desservit les assiettes du comptoir. « Nous n'avons que faire de citadins arrogants comme eux dans notre joli village.

— Exactement », fit la comtesse en se dirigeant vers la porte.

La tenancière leva la chope de la comtesse, encore pleine à ras bord. « Vous ne finissez pas votre bière ? »

La comtesse frémit. Si elle en avalait ne fût-ce qu'une seule gorgée, elle rendrait son repas.

« Buvez-la, ma chère. De ma part. Pour toute votre aide. »

En quittant la taverne du Coq, la comtesse ordonna au cocher d'aller directement chez Moustafa et sa maîtresse, Mme Roy.

« Mais Milady, protesta Alpiew, nous recherchons La Racaille. Nous devrions poser des questions dans les boutiques, au salon de thé.

— Oui, oui, fit la comtesse d'un ton cassant. Et nous le ferons. Mais d'abord, j'ai une dette à rembourser. Ensuite, je serai contente. »

Alpiew retint sa langue. Tout en regrettant amèrement la perte de temps, car Mme Wilson était sûrement folle d'inquiétude de ne pas recevoir de nouvelles de leur enquête.

« Ce sera amusant, dit la comtesse en nouant des patins à ses pieds et s'aventurant dans la clairière devant la maison. Elle ne s'attend pas à me revoir de si tôt ! »

Alpiew tint le coude de la comtesse et les deux femmes escaladèrent le muret pour patauger dans la boue et les bouses de vaches jusqu'à la barrière cadenassée.

Rien ne bougeait dans le petit jardin.

« Eh bien, il fait froid, dit la comtesse, escaladant agilement la barrière. Pourquoi serait-elle au jardin ? Viens, Alpiew, allons la surprendre. Peut-être pourrons-nous apercevoir le mystérieux M. Roy. »

Alpiew sauta dans la pelouse de camomille et

jeta un coup d'œil autour d'elle. Tout semblait des plus banal. Un gazon, des parterres de fleurs, un sentier menant à la rivière, un joli cottage avec du lierre sur la façade. Une retraite campagnarde typique. La comtesse frappa à la porte. Aucune réponse. Après quelques instants, Alpiew la rejoignit. Elle tenta de tourner la poignée, mais la porte était verrouillée. « Ils sont peut-être sortis ? Allés en ville ?

— Sans doute au théâtre, pour voir M. Ballon, le danseur. »

Alpiew longea la façade et tenta de regarder à travers les carreaux plombés. « Madame ? appela-t-elle, faisant signe à la comtesse de venir. Les volets sont fermés.

— Ma parole ! » La comtesse la rejoignit en trottinant et plaqua son visage contre la vitre. « Que c'est étrange ! »

Alpiew se recula pour examiner toute la façade. Les fenêtres à l'étage semblaient tout aussi obscures. « Je vais faire le tour de la maison, Madame. »

La comtesse s'assit sur un banc de jardin tandis qu'Alpiew inspectait le cottage. Du bout du pied, elle remuait une plaque de camomille qui s'était détachée du sol. On aurait dit que quelqu'un avait réparé la pelouse depuis hier, car elle n'avait pas remarqué ce carré de gazon près du banc la veille. Alpiew revint au bout de quelques instants. « Je ne vois rien. Cette maison est mieux bouclée que l'Hôtel Royal de la Monnaie. »

La comtesse émit un petit grognement. « Comme c'est décevant. Je voulais te montrer la fontaine de la salle à manger.

— Je n'ai pas dit que l'endroit était imprenable, Madame. » Alpiew s'essuya les mains sur son corsage, puis tira une épingle de ses cheveux.

« Donnez-moi une minute avec la serrure de la porte de derrière, et nous serons bientôt à l'intérieur.

— Comme c'est drôle ! » La comtesse gloussa tandis qu'elles contournaient la petite maison sur la pointe des pieds. « J'aimerais seulement trouver une bonne façon de rendre la monnaie de sa pièce à cette ignoble catin, pour toutes les insultes qu'elle nous a assénées hier, à Saint-Pholle et à moi. »

Alpiew mit deux minutes à ouvrir la porte. Elles s'émerveillèrent de la cuisine, équipée des appareils les plus modernes, et d'un grand four à pain. « C'est bien étrange, fit Alpiew. La dame de l'auberge a dit qu'elle ne quittait jamais la maison, et pourtant il n'y a personne ici. »

La comtesse se retourna en fronçant les sourcils. « Tu as raison, Alpiew. Si elle ne sort jamais, comment se fait-il qu'elle ne soit pas ici ?

— Et comment se fait-il que nous l'ayons vue en ville ? »

La comtesse conduisit Alpiew à la salle à manger et se dandina jusqu'à la fontaine. « Regarde ceci ! » Elle tira un levier et l'eau jaillit. « C'est un miracle, tu ne crois pas ? Et c'est tellement utile. »

Alpiew ne voyait pas à quoi, et elle avait hâte de s'en aller, pour retrouver la trace de La Racaille. Elle quitta la salle à manger et se planta dans le hall pour attendre sa maîtresse. Les tableaux suspendus au mur, manifestement très précieux, et la soie fine qui tendait les murs, auraient mieux convenu à une maison élégante d'un quartier chic de la capitale. Lorsque la comtesse la rejoignit elles retournèrent toutes deux vers la cuisine. Mue par une impulsion soudaine, la comtesse tira la main d'Alpiew. « Ah, viens donc, Alpiew. Maintenant que nous sommes dans la place, faufilons-nous jusqu'à l'étage, rien qu'un instant, pour voir quel genre de chambre à la mode habite cette putain. »

À contrecœur, Alpiew monta l'escalier derrière la comtesse, qui se précipita immédiatement vers la chambre du fond.

« Ah, Alpiew, presse-toi donc, s'écria la comtesse. Vois ! C'est splendide, n'est-ce pas ?

— Très beau, pour un cottage de campagne, dit Alpiew en tâtant les draperies en soie, et admirant l'imposant miroir au-dessus de la cheminée. Et très étrange. Où sont les domestiques ?

— Pas ici en tous cas. » La comtesse ouvrait des tiroirs vides et les examinait. Elle poussa une porte peinte près du lit. « Quel grand placard, Alpiew ! couina-t-elle. Ma parole, regarde cette collection de robes ! »

Toute une série de robes plus somptueuses les unes que les autres étaient suspendues à l'intérieur. Alpiew et la comtesse palpèrent les fines broderies de perles et les froufrous flamboyants, retournant les manches pour examiner les délicates finitions. « Elles sont encore plus belles que les miennes, à l'époque de ma gloire, soupira la comtesse. Le nabot doit être richissime. »

Alpiew tirait sur une robe cachée derrière les autres. « Couleur de pêche. Comme c'est ravissant », dit la comtesse. « Mais je ne l'aurais pas parée de rubans bordeaux. »

Alpiew renifla la robe. « C'est le parfum qui m'intrigue. Sentez. » Elle fourra l'étoffe sous le nez de la comtesse. « Muguet et musc. Ça vous dit quelque chose ? »

Mais la comtesse pointait vers le bas, bouche bée, frappée d'horreur. Alpiew retourna la robe pour voir ce qui troublait tant la comtesse. Elle était gâchée. Sur l'avant du corsage et jusqu'aux manchettes, s'étalait une large tache brune.

« Ah mon Dieu, tressaillit Alpiew. C'est... c'est du sang. »

11

Élévation

La montée des composants subtils d'une substance,
s'éloignant des résidus corporels,
jusqu'aux parties supérieures du vaisseau.

« Ah, Alpiew, quittons ce lieu abominable. » Alpiew éventait la comtesse, maintenant inclinée sur le banc devant le cottage. « Qu'est-ce que cela signifie ? Quelqu'un est-il venu tuer Mme Roy et la couper en mille morceaux ? » Elle se signa, puis fit la grimace. « Désolée. Une vieille habitude prise en France, tu sais, mais lorsque j'y repense... Saint-Pholle et moi étions ici hier, et elle était vivante... » Elle eut un petit frémissement et se mit à trembler. « Et maintenant... Maintenant... »

Alpiew posa la main sur le genou de la comtesse. « Du calme, Milady. Il y a une autre possibilité.

— Ah, et quelle est-elle ? Cette femme s'est peut-être poignardée elle-même, et une fois morte elle a caché ses vêtements au fond de sa propre garde-robe ?

— Il n'y avait aucun trou là où un couteau

aurait pu pénétrer l'étoffe. » Alpiew avait bien examiné la robe avant de la remettre dans sa cachette. « Le sang sur cette robe ne venait pas de Mme Roy, mais de quelqu'un d'autre.

— Tu veux dire que... ? » La comtesse eut un haut-le-cœur. « Que Mme Roy est elle-même une meurtrière ? »

Alpiew acquiesça. « La robe m'est étrangement familière. Ne ressemble-t-elle pas singulièrement à celle portée par cette femme masquée dans le cimetière le soir où Beau Wilson s'est fait trancher la gorge ? »

La comtesse s'étrangla si violemment que deux corneilles picorant dans la pelouse s'envolèrent aussitôt.

« Ah, Alpiew, si tu as raison, à quels périls Saint-Pholle et moi nous sommes-nous exposées hier soir ? Pas une âme ne nous aurait retrouvées ici. Elle aurait pu nous expédier dans l'au-delà et nous enterrer ici sous cette pelouse en camomille... » Du bout de la chaussure, elle tapota le sol meuble à côté du banc. « Mon Dieu ! » Elle plaqua la main à sa bouche et baissa les yeux. « Peut-être que quelqu'un est réellement enterré ici. Car je jurerais que la pelouse n'était pas découpée hier.

— Il faudrait que ce soit quelqu'un de bien petit, Milady, car le carré découpé n'excède pas six pouces carrés.

— On aurait pu l'enterrer debout, comme le poète Ben Johnson à l'abbaye de Westminster. »

Alpiew fouilla sa poche pour en tirer un petit canif. Elle s'agenouilla et se mit à fouailler la pelouse. « Nous découvrirons peut-être l'arme du crime.

— La quoi ? » La comtesse se recroquevilla sur son banc.

« Faites le guet ! s'écria Alpiew. Si quelqu'un

revient nous aurons de sacrées explications à fournir. Et après la découverte que nous venons de faire, nous ne voulons pas nous attarder ici plus longtemps qu'il ne le faut.

— Nous devrions partir à l'instant. » La comtesse se leva d'un bond, réalisant à quel point Alpiew avait dit juste. « Viens donc, Alpiew.

— Si nous trouvons ici la dague qui a tué Beau... »

La comtesse était déjà à mi-chemin de la pelouse.

« Allez jusqu'à la barrière, Madame. Je vous suis. »

Elle souleva un tapis de camomille, tout en creusant dans la terre avec son canif.

Tout d'un coup le canif produisit un bruit creux.

« Madame ! » Alpiew releva la tête, terrifiée, et rappela la comtesse. « Je suis tombée sur quelque chose. On dirait une boîte en bois.

— Marie, mère de Dieu, sauvez nos âmes ! » La comtesse se signa trois fois de suite. « Pas un cercueil, au moins ?

— Non. C'est trop petit. » Alpiew scia la pelouse, puis gratta la terre à mains nues. « On dirait une sorte de boîte à musique. » Elle balaya la terre du couvercle.

« Cela ressemble à un coffre indien ! dit la comtesse en se penchant pour l'inspecter. Qu'en penses-tu ? »

Alpiew tentait d'extirper la boîte de sa cachette. « Je crois que nous devons remettre la pelouse en place, glisser la boîte sous nos capes et déguerpir d'ici. »

Elles décidèrent de remettre à un autre jour leur enquête à Acton à propos de La Racaille, pour tirer au plus vite parti de leur découverte. Alpiew fit jouer la serrure de la boîte avec son canif, puis une épingle à cheveux, mais sans succès.

« Donne-la-moi. » La comtesse mit la boîte à l'envers sur son genou et pressa les doigts vers l'intérieur tout en agrippant fermement les bords. Un ressort céda et le couvercle s'ouvrit.

« Comment avez-vous réussi ?

— C'est un panneau secret. On en trouve dans bien des babioles fabriquées pendant la guerre civile. » La comtesse leva le couvercle et jeta un coup d'œil à l'intérieur.

La boîte contenait peu de choses : une poignée de lettres. La comtesse en prit une, désignant l'écriture en pattes de mouche. « Un homme, si je ne m'abuse.

— Sont-elles toutes de la même main ?

— Non, mais celui qui a rédigé celle-ci écrit comme un pied ! »

Elle extirpa un bout de papier couvert d'une écriture maladroite, qui semblait être une liste de blanchissage.

« Miséricorde ! » Alpiew prit la liste et la scruta. « Cela pourrait-il être l'écriture de la dame ?

— Non. » La comtesse fronça le nez. « C'est manifestement l'écriture d'un homme. De basse extraction. Peu éduqué.

— Notre ami La Racaille ? »

La comtesse passa la liste à Alpiew, qui lut tout haut :

« Robe, gants, corset, bas, chaussures, patins, chemise de nuit... Qu'est-ce ? Une liste d'emplettes ?

— Quelque chose dans le genre, dit la comtesse, déjà en train de compulser les lettres. Car, regarde, la plupart des articles sont cochés. »

Alpiew retourna la liste. À l'arrière étaient inscrites les lettres « GRR », soulignées d'un trait épais. Alpiew plaça soigneusement la liste au fond du coffre et prit une liasse de lettres.

« Pas d'adresse, d'après ce que je vois. » Alpiew les feuilleta. « Et pas de nom de destinataire.

— Mais elles sont datées. Les miennes ne parlent que d'amour et de cœur, de délices inimaginables, de transports de passion, et ainsi de suite... La plus ancienne date du mois de janvier de cette année. » La comtesse rangea les siennes. « Et les tiennes ?

— De même. »

Elles les remirent toutes dans la boîte et refermèrent le couvercle.

« Maintenant, Madame, dit Alpiew en inspirant profondément, nous devons déterminer un plan d'action. Le temps joue contre nous. Les espoirs de Mme Wilson vont s'amenuisant, et si elle est pendue, nous ne recevrons rien pour nos peines. Sans compter que nous aurons laissé une femme innocente aller à l'échafaud.

— Je me disais, Alpiew, à propos de Mme Wilson. » La comtesse épousseta la terre de ses jupes. « Si elle confesse avoir assassiné son mari, elle ne sera pas pendue. Assassiner son mari, c'est une Petite Trahison. Comme une version mineure de l'assassinat d'un roi.

— Que lui fera-t-on alors ? »

La comtesse inspira profondément. « On va la brûler vive.

— Quelle horreur. » Alpiew tressaillit. « Brûlée vive. Que pouvons-nous faire ?

— Comme elle a fait une confession volontaire, la procédure sera accélérée. Il n'y aura pas de procès. Dans un cas comme celui-ci, le laps du temps entre le meurtre et l'exécution peut être très court.

— Combien de temps ? » Alpiew se mit à compter mentalement les jours.

« Parfois une semaine, dix jours.

— Et Beau est mort depuis quatre jours. » Alpiew s'agrippa fort à la courroie en cuir tandis que le carrosse tournait brusquement de Shepherd's Bush Lane sur Kensington Road. « Que Mme Wilson risque la mort alors qu'elle est si jeune, et une mort si contre nature, me fait prendre conscience de la fragilité de notre propre existence... » Alpiew s'accrocha, les jointures blanchies et les dents serrées, tandis que le carrosse faisait une nouvelle embardée. Le monde d'intrigues et de crime où elles s'étaient engagées était plus redoutable encore qu'elle ne l'avait soupçonné jusque-là...

« C'est dans un monde terrifiant et dangereux que nous avons mis les pieds, comtesse. Je ne veux pas risquer votre vie ou la mienne. Il importe – elle baissa la voix, déjà réduite à un murmure, afin que le cocher n'entende rien – que personne ne sache où nous allons, ou ce que nous faisons. Nous devons dorénavant procéder avec la plus extrême précaution.

— Mais Godfrey, Saint-Pholle, mon époux... » La comtesse éclata de rire. « Assurément, on peut leur faire confiance...

— Personne. » Alpiew se retourna et saisit les mains de la comtesse. « Maîtresse, j'ai vu le corps de Betty. Cette fille a dû périr dans un supplice atroce. Quiconque a fait cela a sans doute tué Beau Wilson aussi. Et vous avez vu son corps. Nous avons frôlé le tueur de très près. Pour autant que nous le sachions, on nous a déjà repérées.

— Je vois ce que tu veux dire... » La comtesse déglutit à sec. « Mais mon époux...

— Non, Madame la comtesse. » Alpiew contempla par la fenêtre la silhouette illuminée de Kensington Palace dans le soleil de l'après-midi. « Personne.

— Mais comment le lui cacherai-je ?

— Faites comme si de rien n'était, comtesse. Je me débrouillerai toute seule, du mieux possible. Lorsqu'il sera sorti, vous pourrez me rejoindre.

— Et comment parlerons-nous, comment déciderons-nous de nos prochaines actions ?

— Cela devra se faire en dehors de chez vous. » Alpiew réfléchit un moment. « Nous pourrions nous voir dans un parc.

— Fi donc ! Un parc ? Mais nous sommes en hiver.

— Alors disons à Godfrey et sir Peter que nous sortons, avant de nous faufiler à l'étage.

— Dans la chambre de Godfrey ? » s'horrifia la comtesse. « Mais il y fait plus froid que dans le parc. Et puis il y a des pigeons, là-haut.

— Des pigeons... » Alpiew frémit. Elle détestait les oiseaux. « Alors que faire ? Où irons-nous ?

— Je ne sais pas. Demain, je trouverai une idée.

— Quel joli endroit, n'est-ce pas ? Le palais de Kensington. Et pourtant, Whitehall avait quelque chose de plus royal. Dommage que ça ait brûlé. » La comtesse posa le pied sur la boîte indienne qui avait glissé sur le sol quand le carrosse avait pris le virage. « Que diable pouvaient fricoter cette femme et Beau Wilson ? Et quel est le rôle de cette créature, Jack Fry ?

— Et qui est M. Roy ? »

Tout d'un coup, la comtesse poussa un cri sauvage. Alpiew bondit de son siège.

« *Arrête !* » s'écria la comtesse en tapant du poing sur le toit. « *Cocher, arrête !*

— Milady ? » Alpiew regarda autour d'elle. « Que se passe-t-il ? Que vous arrive-t-il, Madame ? »

La comtesse pointait vers le bord de la route. Dans la lumière givrée du soleil crépusculaire, sir Peter et Godfrey pataugeaient le long du chemin marécageux, traînant derrière eux des yards de voilures.

« Mon époux ! cria la comtesse. Godfrey ! »

Le carrosse s'arrêta dans un grand fracas. Le reconnaissant, les deux hommes allongèrent le pas et se hissèrent à bord. Godfrey poussa la voilure devant lui.

« Non, dit la comtesse. Vous pouvez monter, mais pas avec ce ballot infect. Jamais !

— Mais nous ne pouvons le laisser ici... » Sir Peter était descendu pour ramasser la toile.

« Alors marchez, messire. » La comtesse le poussa par les épaules. « Je vous rappelle qu'il y a bien deux miles jusqu'à German Street.

— D'accord. » Sir Peter leva les bras, laissant tomber les voiles sur le bas-côté, et remonta. « Vous gagnez. »

Godfrey s'assit entre elles, et sir Peter se percha sur ses genoux. La comtesse attendait une explication. « Alors, que s'est-il passé ?

— La princesse Anne ! Quelle harpie ! » Sir Peter feignit un mouvement d'horreur. Écrasé sous son maître, Godfrey émit un gémissement aigu. « Je prie le Seigneur que le roi Guillaume trouve une autre femme pour lui donner un héritier. La princesse Anne est une véritable virago. Dieu nous secoure tous si elle devient reine. » Il les regarda tour à tour, espérant changer de sujet. « Et vous ? Vous avez passé une bonne journée ?

— Intéressante », dit la comtesse qui avait compris le regard lancé par Alpiew, et opté pour la discrétion. « Mais nous n'avons pas trouvé Acton aussi verdoyante que vous nous l'aviez fait espérer. »

Ils demeurèrent tous assis en silence jusqu'à ce qu'ils parviennent à German Street.

Alpiew passa la nuit chez Saint-Pholle. Elle eut du mal à lui expliquer pourquoi la comtesse avait si brusquement eu envie de retourner à la campagne, mais elle s'en était tirée en disant qu'elles avaient eu besoin de discuter, loin de sir Peter.

« C'est bien, Alpiew. J'espère que tu l'as aidée à retrouver le sens commun. » Saint-Pholle fit la moue, haussa les épaules et changea de sujet. « Alors que mangeons-nous ce soir ? »

Alpiew passa mentalement en revue le contenu du garde-manger de la duchesse. « Du jambon fumé et du fromage grillé ? » proposa-t-elle.

Saint-Pholle sourit largement. « Excellent. Et pendant que nous mangeons, tu pourras me dire quand ce misérable petit avorton barbu de sir Peter retourne au Nouveau Monde.

— J'aimerais bien le savoir, duchesse. » Alpiew retroussa ses manches et s'apprêta à s'attaquer au dîner. « Mais il me semble qu'il espère s'installer ici.

— Quelle horreur ! » Saint-Pholle en fut si atterrée qu'elle s'effondra sur un tabouret de cuisine et se recroquevilla devant le four, en gémissant doucement : « Quelle horreur ! Quelle horreur !

— Je suis d'accord. Mais peut-être qu'il a envie de changer de vie. Il a promis à Madame la comtesse de la sortir, demain.

— Une virée aux frais de la princesse, sans

doute ? » Saint-Pholle passa ses longs doigts dans ses cheveux. Ils se dressaient droit sur sa tête, comme si elle avait vu un spectre. « Quelle horreur ! répéta-t-elle.

— En fait, dit Alpiew en coupant une tranche du gros jambon qui pendait dans le garde-manger avec un couteau de cuisine émoussé, il l'emmène au Bureau du Héraut d'Armes.

— Le Bureau du Héraut d'Armes ? s'exclama Saint-Pholle. Pourquoi ?

— Sir Peter va acheter à sa femme des armoiries. »

La comtesse parcourait le grand livre illustré, au comble de l'excitation.

Le poursuivant du Collège des Armes lissa de la main le blason orné représenté sur la page ouverte devant lui. « Celui-ci est très beau – sable, barre, or entre deux chevaux têtes rases, argent. Avec trois fleurs de lys sable sur la barre. » Il tourna la page. « Mais vous ne pouvez l'avoir, car il appartient à l'ancien secrétaire de l'Amirauté, M. Pepys[1]. »

La comtesse déglutit. Cet homme parlait-il anglais ? Son mari, sourcils froncés d'un air sincère, acquiesça. « Je comprends. Que suggéreriez-vous pour notre charge ? »

Le poursuivant grimaça, pensif. « En tant que récipiendaire d'un titre de comte relativement récent, sans aucun fait d'armes particulièrement

1. Samuel Pepys (1633-1703), l'un des plus grands mémorialistes anglais (souvent comparé à La Rochefoucauld). Il fut effectivement secrétaire de l'Amirauté (équivalent du ministère de la Marine), avant de mourir à Clapham (Londres), d'où sans doute ce blason éponyme de la comtesse. (*N.d.E.*)

remarquable dont vous puissiez vous targuer, je vous suggère un jeu de mots sur votre nom. »

La comtesse, souffle coupé par l'impertinence du bonhomme, commençait à regretter la décision soudaine de son mari de se doter d'armoiries. Après tout, s'ils n'avaient pas pris la peine de s'en procurer dans les années soixante lorsqu'ils venaient de recevoir leurs titres, pourquoi était-ce brusquement devenu si important ? Et qu'est-ce que cela lui procurerait qu'elle n'avait déjà ?

« Un jeu de mots ? s'enquit sir Peter.

— Ou, si vous préférez, un calembour. »

Le poursuivant daigna leur accorder un sourire condescendant. « C'est très amusant. Quant à moi, je considère qu'il s'agit de la part la plus créative de l'héraldique. »

Sir Peter feuilleta le grand livre. « Et comment s'y prend-on ? »

La comtesse, regrettant d'avoir donné son accord, et absolument assommée par la procédure, errait dans la pièce, admirant tous les écus et armoiries des chevaliers du temps passé.

« La famille Tremain a trois mains », dit le poursuivant. « Trois mains. Vous saisissez ? » Il pointa vers l'écu représenté dans son livre. « C'est ce que nous appelons un rébus simple, rébus étant notre terme pour calembour. Un double rébus serait, par exemple, la famille Beestone, qui a...

— *Bee*, une abeille, et *stone*, une pierre ? » Sir Peter était fier de son agilité d'esprit. « Je vois où vous voulez en venir.

— Bon, vous avez compris. » Le poursuivant repoussa le livre, prit une plume et du papier.

« Penge ? Penge. Difficile de faire un jeu de mot là-dessus.

— Ne pouvons-nous avoir l'un de ceux-ci ? »

La comtesse pointait du doigt vers un grand poisson rouge sur l'un des écus accrochés au mur.

« Je suis désolé, comtesse, mais le rouget est réservé à ceux auxquels notre Seigneur a conféré sa divinité. Un évêque, par exemple. »

Elle déambula à nouveau jusqu'au bureau et se mit à examiner une page pleine de noms et de gribouillis.

« Rien qui soit sur cette page ne vous convient non plus, comtesse. Ce sont les marques représentant le rang au sein d'une famille ; par exemple, le canton senestre de la pointe est réservé à ceux dont la descendance royale est frappée d'illégitimité et ceci... – il montra un petit cercle avec un point au milieu – nous indique le seul enfant survivant d'une famille. Le seul héritier. C'est un rébus sur un signe astrologique. Un jeu de mot sur *Sun*, le soleil, vous comprenez. *Sun*, le soleil et *Son*, le fils ! » Il pencha la tête. « Ou, tant qu'on y est, *Sol*, le soleil en latin, et *Sole*, le seul ! »

La comtesse, qui s'ennuyait à mourir, lui lança un regard cinglant et retourna à son étude des murs.

« Alors, euh, pour ma femme nous pourrions avoir... » Sir Peter toussota. « *Ash*, c'est facile : un arbre, un frêne. *Bee*, une abeille. Ashby. Y a-t-il une abréviation pour "de la ?"

— Même si elle existait, monsieur, je crois que vous éprouveriez un rien de difficulté à trouver un rébus pour Zouche ! » Le poursuivant avait une lueur malicieuse dans le regard. « Non, non. Je crois que j'ai trouvé. »

Sir Peter se pencha vers lui. « Venez, Ashby, vieille branche, voyons ce que monsieur nous propose. »

Le poursuivant gribouilla des dessins sur un bout de papier. « Je vois deux mains conjointes aux poignets, comme si elles étaient dans l'acte d'applaudir, et une patte de porc. » Il fit glisser l'illustration sur le bureau et fit une petite révérence. « Voilà, un double rébus, expressément créé pour vous. Vous voyez ? » Il pointa vers les mains. « *Clap.* Applaudir. » Il pointa vers le porc. « *Ham !* Jambon. » Il leur tendit le papier. « Clapham ! »

« Achetez ma panacée », criait un charlatan devant une rangée d'étals où l'on vendait des médecines le long de la route menant à Gresham College. « Elle n'a ni goût ni odeur, elle guérit les maladies d'estomac, les haut-le-cœur du matin, la consomption, le vague à l'âme...

— Je doute qu'il guérisse le nôtre, dit Alpiew.

— À moins que l'ingrédient principal ne soit une eau cordiale. » La comtesse était encore tout étourdie de son expérience au Bureau du Héraut d'Armes.

« Pour les palpitations du cœur, les torsions des boyaux, les fièvres intermittentes, les bouffées de chaleur et de froid, le rachitisme et la faiblesse des enfants, et la maladie verte... »

La comtesse et Alpiew traversaient la City, entre les rangées d'étals tenus par les vendeurs de médecines et les marchands d'orviétans, en direction de Gresham College.

« Il dégage les obstructions, croassait un vieux bonhomme qui avait l'air d'en être à son dernier souffle, et stimule l'appétit, prévient les cauchemars, donne de l'incarnat au teint et expulse toutes sortes de vers, des dents ou des tripes, pour laisser le corps en parfaite santé. Six pence la bouteille. »

Alpiew transportait un grand sac en toile. À l'intérieur se trouvaient tous les indices et tous les papiers liés aux meurtres de Beau Wilson et de

Betty, ainsi qu'une copie de leurs scandales de la semaine, à livrer à l'imprimerie des Cue.

« Une enquête sur ces gredins pourrait nous servir à l'avenir », dit Alpiew en jetant un coup d'œil vers un étal où étaient disposés toutes sortes d'ingrédients pulvérisés, et des rangées de flacons verts, surveillé par un homme à longue barbe blanche, qui ressemblait à Merlin l'Enchanteur.

« On chantait un couplet là-dessus, il y a quelques années », gloussa la comtesse.

« Avant d'avaler potion ou médicament,
Dites adieu à vos amis, et rédigez un testament. »

« Une cure facile et sûre pour le mal vénérien secret, le fléau d'Aphrodite, hurlait Merlin, efficace pour les deux sexes, grâce à trois doses d'un merveilleux électuaire chimique, préparé sans mercure...

— Je n'arrive pas à croire que ces gredins parlent tout haut de telles choses. » La comtesse lança un regard mauvais au forain barbu. « J'ai cru un moment qu'ils pourraient nous aider à décoder la page, mais je crois que ton idée est meilleure.

— Les marchands d'orviétans et les vendeurs de remèdes ne feraient que nous répéter ce que nous a dit l'apothicaire, fit remarquer Alpiew. De plus, ce qui importe, c'est de comprendre l'aspect alchimique de la formule. C'était la passion de Beau, après tout.

— Nous arriverons sûrement à attirer l'attention de l'un de ces philosophes expérimentaux du collège des Puits de Science », dit la comtesse, esquivant proprement une pile de crottin de cheval tout en se demandant s'il ne vaudrait pas mieux la ramasser pour son mari. « Peut-être entendront-ils quelque chose à ce code.

— Madame la comtesse ? dit Alpiew, en remarquant le long regard de la comtesse aux déjections chevalines.

— Oui, Alpiew ?

— Je me demandais simplement si sir Peter...

— N'est-ce pas merveilleux ? » La comtesse s'arrêta pour se tourner vers Alpiew, l'agrippant par les deux coudes. « Il m'a dit hier soir qu'il revenait auprès de moi pour de bon. » Elle posa la main sur le bras d'Alpiew. « Nous formerons à nouveau une famille, comme dans le bon vieux temps ! »

Alpiew tenta de sourire. Mais ses joues semblaient congelées, cette fois par l'émotion plutôt que par le froid. « Ah, bien », fit-elle, sans aucune emphase. « J'en suis ravie pour vous, si vous êtes heureuse. » Comment diable allaient-elles pouvoir continuer à travailler ensemble alors qu'il allait fourrer son nez partout ? C'était inconcevable. Et elle allait devoir trouver un autre logis. La cuisine était douillette pour trois personnes mais impossible à vivre à quatre. Surtout lorsque l'un de ces quatre était Sire Pompeux de la Vantardise, alias sir Peter. Elles se remirent à marcher, et la comtesse à babiller.

« C'est si excitant. Il dit qu'il veut renouveler nos vœux devant un prêtre, afin que nul ne puisse nous séparer. Et il m'a procuré un blason. »

À quoi rimait cette démonstration ? Qu'avait à y gagner ce misérable ? Alpiew avait déjà entendu parler d'un méchant libertin qui avait suspendu un écu dans la salle à manger jusqu'à la mort de sa femme, et puis, une fois celle-ci enterrée, il l'avait affiché à l'extérieur de sa maison pour attirer une riche veuve prête à l'épouser.

« Dis donc, Alpiew, dit la comtesse en la tirant de sa rêverie, alors qu'elles parvenaient à l'entrée pavée de Gresham College, cet homme là-bas ne serait-il pas le garçon tout en bleu avec qui nous avions conversé la dernière fois que nous sommes venues ici ? »

Elle indiquait un garçon au visage poupin, vêtu aujourd'hui d'un costume en velours gris faon.

« C'est bien lui, Milady. Vous lui avez parlé la dernière fois, alors allez-y. Faites votre travail. »

Aujourd'hui, le collège était désert. Alpiew et la comtesse traversèrent la petite cour en briques et suivirent le garçon jusqu'à la seconde cour carrée menant à l'amphithéâtre.

« Hé, ho, là-bas ! » s'écria-t-elle. Le garçon se retourna.

« Je crains que les dames ne soient pas admises ici.

— Je sais, je sais, haleta la comtesse, essoufflée de sa poursuite. Je voulais simplement bavarder un peu avec vous. »

Le garçon jeta un regard inquiet à la ronde. Il se pencha vers elle et chuchota. « J'ai posé ma candidature en tant que membre de la société. Cela ne plaira pas beaucoup que l'on me voie bafouer les règles.

— Ah, fi des règles ! s'exclama la comtesse en agitant son éventail à une vitesse inquiétante. C'est moi qui ai vu la démonstration de Boyle sur l'air, vous vous rappelez ? » Elle lui lança ce qui pouvait passer pour un regard mutin.

« Je le sais. » Le garçon la prit par le bras et l'escorta jusqu'à la rue. « Je me souviens en effet de vous, maïs vraiment, je ne puis vous laisser entrer ici. »

Ils restèrent sous le portique.

« Nous avons une énigme difficile à résoudre. » Alpiew tira la page de carnet de bord de son sac. « Et découvrir la solution est une question de vie ou de mort. Deux personnes ont déjà péri. »

Le garçon examina Alpiew en ayant l'air de se demander si elle avait bien toute sa tête. Pour la première fois, il comprenait pourquoi le règlement interdisait aux femmes l'accès à ce haut lieu du savoir. Celle-ci souffrait d'un grave accès de suffocation, voire de fureur utérine.

« Je suis désolé, dit-il en lui rendant le papier, mais je ne puis vous aider. Nous traitons ici des aspects les plus élevés de la philosophie expérimentale. Je puis constater en un coup d'œil que ceci est une équation impure. Avez-vous tenté votre chance auprès des marchands de médecines le long de la route ? Ils en sauront peut-être plus que moi.

— Mon garçon ! » La comtesse referma son éventail d'un coup sec et se planta devant lui, les poings sur les hanches. « Vous étiez d'un commerce assez agréable la dernière fois que nous nous sommes vus. Pourquoi ce soudain revirement d'humeur ?

— Vraiment... » Le garçon se frotta le front de la paume. « Je suis affreusement pressé. » Il se retourna et détala, lançant par-dessus son épaule : « Essayez les étals de médecines.

— Eh bien, voyez-vous ça ! » Alpiew tourna les talons vers Broad Street.

La comtesse fixait toujours la silhouette du garçon. « Nous allons en parler à M. Newton ! lui lança-t-elle, bien qu'il ne pût plus l'entendre. M. Isaac Newton !

— Allez, venez, Milady, dit Alpiew en la tirant par le bras. Il ne nous reste plus beaucoup de temps. Ils peuvent se fourrer leur société de philosottise expérimentale dans le fondement.

— Consulter Newton n'est pas une mauvaise

idée, cela dit, Alpiew. Nous tenterons notre chance avec lui en rentrant. »

Elles parcoururent les étals de long en large à quelques reprises avant de se décider pour Merlin.

« Il a l'apparence d'un alchimiste, dit la comtesse.

— Comment le sauriez-vous ? demanda Alpiew. Combien connaissez-vous d'alchimistes ?

— J'en ai vu au théâtre, évidemment, Alpiew. Je t'ai déjà dit que les alchimistes sont des personnages de comédie très prisés.

— ... une médecine sans pareille, qui produit plus d'effets manifestes de sa merveilleuse efficacité en une dose, que bien d'autres remèdes en dix », était-il en train de s'écrier lorsqu'elles s'approchèrent. « Et c'est en vérité sur ce remède que l'on peut compter pour la cure la plus efficace et la plus expéditive qu'on ait jamais connue, même lorsque toutes les autres médecines ont échoué, et elle excède en bonté tous les autres remèdes quels qu'ils soient...

— Mais Madame... » Alpiew hésita avant de lui adresser la parole. « Il est incohérent... »

La comtesse la poussa en avant. « Essaie quand même. Vas-y.

— Monsieur », dit Alpiew en prenant une bouteille pour attirer son attention. La ruse fonctionna aussitôt. Il cessa sa tirade et s'adressa directement à elle.

« Madame, puis-je vous recommander un flacon de cet excellent élixir ? Il soulage et guérit toutes les afflictions et indispositions telles que les plaies suintantes, les douleurs, les enflures, les boutons... »

Alpiew posa hâtivement le flacon. C'était un remède contre la vérole.

« Monsieur... » Elle se pencha au-dessus du

comptoir et prit le ton de la confidence. Il se pencha à son tour pour approcher l'oreille de ses lèvres. Il connaissait bien la façon dont il fallait s'adresser aux patients, et respectait leur besoin de discrétion. « C'est une affaire assez urgente et de la plus grande confidentialité. Mais connaissez-vous, soit un alchimiste, soit un érudit qui comprenne le symbolisme de l'alchimie ? »

Le marchand recula et fixa Alpiew sous ses grands sourcils blancs et touffus. Elle se sentit la tête tourner, incapable de détourner les yeux des siens. C'était si efficace qu'elle se demanda s'il opérait grâce au magnétisme. Elle resta clouée sur place par le pouvoir de son regard jusqu'à ce qu'enfin il détourne ses yeux des siens et les tourne vers la comtesse. « Elle est avec vous ? »

Alpiew hocha la tête.

« Paul ! » lança-t-il derrière lui. Un jeune garçon émergea de sous la tente. « Surveille l'étal jusqu'à mon retour. » Puis il descendit la rue à grands pas, les deux femmes sur ses talons. Il tourna, puis s'arrêta soudain devant une petite porte, sous une enseigne qui se balançait, à l'effigie de la Tête de Sénèque.

« La plupart des gens voient en Sénèque un Romain, précepteur de Néron et de Caligula, mais en fait, il venait d'Espagne. » L'homme s'inclina et disparut à travers la porte. Alpiew et la comtesse le suivirent. La comtesse réalisa qu'elle n'avait jamais songé à la nationalité de Sénèque. Alpiew n'en avait jamais entendu parler.

L'antre de Merlin était petit mais encombré. Elles remarquèrent en premier lieu le crocodile empaillé sur le sol. Du moins, elles espéraient qu'il soit empaillé, car il était très gros, et gisait à leurs pieds.

Comme dans le laboratoire de Beau, les murs

étaient couverts de rayonnages chargés d'équipement, de bocaux, de cuvettes et de livres. Du plafond pendait une lampe en forme d'étoile à sept pointes, une petite flamme sortant de chacune des pointes. Dans un coin, une fournaise chauffait, dans un autre se trouvait un petit orgue.

« Asseyez-vous. » Merlin fit un grand geste désignant une banquette sous la fenêtre. Il s'assit sur un tabouret en bois près de l'orgue. « Alors, quel est votre problème ?

— Nous devons découvrir ce que signifie ceci. » Alpiew lui tendit le papier. « Pour sauver une vie. »

Merlin darda un autre regard pénétrant vers Alpiew, puis il prit la page du carnet de bord et y jeta un bref coup d'œil avant de se lancer dans son interprétation.

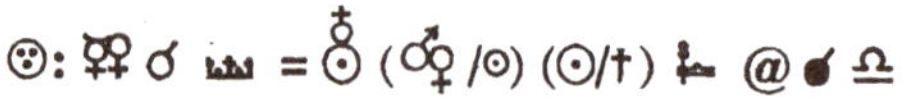

« Bien », dit-il en se caressant la barbe. « Le premier signe est le *Caput Mortem* – la tête de mort. » Il se tourna vers l'orgue et joua un accord menaçant.

« Puis nous avons, se succédant rapidement, mercure – mercredi, cuivre – vendredi, per diem, et cette chose en forme de couronne, c'est l'étoile Regulus. » Il caressa à nouveau les touches de l'orgue. « Ce qui nous donnerait quelque chose comme ceci. » Une cacophonie de disharmonie jaillit de l'instrument.

« L'étoile Regulus, comme une étoile dans le ciel ? » demanda Alpiew, pour tenter de mettre un terme au concert en le ramenant au carnet de bord.

Merlin lui lança à nouveau un regard noir, qui

signifiait « Pas d'interruptions ! Pas de suggestions ! »

« C'est l'étoile Regulus de l'antimoine, résultat de l'un des processus principaux de l'alchimie. Le produit est une espèce de minerai gris de plomb extrait en chauffant l'antimoine avec du fer et du charbon. Disons qu'il s'agit de la semence du métal. Mais la semence est inutile et impotente à moins qu'elle ne soit déposée dans la matrice appropriée. » Il regarda à nouveau le papier. « Un utérus pur donne naissance à un fruit pur. Égalité. Équilibre. Harmonie. » Il sourit, irradiant la bienveillance. « Après le signe de l'égalité nous avons le symbole du chaos...

— Le chaos ? » La comtesse se pencha en avant et contempla le symbole dont il était question, en se disant qu'il résumait assez bien toute l'affaire.

« La terre par-dessus le soleil ? » demanda Alpiew. « Est-ce une forme de chaos ?

— Inévitablement. Le soleil gouverne la terre, or si la terre prend le dessus, c'est le désordre. La perte de contrôle. Un processus qui ébranle la stabilité naturelle. Le chaos. »

Il écarta ses longs doigts osseux au-dessus du clavier de l'orgue et, pompant frénétiquement des pieds, produisit un bruit assez fort pour couvrir les cloches d'Old Bailey. Alpiew garda les yeux fixés sur le papier jusqu'à ce qu'il ait terminé. Elle savait que si son regard croisait celui de la comtesse elles exploseraient de rire. « Et alors ? Entre les parenthèses ?

— Un amalgame de fer – mardi et à nouveau le cuivre – vendredi, puis un petit or. » Il se redressa tout d'un coup et se gratta la tête. « Qu'est-ce que cela peut vouloir dire ? Peut-on diviser un alliage de fer et de cuivre par de l'or ?

Cela semble positivement lunatique. Cela n'a aucune mélodie. Une telle expérience pourrait vous envoyer à l'asile de Bedlam.

— Continuez », dit la comtesse, en songeant que Bedlam était plus proche qu'elle ne l'aurait souhaité.

Il posa ses mains sur l'orgue et secoua la tête. « Non. J'avais raison. Il n'y a aucune harmonie ici, quelle qu'elle soit. C'est une mélodie tout à fait impossible. » Sans jouer une note, il retira ses mains et jeta à nouveau un regard à la feuille. « L'or entre parenthèses, et une épée ? Peut-être une épée en or ? Je ne sais pas. » Un autre accord jaillit, rappelant cette fois vaguement les airs les plus nobles de Purcell. « Ce qui tue donne la vie », prononça Merlin au son de l'air mélodieux. « Ce qui cause la mort cause la résurrection. Ce qui détruit crée. » Avec un grand geste, il se tourna à nouveau vers l'équation. « Nous approchons du climax maintenant. Voyez-vous ? » Il présenta le papier à Alpiew pour qu'elle l'inspecte. « Ce noble signe représente la sublimation.

— La sublimation ?

— Le processus par lequel un solide est chauffé et que la vapeur résultante se condense sous forme solide. Le processus permettant de produire du sel d'ammoniaque, par exemple. C'est un processus similaire à la distillation. »

La distillation, la comtesse connaissait. « C'est ainsi que les Écossais fabriquent l'*ushque baugh*, dit-elle, espérant susciter l'intérêt de Merlin.

— *Ushque baugh ?* interrogea Alpiew.

Un cordial fort et délicieux que Saint-Pholle fait parfois venir de... » Tout ce qu'elle se rappelait, c'est qu'il s'agissait d'une ville écossaise que Saint-Pholle appelait Edinbougre, mais elle la soupçonnait de mal prononcer.

« Ah oui, soupira Merlin. *Ushque baugh.* Un exemple parfait de l'Art. L'Art commence lorsque la Nature cesse d'agir. Ainsi, en prenant la graine de l'orge et distillant son essence, on arrive à une eau qui recèle chaleur et feu. Un miracle de l'Art. »

Ceci produisit une autre fioriture de l'orgue, seulement cette fois, Merlin l'accompagna d'un chant. « Une éclipse dans le signe astronomique de la Balance. » L'air subit une modulation. « Celui qui ne connaît pas le mouvement ne connaît pas la Nature. » Il monta d'un demi-ton. « Aucun sujet ne peut être produit sans une longue souffrance. » Encore une octave plus haut. « Il n'y a qu'une vérité. » Merlin chantait pratiquement d'une voix de soprano maintenant. « Tout ce qui peut être accompli par une méthode simple ne devrait être tenté par une méthode compliquée. » Il monta d'une octave sur le clavier. « La Nature doit s'appuyer sur l'Art chaque fois que ses pouvoirs sont déficients. » Puis Merlin s'effondra dans un immense accord sur trois octaves. Il resta immobile, haletant d'épuisement.

« Vous voyez ? », suffoqua-t-il en se hissant de l'instrument et en s'étirant. « Quelle équation merveilleuse ! La Musique des Sphères y est résumée. Voyez-vous, c'est ma nouvelle théorie : la philosophie expérimentale est le principe mâle. La musique, comme nous le savons par la muse Terpsichore, et sainte Cécile, patronne de la musique, est le principe femelle. Les deux doivent être mélangés. Car tout sur terre est multiplié et augmenté au moyen des principes mâle et femelle. » Il s'avança vers elles et leur serra la main. « Excellent. Je me sens merveilleusement bien maintenant. Merci mille fois de m'avoir apporté votre petite mélodie. Des plus originales. »

La comtesse reculait déjà vers la porte, espérant qu'à distance de son orgue, il ne perdrait pas entièrement la tête. Alpiew reprit précautionneusement la page du carnet et la glissa dans son sac en toile.

« Merci à vous ! » Elle sourit à Merlin d'un rictus de maniaque, tout en s'approchant subrepticement de la porte.

Il pencha la tête de côté, fixant à nouveau Alpiew de son regard étrange et pénétrant. « Vous n'êtes pas affligée de léthargies, migraines, angines, abcès, vapeurs ou pertes de mémoire ? »

Alpiew, reculant toujours, secoua la tête. « Pas en ce moment.

— Si jamais vous l'êtes, chère jeune fille, passez à mon étal et je vous fournirai un élixir céphalique qui, mélangé à une tasse de thé noir, est virtuellement insipide. Gratuitement, bien entendu. »

Alpiew et la comtesse étaient maintenant parvenues saines et sauves dans la rue. Merlin referma la porte derrière elles et tandis qu'elles s'éloignaient, elles purent entendre son grand rire pendant une bonne partie du chemin.

Elles se traînèrent d'un pas lourd jusqu'à l'imprimerie des Cue sur Shoe Lane pour déposer leur article de la semaine. Mme Cue le lut, debout près du châssis à composition, le visage rougeaud et couvert d'encre d'imprimerie. Elle gloussa un peu, et leva les sourcils tout en lisant. « Robert Smith ! Qui l'aurait cru ? Il est tellement guindé, avec ses valeurs familiales et son soutien indéfectible à la Société pour la Réforme des Mœurs. Un micheton qui paye pour se faire fouetter, rien que ça ! » Elle posa le papier. « C'est court mais c'est bon. » Elle plongea la main dans son tablier, en tira une lettre de change et la tendit à la comtesse. « Vous n'avez qu'une semaine avant la prochaine livraison ! »

Alpiew et sa maîtresse poussèrent toutes deux un soupir de soulagement en sortant. « J'ai cru qu'elle nous renverrait en chercher plus, pouffa Alpiew.

— Moi aussi ! » La comtesse l'agrippa par la main. « Allez, déguerpissons avant qu'elle change d'avis. »

Elles dévalèrent Fleet Street et, coupant à travers le marché achalandé du pont, tournèrent sur Fleet Canal. Une fois assez éloignées des chalands et des marchands pour ne pas être entendues, elles s'appuyèrent à la clôture et contemplèrent le canal.

« Notre plan d'action pour le reste de la journée ? demanda la comtesse. Mon mari ne m'attend pas avant la fin de l'après-midi.

— Bien. » Alpiew agita son sac. « Tout d'abord, rendons visite à cette pauvre Mme Wilson, pour voir si elle reconnaît l'écriture des lettres et de la liste.

— Je n'avais pas songé à cette possibilité. » La comtesse lança un caillou dans l'eau d'un coup de pied. « Tu crois que peut-être le visiteur de Mme Roy, dont on suppose qu'il s'agit de M. Roy, ne formait qu'une seule et même personne avec M. Wilson ?

— Pourquoi pas ? demanda Alpiew.

— La tenancière de la taverne a dit que l'homme était petit. Beau Wilson était grand. »

Alpiew baissa le front. Puis elle claqua des doigts. « Oui, mais les lettres ne sont pas signées. Peut-être qu'il y a deux hommes, M. Roy et M. Wilson, et qu'il ne s'agit pas du tout des lettres de M. Roy. Peut-être qu'elles viennent de M. Wilson ? D'après ce que vous m'avez dit, cette femme est du genre à avoir plus d'un homme à ses pieds.

— Et bien sûr, l'écriture grossière de la liste pourrait être celle de M. Roy. Car il s'agit certainement d'une écriture d'homme. »

Elles attendirent une bonne demi-heure devant la grille de la prison de Fleet. Finalement, on avertit Mme Wilson, qui se fraya un chemin jusqu'à l'avant. Sans un mot pour les accueillir, elle leur cria : « Que dit mon imbécile d'avocat ? »

Alpiew se figea. Dans l'agitation qui avait suivi la mort de Betty elle avait oublié sa promesse de lui rendre visite.

« Rien, il me semble. C'est un génie en ce qui concerne le droit immobilier, mais manifestement pas lorsqu'on est une femme innocente accusée d'avoir tué son mari... Mais il a quelques pistes », bredouilla Alpiew, plongeant la main dans son sac en toile pour en tirer l'une des lettres d'amour qu'elles avaient trouvées à Acton. « Il vous demande si vous reconnaissez l'écriture de cellesci ? »

Mme Wilson jeta un regard à la lettre et poussa un « Non » vigoureux.

« Ou de ceci ? dit Alpiew en lui tendant la liste gribouillée.

— Mes jours sont comptés, espèces d'imbéciles sans discernement ! cria Mme Wilson d'une voix stridente en chiffonnant le bout de papier pour le leur lancer. Pourquoi perdez-vous votre temps avec des gribouillages ? »

Alpiew tenta de parler, mais Mme Wilson, folle de rage, était lancée. « Allez chez moi. Veillez à l'ordre de la maison. Envoyez-moi Betty.

— Mais Betty... » Alpiew hésita et Mme Wilson la coupa à nouveau.

« Allez à l'étude de Cowley, maintenant. Je le paie pour s'occuper de mes intérêts juridiques, pourquoi ne fait-il rien ? » Elle pressa son visage aux froids barreaux de fer noirci. « Quelqu'un ici m'a dit que je devrais avoir recours à quelque chose qu'on appelle le privilège du clergé. » Elle décocha un coup de pied à un garçon d'environ quatorze ans à côté d'elle pour conserver sa position face à la grille. « C'est une sorte de maillon faible de la loi. Cela pourrait m'aider. »

Tout autour d'elle, des hommes tendaient leurs mains à travers la grille dans l'espoir de recevoir l'aumône des passants. Mme Wilson les écartait sans cesse à force de coups de coude. Ses jointures étaient blanches à force d'agripper les barreaux. La comtesse se pencha pour être plus près d'elle afin de ne pas avoir à crier pour couvrir les sifflets. « Nous pensions vous obtenir un brevet de Tyburn, madame Wilson. C'est une autre porte de sortie. Cela vous conférerait l'immunité face à l'exécution. » Elle s'inclina de façon à ne pas être entendue. « Tout ce que nous devons faire, c'est attraper un voleur de grand chemin. »

Mme Wilson agrippa la comtesse par les volants de sa robe et la tira si fort vers elle que son visage s'écrasa aussi contre le métal. « Écoute, espèce de vieille harpie surannée, cria-t-elle, tu ne serais même pas capable d'attraper la vérole, encore moins un voleur de grand chemin. » Elle tendit la main vers Alpiew pour tenter de l'agripper aussi. « Alors arrête de te foutre de ma gueule et sors-moi d'ici. »

La comtesse resta figée sur place. Même quand Mme Wilson fut balayée par la masse grouillante des prisonniers tentant d'avoir accès à la grille, elle resta accroupie, face au mur de la prison.

« Allez, venez. » Alpiew s'inclina et entoura de son bras l'épaule de sa maîtresse. « Elle court un grave danger, Milady. Elle ne pensait pas ce qu'elle disait. Rappelez-vous, si nous ne la libérons pas elle n'a qu'une autre issue, c'est d'être brûlée vive ou pendue au bout d'une corde à Tyburn. »

Elles s'éloignèrent lentement de la prison.

« Et elle ignore les dangers que nous courons, nous. Mme Wilson ne sait rien de la mort de Betty, ou de la liaison de Beau avec cette femme, ou de sa grande découverte.

— Tu as raison, Alpiew. » La comtesse serra les mâchoires. « La situation est désespérée pour elle. Et pire encore qu'elle ne le croit. Franchement, pour ce que je connais de la justice, elle ne va pas y trouver un grand réconfort. »

Elles grimpèrent l'escalier jusqu'à l'étude de l'avocat, au coin de Fetter Lane et Magpie Yard. C'était un petit édifice truffé de bureaux exigus. D'après le nombre de plaques peintes sur les deux portes, l'une menant à l'étage, l'autre au rez-de-chaussée, il était clair que l'immeuble abritait avocats, notaires et marchands de tous les articles imaginables : épices des Indes, perles d'Orient, livres, accessoires d'écriture, sucre des Amériques, argent de Hollande, vins de France...

« Comment conservent-ils toutes ces choses dans un endroit aussi petit ? s'interrogea Alpiew en poussant la porte d'entrée pour monter l'escalier en bois.

— Elles n'y sont pas, répondit la comtesse. L'endroit doit être peuplé de gratte-papiers, de commis remplissant la paperasse. »

Passant devant la porte d'un marchand d'éventails espagnols, Alpiew frappa à la porte qu'une plaque désignait comme celle de M. John Cowley, avocat au barreau de Londres. Une voix bourrue leur cria « Entrez. »

L'étude était toute petite, à peine assez grande pour contenir un bureau et trois chaises. Cowley était en train de gribouiller avec une plume d'oie. Il leva les yeux, aboya « Assises ! » et retourna à ses écritures.

Alpiew et la comtesse se posèrent sur deux chaises grinçantes, et regardèrent autour d'elles. Un mur était entièrement recouvert de livres. Sur les autres murs étaient affichés dessins et certificats. La petite fenêtre crasseuse était encadrée d'un rideau crème défraîchi ; un rideau semblable pendait jusqu'au parquet derrière le bureau, qui croulait sous les classeurs, chacun bourré à craquer de papiers et fermé par un ruban rose.

Alpiew examina Cowley. Comme il semblait différent lorsqu'il était sur son propre terrain... Elle revit son visage livide et transpirant, le matin où Mme Wilson avait failli mourir d'un empoisonnement à l'antimoine. Éparpillant du sable sur l'encre humide, il pencha le papier et souffla dessus avant de demander « Que puis-je faire pour vous, mesdames ?

— Monsieur Cowley... » La comtesse repoussa une pile de documents et s'accouda au bureau. « Nous venons ici pour une affaire de vie ou de mort. »

Cowley soupira et tira un petit briquet à l'amadou d'un tiroir. Il alluma une chandelle et tint de la cire à sceller au-dessus de la flamme jusqu'à ce qu'elle se mette à s'égoutter. « Vraiment. J'ai déjà entendu ça quelque part. » Il leva les yeux, secoua la tête et laissa la cire s'écouler sur le document qu'il venait de rédiger. Appliquant son sceau sur la cire chaude, il rangea le document d'un côté et se mit à remuer des papiers, à ouvrir des tiroirs et à ranger ses affaires. « J'imagine que votre propriétaire a empoisonné votre singe ? »

La comtesse fut stupéfaite de sa désinvolture. « Je suis lady Anastasia Ashby de la Zouche, baronne Penge, comtesse de Clapham. Je n'ai ni propriétaire, ni singe. Je suis ici de la part de Mme Elizabeth Wilson.

— Mme *Beau* Wilson, ajouta Alpiew.

— Vous perdez votre temps. » Il leva alors les yeux, examinant leurs visages. « Elle est coupable. Autant qu'il est possible de l'être. C'était un ami à moi, Beau. Il n'aurait jamais dû épouser cette femme. C'est une harpie. Une arriviste. Excessivement déplaisante.

— Mais Beau l'aimait. » Alpiew était furieuse de son attitude, même si sa courte fréquentation de Mme Wilson l'obligeait à donner raison à l'avocat sur toute la ligne. « Et elle est très jolie.

— Ah, foutaises que tout cela, dit Cowley. Beau ne devait pas être aussi amoureux qu'elle le dit. D'après ce que j'ai compris, il avait pris une maîtresse. Nul besoin d'être un génie pour supposer que la jolie Mme Wilson a découvert ce nouvel amour, et que, consumée de jalousie, elle a attiré son mari vers un rendez-vous fictif et là, lui a ouvert la gorge d'une oreille à l'autre. C'est un scénario classique. »

Cowley ouvrit un classeur, le cogna à quelques reprises sur le bureau pour aligner les papiers, puis le plaça derrière lui sur une étagère. « Les femmes tuent les maris, les maris tuent les femmes. C'est là tout le but du mariage, me semble-t-il, et c'est bien plus courant que le divorce (à moins, cela dit, que vous ayez des amis à la Chambre des lords[1]). Enfin, ce sont des honoraires pour des avocats comme moi, d'une façon ou d'une autre.

---

1. Le divorce était encore très difficile, accordé seulement après le vote d'un « Act » du Parlement et de la Chambre des lords : seules les classes supérieures en bénéficiaient vraiment. (*N.d.E.*)

— Je ne crois pas, monsieur Cowley, dit la comtesse d'une voix ferme, que votre version des faits soit entièrement exacte.

— Vraiment, madame ? » Il se renversa sur sa chaise et battit son briquet. « Si cela ne s'est pas produit comme je viens de vous le suggérer, comment expliquer le comportement ultérieur de cette misérable femme ? Pourquoi a-t-elle pris du poison cette nuit-là ? La réponse est simple. » Il ouvrit un tiroir et rangea son briquet. « Elle a tenté de se tuer parce qu'elle se sentait coupable, et qu'elle regrettait ce qu'elle avait fait. Elle s'était vengée, mais du même coup elle avait perdu son gagne-pain. » Cowley éclata de rire, tira un livre d'une étagère et se mit à le feuilleter. « Il est illégal de tuer quelqu'un, vous savez. Y compris soi-même. Alors même si vous avez raison, et même si Mme Wilson est innocente de la Petite Trahison, elle est toujours coupable de *Felo de Se*.

— Felo de quoi ? dit Alpiew.

— Meurtre de soi », expliqua la comtesse.

Cowley tapa du doigt sur la page ouverte. « Hale est très clair sur ce point : "Le *Felo de Se* constitue un meurtre commis par un homme sur lui-même." Et puis-je vous rappeler qu'il n'y a aucune circonstance atténuante à ce crime ? L'auto-homicide involontaire n'existe pas. Mme Wilson sera exécutée, d'une façon ou d'une autre, et si c'est sous l'inculpation de tentative de suicide, son corps ne sera pas reçu en terre consacrée. Elle devra être enterrée sous un carrefour, sur la voie publique.

— Et vous êtes en train de me dire que Coke ne se prononce pas pour une réforme de cette façon de penser médiévale ? » dit la comtesse.

Cowley lui lança un regard mauvais. « Que savez-vous de Coke – vous, une faible femelle ?

— *Coke contre Littleton* est mon livre de chevet depuis plusieurs années. Je suis une avide enthousiaste des sujets juridiques.

— Un amateur, dit l'avocat. Et moi, madame, je suis un professionnel.

— Je peux vous dire dès maintenant, monsieur Cowley, que Mme Wilson n'a pas tenté de se tuer, dit Alpiew d'un ton calme. C'était un accident. Et nous en avons la preuve.

— J'y étais ce matin-là. » M. Cowley sourit. « L'apothicaire l'a confirmé. Elle a pris une dose d'antimoine. »

La comtesse se leva et se mit à examiner les dessins sur le mur.

« Vous m'avez peut-être oubliée, monsieur. » Alpiew se pencha au-dessus du bureau. « Je sais que les domestiques n'existent pas aux yeux de certaines personnes. Mais moi, je ne vous ai pas oublié. Moi aussi j'étais chez l'apothicaire ce matin-là. Je vous rappellerai que vous étiez si bouleversé que vous n'étiez même pas capable de retourner dans la maison pour prendre le verre contenant la substance toxique. C'est moi qui ai dû accomplir cette tâche. Vous ne vous en souvenez plus ?

— Comment puis-je me rappeler la figure de toutes les servantes que je rencontre ? » Cowley scruta le visage d'Alpiew. « J'ai des choses plus importantes en tête.

— Comme par exemple, de trouver quelqu'un qui témoignera sous serment avoir vu Mme Wilson dans le cimetière où Beau a été tué. »

Cowley se tortilla sur sa chaise. « Pourquoi ferais-je une chose pareille ?

— Dites-le-moi, vous. »

La comtesse s'était déplacée pour inspecter les articles sur le dessus de cheminée. « Je suis d'accord avec vous, monsieur Cowley. Mme Wilson est une femme d'un commerce très difficile, lança-t-elle par-dessus son épaule. Mais en tant qu'homme de loi, votre devoir est de faire respecter la loi à la lettre.

— Vous savez que Mme Wilson n'est pas coupable. » Alpiew prit la relève de la comtesse. « Qu'avez-vous à gagner à sa mort ?

— Rien. » Ses lèvres étaient pincées, son visage figé.

« Et pourtant vous semblez perturbé par le fait qu'elle n'ait pas réussi sa tentative de suicide.

— Cela n'a rien à voir avec moi. » Le rideau au fond de la pièce bruissa, et le « garçon de courses » qu'Alpiew avait rencontré devant la maison des Wilson passa la tête dans le bureau.

« Avez-vous besoin de moi, monsieur Cowley ? »

M. Cowley se retourna vivement. « Tout va bien, Nathaniel. As-tu apporté ces lettres à Doctors' Commons ? »

Nathaniel secoua la tête.

« Alors fais-le, hurla Cowley en se levant pour fermer le rideau. Maintenant. »

Nathaniel disparut. Cowley fixa anxieusement la comtesse, qui soulevait des objets du dessus de cheminée – l'horloge, un bibelot en porcelaine, un vase – pour en vérifier le dessous.

« Enfin..., dit Alpiew, qui n'allait pas se laisser démonter, à mon avis, que vous souhaitiez la mort de Mme Wilson.

— C'est elle qui a pris la poudre, personne ne l'y a obligée.

— Non. C'était une erreur. Elle avait mal lu l'emballage. Elle a pris une poudre que M. Wilson avait achetée pour son propre usage, au lieu de la dose qu'elle prenait tous les soirs.

— Maintenant, je sais que vous mentez. Mme Wilson ne sait ni lire ni écrire. »

Alpiew le regarda droit dans les yeux. « Et c'est pourquoi elle a fait erreur sur le symbole. Celui que Beau inscrivait sur les poudres qu'il préparait pour elle, s'il est lu à l'envers, est le signe de l'antimoine, substance qu'il avait achetée la veille de sa mort chez l'apothicaire en face de chez lui. »

M. Cowley se rassit. Il était acculé. « Comment savez-vous tout cela ? »

Alpiew inspira profondément. « Par Betty, la bonne de Mme Wilson.

— Je dois retrouver Betty. » L'avocat se pencha en avant et se mit à triturer nerveusement sa plume d'oie. « Où est-elle ? »

Alpiew et la comtesse échangèrent un regard. « Elle se cache.

— Où ?

— Si je vous le disais, ce ne serait plus une cachette, n'est-ce pas, monsieur ?

— Cela est important pour moi, dit Cowley d'une voix tremblante. Je dois lui parler.

— Pourquoi donc, alors ? » La comtesse parlait d'un ton délicat, enfantin et engageant.

« Vous ne comprenez pas, dit-il. Il me revient de compléter les formalités de la succession de feu M. Wilson. Je sais, plusieurs personnes savent, qu'il possédait une autre propriété. Une sorte d'entrepôt. Je ne peux aucunement accomplir mon devoir d'homologation successorale avant d'avoir découvert l'adresse de cet entrepôt. Il m'a dit que Betty était la seule de son entourage à la connaître. Donc, je dois retrouver Betty... »

Alpiew haussa les épaules. « Eh bien, nous ne savons rien à ce propos, dit-elle. Nous ne venons que dans un but. Pour vous transmettre un message de Mme Wilson, laquelle est toujours votre cliente, que cela vous plaise ou non.

— Et ce message, c'est... ?

— D'essayer d'invoquer "le privilège du clergé". »

John Cowley se mit à rire. « Alors cette femme est complètement folle. » Il tira un nouveau livre de l'étagère derrière lui. « "Privilège du clergé" : applicable aux criminels uniquement pour un premier délit – elle serait éligible sur ce point – "pour des personnes n'appartenant pas strictement aux ordres religieux, mais assistant aux offices divins : portiers, lecteurs, etc.". Cette loi fut élargie au cours du siècle dernier pour inclure toute personne sachant lire. » Il referma le livre d'un claquement sec. « Mme Wilson ne sait pas lire. Ergo, Mme Wilson ne peut même pas imaginer demander le privilège du clergé. Elle doit se rendre à l'évidence. Elle va mourir. »

12
Foliation

Faire qu'une substance se gonfle
en formant des couches,
comme des feuilles superposées l'une sur l'autre.

Alpiew et la comtesse suivirent la berge jusqu'à Dorset Garden, prenant soin d'éviter la ruelle où gisait le corps de Betty, dans le laboratoire de Beau. Elles s'arrêtèrent sur le quai désert, devant le théâtre abandonné, tellement sinistre avec sa peinture écaillée et ses vitres fracassées...

« C'est l'avocat de Beau, dit la comtesse. Il ne pouvait ignorer l'existence de l'entrepôt. Il a dû rédiger l'acte de transfert de propriété, ou le bail.

— Il a cambriolé la maison des Wilson, n'est-ce pas ? Pendant que les domestiques pillaient la cave du défunt.

— Certainement. J'étais sur le point de te le dire. Mais comment le sais-tu ?

— J'ai deviné. Il semblait tellement mal à l'aise lorsque vous vous êtes mise à examiner ces babioles sur sa cheminée...

— Très perspicace, jeune fille. D'abord, j'ai reconnu l'un des dessins. Je savais que je l'avais déjà vu. Puis j'ai compris *où* je l'avais vu.

— Dans la chambre à coucher de Mme Wilson.

— Exact. Puis l'horloge. Elle était assez singulière, avec son cadran en chrysocale. Sans aucun doute dérobée du dessus de cheminée de Mme Wilson.

— Curieux comportement pour un avocat, dit Alpiew lançant un caillou d'un coup de pied dans la Tamise. Voler ses clients.

— Tout le monde est d'une grossièreté dans cette affaire, ne trouves-tu pas, Alpiew ?

— Les gens qui luttent pour leur vie n'ont jamais beaucoup de temps à consacrer aux belles manières, c'est certain. » Alpiew s'assit sur les pavés de l'avant-cour du théâtre. Elle fouilla son sac. « Mettons à plat ce que nous avons, et tentons de décider de la prochaine étape. » Elle avait assemblé une pile de cailloux pour les poser sur les papiers, afin que rien ne s'envole. « Nous avons donc... » Elle feuilleta les lettres du coffret indien. « *Item* : dix lettres d'amour tracées par une main inconnue, écrites entre janvier et mars de cette année. » Elle les posa et plaça une pierre dessus. « *Item* : une liste cataloguant différents articles de parure féminine, rédigée d'une main brouillonne et maladroite, différente de la précédente. » Elle plaça la liste sous une autre pierre. « *Item* : une page arrachée au carnet de Beau Wilson. Inintelligible à quiconque, sauf à Beau. »

La comtesse claqua la langue et secoua la tête. « Et Betty !

— Qu'est-ce qui vous permet de le dire ?

— Si Betty n'y comprenait rien, pourquoi s'est-elle empressée de l'arracher du carnet pour la cacher ? Celui qui l'a tuée devait être à la recherche de cette page. Il n'a eu que le carnet. Entre le temps où nous avons quitté Betty et celui où tu l'as trouvée morte, elle avait dû élucider le mystère.

— Si seulement c'était aussi simple pour nous... » Alpiew plaça la page codée sous une nouvelle pierre. « Et puis il y a la facture de l'apothicaire. Mais maintenant, nous savons tout ce qu'il y a à savoir là-dessus. » Elle retourna la feuille et la plaça sous une autre pierre.

« Attends un instant », dit la comtesse, se penchant et scrutant l'envers de la facture. « Qu'est-ce qui est écrit là ?

— *Alles Mist,* lut Alpiew. Aucune idée de ce que cela veut dire.

— Oui, mais regarde... » La comtesse repoussa la pierre sur la liste griffonnée, du bout du pied. « C'est la même écriture maladroite ! Elles sont de la même main ! »

Alpiew rapprocha les deux. « Vous avez raison. Regardez. Les M, les S... » Elle les rassembla sous la même pierre. « Ainsi, quiconque a tracé *Alles Mist* derrière la facture que Beau portait sur lui lors de son rendez-vous fatal, a aussi rédigé la liste que nous avons découverte à Acton.

— Par conséquent, dit la comtesse, il y a un lien certain entre Acton et Beau.

— Nous possédons d'autres indices. » Alpiew tira un crayon et une feuille de son sac. « Un : la robe tachée de sang, également à Acton. » Elle inscrivit le mot robe et le plaça sous une pierre. « Il peut y avoir une autre explication quant à l'origine de cette tache, mais comment une femme pourrait-elle ensanglanter à ce point son corsage ?

— Si ce n'est par un meurtre ? » Le regard de la comtesse se perdit dans les eaux du fleuve. « Nous avons aussi une femme, résidente d'Acton jusqu'à récemment, se faisant appeler Mme Roy, qui a disparu de sa retraite champêtre.

— N'oublions pas non plus le colosse, Jack Fry, qui est monté à bord du canot ici même. Betty nous a dit, rappelez-vous, que le trajet avait été bref.

— Alors pourquoi passer par le fleuve ? Nous savons bien que Lambeth n'est pas la route la plus rapide pour parvenir à Acton ! » La comtesse contempla deux bateliers en train de s'injurier l'un l'autre, comme de coutume, par-dessus leurs avirons. « Tout cela est très déroutant.

— Mais bien sûr, Milady ! C'est cela. » Alpiew fit volte-face. « Ce soir-là, La Racaille a pris la voie du fleuve afin d'induire Beau en erreur sur sa destination, tout en nous semant.

— Pourquoi donc ?

— D'après ce qu'a dit Betty, Beau savait que nous le suivions. La seule explication qui me vienne à l'esprit, c'est que Beau en a averti La Racaille, et que La Racaille l'a mené en bateau, sachant que nous ne pourrions pas le suivre.

— Je suis désolée, dit la comtesse, mais je ne comprends pas.

— Beau voulait que son projet réussisse. Il espérait obtenir beaucoup d'argent de cette femme mystérieuse. Et il savait que cet argent dépendait du secret le plus total. Que se serait-il passé si nous nous étions présentées là-bas ? Cela aurait pu gâcher sa grande chance. Donc, si Beau voulait que son rendez-vous de cette nuit-là se déroule sans anicroche, il fallait que nous soyons semées.

— Mais il aurait pu nous semer en prenant un carrosse...

— Non, Milady. Beau ne savait pas que nous étions sans le sou. S'il prenait un carrosse, qu'est-ce qui nous empêchait de prendre un fiacre pour le suivre là où il allait ? »

La comtesse éclata de rire. « Et qu'est-ce qui nous empêchait de prendre un canot ?

— Cet insolent batelier nous l'a dit. Il y avait de la glace, la marée était forte. Peu de canots étaient sur le fleuve ce soir-là. La Racaille a pris le risque.

— Alors Alpiew, que s'est-il passé d'après toi, éclaire-moi ?

— Je crois que La Racaille est entré dans le café pour parler à Beau, et que Beau lui a dit qu'il croyait être suivi. La Racaille a donc organisé un lieu de rendez-vous qui nous ferait perdre la piste. Il a emmené Beau, par le fleuve, à quelques centaines de yards plus loin, disons jusqu'aux marches de Somerset House, où son carrosse habituel l'attendait pour emporter Beau jusqu'à la dame mystérieuse.

— Alpiew, tu es un génie ! » La comtesse bondit et agita les mains en l'air.

Au même moment, une bourrasque de vent fouetta les morceaux de papier et Alpiew dut se jeter sur toute la collection pour l'empêcher de s'envoler. La comtesse s'accroupit et s'empara de l'équation. « Écoute, Alpiew, nous devrions rentrer à la maison et recopier ceci. Et rédiger une liste de toutes les interprétations qu'on nous a données jusqu'ici.

— Et à la lumière de la lecture de notre ami l'alchimiste... »

Alpiew fourrait les papiers dans son sac en toile.

« ... si je peux trouver un violon, je vous la jouerai ! »

De retour à German Street, elles trouvèrent un groupe de personnes rassemblées sur les marches du perron.

« Que diable... ? » La comtesse s'avança d'un

pas incertain. « Ce ne sont pas les gendarmes, n'est-ce pas, ou un magistrat ?

— On ne dirait pas. Ce sont, d'après leur apparence, des gens de qualité. » Alpiew la prit par le bras. « Attendez ici. Je vais voir ce qu'il en est, et s'il m'arrive malheur, au moins vous serez libre de m'aider, s'il le faut. »

Elle s'avança et s'approcha du perron d'un air nonchalant, se frayant un chemin dans la foule. « Pardonnez-moi, mesdames, messieurs. » Elle tenta de se faufiler jusqu'à la porte d'entrée, mais la bousculade était telle qu'elle n'arrivait pas à passer.

« C'est une ruse ! » s'écria quelqu'un.

« Elle essaie d'entrer la première... », en glapit un autre.

« Ne la laissez pas passer, ne la laissez pas passer ! », cacardèrent-ils à l'unisson.

Alpiew se planta devant eux, poings sur les hanches, et mugit : « Laissez-moi passer, voulez-vous ? Je vis ici. »

Le groupe se retourna comme un seul homme et l'examina de la tête aux pieds.

« C'est vous, la comtesse de Nasty Bella Russe ? dit une femme impérieuse avec un rictus méprisant.

— J'ai l'air d'une dame de la haute ? grinça Alpiew. Non. Je ne suis pas la dame à laquelle vous vous référez, mais je suis sa femme de chambre, et je vous suggère de me laisser passer, et de m'expliquer à quoi vous jouez, plantés là à beugler comme des bœufs de Smithfield devant la porte de Madame la comtesse ? »

Le ton de la foule changea aussitôt. Ses interlocuteurs oublièrent aussitôt leur fureur pour rivaliser de flatteuses bassesses.

« Votre maîtresse pourrait-elle m'accorder... »

« Mon offre sera imbattable... » « Je serais à même de payer rubis sur l'ongle... »

Dès qu'Alpiew eut atteint la porte elle se retourna pour leur faire à nouveau face. « Eh bien ? Allez-vous me répondre ? Pourquoi êtes-vous ici, et que voulez-vous ? »

Une dame toute rouge à l'arrière de la foule s'écria : « Nous sommes ici pour voir la maison, bien sûr. Et il fait froid dehors, alors si quelqu'un pouvait nous ouvrir...

— Voir la maison ? Dans quel but ? répondit Alpiew sur le même ton.

— Pour l'acheter, dit un homme souriant avec de longues dents jaunes et chevalines. La mise en vente vient d'être annoncée dans la *Gazette* de ce matin. »

En silence, Alpiew fit signe à la comtesse de s'avancer. Il était clair, d'après son expression stupéfaite, qu'elle avait entendu l'incroyable nouvelle. Alpiew lui indiqua, doigt sur les lèvres, qu'elle ne devait pas adresser la parole aux acheteurs potentiels. Une fois la comtesse et Alpiew à l'intérieur, elles partirent à la recherche de sir Peter.

Il était sorti, mais Godfrey était, comme d'habitude, endormi au coin du feu avec un livre.

« Godfrey ? » Alpiew lui arracha le livre et le lança de l'autre côté de la pièce. « Qu'est-ce qui se passe ? Qui a mis cette maison en vente ? »

On recommençait à cogner à la porte. « Ah mon Dieu ! » Godfrey se leva d'un bond. « Ils sont déjà là. Je dois leur montrer la maison. » Il partit vers le hall d'entrée en traînant les pieds.

« Pas si vite, vieux bouffon décrépit. » La comtesse lui barra la route. « Tu as intérêt à m'expliquer ce qui se passe. En détail. »

À ce moment-là, elle fut pratiquement renversée par la porte de la cuisine, qui s'ouvrit toute grande pour laisser passer sir Peter.

« Ah, femme, femme ! » Il tenait un bouquet de fleurs et un grand colis qui avait la forme d'un tableau. « Je vous en prie, ne me dites pas que ce vieil imbécile a gâché ma surprise.

— Pour une surprise, c'est une surprise ! » La comtesse avait ramassé le livre de Godfrey et le brandissait à bout de bras. Mais avant qu'elle n'ait pu l'écraser sur la tête de son mari, il s'était esquivé.

Derrière lui, quelqu'un d'autre s'avança, qui n'eut que le temps de dire « Je suis incapable de travailler avec toute cette agitation ! » avant de recevoir le livre de plein fouet sur la tête. L'homme aux traits aquilins, qui portait ses longs cheveux bruns coiffés vers l'arrière, roula des yeux au ciel et s'effondra par terre.

Effarée, la comtesse contempla son corps prostré. « Qu'avez-vous fait ? » hurla-t-elle à son époux, qui était déjà à l'autre bout de la salle en train de s'épousseter. « Vous savez qui c'est ? »

Elle s'agenouilla et se mit à éventer l'homme évanoui. « Mon Dieu, faites qu'il ne soit pas blessé. » Elle agita la main vers Alpiew. « Vite, de l'eau. De l'ammoniaque, des sels, n'importe quoi, pour qu'il reprenne ses esprits...

— Ce n'est que l'un des acheteurs, non ? » Sir Peter se tortillait les pointes de moustache. « Il en reste encore plus qu'il n'en faut.

— D'abord une pomme, soupira la comtesse, et maintenant, *L'Immoralité et l'état propre du théâtre anglais* de Jeremy Collier[1]. Ce pauvre M. Newton ne cesse de se faire assommer.

---

1. Voir note 1, p. 81.

— M. Newton ? balbutia Alpiew, accourant avec une tasse pleine d'eau. M. Isaac Newton ?

— Mon voisin, acquiesça la comtesse. Et dire que c'est la première fois qu'il me fait l'honneur d'une visite... » Elle tendit la main pour qu'Alpiew l'aide à se relever. « Je crois que pour l'instant, j'ai intérêt à me faire rare, Peter, mon cher. Je n'ai aucune envie d'une querelle de voisinage. Vous m'avez fourrée dans ce pétrin. Vous allez m'en tirer. »

Les paupières de Newton frétillèrent. Alpiew lui remit le verre d'eau, mourant d'envie de lui passer l'équation de Beau en même temps.

« Ne vous inquiétez pas, sourit sir Peter. Il ne sera pas longtemps votre voisin.

— Pourquoi ? cracha la comtesse. Il déménage ?

— Non, dit sir Peter. Nous. »

La comtesse leva le poing, sir Peter se baissa vivement. « Ne vous inquiétez pas, femme. J'en tirerai un bon profit.

— Je ne veux pas de bon profit, siffla la comtesse. Je veux garder ma chère maison, mon foyer. »

À ce moment-là, une douzaine de têtes apparurent à la porte de la cuisine, avec Godfrey à l'avant-garde.

« Godfrey, aboya sir Peter en prenant sa femme par la main, lorsque tu auras fini ta tournée avec ce groupe, débarrasse-toi du savant fou et rejoins-nous à la... – il lança un clin d'œil à Godfrey – ... nouvelle maison. »

Sir Peter agrippa Alpiew par le bras et, traînant les deux femmes derrière lui, traversa le hall au pas de charge jusqu'à German Street.

« C'est la plus belle maison du monde, brailla-t-il tandis qu'ils dévalaient la rue. Bâtie selon la dernière mode. Toute prête à ce que nous nous y installions. Une cuisine des plus modernes, avec un four, une pompe à eau et un tourne-broche. Il y a même une petite glacière.

— Et où trouverons-nous l'argent pour acheter une telle maison ? » bredouilla la comtesse, qui échangeait des regards paniqués avec Alpiew.

Ils traversèrent la route principale au pas de course jusqu'à une rue à moitié construite, au nord de Piccadilly, dépassèrent quelques maisons inhabitées, certaines d'entre elles encore inachevées, d'autres qui n'étaient que des trous prêts à recevoir de nouvelles fondations. À travers les chantiers, la comtesse remarqua que l'on pouvait apercevoir Burlington House d'un côté, et Devonshire House de l'autre. Au nord, droit devant, s'étendaient des miles de terres en friche. Sir Peter s'était arrêté devant une maison fraîchement construite à la façade en briques, ornée de corniches et de clés de voûte en pierre. « Elle est payée, femme, et elle n'attend que nous. Les pièces sont lambrissées et peintes, il y a de superbes fenêtres à guillotine, de grands escaliers et, derrière, une jolie cour plantée de lierre, de jasmin et d'autres plantes. » Il tira une clé de sa poche et ouvrit la porte d'entrée.

« Comment se nomme ce lieu horrible ? » s'enquit la comtesse en détaillant le reste de la rue, les monticules de matériaux de construction, les lotissements encore couverts de mauvaises herbes, les fondations à moitié enfouies de la maison voisine.

« On l'appelle Bond Street, femme.

— On dirait les ruines de Troie.

— Je vous assure que ce sera bientôt la rue la plus élégante de tout Londres.

— Peuh ! dit la comtesse en montant les marches, observant qu'aucune des maisons d'en face n'avait de toit. Et quand le ciel nous tombera sur la tête, nous attraperons des alouettes. »

Sir Peter était déjà dans le hall d'entrée résonnant d'échos. « C'est déjà en partie meublé, comme vous le voyez. Un papier peint du dernier cri, pour ceux d'entre nous qui souhaitent être à la mode. »

Le visage de la comtesse changea dès qu'elle fut entrée, car l'intérieur de la maison était en effet splendide. Un escalier délicatement incurvé partait d'un hall d'entrée en marbre aux proportions élégantes, avec un sol carrelé de marbre noir et blanc, en damier. Elle se retourna pour dévisager son mari. « Et vous avez payé ceci ?

— À quoi bon s'accrocher à sa fortune ? Je n'ai aucune envie d'être l'homme le plus riche du cimetière. » Il hocha la tête. « Tout est signé, et pratiquement scellé. » Il se retourna vers Alpiew, dont l'expression trahissait une incrédulité qu'il souhaitait apaiser. « Quant à toi, Alpiew, puisque tu es pratiquement devenue une fille pour ma chère épouse, je me suis assuré que tu sois confortablement installée. L'étage supérieur, assurément le plus élevé, est tout à toi. Si tu te donnes la peine de gravir l'escalier de tes jolis petons agiles, tu pourras l'explorer, petite friponne, tandis que j'escorte mon épouse dans notre nouvelle et somptueuse demeure. »

La comtesse errait de-ci de-là en touchant à tout, comme pour s'assurer que tout était vrai, et non un songe.

« Mais l'argent ? bégaya-t-elle tandis que son mari la suivait dans la salle à manger.

— Puis-je vous rappeler, femme, ou peut-être vous apprendre, car je crains d'avoir omis de vous en faire part, dit-il en lui prenant la main, que mes affaires au cours des dernières années, en Amérique et aux Indes, ont fait de moi l'un des hommes les plus riches de Londres. »

Ils passèrent à la cuisine et la comtesse eut le souffle coupé devant tant de merveilles. Elle courut jusqu'à la cheminée et se mit à caresser le tourne-broche en fer forgé. « On pourrait y rôtir un cochon tout entier !

— Avec sa garniture. Un grand ami à moi, un chef Cherokee dont j'ai gagné l'amitié là-bas, m'a donné une recette délicieuse pour le cochon rôti, avec des marrons et des pommes épicées. Il la faisait souvent, dans son wigwam. » Il se tourna pour montrer les autres pièces d'équipement. « L'approvisionnement d'eau est abondant. Il y a même une petite fontaine reliée à la salle à manger. »

La comtesse avait passé la tête dans la cheminée et inspectait la multitude de crochets, permettant de cuire plus d'une poêlée à la fois. Elle se pencha pour ressortir et courut jusqu'au four à pain, près de la porte de service.

« Ce sera comme dans le temps, mais en mieux. » Sir Peter planta les poings sur les hanches, souriant pendant que sa femme caressait tous les ustensiles. « Nous serons dignes de recevoir la famille royale. Songez aux menus que nos domestiques pourront accommoder ici : ragoût de canard, huîtres braisées, compote de lapin... »

La comtesse, comme dans un rêve, poursuivit la litanie : « Pigeon mariné, feuilletés à l'espagnole, soupe au jus de viande, mousse de barbue...

— Alors, chère femme, qu'en pensez-vous ?

— Allons voir à l'étage. » La comtesse rosit. « Les chambres à coucher. »

Ils croisèrent Alpiew sur le palier. Elle lança à sir Peter un regard destiné à l'effrayer. Elle savait que toute cette affaire était trop belle pour être vraie, mais elle cherchait encore à comprendre ce que le gredin manigançait.

« Alors, qu'en penses-tu, Alpiew ? » Sir Peter la retint sur le palier pendant que sa femme s'aventurait jusqu'à la chambre de maître.

« Cela semble trop beau pour y croire, Monsieur.

— Eh bien, c'est tout moi, n'est-ce pas ? roucoula-t-il. Jamais en dessous de la vérité. »

Son regard semblait la défier de le contredire. Elle décida de se taire.

« Tu devrais aller jeter un coup d'œil à la cuisine, sourit-il. Elle est dotée de tous les ustensiles les plus modernes. »

C'était un ordre plutôt qu'une suggestion, et Alpiew descendit l'escalier avec réticence, pendant que sir Peter se pavanait jusqu'à sa femme dans la chambre de maître.

« Quand pourrons-nous emménager ? demanda la comtesse en caressant le couvre-lit en satin, sur le grand lit à baldaquin.

— Dès que nous aurons vendu German Street.

— Mais je croyais – la comtesse pencha la tête sur l'épaule – que tout était payé ?

— Jusqu'à la dernière brique, tuile ou marche d'escalier. » Sir Peter enlaça la comtesse et lui baisa la joue. « Mais j'ai pensé qu'avec un peu d'argent en banque nous pourrions acheter un carrosse et engager des domestiques afin que vous ayez à nouveau un équipage complet.

— Ah, mais cela m'est égal. » La comtesse leva la tête et remarqua le magnifique bouquet de plumes d'autruches qui surmontait chaque colonne de lit. « Pourquoi n'emménageons-nous pas dès demain ?

— J'allais vous en faire la surprise, mais... » Il caressa la perruque de sa femme. « Les peintres viennent demain pour peindre toutes les portes de nos nouvelles armes, y compris la porte d'entrée, afin que chacun sache que cette maison est la nôtre. Il faudra une semaine ou deux pour compléter la tâche. Nous ne voulons pas vivre dans l'odeur de l'huile de lin, de la térébenthine et du vernis, n'est-ce pas ? »

La comtesse sourit et secoua la tête.

« Alors voilà. Attendons un peu et faisons tout en grand style, n'est-ce pas, femme ? »

La comtesse posa la joue sur son épaule. Elle était totalement satisfaite.

Alpiew avait profité des quelques instants où elle avait été seule dans la cuisine pour recopier l'équation du carnet de bord de Beau sur un bout de papier. En retournant à German Street, elle frappa à la porte d'Isaac Newton. Après un bon moment, il ouvrit, tenant une grosse escalope sur son front.

« Oui ? grogna-t-il.

— J'ai une énigme à résoudre, dit Alpiew en lui mettant le papier dans la main. Elle a dérouté tout Londres, du chimiste le plus savant à l'apothicaire le plus achalandé. Je croyais que vous pourriez peut-être... »

Il recula d'un pas. « Vous venez de chez les voisins, n'est-ce pas ? De cette maison de fous qu'est Anglesey House ? »

Alpiew ne dit rien, se contentant de tendre le bout de papier avec l'équation.

« Allez vous faire foutre », lança Newton en lui claquant la porte au nez.

Sans se laisser démonter, Alpiew croisa les doigts et fit glisser le papier sous la porte d'Isaac Newton.

La comtesse était chez elle, ouvrant armoires et tiroirs qui étaient restés fermés depuis bien des années. « Je n'ai ni malles, ni valises. Comment vais-je transporter tout ceci dans la nouvelle maison ? »

Sir Peter était assis au coin du feu, serrant contre lui une bouteille de bourgogne tout en contemplant amoureusement les armoiries maintenant fièrement suspendues au-dessus de la cheminée. « Ne songez pas déjà aux valises », dit-il en introduisant le tire-bouchon dans le bouchon. « J'engagerai des domestiques qui s'en chargeront. Tout ce que vous avez à faire pour l'instant, est de vous asseoir près du feu et de trinquer à notre nouvelle vie. » Il tira le bouchon en liège d'un geste théâtral et versa deux pleins verres. « J'aurais dû acheter du champagne, je sais bien. Mais peu importe, nous en boirons demain, après que j'aurai réglé une petite affaire. »

La comtesse restait debout à se gratter la tête, fixant une pile d'objets qui avaient dégringolé d'une armoire : une toupie, un support à perruque, un tas de manuscrits inachevés, un jeu d'échecs en ébène et en ivoire, une lanterne cassée.

Sir Peter avança jusqu'à la porte de service et cria : « Godfrey ! Bouge-toi le cul. Nous devons partir bientôt. »

La comtesse tourna la tête vers lui. « Vous sortez ?

— J'en suis désolé, mon amour, mais quand le diable commande, il faut obéir. »

Sir Peter passa son manteau. « Je n'ai plus que quelques détails à régler, et puis...

— Mais il fait noir dehors. Tout sera fermé. Que pouvez-vous bien avoir à régler à cette heure du soir ?

— J'ai quelques vieux camarades à voir, pour

leur faire un peu la cour, vous voyez. Je vais à l'une de ces maisons de jeu au bout de la rue. Pour voir quelles relations je peux cultiver. » Il se tapota l'arête du nez. « Comme je le dis toujours, ce n'est pas ce que vous connaissez – c'est *qui* vous connaissez. »

Il plaça son chapeau en castor sur sa perruque, le disposant minutieusement afin de tirer le plus bel effet des plumages multicolores. « N'ayez aucune crainte, ma chère. J'ai envoyé Alpiew chercher votre amie Saint-Pholle. » Il pencha son chapeau en avant d'un air canaille. « Je ne comprendrai jamais ce que vous trouvez à cette antique harpie française, mais enfin... »

La porte d'entrée claqua et Alpiew parut dans la cuisine en se frottant les mains et en soufflant dedans. « Je crois que le printemps ne viendra jamais cette année. »

Sir Peter restait planté devant elle, attendant une réponse. Alpiew l'écarta pour passer. « Oui, oui. Elle viendra plus tard. Elle est occupée. » Elle s'arrêta tout net, contemplant le fouillis jonchant le sol. Elle s'agenouilla aussitôt et commença à ranger les pièces du jeu d'échecs dans leur boîte.

« Ah, mon vieux jeu d'échecs, ma foi ! dit sir Peter. On m'en a fait cadeau pour récompenser ma bravoure à la guerre, vous savez. Il appartenait au prince Rupert du Rhin. Les échecs ! répéta-t-il, prononçant le mot comme s'il s'agissait d'un insecte attrapé en plein vol. Le noble jeu des rois. Tu joues, Alpiew ?

— Vous le savez parfaitement. » Alpiew ne releva pas la tête, continuant simplement à ranger les pièces dans leur boîte. « C'est vous qui me l'avez enseigné.

— Ah oui, bien sûr. » Il lui chatouilla la

nuque. « Quand tu étais pratiquement un nourrisson en langes. Puis-je te proposer une partie ?

— Je croyais que vous étiez pressé.

— À mon retour, bécasse.

— Je ne suis pas une bécasse, Monsieur. Aux échecs, je peux vous battre à plate couture. »

Contemplant son postérieur, relevé tandis qu'elle fouillait sous un placard pour une pièce égarée, sir Peter tirailla délicatement la pointe de sa barbe. « Oui, tu as toujours eu une jolie fin de partie, je dois te le concéder.

— Je vous ai souvent fait échec et mat, Monsieur, si je me souviens bien. » Alpiew avait rassemblé toutes les pièces blanches, et il ne lui restait plus que trois pions noirs à retrouver.

« Simplement parce que je t'ai laissée gagner. Parce que tu étais une enfant, vois-tu. Il me semblait injuste de te battre. »

Alpiew bouillonnait de rage. Elle avait gagné à la régulière, et n'avait qu'une hâte, battre ce fanfaron une nouvelle fois. Mais avant qu'elle puisse répondre, Godfrey se présenta à la porte, botté, le manteau jeté sur les épaules et un grand chapeau tiré sur les yeux.

« Ah, Godfrey, s'esclaffa la comtesse, tu ressembles à un bandit de mélodrame.

— Allez, viens, Godfrey, vieux fils de pute, dit sir Peter en prenant son épée pour la passer à Godfrey. Partons. »

Godfrey traversa la pièce en trottinant et suivit sir Peter.

« Où vont-ils ? » demanda Alpiew. Elle leva le nez et découvrit avec consternation les nouvelles armoiries. Mieux valait ne passer aucun commentaire.

« Ils vont jouer dans un club de gentlemen. » La comtesse suivit le regard d'Alpiew et leva les yeux vers le grand écusson suspendu au-dessus du feu. « N'ai-je pas de la chance ? »

Alpiew ravala ce qu'elle allait dire, et s'assit près de la comtesse. « Au fait, je ne suis pas allée chercher Saint-Pholle. Je me suis contentée de traîner au coin de la rue jusqu'à ce qu'il soit temps de revenir. » Elle se pencha et se servit un verre de vin. « J'ai pensé que nous pouvions encore tenter de passer au crible ce que nous avons rassemblé sur l'affaire Beau Wilson. »

Pendant qu'elle sortait les papiers de son sac, la comtesse avala le reste de son verre de vin. « Pourquoi se préoccuper encore de cette affaire, Alpiew ? Nous n'avons plus besoin de travailler pour gagner notre vie. » Elle emplit à nouveau son verre. « Tu as entendu sir Peter, il n'a plus que quelques détails à régler, et nous serons à nouveau riches. Nous n'aurons plus à farfouiller pour trouver des scandales dans les bazars du vice, à courir après des bandits ou des robes tachées de sang. Nous n'aurons plus qu'à rester tranquillement assises, et à nous amuser.

— Et quoi ? » Alpiew avait étalé les papiers devant elle et aiguisait sa plume d'oie avec son canif.

« Et quoi, quoi ? » La comtesse la fixa au-dessus de son verre de vin.

« Rester assises, et quoi ? » Alpiew rangea le canif et plaça un flacon d'encre à ses pieds.

« Rester assises, et rien d'autre, Alpiew. Être riche.

— Avez-vous jamais songé, Milady, qu'il serait ennuyeux à mourir de rester assise à ne rien faire ?

— Non, trancha la comtesse avant de prendre une gorgée de vin. Je crois que cela me plairait assez.

— Vous seriez morte d'ennui en une semaine. » Alpiew tenait l'équation sur son genou. « Et de toutes façons, je me sens liée par une loyauté à Betty, sinon à Beau. Rappelez-vous que pour l'instant, nous sommes les seules à pouvoir faire traduire les meurtriers en justice. Et Mme Wilson ne mérite ni d'être pendue, ni d'être brûlée vive, quelqu'insolente qu'elle soit.

— Eh bien fais comme tu veux, ma chère. » La comtesse remplit encore une fois son verre. « Quant à moi, je serai une dame oisive.

— Comment se fait-il qu'il connaisse Acton ? demanda Alpiew en tripotant sa plume.

— Qui ? » La comtesse avait retiré ses souliers, prête à poser ses pieds sur la grille devant le feu.

« Sir Peter.

— Mon mari ? » La comtesse regarda Alpiew en clignant des yeux. « Il connaît Acton ? »

Alpiew hocha la tête. « Il l'a surnommé le *délice arboré.*

— Ah bon ? Quel poète. » Elle s'adossa à son fauteuil en sirotant son vin. « Ce n'est qu'une touffe d'arbres au milieu de nulle part, si tu veux mon avis.

— Il n'est pas bien grand, quand même, vous ne trouvez pas ?

— Qui ?

— Sir Peter.

— Alpiew. » La comtesse se redressa, brusquement dessoûlée. « Qu'essaies-tu de laisser entendre ?

— Il est parti depuis des années et des années... » Alpiew haussa les épaules. « Nous ne savons pas où, ou ce qu'il a pu faire. Il n'est pas toujours avec vous depuis qu'il a réapparu. Et vous m'avez dit qu'il sort aussi la nuit. » Alpiew vida son verre, trempa sa plume dans l'encre et se mit à écrire. « Et les habitants d'Acton disent de cette femme, Mme Roy, qu'elle a un mari mystérieux, qui n'est pas grand.

— Bon, ça suffit maintenant ! » La comtesse posa brusquement son verre et se leva de son fauteuil. « Hors de cette maison, ô vipère ! Ô serpent que j'ai chauffé... » Légèrement titubante, elle pointa vers la porte. « Ô traîtresse que j'ai chauffée contre mon sein, que j'ai tirée de la fange...

— Mais comtesse, j'ai seulement... »

La comtesse releva sa jupe et pourchassa Alpiew autour de la table. « Pars ! Dehors ! Va, meurs de faim, seule et oubliée !

— Chère Madame, j'ai... »

La comtesse prit un balai et l'agita vers Alpiew. « Va, va, perfide catin. »

Alpiew rassembla ses papiers et se précipita hors de la pièce. « Mais entendez-moi, Madame... lança-t-elle depuis le hall.

— T'entendre ? Ô impudente effrontée, va-t'en ! » La voix de la comtesse devint un gémissement tremblant. « Va-t'en ! »

Mais Alpiew était déjà sortie. Elle se rendit chez Saint-Pholle, qui l'accueillit comme elle l'avait fait la première fois. « Comme c'est parfait, Alpiew. Je me languissais d'une partenaire de jeu. »

Alpiew frémit. Elle savait bien ce que Saint-Pholle faisait de ses jouets.

« J'allais simplement vous proposer de vous préparer à souper ce soir, duchesse.

— D'accord, d'accord. Mais seulement après une petite partie d'échecs avec moi. Tu joues ? »

Tout le monde veut jouer aux échecs avec moi, ce soir, se dit Alpiew, soulagée qu'il ne s'agisse que de cela. « C'est mon maître qui me l'a enseigné, sir Peter !

— Un maître en duperies, tu veux dire. »

Saint-Pholle froufrouta jusqu'à son grand salon de jeu. Le singe émit un cri strident et grimpa jusqu'en haut des rideaux, ce qui fit piailler le perroquet.

« Oui, mes enfants, nous avons une petite camarade de jeu. N'est-ce pas merveilleux ? » Elle s'assit devant une table en marbre où un énorme jeu d'échecs était disposé en permanence.

« Je parlais justement d'échecs il y a quelques instants, dit Alpiew en avançant un pion.

— Et pourquoi donc ? s'enquit Saint-Pholle, avançant rapidement son pion noir à la rencontre du blanc d'Alpiew.

— Un jeu d'échecs était tombé d'un placard où fouillait ma maîtresse.

— Ashby ! En train de fouiller dans un placard ! Comme c'est extraordinaire ! Et pourquoi diable ? C'est ton travail.

— Elle est tout excitée, dit Alpiew en faisant sauter son cavalier sur l'échiquier, parce qu'elle va déménager.

— Déménager ? » Saint-Pholle plaça son propre cavalier en opposition. « A-t-elle perdu le sens commun ? Elle a une excellente adresse. »

Alpiew fit glisser son fou en diagonale. « Sir Peter lui en a acheté une autre. Meilleure. »

Saint-Pholle hésita un moment avant de déplacer elle aussi son fou. « Puis-je demander où ? Tottenham Fields, peut-être ? » Saint-Pholle faisait allusion à l'un des quartiers les plus mal famés de Londres, où l'on déversait les cendres et les détritus de la ville. « Ou bien un bouge à Alsatia, peut-être, ou dans les taudis ?

— Bond Street », dit Alpiew en avançant un nouveau pion. Elles jouèrent quelques minutes en silence.

Saint-Pholle marmonna quelques jurons dans sa barbe. Ce qui donna une idée à Alpiew.

« Connaissez-vous la phrase *"Alles Mist"* ?

— Jamais entendu ça. » Saint-Pholle leva les yeux, haussa les épaules et se replongea dans le jeu. « On dirait de l'allemand. C'est le nom d'un cheval de course ? »

Alpiew prit l'un des pions noirs.

« Vous jouez un jeu stratégique, jeune fille », dit Saint-Pholle en éloignant un autre pion de la reine blanche. « Au fait, les maisons de Bond Street ne sont pas à vendre.

— Sir Peter semble pourtant en avoir acheté une. » Alpiew leva les yeux vers sa partenaire tout en jouant. « J'ai vu la maison. Elle est merveilleuse. Un vrai palais.

— Quelle maison ? demanda Saint-Pholle en prenant le cavalier d'Alpiew.

— C'est l'une des trois qui sont achevées. » Le regard d'Alpiew allait et venait, des pièces à Saint-Pholle. « Celle qui a une porte bleue.

— Une porte bleue ? Mais celle-là appartient à sir Cloudesly Swinnerton.

— Peut-être qu'il la vend ?

— Au contraire, ma petite. Il vient tout juste de l'acheter. Il est en route vers l'Italie, en mission pour le gouvernement. Il est parti ce matin même pour la côte. » Saint-Pholle balaya un fou à travers l'échiquier. « Échec ! »

Alpiew fixa l'échiquier. Elle déplaça sa reine en position défensive. Saint-Pholle contempla en silence l'échiquier pendant un moment avant de déplacer sa tour de deux cases.

« Et mat, ma chère Alpiew. Le roi est mort. Le jeu est terminé. »

Alpiew fixa l'échiquier. Saint-Pholle avait bel

et bien gagné. Elle se leva en se frottant les mains. « Alors, qu'allons-nous manger ? »

Alpiew se leva et, sans réfléchir, fit la révérence avant de partir inspecter le contenu du garde-manger et de l'office de Saint-Pholle. Qu'est-ce qui se tramait ? Que manigançait sir Peter ? Elle savait que la comtesse était en train d'être dupée, mais comment le prouver ? Elle sursauta violemment quand un chat émergea d'entre deux bocaux. Il se pourléchait les babines. Sans doute avait-il trouvé du beurre. Saint-Pholle avait un pigeon, et de quoi faire de la pâte. Elles souperaient donc d'un feuilleté au pigeon.

Tandis qu'Alpiew plumait, hachait, battait et pétrissait, elle réfléchissait profondément. Et si sir Peter était en effet le mystérieux M. Roy, et si, comme l'affirmait son énigmatique épouse, il possédait des tonnes d'argent ? Peut-être avait-il vraiment acheté la maison à ce Cloudesly Swinnerton avant que ce dernier ne parte pour l'Italie. Peut-être qu'il avait vraiment fait fortune aux Indes – comme bien d'autres avant lui. Peut-être que ses transactions saugrenues lui avaient rapporté beaucoup d'argent, cette fois. Elle frémit tout en décapitant le pigeon. Si sir Peter était M. Roy, alors quel rôle avait-il joué dans le meurtre de Beau ? Et pire encore dans celui de Betty ?

Les oignons frits répandaient un arôme réconfortant à travers la maison, attirant finalement Saint-Pholle jusqu'à la cuisine. Elle se percha sur un haut tabouret et sourit à Alpiew.

« Tu es meilleure cuisinière qu'Aziz. » Elle soupira et inspira profondément les arômes mêlés d'oignon, de jus de viande, de pâte en train de cuire et de fines herbes. « Ashby a bien de la chance. »

Alpiew releva la tête. « Pourquoi n'utilise-t-elle jamais son prénom ?

— C'est simple, ma chère. » Saint-Pholle retira des poils de chat de son corsage. « Elle s'appelle Anastasia. En Angleterre, tout le monde tient à utiliser des diminutifs. Le diminutif d'Anastasia, lorsqu'elle était enfant, était Nasty. Vilaine. Ça ne lui plaisait pas. »

Alpiew éclata de rire. Cela était bien du genre de sa maîtresse. « Je m'inquiète beaucoup pour elle, dit-elle en prenant une cuiller en bois pour touiller le contenu d'une casserole. Je dois la protéger.

— Inutile de le dire, Alpiew, ma chère. » Saint-Pholle grimaça. « Tout le monde le sait. Et c'est pourquoi son horrible petit mari a si peur de toi ?

— Qu'allons-nous faire ? » Alpiew s'aperçut que ses larmes tombaient dans la sauce.

Saint-Pholle se rendit à l'office et en rapporta une bouteille de Spumante. Elle secoua un peu la bouteille. « Alpiew ! »

Celle-ci se retourna alors que Saint-Pholle arrachait le bouchon, éclaboussant la table d'une giclée de mousse.

« Je me console quand j'approche ce charognard, en me disant que son nom, c'est l'homonyme de péter !

— Peter ?

— Oui, péter ! »

Alpiew sourit à travers ses larmes.

« Ne t'inquiète pas, ma chère enfant. Si quelque chose se trame, quelque chose de mauvais, nous la sauverons ensemble. N'aie aucun doute à ce sujet. Mais d'abord, mangeons. »

La comtesse était seule, et tisonnait les braises dans la cheminée. Elle regrettait d'avoir chassé Alpiew. Le silence qui régnait dans la maison lui mettait des idées noires dans la tête. Des idées qu'elle ne tenait pas à cultiver. Où allait sir Peter tous les soirs ? Lui et Godfrey étaient toujours sortis lorsqu'elle s'éveillait. Même ce matin, lorsqu'elle s'était réveillée à cinq heures parce qu'un gardien de nuit avait trébuché sur une malle, qui avait dû tomber d'un carrosse, et avait poussé un cri retentissant juste avant de lancer son habituel « Cinq heures, et tout va bien », Godfrey et sir Peter n'étaient pas au lit. Alors où allait sir Peter avant que l'aurore aux doigts de rose ne repeigne le ciel matinal ?

Et pourquoi connaissait-il Acton ? Elle-même n'en avait jamais entendu parler jusqu'à ce que Saint-Pholle ne l'y traîne. Et s'il connaissait cette ignoble Mme Roy, alors quoi ? Était-il un meurtrier, ou le complice d'un meurtre ? Devrait-elle le dénoncer aux autorités ? C'était trop affreux à envisager. Elle avala d'une lampée le contenu de son verre. La bouteille était vide.

Il était près de minuit. Alpiew était partie depuis des heures, et elle mourait de faim. Elle tenta d'extirper quelques gouttes supplémentaires de la bouteille vide, et s'en fut fouiller dans le garde-manger de Godfrey pour voir ce qu'il y avait. Elle s'empara d'un morceau de pain sec et d'un fromage graisseux.

Si Alpiew était encore là, elle aurait pu préparer quelque chose, et toutes deux se seraient réconciliées pendant qu'elle faisait la cuisine, et dévoraient ensemble un bon repas. Elle remua les bocaux, cherchant du chutney ou des cornichons. Alors elle pourrait imaginer qu'elle mangeait une assiette du laboureur : ce plat rustique, finalement, lui plaisait assez. Elle retira le couvercle d'un bocal étiqueté « chutney de pomme », mais le contenu était recouvert d'une épaisse fourrure verte de moisissure. Elle remua à nouveau les bocaux. La plupart semblaient vides ou rancis. Elle saisit un plus grand bocal étiqueté « restes » et agrippa le couvercle en liège. Il était solidement enfoncé. Elle l'emporta jusqu'à son fauteuil près du feu pour voir si elle arrivait à l'ouvrir à l'aide d'un couteau. Il était étonnamment lourd. Elle tenta de faire levier de la pointe du couteau entre le liège et le verre, mais tout ce qu'elle obtint fut une pluie de petits éclats de verre. Elle plongea plus profondément le couteau, délogeant un bout de liège. Puis elle glissa un doigt dans le trou qui en résultait, pour retirer ce qui restait du bouchon.

L'intérieur du bocal avait été recouvert d'un matériau, une sorte de feutre sombre, mais il ne contenait pas des conserves. Le bocal était rempli de bijoux. La comtesse plongea la main jusqu'au fond et déversa le tout sur son fauteuil, puis elle s'agenouilla, dos au feu, pour farfouiller. Il y avait là des brillants de toutes les formes et de toutes les tailles, bagues, bracelets, colliers, diamants, émeraudes, rubis et perles. Broches, épingles à cheveu, épingles à cravate en ivoire et en argent. Une corne d'abondance de choses précieuses. Elle approcha une pièce de son œil, croyant qu'il s'agissait peut-être d'un faux, de verre de couleur, mais non. Elle était authentique. Elle en mordit une autre, en pressa une troisième contre sa joue. Toutes l'étaient. Il y en avait pour une fortune.

Derrière elle, tandis qu'elle examinait les perles pour évaluer leur taille ou leur trouver un défaut, la porte de la cuisine s'ouvrit lentement. La comtesse s'en rendit compte, mais trop tard. Elle se jeta sur le siège du fauteuil et jeta un regard en coulisse vers la porte. « Hé ho ? Qui va là ? »

C'était Alpiew. « Ma maîtresse ? » De son point de vue, la comtesse, à genoux par terre et étalée sur la chaise, semblait avoir subi une attaque. Alpiew traversa la pièce d'un bond et se mit à la tirer, espérant qu'après l'avoir allongée, elle pourrait délacer son corset avant d'appeler un médecin. « Êtes-vous souffrante ? Que vous est-il arrivé, Madame ?

— Alpiew ! Alpiew ! C'est affreux ! » La comtesse redressa la poitrine pour montrer les bijoux. « Regarde ! »

Alpiew s'agenouilla auprès de sa maîtresse. La flambée émit un grand craquement, et comme par instinct, les deux femmes penchèrent le buste pour couvrir les bijoux. « Si quelqu'un entre ici maintenant, nous devrons dire que nous nous sommes faites mahométanes et que nous prions vers La Mecque. » Elle prit une bague en diamant et recommença le même manège que la comtesse, testant les gemmes pour voir si elles étaient vraies. « Où avez-vous trouvé ceci ? » Elle entendit un horrible craquement. L'une de ses dents venait de succomber au diamant.

« Aïe ! »

La comtesse indiqua le bocal. « C'était dans l'armoire de Godfrey. »

Alpiew commença à remettre les bijoux dans leur cachette. « Alors il vaut mieux que cela y soit lorsqu'ils reviendront.

— Mon mari, et Godfrey ! gémit la comtesse. Tu ne crois pas que... ? »

Alpiew n'osa pas prononcer un nouveau mot à l'encontre de sir Peter. « C'est plus sûr. » Elle alla vers l'office et y replaça le bocal. « Il était au fond ? C'est cela ? Caché par les autres ? »

La comtesse se tenait à la porte et pointait du doigt. « Là. Tu crois qu'il... ? Quel était... ? Où était... ? »

Alpiew remit le bocal en place. « Cela, nous devrons attendre leur retour pour le savoir. » Elle se tut soudain et agrippa la comtesse par le coude. Derrière elle, la porte de la cuisine avait à nouveau grincé. Tentant de ne pas prendre un air coupable, elles émergèrent toutes deux de l'office pour découvrir la duchesse de Saint-Pholle accoudée à une desserte, en train de se verser une pleine rasade d'une bouteille ouverte qu'elle avait apportée avec elle.

« Allez, cul sec ! s'écria-t-elle en approchant un siège du feu. Alors, Ashby, ma chère, je sais qu'il est tard. Le guet arpente les rues et les hiboux planent à la recherche de rats, enfin, ils font ce qu'ils font toujours à minuit, mais... » Elle s'assit et avala une lampée. « J'ai quelque chose de très important à te dire, à propos de cette maison sur Bond Street. »

La comtesse vint s'asseoir près d'elle. « Oui ?

— Bon, Ashby, tu sais que je t'adore. Je ne veux pas que tu souffres. » Saint-Pholle se tortilla sur son siège, mal à l'aise. « Et c'est pourquoi je dois te dire ce que je sais. »

Alpiew décida de profiter de l'occasion pour faire un tour aux cabinets d'aisance, au fond du jardin. Elle était avec Saint-Pholle avant que celle-ci n'aille faire son enquête, et elle devinait ce qui allait être dit.

« Au cours de la dernière heure, j'ai été voir un ami au palais de St. James. C'est lui qui organise les voyages des ambassadeurs. Et il m'a transmis des nouvelles troublantes au sujet du propriétaire de cette maison.

— Quelle maison ?

— Celle où ton mari t'a emmenée aujourd'hui, sur Bond Street.

— Ah, tu parles de notre nouvelle maison. » La comtesse claqua des lèvres et tendit son verre pour que Saint-Pholle le remplisse de son Spumante. « Je savais que tu en serais jalouse.

— La maison est magnifique. C'est un orfèvre de la ville qui a vendu le terrain à sir Cloudesly Swinnerton il y a quelques années. Les constructeurs... Bon, tu sais comment sont les choses en Angleterre. Il ne se passe rien pendant des années. La maison est enfin prête lorsque, houp là ! le pauvre homme est envoyé en Italie.

— Swinnerton ? L'Italie ? Mais qu'a tout cela à voir avec moi ? »

Saint-Pholle poursuivit. « Ce Swinnerton a quitté les rives de l'Angleterre ce matin, après s'être rendu à Portsmouth avant l'aurore. Mais sur la route, sir Cloudesly a eu l'infortune d'être dévalisé par deux voleurs de grand chemin. Les hommes étaient des bouffons, dit-il, mais ils sont parvenus à dérober la boîte à bijoux de sa femme, qui était à l'arrière du carrosse avec les autres valises, et l'étui de sir Cloudesly.

— Un étui ? murmura Alpiew qui était revenue du jardin et s'était assise en silence sur le lit de Godfrey.

— C'est un petit sac où les hommes rangent canifs et ensembles de manucure, dit la comtesse, anxieuse d'entendre le reste de l'histoire de Saint-Pholle. C'est très européen.

— Dans cet étui se trouvait la clé de la maison du gentleman, qui sera vide pendant quelques semaines avant son retour. Et cette maison est sur Bond Street. Elle a une porte bleue. »

La comtesse fixait les braises ardentes du foyer. « Alors quelqu'un a volé beaucoup de bijoux ? » Sa mâchoire inférieure se mit à trembler et les larmes emplirent ses yeux. « Et une clé de porte ? »

Saint-Pholle lança un regard à Alpiew. « Apporte-moi le sac. »

Alpiew alla chercher le sac que Saint-Pholle avait laissé près de la desserte. Saint-Pholle y plongea la main et en tira une grosse serviette de table repliée.

« J'ai pris la liberté de glisser quelques friandises dans une serviette pour toi. Au palais, personne ne remarquera s'il en manque. »

Elle déplia la serviette, révélant du massepain, quelques gaufres et des morceaux de sucre bouilli aromatisé aux fruits, qu'on appelait « sucettes ». L'œil de la comtesse s'attarda sur le joli colis, son menton tremblotant à nouveau, son regard allant du massepain aux sucettes. Elle choisit un morceau de massepain décoré d'une datte.

« Que dois-je faire, Olympe ? » Elle mastiqua la sucrerie et en fourra une autre entre ses lèvres. « Ce soir, j'ai moi-même fait une autre découverte qui corrobore ton récit. » Elle fit un signe de tête à Alpiew. « Le bocal, Alpiew. »

Alpiew disparut dans l'office.

« Tu dois te montrer prudente, Ashby. » Saint-Pholle prit la main de la comtesse et la pressa. « Tu es dans une position périlleuse.

— Lorsqu'il reviendra, je le sommerai d'avouer la vérité, Saint-Pholle. » Elle essuya une larme sur sa joue. « Resteras-tu pendant que je lui parle ? »

Saint-Pholle tapota la main de la comtesse. « D'accord. »

Au moment où Alpiew revenait avec le bocal, la porte d'entrée claqua. Alpiew s'élança vers l'office et replaça rapidement le bocal, avant de revenir à la cuisine, agrippant un pot de chutney moisi.

Prêtes au combat, la comtesse et Saint-Pholle se levèrent d'un bond. Une tête aux longs cheveux bruns passa à travers la porte de la cuisine. « J'ai entendu des voix. Je savais que vous ne dormiez pas. J'ai pensé faire un saut. » C'était M. Newton. « J'ai travaillé toute la nuit sur cette équation. Je ne peux pas me la sortir de la tête. » Il tira la note chiffonnée de sa poche et l'agita en l'air tandis qu'il approchait une chaise du feu. « Bonne idée, de vivre dans la cuisine. Très économique. » Il s'assit. « Bonsoir. » Il serra la main de Saint-Pholle, puis lissa le papier sur sa cuisse.

Tout en se demandant s'il était ivre, la comtesse lui offrit une sucrerie. « C'est fascinant, vous savez. » Il prit une gaufre et se gratta la tête. « Plus difficile à élucider que les équations dont je me suis servi pour calculer la vitesse de la lumière.

— Pardonnez-moi, monsieur Newton, si vous jugez la question impertinente... » La comtesse pencha la tête sur l'épaule, « ... mais pourquoi, au juste, vouliez-vous calculer la vitesse de la lumière ?

— À moins qu'elle ne soit inscrite aux courses de juments de Newmarket », s'écria Saint-Pholle en croquant une sucette rouge.

Sans leur prêter attention, Alpiew se percha sur un tabouret aux pieds de M. Newton.

« Le mercure et le cuivre sont très difficiles à faire fusionner, marmonna-t-il en étudiant le papier. C'est ce que l'on appelle un processus végétal. On obtient une sorte de caillou inutile... » Il tapa du doigt sur les symboles. « Et quant au fer et au cuivre, ils fusionneront, avec difficulté, mais ne produisent rien d'autre qu'une pierre métallique d'une couleur verdâtre résistante à la rouille. »

La comtesse et Saint-Pholle haussèrent les sourcils et leurs regards se croisèrent. « Alpiew, ma chère, y a-t-il du feu dans le salon ?

— Il y en avait quand je suis partie, acquiesça Alpiew. Il faudra peut-être l'alimenter.

— Peut-être que toi et M. Newton aimeriez travailler...

— Non, non, dit Newton en glissant un carré de pâte d'amande dans sa bouche. Je suis très bien ici, merci. C'est très douillet. »

La comtesse fit signe à Saint-Pholle de la rejoindre pour une conversation discrète dans l'office. Lorsqu'elles se furent éloignées, Alpiew se lança. « Monsieur Newton, connaissez-vous l'expression *"Alles Mist"* ? »

Newton gémit. « Pas ce vieux marronnier ! » Il se claqua la cuisse, apparemment fâché. « Quand se rendront-ils compte que ce n'est pas un mot d'esprit ? Ni d'un point de vue scientifique, ni d'un point de vue grammatical. Le dernier des poètes vous dira que ce n'est même pas un jeu de mot passable.

— Que voulez-vous dire ?

— *Alles Mist*, égale alchimiste. » Newton soupira. « Mais seul un Écossais ivre pourrait le prononcer ainsi. C'est aussi une expression allemande signifiant "Tout ça est de la merde." Et tous les godelureaux imbéciles de la ville le braillent dès qu'ils soupçonnent leur interlocuteur de tâter des arts hermétiques.

— Voilà encore une chose sur laquelle je m'interrogeais. » Alpiew croqua une gaufre. « Pourquoi hermétique ?

— Hermès, sourit Newton. Le messager ailé des dieux. »

Alpiew pointa vers le symbole ♎. « Et la sublimation aura lieu lors de l'éclipse en Balance ?

— Ah, la Balance ! » Newton lui jeta un regard perplexe. « Pour moi, il s'agit de chlorure de mercure, ou sublimé corrosif.

— Cela veut aussi dire ces choses ?

— Oui, ainsi que sublimé de mercure, vitriol

vert calciné, mais également la mixture du sel de table et de la nitre.

— Il y a tant de possibilités, soupira Alpiew. Je vais faire un tableau. Cela pourra nous aider.

— Exactement, dit Newton, fronçant les sourcils tout en contemplant à nouveau l'équation. C'est pire qu'un jeu d'échecs, avec toutes ces options possibles. » Il parcourut à nouveau l'équation du doigt. « À ce propos, cette croix pourrait être le signe de l'échec et mat. »

Saint-Pholle referma la porte de l'office lorsqu'elle vit le contenu du bocal.

« Cela n'a pas l'air très encourageant pour toi, Ashby, ma chérie. »

Elle fouilla les bijoux, en tirant un pour le mordre. « En plus, ce sont des vrais ! Tu devrais peut-être rendre visite au capitaine des gardes. Donner l'alerte.

— Tu sais, dit la comtesse en renfonçant le bouchon de liège dans le bocal, pour une fois, je crois que tu as raison. »

Alpiew entendait le faible bourdonnement des voix des deux femmes, discutant dans l'espace clos de l'office. Soudain, de l'autre côté de la pièce parvint un grincement : il y avait quelqu'un dans le couloir. Elle s'avança à pas de loup jusqu'à l'office pour prévenir la comtesse du retour imminent de son mari. « Comtesse ! » Elle frappa doucement à la porte, l'ouvrit, fit une grimace et se hâta de revenir près du feu.

La comtesse et Saint-Pholle se glissèrent hors de l'office, prêtes au combat. Mais ce qu'elles virent alors les cloua sur place : dressé à l'entrée de la cuisine, brandissant une hache, se tenait Jack Fry, alias La Racaille.

13

Fulmination

La préparation d'un fulminé – appliquée à tout processus au cours duquel une soudaine éruption se produit.

Lorsque La Racaille abattit la hache sur la table, la coupant en deux, tout le monde hurla, y compris Newton.

« Est-ce le mari de l'une d'entre vous ? s'écria le célèbre mathématicien. Expliquez-lui que je ne suis qu'un voisin. Et que je n'ai même pas de goût pour les femmes ! »

La Racaille rugit et extirpa la hache de la table.

« Je vous en supplie, pas moi ! Laissez-moi partir ! » Newton tomba à genoux en sanglotant. « Je ne l'ai pas touchée. Je le jure. Je n'ai touché personne. Je ne suis qu'une vieille cervelle desséchée. Dépourvu de tout organe sexuel digne de ce nom... Vraiment. Je préfère les garçons ! »

La Racaille émettait un bruit fredonnant, rapprochant ses sourcils jusqu'à ce qu'ils ne forment qu'un nœud noir et tourmenté. Le fredonnement devint de plus en plus fort, jusqu'à se muer en rugissement, et la hache s'abattit dans un buffet où elle resta coincée. Lorsque La Racaille tenta de la dégager, Saint-Pholle se glissa dans l'office et se mit à retirer des bocaux des étagères. Un par un, elle les lançait à la comtesse qui les jetait sur La Racaille.

« Prends ça, espèce de brute ! », s'écria la comtesse en lui lançant un sachet de thé.

Il se retourna avec un grognement et s'avança vers elle tandis qu'Alpiew faisait précipitamment glisser sa chaise sur le sol carrelé pour tenter de lui bloquer la voie.

« Arrière, canaille ! » dit la comtesse, tentant d'imiter le ton qui faisait toujours son petit effet sur scène, lorsqu'il était employé par les actrices dans des scènes de viol ou de pillage. Totalement insensible à sa prestation, La Racaille continuait à s'avancer vers elle d'un pas lourd. Pour se défendre, elle lui balança un paquet de farine, qui le rata et explosa à ses pieds.

À moins d'un yard des grosses bottes de La Racaille, Newton, prostré, tentait de se glisser sous le lit de Godfrey. Couvert de farine, il évoquait maintenant un joli paysage hivernal. Rampant toujours, il disparut sous le lit puis, blotti près du pot de chambre de Godfrey, se mit à amasser des piles de livres et de manuscrits autour de lui pour se protéger, tout en couinant faiblement.

Près de la porte de l'office, Saint-Pholle et la comtesse avaient trouvé leur vitesse de croisière, et les bocaux volaient à travers les airs comme des hirondelles dans un ciel d'automne. La Racaille repoussa un tabouret d'un coup de pied. Il tomba en morceaux. Ramassant l'un des pieds en bois, il émit un rugissement et brandit l'arme vers Alpiew, qui s'était faufilée derrière lui, espérant le piquer au postérieur avec la fourchette à rôti. Il saisit sa main, détacha ses doigts un à un et lança la fourchette dans un coin en mugissant.

Depuis l'office, une pluie de bocaux de haricots, de pois, de riz, de vis et de boulons, d'épingles à tapisserie et de chutney moisi s'abattait dans la cuisine. Lorsque l'un des bocaux l'atteignit enfin au bras, La Racaille relâcha Alpiew pour foncer sur la comtesse.

« Courez, Milady, cria Alpiew. Enfermez-vous dans les cabinets...

— Non, nous resterons unies ! haleta la comtesse en glissant sur une motte de beurre fondu.

— Espèce de ver de cul ! mugit Alpiew à La Racaille. Grosse tantouze ! Raclure de bidet ! »

La Racaille s'arrêta tout net. Son visage se teignit d'un violet profond et ses yeux injectés de sang lancèrent un regard furieux sous ses sourcils froncés. Montrant les dents, il s'avança à nouveau vers Alpiew. Avec un cri soudain, qui aurait pu être entendu jusqu'à Douvres, il balaya l'air du bâton en bois et fonça à la poursuite d'Alpiew qui, avec un talent nouvellement acquis pour la course à obstacles, sauta d'un bond au-dessus du lit de la comtesse. La Racaille la suivit. Un par un, elle saisit livres, papiers, oreillers et les lança sur lui, s'esquivant lorsqu'il tentait de l'assommer avec son bâton. Maintenant que les rayons de l'office étaient vides, Saint-Pholle était sournoisement revenue dans la cuisine et, près du buffet, tirait sur la hache, profondément enfoncée. La comtesse laissa tomber les bocaux qui restaient et se joignit à elle.

« Rien à faire, hurla Saint-Pholle. Elle ne bougera pas ! »

Avec un grand geste, la comtesse ouvrit un tiroir, révélant un hachoir à viande. Mais avant qu'elle ou Saint-Pholle n'ait pu mettre la main dessus, La Racaille s'était retourné en beuglant et s'était précipité de l'autre côté de la pièce. Saint-Pholle et la comtesse reculèrent, et La Racaille s'empara du hachoir à viande.

Un couinement aigu et continu émanait d'en dessous du lit de Godfrey.

Attrapant un tisonnier en fer, Alpiew marcha jusqu'au centre de la pièce, derrière l'énorme masse carrée de La Racaille. Alors qu'elle élevait le tisonnier pour l'abattre sur la tête du colosse, quelqu'un l'attrapa par derrière et la jeta au sol.

« Que diable se passe-t-il ici ? » C'était sir Peter, dans un état d'ivresse avancée. « Un homme ne peut-il pas rentrer dans son foyer sans qu'on lui inflige une reconstitution des singeries de l'asile de Bedlam par une nuit de pleine lune ? »

En grognant, La Racaille avança d'un pas lourd vers sir Peter. Dès qu'il aperçut le forcené, sir Peter laissa échapper un cri aigu et se retourna pour foncer vers la porte. Trébuchant sur la forme prostrée d'Alpiew, il s'effondra en direction de la cheminée.

Alpiew éliminée et sir Peter neutralisé, La Racaille fit volte-face pour régler leur compte à ses derniers adversaires. Levant le couperet au-dessus de sa tête, il fit une embardée vers l'avant. Titubant parmi les meubles fracassés comme deux vieilles sœurs siamoises, la comtesse et Saint-Pholle s'étreignaient l'une l'autre, esquivant les coups de hachoir à viande comme si elles se prosternaient vers La Mecque, se relevant seulement de temps en temps pour lancer un bocal par-dessus leurs épaules. Les pieds d'Alpiew avaient déjà refermé la porte donnant sur le couloir. Maintenant, en vacillant pour se remettre debout, elle renversa une chaise qui bloqua efficacement la sortie.

Retrouvant son équilibre, sir Peter agita ses

mains roussies, qui l'avaient empêché de tomber dans le feu.

« Quelle est cette drôle d'odeur ? », s'exclama Saint-Pholle en fonçant vers la porte. C'étaient les plumes du chapeau de sir Peter qui brûlaient sur sa tête, le faisant ressembler à un porridge de Noël flambé.

« Ouvrez cette foutue porte », cria-t-il à sa femme et à Saint-Pholle, qui tiraient de toutes leurs forces sur la chaise bloquant la sortie.

Mais voyant La Racaille s'approcher d'elles à la poursuite de sir Peter, Saint-Pholle et la comtesse laissèrent retomber la chaise et coururent se réfugier derrière Alpiew qui, ayant récupéré la fourchette à rôti, s'avançait vers La Racaille. La pièce était maintenant remplie de gens courant en cercle, comme dans une ronde enfantine.

La Racaille poursuivait sir Peter, lui-même en train de rattraper Saint-Pholle et la comtesse ; devant elles courait Alpiew, qui à son tour poursuivait La Racaille. Au milieu de la pièce, le lit de Godfrey hurlait d'une voix suraiguë. Le chapeau enflammé, sir Peter sortit du cercle, saisit Alpiew et, s'en servant comme d'un bouclier, recula vers la porte de l'office.

« J'ai le bras long, hurla sir Peter. Combien voulez-vous ? »

La Racaille rugit et trancha un oreiller en deux avec le hachoir. Lorsque les plumes furent retombées, La Racaille ne mit que quelques secondes à les acculer tous les quatre, Saint-Pholle, sir Peter, Alpiew et la comtesse reculant à l'unisson, dos à la porte de l'office, le chapeau en feu vers l'arrière.

« Nous ne sommes pas effrayés, souffla la comtesse tremblante. Vous ne nous faites pas peur ! »

Le hachoir à viande s'abattit sur un poteau de lit. Ils glapirent en chœur.

« Vous êtes un monstre ! » Saint-Pholle tenta de cracher, mais sa salive s'était tarie. On aurait dit qu'elle soufflait des baisers.

Alpiew tentait d'atteindre la poignée de porte, mais trois corps tremblants lui faisaient obstacle.

« Quelqu'un peut-il enfin me dire ce qui arrive ? » gémit sir Peter, la tête enveloppée de nuages de fumée.

La Racaille leva son couperet.

« Couillon ! aboya Saint-Pholle. Fils de pute ! »

Par terre à ses pieds, où la comtesse l'avait laissé tomber, gisait le bocal plein de bijoux, toujours intact. Elle se baissa pour le ramasser, évitant de justesse la lame du hachoir, qui siffla près de son épaule. Soulevant le lourd bocal, elle le lança de toutes ses forces sur le crâne rasé de La Racaille, qui fut frappé de plein fouet. Fracassé, le bocal répandit bracelets scintillants, colliers, bagues et broches, qui s'éparpillèrent à travers la pièce. Au même moment, la main enfarinée de Newton apparut et tira La Racaille par la cheville, et quelqu'un se mit à frapper à la porte d'entrée. Tandis que La Racaille titubait, vacillait et s'effondrait enfin, la porte de la cuisine fut forcée d'un coup de pied et quatre gendarmes entrèrent, la mine sévère.

« Nous venons vous ramener un ivrogne, qui prétend travailler ici, pour une certaine lady Asti Scaramouche. »

Dans l'entrée, entre deux jeunes gardes de nuit, se balançait Godfrey. Le sergent regarda autour de lui. L'air était chargé de plumes, saturé de farine ; des meubles fracassés et des papiers déchirés jonchaient le sol, et des bijoux pendaient un peu partout. Niché dans un tapis de verre brisé, un colosse inconscient s'étalait sur le sol carrelé d'ardoise noire, quatre personnes se blottissaient contre la porte de l'office dans un brouillard de fumée, et le seul objet qui tînt encore droit était une hache plantée dans un buffet.

Le silence stupéfait des gendarmes fut brisé par un soupir unanime de soulagement. Les quatre personnes près de la porte de l'office foncèrent vers leurs sauveurs en bredouillant.

« Serait-il exact d'affirmer qu'un sérieux incident a eu lieu ici ce soir ? » s'enquit le sergent, tendant de se libérer de Saint-Pholle qui l'embrassait passionnément sur les deux joues.

La Racaille remua, se hissant sur les coudes pour regarder autour de lui comme s'il ignorait totalement où il était. Newton avait repoussé les livres et, rampant de sous le lit, s'était remis sur pied. « Nous avons eu un petit ennui, sergent... » Il brossa ses vêtements et plaça sa botte sur le dos du tueur allongé. « Vos déductions sont absolument exactes. Et maintenant, nous vous serions reconnaissants d'emmener ce lunatique et de le faire enfermer, là où il ne pourra plus nuire à la société civilisée. »

Le sergent inspecta Newton, dont le visage était blafard, sauf autour des yeux et de la bouche, où il était verdâtre. « Êtes-vous un acteur de la comédie italienne ?

— Certainement pas, dit Newton fermement. Je suis Isaac Newton, Esquire, éminent savant et officier du gouvernement de Sa Majesté. Je suis Maître de l'Hôtel des Monnaies.

— Mais ce soir, vous n'avez pas tout à fait maîtrisé la situation, si vous me pardonnez le jeu de mot, monsieur », dit l'officier.

Au-dessus de Newton, une étagère, ébranlée par les nombreux missiles qui avaient fusé partout dans la pièce, se mit à pencher vers l'avant. Sur l'étagère était posé un chapeau. Ce chapeau était un énorme fouillis de plumes multicolores que la comtesse portait les jours de fêtes, durant les mois d'été. Quand l'étagère bascula, le chapeau tomba et atterrit avec un parfait aplomb sur la tête d'Isaac Newton. Sans s'émouvoir, il marmonna l'incompréhensible phrase : « G égale deux fois H sur T au carré.

— Certainement, monsieur Newton », dit le sergent.

Le forban qu'on appelait La Racaille secoua la tête et parla. « Mais je n'ai rien fait, messieurs les gendarmes. » Sa voix était étrangement flûtée. « Vraiment ! Je suis seulement venu leur faire peur. Honnêtement, regardez autour de vous. Je n'ai fait de mal à personne, pas vrai ? »

Les gendarmes repartis, et La Racaille avec eux, la comtesse se jeta sur son mari, l'accusant de fraude, de lui avoir offert une maison qui n'était pas à lui, de vol de grand chemin, d'adultère, de tromperie, de trafic en général et de tous les crimes en particulier excepté la trahison, le meurtre et la sodomie. À ses côtés, Saint-Pholle lança quelques phrases incompréhensibles, puis cracha une copieuse quantité de phlegme. Godfrey s'effondra sur son lit et se mit à ronfler, tandis qu'Alpiew et Newton reprenaient leurs places au coin du feu, penchés sur l'équation. Newton portait toujours le chapeau de la comtesse. Sir Peter éteignit l'incendie du sien d'un verre d'eau.

« La maison est vendue. » Sir Peter se versa un verre de brandy, d'une fiasque tirée de sa poche.

« Vendue ! hurla comtesse. Vous ne pouvez pas vendre ma maison.

— Mais si, voyons. J'ai signé le contrat ce soir

même. Dès que les tampons et les sceaux seront appliqués demain soir, elle appartiendra à un consortium immobilier de la City.

— Ah, Ashby ! » Saint-Pholle se prit le front et vacilla vers l'arrière. « Tu es foutue, ma vieille !

— Je croyais que vous m'aimiez. » La lèvre inférieure de la comtesse s'était mise à trembloter. « Vous devrez me tuer avant de me prendre ma maison.

— Puis-je vous rappeler, madame, que vous êtes mon épouse. Nous ne sommes pas allés à la Chambre des lords pour demander le divorce. Et dans la cérémonie du mariage, vous avez juré de m'obéir.

— Mais c'est le roi Charles qui m'a donné cette maison. Elle est à moi.

— Je suis votre seigneur. Je suis votre maître. Ce qui est à vous est à moi. Je puis la vendre, si je le souhaite. Et je l'ai vendue.

— Et où irai-je ? De quoi vivrai-je ?

— C'est votre problème, madame.

— Ah, Saint-Pholle ! s'écria la comtesse en tendant la main vers le tiroir à couteaux. Passe-moi la plus grande lame, afin que je l'assassine à l'instant.

— Je ne m'y risquerais pas, madame. » Sir Peter lui saisit le poignet. « De par la loi, je suis un Petit Dieu pour vous. Vous êtes envers moi comme un citoyen envers le roi. Si vous me tuez, ce sera une Petite Trahison et la loi ne montrera aucune clémence. Je suis pour vous comme un petit roi, et cette maison est mon royaume, dont je puis faire ce qui me plaît. »

Newton tapa du doigt sur la feuille. « Petit roi ! Voilà l'affaire. Le petit roi. » Il pointa vers un petit cercle au centre duquel se trouvait un point, dans la première parenthèse. Il se frappa le front de la paume de la main. « On le retrouve partout. Regardez, Alpiew. » Il brandit le papier.

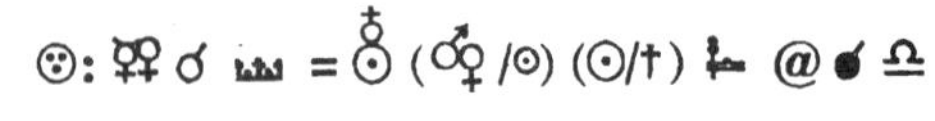

« Voici comment il faut lire : *Caput Mortem* : le mystérieux amalgame du mercure et du cuivre, en conjonction avec Regulus. Cette couronne... » Il pointa vers le ♛ « Ceci est Regulus. Je l'avais pris pour le Regulus de l'antimoine, mais ce n'est peut-être pas le cas. Peut-être s'agit-il simplement du mot “Regulus”, signifiant le petit roi en latin. » Il repoussa ses cheveux de sa figure et le chapeau de la comtesse, ce qui lui conféra aussitôt un curieux air canaille. « Après le signe “égale” nous avons le chaos. Parenthèse, amalgame de fer et de cuivre, barre oblique, un petit soleil – le soleil étant le monarque, donc le petit roi. Nouvelle parenthèse, or – le soleil, le monarque, le roi – barre oblique, échec et mat – le roi est mort, la partie est finie. Sublimation à l'éclipse de la Balance. »

Il posa le papier sur ses genoux et se renversa dans le fauteuil, les yeux fermés. Alpiew, qui contemplait Newton avec un regard d'adoration, lui reprit doucement le papier. Elle suivit les symboles du doigt. « Alors, qu'est-ce que tout cela signifie ? dit-elle d'une voix à la fois respectueuse et timide.

— Ce que cela veut dire ? Ce que cela veut dire ? » Newton leva les mains devant lui, paumes devant, avant de s'extraire du fauteuil. « Ce que cela veut dire ? » Il alla vers la porte et s'inclina, retira son chapeau et le lançant à Alpiew. « Foutre si je le sais. »

« Quel est cet homme vulgaire et maquillé ? demanda sir Peter après son départ, comme s'il venait de remarquer la présence de Newton pour la première fois.

— M. Newton, firent les trois femmes en chœur.

— Oui. Mais *qui* est M. Newton, au juste ?

— Il est célèbre, n'en avez-vous jamais entendu parler ? dit Alpiew.

— Et il vit à côté de chez nous ? » Les yeux de sir Peter s'illuminèrent, et il se frotta les mains. « Ceci devrait augmenter le prix de vente de quelques centaines de guinées. » Il regarda autour de lui. Chaises fracassées, tables cassées en deux, verre brisé, farine, plumes, riz et bijoux jonchaient le sol dans un chaos total. Sir Peter s'agenouilla et se mit à ramasser les bijoux. « Ceci est à moi, me semble-t-il. »

Alpiew le prit à revers et lui décocha un bon coup de pied au postérieur. « J'aurais dû faire ça depuis des années, dit-elle. Maintenant, sortez de cette maison avant que je ne rappelle les gendarmes, pour vous dénoncer comme bandit de grand chemin.

— Sur quelles preuves ? »

Silencieusement, Alpiew pinça les lèvres et pointa vers sa brassée de butin.

« J'ai tout acheté à un camarade, à la taverne », dit sir Peter en haussant les épaules d'un air nonchalant.

La comtesse sanglotait, Saint-Pholle tentait de redresser les meubles les moins endommagés. Sir Peter eut un grand sourire. « Bonsoir à tous. » Il inclina son chapeau, les arêtes noircies des plumes vibrant dans l'air comme les antennes d'un papillon de nuit. Godfrey ronflait toujours sur son lit brisé. Saint-Pholle, la comtesse et Alpiew écoutèrent en silence les pas de sir Peter s'éloigner dans le couloir, puis dans la rue.

« Nous aurions dû le dénoncer, dit Alpiew. Et obtenir le brevet de Tyburn.

— Non, Alpiew, il a raison, dit Saint-Pholle. Il s'en serait sorti. »

La comtesse eut un long gémissement. « Je t'en supplie, Olympe, laisse-moi dormir chez toi ce soir. Je suis si malheureuse. »

Saint-Pholle fit remarquer qu'en quittant la maison, la comtesse l'abandonnait à son mari, promit de lui envoyer un serrurier dès l'aube et lui enjoignit de ne sortir sous aucun prétexte. Toute affaire extérieure devait être réglée par Alpiew.

Les trois femmes s'assirent et vidèrent une bouteille de vin qui avait roulé dans un coin, et quand Alpiew eut bordé la comtesse, Saint-Pholle prit congé. Alpiew alimenta le feu pour la nuit, et s'effondra sur une chaise pour continuer à déchiffrer le code.

14

Ablation

La séparation d'un composant en retirant la partie supérieure, en écrémant, ou en faisant mousser avec une plume ou un tissu.

À la première heure, Alpiew sortit. Elle avait une longue journée devant elle. La Racaille était détenu à la prison de Newgate, inculpé d'avoir provoqué une rixe. Alpiew voulait profiter de l'occasion pour tenter d'apprendre quelque chose sur lui. Et pour s'assurer qu'il restait sous les verrous.

« A-t-il jamais parlé d'Acton, ou de la maison dans laquelle il vivait ? »

Alpiew était retournée à Rose Court, pour interroger l'acteur qui lui avait déjà parlé de La Racaille.

« Non. Il n'y est jamais allé.

— Qu'entendez-vous par là ? » Alpiew cligna des yeux, incrédule. « Mais vous disiez...

— J'ai dit qu'il travaillait pour une femme qui vivait à Acton. Mais il n'est jamais *allé* à Acton. Il était une sorte de messager pour elle, et, d'après ce que j'ai cru comprendre, une sorte d'homme de main. »

L'information démoralisa totalement Alpiew. « Alors qu'est-ce qui lui a fait renoncer à son travail au théâtre pour cet autre poste ?

— Ma chère, c'est la dernière mode. Certaines personnes confondent la scène avec une vitrine où elles pourront s'exhiber, à la recherche d'un riche entreteneur. Regardez-les tous autant qu'ils sont : Mary Lee est devenue lady Slingsby, Hester Davenport est comtesse d'Oxford, Margaret Hughes était entretenue par le prince Rupert... »

Alpiew le coupa. « Mais ce sont toutes des femmes... Les hommes ne se laisseraient pas...

— N'en croyez pas un mot. Voyez Charles Hart et lady Castlemaine.

— Je comprends, mais avec tout le respect que je vous dois, tous ces exemples datent d'au moins trente ans.

— Peut-être, mais cela continue, croyez-moi. Tous les soirs, il y a des ducs dans la salle : Clacton, Brighton, Blackpool... Et les actrices en raffolent. Elles veulent à toute force avoir leur propre pair. » L'acteur se pencha vers Alpiew d'un air de conspirateur et chuchota : « Entre vous, moi et le poteau de lit, le duc de Scarsdale poursuit Mme Bracegirdle de ses assiduités au moment même où nous parlons... »

Alpiew en resta bouche bée. « Mais c'est une vierge professionnelle ! »

L'acteur s'adossa sur sa chaise, haussa les sourcils et pinça les lèvres. Alpiew se promit de se rappeler cette information pour son prochain article dans la gazette des Cue, puis remit le propos sur La Racaille.

« Mais ce Fry, vous me dites qu'il a quitté la compagnie simplement pour être le domestique d'une roturière ? Pourquoi diable ?

— Ah, mais c'était un acteur totalement raté, ne vous l'ai-je pas dit ? » L'acteur sourit de ce sourire fade et fat auquel excellent les acteurs cantonnés aux seconds rôles. « Cette petite voix ridicule ! On aurait dit un enfant. Et l'accent, ma chère. Incompréhensible à quiconque, sinon aux habitants de la lune.

— Alors pourquoi l'employait-on ?

— Avec cette voix ridicule, il faisait un excellent eunuque. Et puis il y avait son aspect, évidemment. Il avait un air menaçant.

— Ce n'était qu'un air, alors. Personne n'avait peur de lui ?

— Ah si, nous étions tous terrifiés. C'était un monstre.

— Mais que pouvait-il bien se passer lorsqu'il ouvrait la bouche ? Le public ne riait-il pas ?

— Il n'avait aucun talent d'acteur, c'est vrai. Mais on lui donnait toujours des rôles où les répliques étaient prononcées durant des combats, ou en courant, ou en garrottant quelqu'un. Ainsi, cela ressemblait à de l'effort. » L'acteur soupira. « Il est vrai qu'il avait un tout petit personnage.

— Comme celui du Signore Fideli », dit Alpiew, un peu choquée par l'idée.

L'acteur poussa un glapissement, se tenant les côtes tant il riait. « Bien au contraire, d'après ce que j'ai entrevu dans la loge ! Non, je parle de ses rôles. On lui en a donné un plus important, une fois, et il n'a pas pu s'en acquitter. Certains dans son genre seraient arrivés à s'en tirer, mais pas lui. Il en a été totalement incapable.

— Il y en a beaucoup dans son genre ?

— Bien sûr, ils sont nombreux. Par exemple, cette bonne vieille Nell Gwyn[1].

— Nell Gwyn ! » L'esprit d'Alpiew était en ébullition. Que pouvait-il bien dire par là ?

« Oui, dit l'acteur dans une grande arabesque de manchettes. Ce sont des cas *identiques*. La même chose.

— Nell Gwyn et La Racaille ?

— Oui. Pareils en tous points. Cette pauvre vieille Nelly ne savait pas lire non plus. Pas un mot. Il fallait qu'elle apprenne tout par cœur.

— Ah. » Alpiew était déçue. « C'est tout ?

— C'est un handicap sérieux pour un acteur, vous ne trouvez pas ? » L'acteur lui lança un regard indigné. « Ne pas pouvoir lire dans une profession qui est l'apothéose de la parole ?

— Tout à fait. » Alpiew sourit et s'esquiva.

Alpiew rentra à German Street pour monter la garde tandis que la comtesse allait consulter un avocat, pour connaître ses recours, et s'il lui serait possible de sauver sa maison. Saint-Pholle lui avait prêté son carrosse et son cocher pour la journée.

Lorsque la jeune femme poussa la porte de la cuisine, Godfrey, mal en point des excès de la veille, était en train de se lever. « Espèce de fils de pute, menteur, cocu, hors d'ici ! » Alpiew le chassa jusqu'au hall à coups de balai.

« Mais je...

— Ferme ton clapet, imbécile ! Tu as méchamment trahi notre maîtresse, coquin maladroit, alors déguerpis ! »

---

1. Ellen Gwyn (1642-1687), danseuse et comédienne, devenue l'une des plus célèbres maîtresses de Charles II, qui lui fit cadeau d'une résidence à Pell Mell. Elle fut très critiquée en son temps, en dépit de son succès sur les planches. (*N.d.E.*)

Godfrey s'accroupit en marmonnant des obscénités dans sa barbe.

« Godfrey... dit Alpiew en l'attrapant par le col, ne vois-tu pas qu'en aidant et assistant le maître, tu nous as tous mis à la porte ?

— Comment est-ce possible ? Nous pouvons continuer à vivre avec la maîtresse jusqu'à ce qu'il foute le camp. »

Alpiew l'entraîna à nouveau dans la cuisine et l'assit dans l'une des deux chaises survivantes.

« Godfrey, d'ici là notre maîtresse vivra dans la rue. »

Godfrey émit un grognement sourd. « Je ne veux pas vivre dans la rue.

— Sir Peter ne t'a pas offert de t'emmener avec lui ?

— M'emmener où ?

— Où il va.

— Au Nouveau Monde ! Impossible. Je déteste les bateaux. De toutes façons, je ne parle pas la langue.

— Mais tu es sorti de nuit avec sir Peter, avant-hier, n'est-ce pas ? À l'extérieur de Londres. Juste avant l'aurore.

— Et alors ? C'est un pays libre.

— Allez, mon vieux. » Alpiew décida de changer de tactique. « Nettoyons la cuisine ensemble, et essayons de voir si nous pouvons trouver un moyen de garder cette maison. »

Pendant quelques minutes ils travaillèrent en silence, balayant farine, plumes, pois et chutney moisi.

« Tu sais, Godfrey, dit Alpiew en laissant tomber un gros grumeau de marmelade figée et moisie dans le sac à ordures, on pourrait te pendre comme voleur de grand chemin.

— On n'était pas à pied. On avait des chevaux.

— Alors c'était bien vous.

— Ce n'est pas ce que j'ai dit. Je ne sais rien d'aucun vol.

— Mais vous êtes allés jusqu'à Kensington Road, et au-delà ?

— Oui, et nous sommes arrivés à la hauteur d'un carrosse, et sir Peter, il a dit "Ce sont des amis à moi. Arrêtons-nous pendant que je vais leur parler. Tiens les chevaux." » Godfrey décolla un bout de sucette des dalles et le glissa dans sa bouche. « Alors c'est ce que j'ai fait.

— Et ?

— Et quoi ?

— Et qu'est-il arrivé ensuite ?

— Eh bien, il m'a demandé de mettre ma main sous mon manteau, comme ceci. C'était pour effrayer des voleurs qui pourraient se cacher dans les bois et nous prendre nos chevaux pendant qu'il était occupé sur la route. »

Alpiew le regarda et s'imagina la scène. Dans le noir, au loin, on aurait sûrement cru que Godfrey tenait un mousquet sous son manteau.

« Et alors ?

— Rien. Ils ont bavardé un moment, puis le gentleman a remis quelques objets à sir Peter afin qu'il les mette en sûreté, et nous sommes revenus ici. Et sir Peter les a cachés, pour les mettre en sûreté, comme promis. C'est tout ce que je sais. »

La comtesse grimpa l'escalier jusqu'à l'étude de l'avocat. Elle avait décidé de consulter John Cowley. Son propre avocat était mort depuis des années. Trop de déjeuners arrosés de porto. Et de thés, et de soupers... Elle s'était souvenue de ce qu'avait affirmé Mme Wilson : Cowley était un génie des lois sur la propriété. Qui sait, il laisserait peut-être échapper quelque indice concernant l'affaire Wilson pendant qu'ils parlaient d'autre chose.

L'avocat était assis derrière son bureau, grattant contrats et donations avec sa plume.

La comtesse s'assit dignement sur un siège face à lui.

« Que puis-je faire pour vous aujourd'hui, madame ? » Cowley repoussa le document qu'il venait de terminer.

« On me dit que vous êtes un prodige dans le domaine de la propriété ? »

Cowley hocha la tête. « Alors, on ne se mêle plus des affaires des autres ?

— C'est mon mari, dit la comtesse, sans relever cette remarque insolente. Il a vendu ma maison. »

Cowley hocha la tête. « Et... ?

— Et je ne veux pas vendre. C'est le roi Charles qui me l'a donnée.

— Sous quelles conditions ? Contrat de location ? Location à bail ? »

La comtesse secoua la tête. « Je ne me rappelle plus des détails exacts, mais c'était pour la durée de ma vie.

— Il est donc presque certain qu'il ne s'agit pas d'une propriété foncière libre. Charles n'en a accordé qu'une à St. James, et c'était à Pell Mell, à cette actrice avec les grosses... oranges...

— Nell Gwyn[1], marmonna la comtesse. Cette putain !

— Même s'il s'agit d'une location à bail, je doute qu'aucune raison ne s'oppose à ce que votre mari vende le temps qui reste. » Il gloussa. « Dans ce cas, bien sûr, il serait dans l'intérêt de l'acheteur que vous viviez le plus longtemps possible. »

---

1. Voir note p. 388.

La comtesse le foudroya du regard. Il se remit à griffonner avec sa plume. « Et pourquoi Sa Majesté vous a-t-elle accordé un tel cadeau ? »

La comtesse rosit. « Parce que mon mari m'avait abandonnée. » La discrétion était importante dans ce genre d'affaires, elle le savait. « Le roi était un homme très généreux. Il ne supportait pas de voir la souffrance humaine.

— Mais votre mari est de retour, maintenant ? » Cowley prenait des notes. « Depuis quand ?

— Quelques jours, soupira la comtesse. Je savais pourtant que c'était un scélérat. J'arrive à peine à croire que j'aie été à ce point dupée.

— La loi dit que... »

La comtesse l'interrompit. « Je sais ce que dit la loi. Je veux que vous trouviez quelque chose qui soit au-dessus de la loi.

— Alors je ne puis vous aider. » Cowley posa sa plume. « Personne n'est au-dessus de la loi.

— Même le roi ? dit la comtesse.

— C'est un argument intéressant, madame. Je dirais que le roi est la loi. Mais c'est une autre histoire. »

La comtesse fixa le dessus de cheminée en silence. Elle devait trouver un moyen d'intimider cet homme. L'horloge sonna la demie heure. L'horloge ! Voilà comment elle allait l'effrayer.

« Belle horloge que voilà, monsieur Cowley.

— Oui. C'est un cadeau.

— Ah vraiment ? Il ne serait pas de Mme Wilson, par hasard ?

— Non. » Cowley pencha la tête sur l'épaule. « Qu'est-ce qui vous le fait croire ? Il m'a été offert par mon valet, Nathaniel. »

Eh bien, songea la comtesse, voilà une explication bien tirée par les cheveux.

« Vous devez payer votre valet bien au-dessus de la norme, monsieur Cowley, s'il peut s'offrir une horloge aussi splendide.

— Ce garçon est pratiquement mon fils adoptif. » Cowley jeta un coup d'œil à l'horloge et se tortilla sur sa chaise. « Il travaillait au palais. Depuis qu'il était tout petit. C'est la reine qui lui a légué cette horloge à la veille de sa mort. Et la semaine dernière, il me l'a offerte. Pour mon anniversaire. »

Quel conte à dormir debout ! La comtesse sourit poliment et décida qu'il valait mieux consulter quelqu'un d'autre.

« On m'a dit que des gendarmes avaient été appelés chez vous au milieu de la nuit. » Cowley se pencha en avant. « Que s'est-il passé ?

— Je croyais que vous le sauriez mieux que moi. » La comtesse le dévisagea. « Un colosse est entré et s'est mis à démolir ma cuisine, sans la moindre raison. Heureusement, les gendarmes me ramenaient mon palefrenier, que mon mari avait emmené avec lui, expressément pour l'enivrer. »

Cowley n'eut aucune réaction. « Votre mari a-t-il quelque... » Il fit une pause, haussant les sourcils, « ... *tendance* que nous pourrions utiliser à votre avantage ?

— Ah oui. » La comtesse se pencha en avant à son tour et chuchota. « Je crois qu'il est voleur de grand chemin.

— Vous pouvez le prouver ?

— Il a la clé d'une maison qui appartient à quelqu'un d'autre. » Elle se pencha à nouveau en avant, avidement. « Quelqu'un qui a été dévalisé sur la route de Kensington. Il avait aussi un bocal plein de bijoux.

— Et où sont-ils maintenant ?

— Sur lui.

— Et où est-il ?

— Comment le saurais-je ? Il s'est enfui. »

Cowley joua avec la pointe de sa plume. « Mais si nous pouvions le trouver...

— Oui ?

— Nous pourrions le faire arrêter, et il serait incapable de compléter les formalités légales de la vente, et sa procuration vous serait attribuée.

— Est-là ce qu'on appelle un brevet de Tyburn ? »

Un sourire se dessina lentement sur le visage de Cowley. « Je vois ce que vous voulez dire. Pour sauver Mme Wilson ? »

La comtesse n'y avait pas songé, mais... si elle pouvait obtenir les deux avantages par une même action, ainsi soit-il.

Saint-Pholle débarqua avec le serrurier. Elle le laissa bricoler la porte tandis qu'elle allait voir Alpiew et Godfrey dans la cuisine.

« Zut ! s'écria-t-elle en observant le désordre étalé devant elle. C'est encore pire à la lumière du jour. » Elle retroussa ses manches. « Godfrey, tu as un marteau ? »

Godfrey, toujours noyé dans les brumes de la fatigue et de l'alcool, était à genoux en train de décoller des morceaux de massepain des carrelages à l'aide d'un canif. Il leva les yeux, se retrouva nez à nez avec Saint-Pholle dans sa robe noir et or doublée de dentelle noire, avec ses cheveux d'un roux flamboyant empilés haut sur sa tête, son visage blanc impeccablement repeint de frais, ses lèvres rouge sang souriantes encadrant des dents jaunies, ses longs ongles recourbés, et poussa un cri à glacer les sangs. Saint-Pholle le gifla. « Ne fais pas l'hystérique, ce n'est pas ce que tu crois. Je veux simplement réparer le poteau de lit. »

Godfrey bondit vers le jardin à la recherche d'outils.

« Rien à faire ici, je le crains. » Elle lança dans la cheminée les restes d'une chaise fendue en éclats, puis cassa les barreaux qui restaient sur son genou et les jeta dans le panier à bois.

Le sol était jonché de vaisselle brisée, des livres de Godfrey, de pages de la pièce de la comtesse et d'autres papiers qui s'étaient envolés dans le combat. « Que de papier ! Pourquoi conserve-t-elle tout ça ? » Saint-Pholle s'agenouilla et se mit à les ranger en piles.

Alpiew tordit son torchon dans une bassine d'eau. « J'espère que cet affreux avocat lui donnera de bons conseils. »

Saint-Pholle soupira. « C'est mal parti, j'en ai bien peur. » Elle fouilla dans une liasse de papiers tachés de confiture. « Il faudrait aller très haut pour contremander la vente. Ce que cette raclure de sir Peter a dit à propos des maris est hélas vrai. Voilà pourquoi je n'ai jamais voulu me remarier après mon veuvage, grâce au ciel à un jeune âge. »

Elle approcha un papier scellé de son visage et plissa les yeux. Puis elle ouvrit la lettre et scruta l'écriture un moment. « De qui est ce billet doux ? » demanda-t-elle en lançant la lettre à Alpiew.

Celle-ci y jeta un coup d'œil et tenta de noyer le poisson. C'était l'une des lettres d'amour retrouvées dans la maison de la dame d'Acton. « Ah, ça ? C'est à ma maîtresse.

— Vraiment. » Saint-Pholle écarquilla les yeux. « Je suis stupéfaite ! Je n'aurais jamais cru qu'elle était son genre. »

Alpiew se leva. « Vous savez qui a écrit cette lettre ? »

Saint-Pholle se raidit un peu, comme si elle

venait de commettre une indiscrétion, avant de hausser les épaules. « Mais oui, bien sûr. »

Alpiew se dressa devant elle, mains sur les hanches. « Alors ?

— Elle est écrite par le roi. »

Alpiew ne saisit pas immédiatement. « Le roi Charles ?

— Le roi Charles ! Ne sois pas ridicule, s'esclaffa Saint-Pholle. Ce vieux chéri pourrit dans sa tombe depuis des années. Non, le petit roi, Guillaume. »

Alpiew lui arracha la lettre des mains et la regarda fixement.

« Mon secret bien-aimé, je vous aime plus que tout... » Elle retourna la feuille. « M. Roy ! chuchota-t-elle. Bien sûr. Roy. Roi. Le petit roi.

— Le nain batave... » Saint-Pholle eut un reniflement dégoûté. « Comment a-t-elle pu ?

— Ah mon Dieu ! » Alpiew la saisit par les poignets. « C'est ça ! Vous avez trouvé ! M. Newton avait raison. Tout cela concerne le petit roi ! »

Alpiew demanda à être excusée et supplia Saint-Pholle de surveiller la maison en son absence, disant qu'elle avait une course urgente à faire. Saint-Pholle l'assaillit de questions – depuis combien de temps la comtesse recevait-elle des lettres d'amour du roi ? À quel point en était-elle avec lui ? Comment avait-elle pu garder le secret aussi longtemps ?

Alpiew expliqua, du plus vaguement qu'elle put, que Saint-Pholle avait mal compris. La comtesse possédait ces lettres, mais elles ne lui étaient pas adressées. Saint-Pholle se mit à bondir de joie. « Encore mieux ! Elles pourraient la sauver. Elle pourrait faire chanter le roi pour annuler la vente de la maison – ce doit être en son pouvoir. » Alpiew hésita. C'était une possibilité. Mais alors, qu'adviendrait-il de Mme Wilson ? Devrait-elle être pendue pour sauver la maison de la comtesse ?

Alpiew savait qu'elle approchait de la solution. Qu'elle était sur le point d'élucider la découverte que Beau avait faite, et qui avait conduit à son meurtre. Mme Wilson n'allait pas mourir.

« Nous ne pouvons rien faire jusqu'au retour de la comtesse, dit Alpiew, jetant une cape sur ses épaules. Je vous prie de m'excuser. Je reviendrai. »

Elle attira l'attention d'un conducteur de charrette à Hay Market et le persuada de la laisser monter à l'arrière contre quelques pièces. Une fois confortablement installée entre des bottes de foin, elle tira l'équation de sa poche. Merde ! Elle s'aperçut qu'elle avait laissé la liste des sens possibles qu'elle avait rédigée, sous son oreiller dans la cuisine de la comtesse. Enfin, elle avait presque tout en tête, et se le rappellerait aisément. C'est ce qu'elle entreprit de faire. Elle était tellement concentrée qu'elle en oublia presque de sauter au pont de Fleet. Relevant ses jupes pour courir plus vite, elle se fraya un chemin parmi les femmes vendant bas de coton et bouillie de froment, bonnets de nuit et pudding, et parvint jusqu'à la grille de la prison de Fleet. Elle devait parler à Mme Wilson, lui demander si elle ou son mari avaient déjà eu affaire au roi, ou, tant qu'on y était, à quelque membre de la cour. À genoux sur le pavé, elle hurla à travers la grille pendant environ une demi-heure. Elle essuya plus d'un commentaire graveleux sur sa poitrine, et quelques demandes en mariage, mais personne ne répondit à ses appels pour Mme Elizabeth Wilson.

Mais elle n'était pas femme à renoncer aussi aisément. Il y avait d'autres façons de retrouver la dame. Elle appela au guichet, battant la porte de ses poings jusqu'à ce qu'un garde vînt lui répondre. « Que voulez-vous ? gronda-t-il. C'est pour vous marier, ou quoi ?

— Non, dit Alpiew le plus pudiquement possible. J'ai une affaire urgente avec le geôlier. »

Le garde haussa les sourcils. « Il est au courant, ou pas ? »

Alpiew sourit. « Si vous lui dites que je suis là, il me laissera entrer, j'en suis sûre. » Elle croisa les doigts et pria Dieu qu'il ne s'attende pas à ce qu'elle couche avec lui. Il fallait simplement qu'il en ait l'espoir, pour lui ouvrir les portes de la prison. Le garde partit d'un pas traînant, puis revint. « Vous connaissez le chemin, ou pas ? »

Alpiew sourit et se dirigea vers le bureau du geôlier.

« Mademoiselle Alpiew », fit-il avec un large sourire. Il était assis, tripotant ses boutons de braguette, manifestement pressé d'en venir aux faits. Alpiew demeura sur le seuil.

« Je dois parler à Mme Elizabeth Wilson. C'est une question de vie ou de mort. »

Le geôlier eut un rictus, et se tapota la cuisse. « Bien sûr, bien sûr. Mais on va faire un petit câlin avant, d'accord ? »

Alpiew secoua la tête. « D'abord je parle à Mme Wilson, et ensuite le câlin. »

Le geôlier bouda. « Non. La bagatelle d'abord, ensuite tu vois Mme Wilson. »

On frappa à la porte. « Oui ? » Le geôlier émit un grognement et la porte s'ouvrit. Un huissier se tenait dans le couloir.

« Attends un instant », hurla le geôlier en reboutonnant sa braguette.

Alpiew saisit l'occasion pour sortir du bureau. Le geôlier lui lança : « De toutes façons, tu ne pourras pas la voir. Elle vient d'être emmenée, tard hier soir.

— Emmenée ? » Alpiew fit volte-face. « Mais où ? »

Le geôlier se leva et tendit la main pour attraper le postérieur d'Alpiew. « Newgate. Ils s'apprêtent à la conduire à Tyburn.

— Tyburn ! » s'écria Alpiew, écartant la main du bonhomme.

Il acquiesça. « Pour être exécutée. À la première lueur de l'aube. »

Douloureusement secouée par le violent trajet jusque chez elle en carrosse, le long d'une rue qui était en train d'être repavée, la comtesse boita jusqu'à la porte d'entrée. Elle la poussa distraitement et se cogna cruellement l'épaule. Elle avait oublié que Saint-Pholle avait fait venir un serrurier... Elle regarda autour d'elle pour trouver le cordon de la sonnette, qu'elle n'avait jamais encore eu besoin d'utiliser, et tira vigoureusement dessus. De l'intérieur, elle entendit le bruit sourd du bidon vide. Elle attendit quelques instants. Personne ne vint. Eh bien, elle était dans de beaux draps ! Enfermée à l'extérieur de sa propre maison. Elle appela par la boîte aux lettres.

« Alpiew ! Godfrey ! C'est moi, votre maîtresse. Ouvrez, tout de suite. »

Quelques minutes plus tard, c'est une Saint-Pholle très poussiéreuse qui tourna la clé et lui ouvrit la porte.

« Pourquoi ne m'as-tu pas dit que cette chose te servait de sonnette ? », grogna Saint-Pholle qui, en entendant le fracas, avait cru qu'il s'agissait de sir Peter ou de La Racaille tentant d'enfoncer la porte, et qui s'était jetée sous le lit de Godfrey pour s'y cacher.

« C'est réglé ! » La comtesse entra d'un pas léger. « Si nous pouvons retrouver mon mari. »

Saint-Pholle roula ses yeux soulignés de khôl. « Ce cloporte ? Retourne la première pierre venue, marmonna-t-elle. Ou fouille dans n'importe quelle fosse d'aisances.

— L'important, c'est de ne pas le laisser entrer ici, au cas où il veuille prendre possession de la place. Où est Godfrey ?

— Sorti... Pour jeter les ordures.

— Et Alpiew ?

— Elle avait ce qu'elle a appelé des affaires urgentes. » Saint-Pholle reprit le verre de vin qu'elle s'était versé. « Alors, maintenant que nous sommes seules, tu peux me parler de lui ?

— De qui ? » La comtesse retira sa cape et ses gants pour s'asseoir.

Saint-Pholle lui apporta un verre. « Ne fais pas ta mystérieuse. Du roi Guillaume, bien sûr. »

La comtesse recracha une gorgée de vin dans son verre. « Tu sais parfaitement bien ce que je pense de ce petit avorton hollandais.

— Alors pourquoi reçois-tu ses lettres d'amour ? »

La comtesse cligna des yeux et se répéta mentalement la question de Saint-Pholle. « Reprends, un peu plus lentement, Olympe. Je suis mystifiée. »

Saint-Pholle lui parla de la lettre qu'elle avait trouvée en faisant le ménage, et dont elle avait reconnu l'écriture.

« Ah ! » La comtesse chercha autour d'elle du regard. « Les lettres d'Acton.

— Acton ! glapit Saint-Pholle. Quoi, Acton ? »

La comtesse ne voulait pas en dire plus à son amie. « Nous les avons trouvées sur la route, près du palais de Kensington. Alpiew les a vues et les a prises, en espérant que c'étaient des lettres de change. »

Saint-Pholle prit une mine déconfite. La comtesse tenta de détourner la conversation. « Ce jour-là, à Acton, Saint-Pholle... N'était-ce pas comique ?

— Cette affreuse bonne femme, qui n'arrêtait pas de parler de ses robes, gémit Saint-Pholle. As-tu jamais vu chose pareille ? »

La comtesse secoua la tête. « Pas depuis Monsieur.

— Monsieur qui ?

— Le Grand Monsieur, rappelle-toi : le frère du roi Louis[1].

— Ah, *Monsieur* ! glapit Saint-Pholle. Qui se pavanait dans tout Versailles avec ses joues poudrées et ses cils collés de poudre noire.

— Et ses vêtements placardés de diamants !

— Et, puisque nous sommes sur ce chapitre, dit Saint-Pholle en remuant sa langue sous sa joue, tu te rappelles de l'Abbé ?

— Ah, l'Abbé ! » La comtesse hurla de rire. « Tu te souviens, dans le confessionnal ? Tu étais agenouillée, en train d'égrener tes péchés, et, à travers la gaze, tu voyais distinctement scintiller ses boucles d'oreilles en diamants.

— Ah ! soupirèrent les deux femmes à l'unisson. Les hommes !

— À propos, il faut que je me dépêche, maintenant, ma chérie, ou je serai en retard. J'ai rendez-vous avec ma couturière à la maison pendant une heure, puis je dois rencontrer un marchand sur la piazza. Il va me vendre un couple de marmousets pour remplacer mon cher vieux George.

---

1. Monsieur, frère de Louis XIV, que Saint-Pholle et Ashby ont dû rencontrer en France. (*N.d.E.*)

— George ?

— Mon écureuil qui est mort, chérie. Tu te rappelles ? Mon George adoré. » Elle embrassa la comtesse, laissant une balafre écarlate sur sa joue.

Alpiew trottinait dans les rues de la City, évitant les flaques de boue et les tas d'ordures figées. Le dégel avait commencé. Tout était brun de gadoue. Un troupeau de moutons était en train de traverser Warwick Lane en route pour le marché de Newgate. Elle dépassa les étals de traiteurs, et les femmes avec des plateaux de nourriture vantant leurs marchandises. Elle contourna un gros nid-de-poule sur la route et heurta le corps massif d'un homme de haute taille. « Désolée ! » s'exclama-t-elle en pressant le pas. Mais une lourde main s'abattit sur son épaule.

Elle releva la tête. C'était La Racaille. Elle se mit à courir. Il bondit à ses trousses.

Alpiew se faufila à travers la circulation, contournant les étals de nourriture. De temps à autre, il la rattrapait et l'accrochait par les vêtements. Elle plongea dans une ruelle, renversant un porteur avec une pile de paniers haute comme sa tête, ce qui bloqua la voie un moment. Mais après une brève bousculade et une bordée d'injures, elle entendit à nouveau le pas lourd et familier résonner derrière elle. Alpiew tourna brusquement dans un passage encore plus étroit, se faufilant entre des montagnes d'ordures. Les pas s'arrêtèrent. Peut-être avait-il abandonné ? Sans ralentir le pas, elle s'élança vers la voie principale.

La Racaille était là, en face d'elle, souriant. Il la repoussa dans la ruelle de ses énormes doigts spatulés. « J'ai un message pour toi. » Il se pencha vers elle et l'accrocha par les lacets de son décolleté.

« Laisse tomber l'affaire Wilson. Laisse la justice suivre son cours. »

Alpiew se tortilla pour tenter de se dégager, mais de son autre main il se contenta de s'incliner vers elle et de l'attraper par le bras. Puis, relâchant ses lacets, il saisit la main d'Alpiew pour lui écarter les doigts. « Je pourrais briser chacun d'entre eux. » Il eut un mouvement soudain qui fit bruyamment craquer les os d'un doigt. Alpiew hurla.

Des passants se retournèrent pour les fixer. « Qui n'a jamais été importuné par une épouse acariâtre ? » leur lança-t-il avec le sourire. Ils passèrent leur chemin. Alpiew lui cracha au visage. Laissant la salive dégouliner lentement sur sa joue mal rasée, il se pencha et lui chuchota à l'oreille. Sa tête était si proche qu'elle sentait ses lèvres chaudes et humides contre sa peau. « Tu as compris ce que je viens de dire, miss Alpiew ? »

Alpiew hocha la tête et tenta de prendre un air contrit. « Oui. Je laisse tomber. »

Il retroussa les lèvres en un rictus paresseux mais terrifiant. « Bon. » Il ne l'avait toujours pas relâchée.

Alpiew se décida : qui risque rien n'a rien. « Vous devriez être en prison, fit-elle. Comment vous êtes-vous échappé ?

— Je ne me suis pas échappé. » La Racaille émit un ricanement moqueur. « J'ai été libéré grâce à un mandat légal. »

Le visage d'Alpiew trahit sa perplexité. La Racaille, fier de l'effet produit, ajouta : « Des amis s'en sont chargés pour moi, ricana-t-il. De par une loi ancienne, le privilège du clergé. » Il fit claquer ses dents, puis s'essuya les mains sur sa veste, comme si le fait d'avoir touché Alpiew les avait souillées. Il lui pinça le menton entre le pouce et l'index. « Allez, ne boude pas, poulette. » Puis il se retourna et s'éloigna d'un pas désinvolte.

Alpiew envisagea un moment de le filer, pour découvrir où il vivait, ou quoi que ce soit qui puisse la conduire à sa maîtresse. Mais c'était trop dangereux. Personne ne savait où elle était, et il ne restait plus qu'une journée avant l'exécution de Mme Wilson. Alpiew décida de s'en tenir à son plan initial.

Elle se hâta vers la prison. Elle n'y connaissait personne, et il n'y avait pas de grille commode pour contacter les prisonniers. Elle appela d'une voix forte au guichet, mais personne ne vint. Elle fit le tour, étonnée de la décoration élaborée des murs extérieurs : pilastres toscans, statues, créneaux élaborés. Une horloge toute proche indiquait qu'on approchait de l'heure du déjeuner. Les allées et venues des officiers reprendraient sous peu. Elle se tint le plus près possible de la porte, tentant de passer le visage entre les interstices de la grosse ferronnerie pour mieux voir à l'intérieur. Quelqu'un lui tapa sur l'épaule. Croyant qu'il s'agissait de La Racaille venu lui dispenser un second avertissement, Alpiew, terrorisée, lâcha un cri involontaire et sauta de six pouces en l'air.

« Dieu vous bénisse, mon enfant, de quoi avez-vous si peur ? » C'était un prêtre.

« Ah, mon révérend père, je suis désolée. » Autant qu'elle s'en souvienne, Alpiew n'avait jamais mis les pieds dans une église de sa vie, mais elle avait attentivement observé la façon dont les femmes traitaient les prêtres. Elle inclina la tête vers le sol, et força une larme à perler. « J'ai besoin de votre secours, monsieur, car ma cousine, une dame élégante, est à l'intérieur, et elle doit mourir demain, et je dois lui parler d'une affaire grave.

— Et de quoi peut-il s'agir, jeune fille ? » Le

prêtre tira sur un cordon de sonnette qu'Alpiew n'avait pas remarqué.

Elle réfléchit à toute vitesse. Qu'est-ce qu'un prêtre considérerait comme réellement digne de secours ? Tous les prisonniers devaient tenter la tactique de l'erreur judiciaire. Elle savait que cela ne fonctionnerait pas. Un geôlier à la démarche pesante s'affairait à ouvrir les cadenas de deux énormes verrous.

« Le destin de ses enfants, monsieur, qui seront orphelins demain. »

Le geôlier fit glisser les verrous et fit tinter son énorme anneau de clés, tentant de retrouver celle qui ouvrirait la serrure principale.

« En vérité, mon enfant, ma mission est de prêcher ceux destinés à mourir demain. Peut-être pourriez-vous porter mon livre de prières pour moi ? »

Alpiew comprit le subterfuge qu'il proposait. Elle saisit le livre et courba la tête.

Le geôlier les examina tous les deux de la tête aux pieds. « C'est qui ? » Il pointait vers Alpiew de sa clé.

« Ceci, mon ami, est une pécheresse pénitente qui a l'obligeance de m'aider pour la journée en m'assistant, en transportant mes effets, et ainsi de suite. Pouvons-nous passer ? Ou je serai en retard. »

Le geôlier grogna et les laissa passer.

Tandis qu'ils traversaient les pièces puantes grouillantes de félons et de débiteurs de tous âges et de tous genres, le prêtre parla. « Vous avez eu de la chance que je fasse un remplacement aujourd'hui. Le prêtre habituel de la prison est malade. » Le religieux regarda autour de lui. « À force de vivre dans cette misère, ce n'est pas étonnant. On m'a envoyé ce matin pour prendre sa place jusqu'à ce qu'il guérisse. »

Un autre geôlier les admit dans la cour. « C'est une triste affaire, que cette cérémonie. Personne ne la respecte. La dernière fois que je suis venu, durant la messe plusieurs prisonniers sont venus se pavaner et se sont soulagés dans la chapelle, répandant une odeur infecte. »

Un chien appartenant à l'un des prisonniers s'approcha et renifla la jupe d'Alpiew. Elle l'écarta, tout en chassant quelques poulets.

« Ces derniers temps, le gouvernement fait de bonnes affaires en vendant des entrées à cet office. Dieu sait pourquoi, le public aime voir des gens promis à la mort. » Il fit signe au geôlier d'ouvrir la chapelle. « Je ne permets pas ce genre d'agissement pendant que j'officie. »

On les laissa passer. Un cercueil vide était posé au centre de la pièce, et tout autour, dans une enceinte entourée de grilles, se tenaient quelques pauvres âmes qui, d'après leur expression, étaient les prisonniers condamnés à mort. Alpiew vit aussitôt Mme Wilson et alla s'asseoir derrière elle. Le prêtre prit le livre de prières et se dirigea vers l'autel.

« À ceux d'entre vous qui sont condamnés à mort, je vous dis : repentez-vous », déclama-t-il, ouvrant le livre et le plaçant devant lui sur un lutrin en chêne richement sculpté.

« Que se passe-t-il ? souffla Mme Wilson. À quoi joue Cowley ?

— J'ai besoin de quelques renseignements, chuchota Alpiew. D'abord, vous ou votre mari avez-vous jamais eu affaire au roi ?

— Tu es folle ? » Mme Wilson se retourna. « Si je connaissais le roi, tu ne penses pas que j'aurais fait appel à sa clémence ?

— Ensuite, à quelle époque ont débuté les agissements bizarres de votre mari ?

— En janvier, dit Mme Wilson. Début janvier. »

Dans la pause au cours de laquelle Alpiew tentait de se remémorer quelles autres questions poser, le prêtre poursuivit : « ... ainsi, par la mortification continuelle de nos affections corrompues, nous serons ensevelis avec lui, afin qu'à travers la tombe, et la porte de la mort, nous puissions passer à la résurrection dans la joie.

— Vous connaissez quelqu'un vivant à Acton ? »

Mme Wilson dévisagea Alpiew de haut en bas. « Qu'est ceci ? Tentes-tu, en inventant ces questions bizarres, de me faire croire que tu mérites d'être payée, tout en me laissant aller à la mort pour un crime que je n'ai pas commis ? »

Alpiew passa outre. Elle n'avait aucune envie de rappeler à Mme Wilson que c'était elle-même qui avait plaidé coupable à ce crime. « Connaissez-vous quelqu'un à Acton ? »

Mme Wilson secoua la tête.

« ... les sages meurent aussi, poursuivait le prêtre d'une voix monocorde, et périssent ensemble : aussi bien que l'ignorant et le fou, et ils laissent leurs richesses aux autres. Et pourtant, ils croient que leurs maisons existeront à jamais ; et que leurs demeures endureront d'une génération à l'autre...

— Avez-vous confiance en votre avocat ?

— Cowley ? dit Mme Wilson. Je le connais depuis que je suis enfant. Encore qu'après cette débâcle, je ne le conseillerais à personne dans une affaire criminelle.

— Savez-vous qu'il a dérobé divers articles dans votre maison ? »

Le visage de Mme Wilson s'assombrit. « Ah, il a fait cela ? Pour récupérer ses honoraires, j'imagine. » Elle poussa un profond soupir. « Le principal, c'est qu'un avocat ne coure pas le risque de mourir de faim. Dommage qu'il ait si peu travaillé pour le prix.

— Votre horloge est sur sa cheminée.

— Eh bien, je préfère la voir là que saisie par l'État. Je n'ai pas d'enfants, pas d'héritiers. Malgré les poudres de Beau. Et pas de parents. Je n'avais que mon mari. Maintenant, je n'ai plus rien. Et demain... » Sa tête retomba et des larmes roulèrent sur ses joues. « Je cesserai d'être.

— Ils gisent en enfer comme des moutons, la mort les ronge, et les justes régneront sur eux le matin venu...

— Avez-vous connaissance d'un événement qui se produira à la mi-septembre ?

— Que m'importe un avenir que je ne connaîtrai pas ?

— Madame Wilson, essayez de m'aider. Il y a encore une chance. Je suis si près de trouver la clé du secret qui peut vous sauver la vie, mais vous devez m'aider.

— ... ceux qui restent dans l'obscurité, et dans l'ombre de la mort, liés par la douleur et les fers parce qu'ils se sont rebellés contre la parole du Seigneur ; et qu'ils ont pris à la légère la parole du Très-Haut ; il a aussi fait peser une grande lourdeur sur leurs cœurs : ils sont tombés, et il n'y avait personne pour leur venir en aide...

— Écoutez le prêtre, madame Wilson. Il y a bien quelqu'un qui puisse vous venir en aide, et c'est moi...

— Mon père, s'écria Mme Wilson en se levant de son banc, je vous prie d'éloigner cette malheureuse femme. Tout ce qu'elle veut, c'est vendre mon récit à une gazette à scandales, pour le faire imprimer et le vendre à Tyburn dès demain.

— Une vermine plumitive ! beugla le prêtre. Jamais n'ai-je été si cruellement dupé. Hors de ma chapelle, tout de suite ! Espèce d'asticot sur le tas de fumier de la vie ! »

Alpiew tenta de plaider sa cause mais deux geôliers de forte carrure l'avaient soulevée de terre et transportée hors de la chapelle avant qu'elle ait pu ouvrir la bouche. Ils la jetèrent à la rue sans autre forme de cérémonie.

15

Coagulation

La conversion d'un liquide clair en une mixture solide par un changement interne, par l'addition d'une autre substance, en la chauffant ou en la refroidissant. Par exemple, le lait qui caille.

Après le départ de Saint-Pholle, la comtesse s'affaira, redressant ceci et remettant cela en place. Elle tisonna le feu et se trancha un morceau de pain pour le faire griller. Elle pria le ciel de lui laisser gagner cette bataille et conserver la maison. Mais où trouver sir Peter ? Elle pouvait envoyer Godfrey dans tous les bordels de Londres, mais qui jurerait que Godfrey ne se laisserait pas séduire par ses menaces et ses promesses, et ne la trahirait pas à nouveau ?

Elle mordit dans son pain grillé et se laissa retomber sur le lit. Où était Alpiew ? Que faisait-elle de si urgent ? Et que signifiait cette histoire de Saint-Pholle, à propos des lettres qu'elles avaient récupérées dans le jardin de camomille d'Acton ? Elles seraient du roi ? Le roi, rien que ça ! Écrivant des lettres d'amour à cette affreuse bonne femme. Cela jetait un nouvel éclairage sur l'affaire. Elle s'était presque persuadée que le mystérieux M. Roy était sir Peter, et maintenant, il semblerait que ce soit le roi. Mais si le mari des week-ends et des nuits de Mme Roy était le roi, quel rôle jouait Beau Wilson dans toute cette affaire, et qui l'avait tué ? Et pourquoi ? Elle frémit au souvenir du sang qui lui avait dégouliné des mains, ce soir-là dans le cimetière. L'idée la conduisit naturellement à la robe tachée de sang retrouvée dans la garde-robe de Mme Roy.

Elle se redressa d'un coup, horrifiée. Évidemment ! Voilà ! Toute cette affaire était politique. Quelque chose à voir avec le roi. Peut-être que Mme Roy n'avait pas tué Beau, mais même si c'était le cas, la robe ne prouvait rien. Et si le sang qui imbibait cette robe pêche était celui de Mme Roy ? Cela expliquerait la disparition soudaine de cette femme. Alpiew avait dit qu'il n'y avait aucune déchirure dans la robe. Mais un trou fait par un stylet ou une rapière pouvait être si petit que, peut-être, Alpiew ne l'avait pas remarqué. Beau et Mme Roy étaient tous deux tombés sur un secret concernant le roi et une maîtresse secrète, et par conséquent ils avaient été tous les deux assassinés. Mme Roy avait probablement été tuée à Acton même, son corps mis en pièce et jeté à la rivière, qui sait ?

La comtesse tapota l'oreiller. Quelque chose dépassait d'en dessous. C'était la liste dressée par Alpiew des explications possibles du code fatal de Beau. Elle décida de tenter de le résoudre une fois pour toutes.

⊙: Facile. C'était un avertissement à Betty, que le message qui suivait était stupéfiant. Qu'il promettait des changements dangereux.

☿♀ Mercure et Vénus. Ou le vif-argent et le cuivre. Mais cela semblait improbable après ce qu'avait dit M. Newton. Ou alors, mercredi et vendredi. Mais c'était tout simplement ridicule.

☌ Conjonction. La réunion de deux substances, leur rapprochement.

♔ Le Petit Roi. Regulus. Le Cœur de Lion. Cor Basilic.

Ainsi, cela signifiait que quelqu'un couchait avec le roi. Assurément, les lettres tendaient à le prouver.

= Bon, voilà qui était tout simple. Égale.

♁☉ Ça aussi. Chaos.

(⚥/☉) Encore un signe qui la laissait perplexe. Mars et Vénus. Ou l'amalgame improbable du fer et du cuivre. Ou mardi et vendredi. Entre parenthèses avec le petit cercle marqué d'un point en son centre. Peut-être un autre petit soleil, ou l'or, ou le roi.

(☉/†) Le grand cercle, qui était certainement l'or, ou le soleil, ou bien entendu le roi. Rapproché de la croix, du poison ou de signe de l'échec et mat – le roi est mort, fin de partie. Ainsi, ce devait être le roi. Quelque chose à voir avec la mort du roi.

La comtesse secoua la tête et se gratta sous sa perruque. Que c'était confus ! Comme l'un de ces rébus dans le journal, que les dames de Versailles tentaient de résoudre pour tuer le temps. La comtesse releva la tête. Voilà une idée pour les Cue : elle et Alpiew pouvaient inventer un rébus pour leur gazette, afin d'amuser les dames de Londres. Cela valait la peine de s'acharner sur celui-ci, ne serait-ce que pour passer le temps, et voir si elle pouvait le résoudre seule, et saisir le tour de main qui lui permettrait de fabriquer ce genre d'énigme.

 Puis, sublimation. Peste soit de ces termes des arts hermétiques !

@  Et, enfin, une percée de sens commun : à l'éclipse dans le signe de la Balance, qui était prévue pour le 12 septembre de cette année 1699.

En choisissant l'interprétation la plus humaine de tout ceci, on lisait : Prenez garde ! Mercure et Vénus couchent ensemble avec le petit roi. Ceci équivaut au chaos. Mars et Vénus, avec le petit cercle marqué d'un point au centre.

« Un instant ! » La comtesse se tirailla le menton. Le poursuivant d'armes n'avait-il pas parlé de ces petits cercles ? On dirait un petit soleil, « *little sun* », mais dans l'univers lunatique de l'héraldique, où règne l'abus créatif des homonymes, ceci passerait pour un petit fils, « *little son* ». Et ce symbole signifiait, en termes héraldiques, le seul enfant survivant. Elle se concentra à nouveau sur l'équation. Mars et Vénus, le seul enfant survivant. Elle cracha. « Quelle foutaise ! »

Puis elle porta son attention sur la deuxième parenthèse. Le roi. Le roi est mort, fin de partie. Cette maudite sublimation, encore. À l'éclipse de septembre. Peut-être que si elle affranchissait cette équation de la philosophie expérimentale, elle y comprendrait quelque chose. En commençant par la sublimation. Qu'est-ce que cela signifiait, en langage courant ? De rendre sublime, d'exalter, d'élever au-dessus du commun, de mener à son terme. Voilà ce que ce devait être. Toute l'affaire devait atteindre son point culminant en septembre. Elle se laissa retomber sur le lit et pressa ses doigts sur ses tempes en soupirant. Quelle affaire ? Elle n'en savait pas plus.

Devant la prison de Newgate, Alpiew s'était relevée tout en se demandant quoi faire. Il restait si peu de temps. Même si Mme Wilson avait été désagréable avec elle, Alpiew savait qu'elle était tout près de la solution, et elle était déterminée à la sauver. Ensuite, il faudrait qu'elle s'occupe de la comtesse et du pétrin dans lequel elle s'était fourrée avec son misérable époux. Mais d'abord, Alpiew décida de parcourir la courte distance qui la séparait du cabinet de l'avocat, John Cowley. Il pouvait faire une plaidoirie de dernière minute au roi pour lui demander le pardon de Mme Wilson, ou sa grâce, enfin quelque chose dans le genre. Elle pourrait peut-être même le persuader de l'aider pour la vente de la maison.

« Alpiew ? »

Alpiew releva la tête pour découvrir son vieil ami Simon, vêtu d'une livrée très élégante, debout devant elle, souriant d'une oreille à l'autre et brandissant une poignée de grandes plumes d'autruche blanches.

« Mon Dieu, Simon, tu as failli me faire mourir de peur. » Elle l'examina de la tête aux pieds. « Et alors, mon garçon, en voilà, un attirail inattendu...

— J'ai trouvé un travail au palais.

— St. James ?

— Non, Kensington.

— Comment y es-tu arrivé ? » Alpiew savait que Simon n'avait pas la moindre relation dans le monde.

« Beaucoup de vieux employés sont partis. Il y a eu du grabuge, à cause des avantages en nature qu'on leur a retirés, et ainsi de suite. Mais ce qu'on n'a jamais eu ne peut pas nous manquer... Moi, je suis ravi d'être payé pour faire n'importe quoi, même sans repas gratuits ou vieux bouts de chandelles à récupérer.

— Que fais-tu là-bas ?

— Je travaille pour le Grand Chambellan. Je suis courrier du page de la Garde-Robe Royale.

— La quoi ?

— Je travaille sous les ordres du chambellan, qui répond directement au hallebardier, qui obéit au gentleman, qui s'en rapporte au sergent, auquel commande le Grand Chambellan en personne.

— Et lui, à qui obéit-il ? »

Simon prit une mine inquiète. Il n'avait jamais réfléchi jusque là.

« Je plaisante, Simon. » Elle contempla le bouquet de plumes d'autruche s'agitant dans le vent. « J'imagine que ceci fait partie de ton travail ?

— Oui, en effet, Alpiew, dit le garçon non sans une certaine fierté. Je suis particulièrement responsable de l'achat et de l'entretien des plumes ornementales. »

Une grossière charrette les dépassa à toute vitesse, manquant de casser les plumes tremblantes. Simon les mit prestement à l'abri du danger. « Si je les perdais, je serais un homme ruiné, dit-il. Elles valent une fortune, et si elles sont endommagées pendant qu'elles me sont confiées, je dois les remplacer en payant de ma propre poche. Je les emporte à la Garde-Robe Royale du Savoy pour être teintes, puis à St. James, où je vais les friser, les épousseter et les coudre aux chapeaux royaux.

— J'espère qu'on te paye bien pour ce travail, Simon.

— Pas vraiment. J'étais mieux payé comme marmiton à Covent Garden. Mais je suis logé, et j'ai cette livrée, et au moins je ne travaille pas sous les ordres de la Blanchisseuse du Corps Royal, ou du Répandeur d'Herbes, ou du Tueur de Rats, du Preneur de Taupes ou du Gardien des Volailles. » Le garçon semblait si sérieux et si fier de lui, qu'Alpiew retint les railleries qui lui venaient naturellement à l'esprit.

« Alors tu ne vois jamais le roi ? »

Simon pouffa de rire. « Bien sûr que non. Jamais. Mais si je progresse dans la hiérarchie, j'y parviendrai peut-être un jour.

— Pourrais-tu me rendre un service, Simon ? Lorsque tu passeras devant la maison de ma maîtresse sur German Street, pourrais-tu l'avertir que je rends visite à Cowley, l'avocat, et qu'ensuite je rentrerai. Dis-lui que je ne l'ai pas abandonnée.

— Quelque chose ne va pas ?

— Oui, presque tout. » Alpiew secoua la tête. « Mais ce serait trop long à expliquer. » Elle planta un gros baiser sur la joue de Simon. « Au moins, maintenant, je sais où te trouver. » Avec un signe d'adieu, Simon partit au pas de course, les plumes bondissant devant lui.

La comtesse était toujours plongée dans l'étude des notes d'Alpiew. L'après-midi avançait et elle avait dû allumer une bougie pour y voir correctement. Si seulement elle pouvait élucider le mystère.

Elle recommença.

Mercure/ Vénus se rapprochent du petit roi ; mercredi/ vendredi se rapprochent du petit roi ; le vif-argent/ le cuivre s'approchent du petit roi.

« Quelles balivernes ! », lança-t-elle tout haut au plafond, en jetant le maudit bout de papier par terre. Elle posa les pieds sur le lit et s'allongea. Fixant le plafond familier, blanchi à la chaux, elle soupira. Ce serait peut-être la dernière nuit qu'elle passait dans sa maison bien-aimée.

Elle savait que cet avocat, Cowley, était un vaurien, un incorrigible scélérat qui ne pensait qu'à mettre la main sur le plus d'argent possible.

Comme tous les avocats. Et cette horloge ? L'avait-il dérobée chez les Wilson, ou encore le valet, pour se faire bien voir, l'avait-il prise pendant qu'il dressait l'inventaire pour l'offrir à Cowley, ou étaient-ils tous deux complices ? Les avocats ! Aucun tour pendable ne l'étonnerait de leur part.

Elle regarda autour d'elle et succomba à une tristesse sans espoir. Elle avait été heureuse, ici. Elle ne voulait pas partir, mais elle savait qu'il était impossible de changer le cours des événements. Comment pourrait-elle arrêter son mari, d'autant qu'elle ne savait ni où il se trouvait, ni comment le retrouver ? C'était trop déprimant. Dieu merci, elle avait Alpiew. Même Godfrey semblait à nouveau loyal. Bien qu'évidemment, ce soit lui qui les ait menées à la catastrophe en conduisant cet individu ignoble jusqu'ici. Mais son propre comportement n'avait rien arrangé. Comment avait-elle pu succomber une nouvelle fois aux flagorneries de son mari ? Ah, être veuve, comme Saint-Pholle...

Cette chère Saint-Pholle ! Comme elle était drôle, lorsqu'elle parlait de Monsieur et de tous ces hommes à Versailles qui tenaient à porter des vêtements de femmes, et qui parlaient sans arrêt de mode et d'étoffes et de fards et de dessous, et de toutes ces choses auxquelles une vraie femme ne songe jamais. Sauf cette affreuse Mme Roy, évidemment. Elle se redressa plus vite que si elle avait été mordue aux fesses par un chien enragé. Comme Mme Roy. Voilà ! Mme Roy était très grande, elle avait de bons bras robustes, comme l'avait démontré la partie de pêche, et elle parlait sans arrêt du moindre détail de ses toilettes. Ce qu'une vraie femme ne fait jamais. Mme Roy n'était pas du tout une madame. Mme Roy était un monsieur.

Alpiew ouvrit la porte de l'avocat et grimpa les marches deux à deux. Il faisait noir. Un homme la croisa dans l'escalier. Il portait une liasse de papiers, et avait l'air satisfait de celui qui rentre à la maison à la fin d'une longue journée de travail. Pendant un bref instant, elle crut avoir senti une bouffée de ce parfum familier. Muguet et musc... Sur le palier, elle frappa. Après un court bruissement de papiers, la voix de Cowley lui dit d'entrer.

« Ah, mademoiselle Alpiew. » Il était assis derrière son bureau, comme la dernière fois, et se curait les ongles avec la pointe de sa plume. « Que puis-je encore faire pour vous ? Vous revenez me parler de cet absurde privilège du clergé ? Ou de votre maîtresse et de son mari qui n'en fait qu'à sa tête ? Ha ! »

Alpiew resta debout « Je ne sais pas ce qui est absurde ou pas, mais ce que je sais, c'est qu'il est impardonnable de laisser une femme innocente aller à l'échafaud comme vous le faites, pendant que vous restez là à vous curer les ongles.

— Calmez-vous, mademoiselle Alpiew. Qu'y a-t-il à faire ? Cette femme a dit à la justice qu'elle était responsable de la mort de son mari. Qui d'autre pourrait être coupable d'un tel crime ? Et pourquoi ? Dites-moi pourquoi qui que ce soit, à part l'épouse, voudrait tuer un mari infidèle, dont nous savons qu'il dilapidait sa fortune ? »

Alpiew jeta un coup d'œil au bureau de M. Cowley. Sur son buvard, il y avait une note griffonnée. Alpiew avait l'impression d'avoir déjà vu cette écriture, mais elle n'en était pas certaine. Elle devait l'examiner de plus près.

« Et Betty ? »

Cowley se hérissa. « Betty qui ?

— La bonne de M. Wilson, Betty. Elle aussi, elle a été tuée, dans son laboratoire.

— Que savez-vous de ce laboratoire, et qui vous a dit que Betty était morte ? Personne ne m'en a averti ! » Il se mit à remettre ses papiers en ordre et à les ranger dans les tiroirs de son bureau. « Peut-être était-ce elle, la maîtresse, et que Mme Wilson est également coupable de son meurtre.

— C'est impossible. Mme Wilson était en prison lorsque Betty a été tuée.

— Vous répétez sans arrêt que Betty a été tuée, mais où est le corps ? Et pourquoi la police n'a-t-elle pas été informée ?

— Je sais où est le corps. Je l'ai vu. Il est dans le laboratoire de Beau Wilson. »

Cowley jeta un coup d'œil à la fenêtre. « Si vous le dites. Encore que je doute fort que vous sachiez où se trouve le laboratoire, puisque personne ne l'a trouvé. » Dehors, il faisait noir. Sa chandelle vacilla lorsqu'il toussa. « Alors, quelle est votre interprétation de ces deux meurtres sordides ? Selon vous, qui est le tueur ? Un feu follet ?

— Je ne sais pas ce qu'est un feu follet, monsieur, dit Alpiew.

— Parce que cela n'existe pas. » Cowley rit en renversant la tête. « C'est le mot qu'on emploie pour parler d'illusions, de cette forme qui émerge des marais, que l'on voit mais qui est toujours à deux pas devant vous. Mais on ne peut jamais l'attraper, parce qu'il s'agit simplement d'un gaz de phosphore, ressemblant à une flamme. »

Au mot de phosphore, Alpiew se figea. « Vous saviez que Beau Wilson pratiquait l'alchimie, n'est-ce pas ?

— Peut-être bien. » Cowley resta immobile. « Et alors ?

— À qui d'autre en avez-vous parlé ? »

Cowley fit la moue. « Personne.

— Vous mentez, monsieur Cowley. Beau Wilson est venu vous voir pour vous demander de trouver un commanditaire, n'est-ce pas, pour ses travaux alchimiques ? Alors, qui avez-vous déniché pour financer ses recherches ?

— Je ne sais vraiment pas où vous voulez en venir. » Cowley se leva et se retourna pour examiner l'étagère pleine de livres derrière son bureau. « Oui, Wilson est venu me voir, mais je lui ai donné le conseil qu'il fallait lui donner. De tout arrêter, à l'instant. D'y renoncer et de se consacrer à son négoce.

— C'est vous qui lui avez donné de l'argent ? C'est ça ? »

Cowley fit comme s'il n'avait rien entendu, déplaçant des piles de papiers d'une étagère à l'autre. Alpiew profita de ce qu'il avait le dos tourné pour examiner de près l'écriture familière sur son buvard. C'était un gribouillage maladroit et irrégulier. Elle sut aussitôt où elle l'avait déjà vue – sur la liste trouvée à Acton, et dans ces mots inscrits derrière la facture de l'apothicaire : « *Alles Mist*. » Tout ça, c'est de la merde.

« Monsieur Cowley, c'est bien vous qui avez donné de l'argent à Beau Wilson pour ses travaux d'alchimie, pas vrai ? Et il a tout perdu ? »

Cowley fit volte-face, son visage empourpré de colère. « Oui, je lui ai donné de l'argent, et quand il est revenu m'en redemander, je lui ai dit non. En quoi cela vous concerne-t-il ?

— *Alles Mist* qu'est-ce que cela veut dire ?

— Le cabinet est fermé, maintenant, Miss Alpiew. » Cowley, des perles de sueur luisant sur son front, pointa vers la porte, derrière elle. « Vous devriez songer à prendre congé, et si vous avez de nouvelles insinuations à faire, vous pourrez revenir lorsque je rouvrirai demain matin.

— Vous avez engagé cet acteur, Jack Fry, pour nous effrayer, n'est-ce pas ? L'homme que Beau surnommait si justement La Racaille. » Alpiew s'approcha de la fenêtre. « Et c'est vous qui avez réussi à le faire sortir de prison, sous prétexte du privilège du clergé. Comment y êtes-vous arrivé ? Cet homme est analphabète. Comme Mme Wilson. Il ne sait pas lire.

— C'est un acteur. » Cowley sourit. « Il a le don de retenir des phrases. Il faut peu de temps pour faire entrer le 51ᵉ psaume dans le crâne d'un homme. Ensuite, il peut faire semblant de le lire. »

Alpiew était stupéfaite. Elle était tombée juste. « Vous avez vraiment fait libérer Jack Fry pour qu'il me pourchasse ?

— L'homme est assez déplaisant, je vous le concède, mais un avocat n'a pas toujours le luxe de choisir ses clients. » Cowley retourna à sa chaise, fournissant visiblement un effort considérable pour garder son calme. « Mais je ne l'ai pas engagé pour qu'il fasse irruption chez vous. Je serais un bien piètre avocat si je payais un client pour commettre un crime, afin de défendre ensuite son droit à la liberté.

— Mais vous l'avez bien fait libérer, en recourant au subterfuge ridicule du privilège du clergé ?

— On m'a demandé de le représenter et je l'ai fait, avec un grand succès, et je dois dire que c'est à votre maîtresse que je dois l'idée. Le privilège du clergé est un ancien mode de défense, et personne n'y songe de nos jours. »

La comtesse s'assoupissait. Elle fixait les symboles du code depuis si longtemps qu'elle en louchait presque. Le feu la réchauffait, et elle s'allongea pour faire un somme. Un brusque fracas à la porte la réveilla en sursaut. Elle se leva d'un bond, craignant que ce ne soit son mari, ou des acheteurs venus la chasser de sa propre maison. Ou peut-être était-ce une autre brute venue l'intimider, comme cet affreux bonhomme de l'autre soir. Terrifiée, elle regretta qu'Alpiew ne soit pas là pour la protéger. Où était-elle passée, si tard dans la journée ?

La comtesse remonta le couloir sur la pointe des pieds, longeant les murs pour plus de sûreté. Elle mit du temps à retrouver son chemin dans la pénombre. Elle s'approcha de la porte et tendit l'oreille. Elle pouvait entendre une respiration de l'autre côté. Elle tenta de jeter un coup d'œil par le trou de la serrure, mais tout ce qu'elle put distinguer, c'était la main d'un homme et ce qui ressemblait à un bouquet de plumes d'autruche. La main disparut et on cogna à nouveau à la porte. La comtesse s'éloigna d'un bond du trou de la serrure.

« Il y a quelqu'un ?, fit une voix masculine qu'elle ne reconnut pas. Quelqu'un est à la maison ? »

L'homme s'attarda encore un instant, puis sembla s'en aller.

La comtesse demeura toute tremblante dans l'obscurité, jusqu'à ce que le bruit de pas s'éloigne. Qui que ce soit, il s'était lassé d'attendre. Mais tout l'épisode l'avait fait mourir de peur, et elle décida qu'elle en avait assez d'être toute seule ici. Elle s'enveloppa de sa cape et se dirigea vers la maison de Saint-Pholle, espérant qu'elle n'arriverait pas trop tard.

Elle parvint à la rue au moment même où passait le carrosse de Saint-Pholle.

« Olympe ! » s'écria-t-elle.

Saint-Pholle sortit la tête et fit signe au cocher d'arrêter. « Monte, ma chérie. Je serai ravie d'avoir de la compagnie.

— J'avais peur. » La comtesse se hissa à bord du carrosse. « Quelqu'un est venu frapper à la porte.

— Mais tu n'as rien ? » Elle examina la comtesse de la tête aux pieds. « Bon, alors tout va bien. Maintenant, tu peux m'aider à choisir mon marmouset. »

Tandis que le carrosse s'approchait de Covent Garden, la circulation devint si dense que le carrosse fut totalement immobilisé pendant une bonne demi-heure. Saint-Pholle soufflait comme un bœuf. « Si je dois contempler les pierres tombales de ce cimetière un instant de plus, il m'en faudra une aussi. » Elle tapa sur le toit de son carrosse. « Je vais marcher le reste du chemin », s'écria-t-elle, et retroussant ses jupes, elle sortit une jambe gainée d'un bas rouge de la portière. « Viens, Ashby, très chère ! »

La comtesse déboula dans la rue grouillante qui longeait le cimetière où elle avait découvert le corps de Beau, et suivit Saint-Pholle, qui se frayait un chemin dans la foule de Bedford Street, tentant d'atteindre Henrietta Street. À l'angle, deux Pierrots au visage peint en blanc jonglaient, et avaient attiré une foule. Jurons aux lèvres, Saint-Pholle fonça sur eux, la comtesse sur ses talons. « Les saltimbanques », s'écria-t-elle du plus fort qu'elle put, « devraient être interdits. » Ayant dépassé le public des jongleurs, Saint-Pholle buta contre une autre foule, qui regardait cette fois un spectacle de guignols. « Mon Dieu, quel est ce pays primitif ? » s'exclama-t-elle à la cantonade. Elle s'avança jusqu'à l'estrade et tira sur le fantoche, l'arrachant à la main du marionnettiste, qui s'agita en l'air toute nue. La foule autour d'elle la hua, et elle lui lança la marionnette. « Depuis que la piazza a été transformée en cirque, il est impossible de se rendre où que ce soit », croassa-t-elle en direction de la comtesse. « Rentrez chez vous ! fit-elle en se retournant vers la foule. Faites place pour que d'honnêtes piétons puissent passer ! »

Saint-Pholle joua des coudes à travers la masse humaine, la comtesse trottinant derrière elle. C'était cette même rue qu'elle avait dévalée pour aller au cimetière de St. Paul, en cette nuit fatale. La même rue où le meurtrier de Beau s'était simplement évanoui. Quelque part sur cette rue, elle était sûre de trouver la réponse. Il était impossible que cette femme dans le cimetière se soit enfuie sans passer devant elle ou Alpiew, à moins qu'elle ne se soit cachée dans l'un de ces immeubles, en attendant que la voie soit libre. Des ouvriers portant des piles de paniers lui barraient le chemin, et des prostituées vantant leurs marchandises bien qu'on ne soit encore qu'au crépuscule, la repoussaient à coups d'épaules, tandis que les jeunes porteurs de falots allumaient leurs lanternes en prévision de la nuit. Saint-Pholle était si loin devant elle qu'elle l'avait presque perdue de vue. La comtesse tenta de se rapprocher.

Un enfant fit un bond entre les jambes de la comtesse et se retrouva prisonnier de sa volumineuse jupe. Elle se pencha pour l'invectiver, mais le reconnut aussitôt.

« Moustafa ! Mon cher enfant, comment vas-tu ? » Le garçonnet ne portait pas sa livrée habituelle de satin et de soie, mais les vêtements en tweed brun qu'il avait à Acton. Acton ! Il pourrait la conduire à Mme Roy, ou plutôt, M. Roy. « Tu te souviens de moi ? »

Le garçon tenta de s'enfuir mais la comtesse l'agrippa par le col. C'était le chaînon manquant, et il se trouvait là, pratiquement sur les lieux mêmes du crime.

« Veux-tu que je t'achète des friandises ? » roucoula-t-elle, avant d'appeler Saint-Pholle, qui fit à l'instant demi-tour lorsqu'elle vit la prise de la comtesse. « Saint-Pholle ! C'est notre jeune ami Moustafa. Nous allons lui acheter des friandises.

— C'est vrai, s'écria Saint-Pholle en le prenant par la main. Nous allons trouver un étal de sucreries, et tu pourras choisir tout ce qui te plaît.

— Mais ma mère ! s'écria l'enfant. Je fais une course pour elle.

— Où vit ta mère, mon trésor ? » La comtesse s'accroupit pour parler au garçonnet.

« Tout ce qu'elle veut, elle l'aura, roucoula Saint-Pholle. Mais je paierai. De quoi a-t-elle besoin ? »

L'enfant pointa vers le dernier étage d'une maison, de l'autre côté de la rue, au sud de Henrietta Street.

« Elle veut des sucettes. Elle est souffrante, vous comprenez, parce qu'elle va avoir un bébé.

— Et vous vivez tous les deux au-dessus de la Taverne de Rummer, c'est bien ça ? » La comtesse contempla avec horreur la taverne grouillante qui, d'après l'enseigne et l'expression des hommes qui entraient et sortaient, était manifestement une sordide maison de passe.

« Dis-moi, où est la dame pour qui tu travaillais auparavant ? »

L'enfant se libéra de la poigne de la comtesse en se tortillant, et tenta de s'échapper. Mais Saint-Pholle l'attrapa entre ses griffes et se pencha pour le réconforter. « J'ai un secret. Tu aimes les petits marmousets ? » Les yeux du garçonnet s'illuminèrent, et il hocha la tête. « Je vais en acheter deux, et toutes les fois qu'il te plaira, tu pourras venir jouer avec eux. » Elle tendit la main pour serrer celle du gamin, comme s'ils venaient de faire affaire. Moustafa comprit et tapa dans la main de la duchesse de ses adorables petits doigts potelés.

La comtesse remarqua aussitôt les griffures sur sa peau. « Tu aurais un joli cadeau, tout comme ta sainte mère. » Elle échangea un regard avec Saint-Pholle.

La comtesse parla tout bas à son amie. « Prends l'enfant et amène-le choisir ses cadeaux. Je t'attendrai dans la taverne. » Elle jeta un coup d'œil vers l'endroit. « Je boirai un verre et tu passeras me prendre lorsque tu auras fait affaire avec le vendeur de marmousets. »

Saint-Pholle allongea le pas en direction de la piazza, le petit Maure trottinant à ses côtés, main dans la sienne, tandis que la comtesse plongeait dans le tripot sordide.

Alpiew savait qu'elle était tout près de la vérité. Cowley avait l'air très mal à l'aise. Et il transpirait. Alpiew pouvait sentir son odeur rance.

« Monsieur Cowley, vous ne pouvez pas laisser Mme Wilson aller à la mort si vous savez quoi que ce soit qui puisse la sauver. Cela équivaudrait à un meurtre. »

Cowley haussa les épaules. « Je ne m'inquiéterais pas outre mesure du sort de Mme Wilson, si j'étais vous. »

Alpiew s'obstina. « Qui, à votre avis, a vraiment tué Beau Wilson ?

— Mme Wilson.

— Et qui a tué Betty ?

— Comment le saurais-je ? J'ignorais qu'elle fût morte jusqu'à ce que vous me l'appreniez. Peut-être un alchimiste jaloux. »

Alpiew décida de changer de tactique. « Avez-vous un client qui possède une maison à Acton ? »

Cowley rougit en secouant la tête.

« Ainsi, elle est morte ? Ai-je raison ? Mme Roy est-elle morte aussi ? L'avez-vous tuée ?

— Mme Roy n'est pas morte, dit Cowley. Elle est dans un état intéressant, et se cache.

— Donc, vous connaissez bien Mme Roy. »

Cowley piquait son bureau de la pointe de sa plume, et n'arrêtait pas de jeter des coups d'œil à l'horloge sur la cheminée. « Regardez l'heure. Je serai le dernier sorti, et je devrai fermer tout l'immeuble si vous ne me laissez pas seul. Rentrez chez vous.

— Quand je vous ai demandé si vous aviez un client vivant à Acton, vous avez secoué la tête. Pourquoi mentez-vous ?

— Vous essayez de m'embrouiller, mademoiselle Alpiew. »

Alpiew fouilla dans sa poche. « Que savez-vous des rapports entre Mme Roy et le roi ?

— Une fois de plus, vous me laissez perplexe. Je n'ai aucune affaire avec Sa Majesté, et je n'ai connaissance d'aucun rapport entre mon client et notre souverain. »

Alpiew avait retrouvé la facture de Beau. « Et quand Beau s'est trop endetté, vous avez refusé de l'aider ? »

Cowley se leva et s'approcha de la sortie de service, comme s'il se préparait à une retraite précipitée par l'arrière-salle. « Je dois fermer. Vraiment, vous devez partir maintenant. Si vous avez d'autres questions ridicules, revenez demain matin. » Il faisait face à Alpiew, dos au rideau qui divisait la pièce.

« Répondez-moi, monsieur Cowley. Vous avez refusé d'aider M. Wilson lorsqu'il est venu vous demander de l'argent ?

— Oui, fit Cowley. Je vous l'ai déjà dit.

— Et pour le décourager, vous avez inscrit ces

mots derrière la facture que vous lui rendiez, impayée. »

Alpiew lui tendit la facture de l'antimoine avec, griffonné à l'arrière d'une main tortueuse, les mots *Alles Mist*.

« Ah oui, *Alles Mist*. » Cowley baissa les yeux. « Non. Je n'ai pas écrit ceci, mais sur ce point je peux vous aider, car ces deux mots ont été écrits par... » Sa bouche s'ouvrit toute grande et il fixa Alpiew d'un air étrange. « Je... Je... » Il sembla se figer, son visage étant la seule partie de lui à bouger encore, se contorsionnant en une grimace finale.

« Monsieur Cowley ? » Alpiew avait peur. Il avait pris une couleur étrange et Alpiew craignait qu'un trop grand échauffement du cerveau ne l'ait rendu fou, et qu'il ne l'attaque. Elle recula d'un pas.

Avec une brusque secousse, John Cowley se mit à tressaillir, comme s'il avait une crise d'apoplexie. Puis il s'effondra en silence au sol. Au milieu du rideau, où s'était trouvé le dos de John Cowley, s'étendait lentement une grande tache rouge.

John Cowley avait été poignardé dans le dos. Et maintenant, John Cowley était tout ce qu'il y avait de plus mort.

Même en harcelant de questions le personnel de la taverne Rummer, la comtesse n'obtint pas la moindre information concernant l'enfant mauresque et sa mère. Et lorsqu'elle s'enquit de dames élégantes de haute taille, elle ne reçut pour toute réponse qu'un éclat de rire du cabaretier. Elle tenta bien une fois de se faufiler à l'étage, mais en fut dissuadée par la quantité d'hommes traînant dans la cage d'escalier, sifflant et criant au passage de chaque femme. Aussi, parce que c'était une maison à plusieurs étages, chacun d'entre eux abritant différentes familles, la comtesse décida d'attendre jusqu'à ce que Saint-Pholle et le garçon reviennent avant de se lancer dans des explorations. Sans information supplémentaire, trouver la mère de Moustafa prendrait trop de temps. Elle s'assit devant un verre de vin pour attendre son retour.

« Combien pour un coup ? » Un homme crasseux à qui il ne restait que deux dents la fixait avec un rictus graveleux.

« Vous vous méprenez sur mon compte, monsieur. » La comtesse lui lança un regard méprisant. « Je ne suis pas une putain. »

Tandis que l'homme s'éloignait, tête basse, la comtesse plongea la main dans sa poche et en tira les papiers qu'Alpiew avait préparés concernant l'équation du carnet de bord de Beau Wilson. Afin de s'assurer qu'elle ne serait pas importunée à nouveau, elle décida de s'occuper à déchiffrer le code.

Bon, se dit la comtesse. Il est presque élucidé. Il n'y avait plus que quatre symboles qui n'avaient aucun sens humain, et ceux-ci étaient placés si près l'un de l'autre qu'ils pouvaient passer pour deux. La comtesse les dessina à l'arrière d'un bout de papier : ☿♀ et ♂♀/☉.

« Mercure plus Vénus, Mercure plus Vénus », se répéta-t-elle tout haut. « Mercure plus Vénus. Vif-argent plus Vénus. » Elle soupira et leva les yeux. Certains clients la regardaient bizarrement. Bien, se dit-elle. S'ils me croient folle, ils me laisseront en paix. « Vénus, Vénus, déesse de l'amour. » Elle regarda le papier. « Déesse de l'amour. Mercure – messager ailé des dieux. » Tiens, un instant, qu'avait donc dit Newton à propos de l'alchimie et du messager ailé des dieux ? L'Art Hermétique, d'après Hermès. Voilà. Le messager grec. Vénus était la déesse romaine de l'amour. Et qui était l'autre, la déesse grecque de l'amour ? Elle se creusa la cervelle. Comment s'appelait donc cette Grecque ? D'un claquement de langue, elle prononça son nom. « Aphrodite. Hermès plus Aphrodite. Hermès Aphrodite. »

C'était aussi absurde que Vénus Mercure. Essayons l'autre, avec des Grecs à la place des Romains : Arès, Aphrodite. Non.

Mais la comtesse avait déjà vu ce signe. C'était sur les sachets des poudres confectionnées par Beau pour les problèmes de procréation de son épouse. C'était le signe de la femme. Et le signe de Mars était celui de l'homme. Elle jeta un nouveau coup d'œil à la liste d'Alpiew.

La solution la frappa comme un éclair.

Homme/ femme. L'homme-femme a le seul enfant survivant. Rapidement, elle revint au signe précédent. Hermès Aphrodite.

Elle retint son souffle, brusquement lucide. Le rébus était parfaitement clair. Hermaphrodite. Un homme-femme. Mme Roy ! Un homme-femme.

Elle relut le code, tentant de le reconstituer dans sa tête. Attention ! L'homme-femme couche avec le roi, égale chaos. L'homme-femme a le seul enfant survivant. Le roi, père du seul enfant survivant, est mort, alors la partie est finie. La partie atteint son dénouement au moment de l'éclipse en septembre. Le bébé, seul enfant survivant, doit être attendu pour septembre !

Cela était cohérent. Le roi n'avait pas d'héritier. Le trône passerait à sa belle-sœur la princesse Anne à moins qu'il ne fasse un enfant. La comtesse se gratta le front. Mais Charles avait engendré plus d'un bâtard et aucun ne lui avait succédé. Guillaume devrait épouser la mère. L'enfant devait être légitime pour lui succéder. La comtesse songea aux enfants de Nell Gwyn, à ceux de Castlemaine, à celui de Lucy Walter, le malheureux duc de Monmouth. Aucun d'entre eux n'était monté sur le trône, mais ma foi, ils avaient été richement dotés de duchés, de fortunes et de domaines. Et bien sûr, cette tête chaude de Monmouth avait failli arracher la couronne au frère de Charles, James.

Toutes les mères avaient reçu de belles propriétés, elles aussi. Saint-Pholle et elle avaient très certainement perdu au change en ne produisant pas de descendants à leur roi Charles adoré. La comtesse regarda à nouveau le papier. En supposant qu'elle ait raison, tout devenait clair. Cette Mme Roy tentait le coup. Elle allait accoucher du bébé du roi Guillaume en septembre et... Le raisonnement de la comtesse s'arrêta d'un coup.

Mais si Mme Roy était un homme, comment y arriverait-elle ? Même s'il était un véritable hermaphrodite, pour autant que sache la comtesse, il n'y avait aucun espoir qu'un tel corps puisse produire un enfant. Non. Elle devait se tromper. Mme Roy était une femme. Comment avait-elle pu s'imaginer autre chose ? Quoi qu'il arrive, quoi que Beau Wilson ait découvert, ou dont il ait fait partie, c'était un piège. Un piège contre le roi et la nation. Mais la nature de ce piège, ou la raison pour laquelle Beau Wilson et sa soubrette Betty avaient dû mourir, la comtesse n'arrivait pas à se le figurer.

Alpiew enjamba le corps de l'avocat et écarta le rideau taché de sang. Devant elle se trouvait un court couloir sans fenêtre couvert d'étagères dont débordaient papiers et boîtes. Elle inhala profondément. L'air était chargé d'une odeur de muguet et de musc. Devant elle, elle entendit le bruissement d'une étoffe, et s'élançant dans l'obscurité, elle aperçut le bas d'une jupe bleue et blanche disparaissant dans un coin. Prestement, elle bondit à sa poursuite, pour attraper celle qui courait devant elle.

Seule la bougie vacillant derrière elle dans le bureau de Cowley éclairait la scène. Elle se rendit compte qu'elle projetait son ombre sur le parquet devant elle, révélant son moindre mouvement à celui ou celle qui l'attendait à l'angle. Elle se plaqua le plus qu'elle put au mur, s'écrasant contre les étagères, marchant en crabe jusqu'au coin, chassant sa propre ombre. D'un soudain élan, elle bondit, sans savoir qui ou quoi l'attendait. Le cœur battant, elle contourna l'angle et aperçut le dos d'une femme courant vers un autre coin. La robe bleue et blanche. C'était une robe d'allure luxueuse. Elle l'avait déjà vue quelque part. La dame avait les cheveux bruns, empilés haut sur la tête. Tout l'ensemble lui était familier.

Un instant ! Mais cela ne pouvait être ? Alpiew n'avait aperçu que le dos de la femme alors qu'elle tournait, mais elle se rappelait précisément où elle avait vu cette robe pour la dernière fois. Elle était portée par Mme Elizabeth Wilson, la femme de Beau, le soir où elle était apparue pour la première fois à German Street avec sa triste histoire de mari infidèle. Alpiew réfléchit à toute vitesse. Elle venait de voir Mme Wilson en prison quelques heures auparavant. S'était-elle évadée ?

Alpiew courut droit devant elle dans l'obscurité grandissante. Tandis qu'elle courait, il lui vint à l'esprit que non seulement elle n'avait rien pour s'éclairer, mais qu'elle n'était pas armée. Elle n'avait rien pour se protéger, et la personne qu'elle poursuivait avait certainement un couteau. Non seulement ça, mais cette personne, quelle qu'elle soit, connaissait son chemin dans ce dédale de couloirs.

Alpiew tourna le second angle. Elle ne voyait rien devant elle que la noirceur. Elle avança un pied et fit quelques pas dans l'obscurité. Une main tendue, l'autre restant en contact avec le mur, elle progressa du mieux qu'elle put. Puis elle trébucha sur quelque chose et tomba par terre. En tâtonnant, elle réalisa qu'elle s'était pris les pieds dans une pile de livres, et qu'elle avait quelque chose dans l'œil. Se relevant tant bien que mal, elle plongea la main dans sa poche pour trouver un mouchoir. Le couloir fut soudain illuminé d'une faible lueur jaune. C'était le mouchoir ensorcelé de Beau. Alpiew le tint devant elle comme une lanterne et poursuivit.

Elle pouvait voir quelqu'un disparaître dans un escalier. On aurait assurément dit Mme Wilson. Mais comment était-ce possible ? Mme Wilson était en prison. Mais alors, elle songea qu'elle avait cru La Racaille, lui aussi, derrière les verrous, alors qu'il était si libre qu'il l'avait pourchassée à travers le marché de Newgate. Qui sait par quelle ruse cette femme avait pu s'évader, ou se faire libérer ? Maintenant qu'elle y pensait, Cowley lui avait bien dit de ne pas s'inquiéter de Mme Wilson. Peut-être savait-il qu'elle l'attendait derrière le rideau, dans son bureau même ? Peut-être qu'il avait raison, et que cette femme était beaucoup plus redoutable qu'Alpiew ne l'avait jamais cru, et qu'après avoir tué deux personnes, elle n'avait pas reculé devant le meurtre de Cowley... Et maintenant ? Son propre avenir ne promettait rien de bon. Tout en courant, Alpiew envisagea de frapper à l'une des nombreuses portes qu'elle passa, mais quiconque travaillait ici durant la journée serait sûrement parti à cette heure. Cowley ne s'était-il pas inquiété d'être le dernier sorti ?

Elle se hâta jusqu'au palier et tendit l'oreille. Silence. Retroussant ses jupes, elle dévala l'escalier. C'était une spirale en pierre, avec des marches très inégales, et elle avait du mal à se dépêcher. Alpiew se mit à descendre les marches trois par trois, et alors qu'elle s'agrippait au mur pour garder son équilibre, elle laissa tomber le mouchoir.

Quand elle se pencha pour le ramasser, une main surgit à la vitesse de l'éclair d'une petite alcôve et l'agrippa par le cou. Alpiew perdit pied et vacilla sur l'arête de la marche. Une seconde main se resserra autour de sa gorge, la soulevant de telle sorte que ses pieds ne touchent plus le sol. Elle se tordit et rua, mais la poigne se resserra encore. Elle ne pouvait plus respirer, elle ne pouvait plus voir. La femme l'avait attaquée par derrière. Alpiew se balança de tout son poids vers la robe bleue et blanche, faisant perdre l'équilibre à son adversaire, qui devait être perchée sur une petite embrasure de fenêtre gothique encastrée dans le mur extérieur. La femme ne lâcha pas la gorge d'Alpiew, mais la lutte lui avait fait perdre son équilibre, et elles tombèrent toutes deux ensemble, dégringolant cul par-dessus tête, tournant dans l'escalier en colimaçon, s'éraflant aux murs râpeux, battant des bras et des jambes tandis que leurs corps tapaient sur les marches en pierre usées.

Alpiew s'attaqua à la femme, l'agrippant par les cheveux. Ils se détachèrent et roulèrent sur les marches devant elle. C'était une perruque.

Luttant toujours, elles atterrirent toutes deux avec un bruit sourd sur un plancher en bois au pied de l'escalier. Dans la pénombre poisseuse, il était impossible d'y voir. Alpiew cligna des paupières, et plissa les yeux. L'obscurité semblait palpable. Comme si quelque chose pressait du feutre noir contre ses paupières. Puis un poing s'écrasa sur sa joue. Elle se roula en boule pour se protéger. La femme l'enjamba et s'enfuit en courant dans un autre passage. Tentant de réfléchir clairement, afin d'oublier la douleur de sa joue, elle se leva en titubant et reprit la chasse.

*

* *

Saint-Pholle avait enfermé ses marmousets dans le carrosse, sous la garde de son cocher, et elle était revenue chercher la comtesse. Celle-ci s'était montrée intraitable : pas question d'abandonner l'enfant avant de voir dans quelles conditions il vivait.

La clientèle du bordel du premier étage se démenait dans l'escalier. La comtesse dut enjamber un couple sur les marches, pris en flagrant délit. Tandis qu'elle se hissait jusqu'au dernier étage de la taverne Rummer, Saint-Pholle s'arrêta, haletante. « C'est comme escalader le Matterhorn, pas vrai ? »

Moustafa sourit. Il avait l'habitude. Ses bras débordaient de toutes sortes de friandises, ainsi que de sacs de noix grillées, de pain au gingembre et de pain d'épices. La comtesse agrippait une grande bouteille de brandy. Moustafa avait poussé une porte délabrée et se tenait maintenant dans un grenier obscur, pointant vers une petite porte. « Ma mère est là. Mais j'ai promis de ne laisser entrer personne. »

La comtesse regarda autour d'elle l'endroit misérable, et se pencha pour entrer. Ce n'était pas une pièce, mais plutôt une sorte de soupente minuscule sous le toit. Quelques planches étaient posées sur les chevrons. Une tuile manquait, et elle pouvait clairement distinguer les étoiles qui brillaient. Malgré le fait que la seule lumière provînt du ciel nocturne, il était évident que Moustafa et sa mère partageaient leur refuge avec les rats et les pigeons. Les seuls meubles étaient des rebuts bancals qui avaient dû être récupérés dans des tas d'ordures.

La comtesse se pencha, faisant craquer les planches, pour regarder le garçon dans les yeux.

« C'est ici que tu vis ? »

Le garçon acquiesça.

« J'aimerais pouvoir t'aider », chuchota-t-elle.

Saint-Pholle s'agenouilla et pinça doucement la joue du chérubin, totalement bouleversée par ses yeux bruns scintillants. « Toi et ta mère, si vous venez chez moi, vous aurez de grandes chambres, et de l'argent. » Elle eut un frisson involontaire. L'endroit était glacial. « Vous serez au chaud. Et vous mangerez de bons repas.

— Mais bientôt, nous serons riches », répondit gaîment le garçon, toujours sur le ton de la conspiration. « Dès que le bébé sera né, et que mon oncle nous apportera l'argent. »

La comtesse se dit qu'elle pourrait aussi bien poser à nouveau la grande question. « Moustafa, qu'est-il arrivé à la dame pour qui tu travaillais auparavant ? C'est très important. Tu dois me le dire. »

Moustafa pencha la tête de côté, perplexe. « Il n'y a pas de dame. »

La comtesse sourit, découvrant ses dents jaunies dans la pénombre. « Tu ne te souviens pas ? Au théâtre ? À la campagne ? Quand nous sommes allés à la pêche ? »

Moustafa baissa les cils d'un air coquet, et

pencha la tête vers ses bras chargés. « Je dois apporter ces friandises à ma mère. »

Tandis que la comtesse se levait pour suivre l'enfant, il leva la main. « Non. Ce n'est pas permis. »

Stupéfaite par cette étrange réaction, elle le laissa entrer seul. Elle attendit un instant puis, jetant un rapide coup d'œil à Saint-Pholle, se faufila jusqu'à la porte et l'entrouvrit légèrement pour regarder à l'intérieur.

Étendue sur le lit, les cheveux étalés sur un oreiller souillé, gisait une femme blanche. La comtesse la reconnut aussitôt. C'était la bonne de Mme Roy, Lucy. La fille aux cheveux de lin. Elle pleurait. Moustafa la serrait dans ses bras et l'embrassait en tendant une friandise à ses lèvres tremblantes. L'enfant était obligé de le faire, parce que la fille aux cheveux de lin, la mère de Moustafa, ne pouvait bouger les bras. Ses poignets étaient retenus par des courroies en cuir, et enchaînés à la tête de lit.

Prudemment, Alpiew tourna la poignée de porte. Sa joue était humide et collante. Elle savait, d'après la douleur pulsante, qu'elle avait une entaille au front et son œil lui faisait mal. Elle retint sa respiration tout en poussant la porte menant du petit couloir sombre à une pièce tout aussi obscure. Elle resta sur le seuil, à l'écoute. Silence. Tout ce qu'elle pouvait entendre était son propre cœur, battant comme la timbale pendant le défilé du Lord Maire. Ses yeux scrutèrent l'obscurité pour distinguer quelque chose, mais elle ne pouvait même pas voir ses propres mains tremblantes. Elle attendit près d'une minute, l'oreille tendue, désespérant de déceler le moindre indice trahissant une présence dans la pièce, avant de faire un pas en avant.

Le sifflement soudain d'une lame trancha le silence. Alpiew hurla. Elle était blessée. La lame lui avait fait une estafilade au bras, et s'apprêtait à la taillader à nouveau. L'air résonnait de la vibration de son mouvement. Alpiew se jeta au sol, s'attaquant aux chevilles de son agresseur, s'agrippant à ses pieds, tentant de la faire tomber. Elle hurla à en rompre ses poumons, espérant que quelqu'un l'entendrait. Le couteau, lui entaillant le mollet, lui tira un nouveau cri de douleur. Sa rage soudaine lui donna un regain d'énergie, et elle tira si fort sur les chevilles de la lunatique que les coups de couteau frénétiques cessèrent, juste assez longtemps pour qu'elle renverse la maniaque au sol. Elles luttèrent dans le noir, se tordant sur les planches râpeuses du sol comme un seul corps entremêlé. Alpiew pouvait distinguer la lueur d'une lumière vacillante dans une longue ligne au niveau du sol. Elle devait provenir de sous une porte. Et de l'autre côté de la porte, il y avait de la lumière ! Elle s'y précipita à quatre pattes, appelant de sa voix la plus forte. De lourdes mains s'emparèrent de sa tête, et la fracassèrent contre le plancher. Alors que sa douleur devenait insoutenable, la porte s'ouvrit lentement et la lumière d'une torche enflammée inonda la petite pièce de rangement.

Alpiew leva la tête, implorant de l'aide. Mais aucune aide ne lui viendrait de là. Car, debout sur le seuil, flambeau en l'air, se tenant l'ancien acteur mercenaire Jack Fry, alias La Racaille.

16

Incinération

La conversion d'une substance en cendres au moyen d'un feu puissant.

Saint-Pholle et la comtesse étaient solennellement assises dans le carrosse, Moustafa perché sur les genoux de Saint-Pholle, sa mère affalée dans les bras de la comtesse.

« Votre frère vous a obligée à coucher avec un inconnu qu'on vous emmenait les yeux bandés, comme pour une mascarade ? » couinait Saint-Pholle.

Beau Wilson, se dit la comtesse en caressant les cheveux blonds de la fille pour l'apaiser. Les deux femmes avaient libéré la mère de Moustafa de ses menottes, après avoir demandé des secours au bordel de l'étage inférieur. Heureusement pour elle, les menottes sont un instrument souvent utilisé dans les lupanars, et les prostituées venues à leur aide savaient comment les ouvrir. Saint-Pholle se précipita dans son carrosse avec Moustafa et le cocher porta la fille malade, Lucy, dans l'escalier.

À présent, celle-ci déballait son récit en désordre.

« L'homme aux yeux bandés a été assassiné. Et sa bonne. Et ça ne va pas s'arrêter là. Mon frère veut duper le roi. » La fille se mit à pleurer. « Il connaît le roi. C'est une sorte de chantage. Il veut de l'argent... »

La comtesse en fut bouche bée. Sa résolution du code semblait exacte.

« Alors nous devons aller droit chez mon ami l'Écuyer de Sa Majesté au palais de St. James, et lui expliquer toute cette affreuse histoire. » D'une voix aiguë, Saint-Pholle cria au cocher de foncer droit vers la cour du palais. « Ah, German Street, soupira-t-elle en regardant par la fenêtre. Nous y sommes presque.

— German Street ! s'écria la fille. Une vieille comtesse vit là avec sa bonne, Alpiew. Il a déjà envoyé un malfrat là-bas pour tout casser et leur faire peur. Mais maintenant, ces deux femmes courent un grave danger. Il a juré de les tuer. »

La comtesse poussa un petit cri. Elle réfléchit à toute vitesse. « Mais où est Alpiew ? » Elle agrippa la manche de Saint-Pholle. « Je ne l'ai pas vue depuis ce matin. Ah, Saint-Pholle, j'ignore absolument où elle se trouve ! » Involontairement, la comtesse se signa. « Ah, Olympe ! Mon Alpiew à moi, ma pauvre chérie. Comment la sauver ? Nous ne savons même pas où elle est !

— Quelle est cette note épinglée à la porte ? Arrête ! » Saint-Pholle frappa le toit du carrosse, pointant par la fenêtre. « Va me chercher ce papier sur la porte de mon amie. »

Le cocher descendit d'un bond, puis remit la note à Saint-Pholle. La comtesse la saisit précipitamment et la lut. « C'est à propos d'Alpiew, dit-elle, les mains tremblantes. Ah, tout va bien. » Elle sourit et s'adossa à nouveau. « Elle est allée voir cet avocat, Cowley. »

Inexplicablement, Lucy se redressa en poussant un cri.

Étalée par terre, Alpiew se roula en boule pour se protéger et se mit à prier.

« Je vais te tuer, hurla La Racaille de sa voix haut perchée. Préparez-vous, madame, à votre trépas. »

Puis il y eut un silence. Alpiew ouvrit un œil et regarda La Racaille. Il se tenait sur le seuil, comme cloué sur place, les yeux exorbités, la bouche béante. On aurait dit l'une des statues de cire de Mme Salmon, l'an dernier, à la foire de Bartholomew. Mais ce n'était pas elle qu'il fixait.

« Mais... » Il revint lentement à la vie. « Mais... » Sa main était pointée devant lui, et la lumière du flambeau faisait danser les ombres sur les murs. « Vous n'êtes pas... Mme Roy... ? »

Alpiew, de son œil valide, observa le lent engrenage de l'esprit de La Racaille se mettre en route. Il pencha la tête sur l'épaule, comme un chiot perplexe. « Vous êtes un homme ? »

Lentement, tentant de rendre ses mouvements imperceptibles, Alpiew roula la tête de côté pour apercevoir, par-dessus son épaule, son précédent assaillant.

Debout dans un coin, ses courts cheveux roux contrastant vivement avec le bleu et le blanc de la robe de Mme Wilson, déchirée et sanglante, se tenait Nathaniel, le valet de l'avocat. Une main était levée, brandissant le couteau qu'il venait d'utiliser pour tuer Cowley. D'un brusque mouvement, il se jeta en avant, agitant son couteau de droite à gauche comme s'il se taillait un chemin à travers une forêt touffue. Au même moment, de la pièce à l'étage supérieur, qui devait être le bureau de Cowley, Alpiew entendit des pas, puis la comtesse et

Saint-Pholle crier son nom. Puis, un court duo de hurlements. Les deux vieilles amies avaient trouvé le corps de Cowley.

Nathaniel sauta par-dessus Alpiew et La Racaille tenta de l'attraper, utilisant le flambeau comme un fleuret dans un duel. « Espèce de sale pervers ! braillait La Racaille. Tu l'as tuée. Je viens de retrouver le corps. Tu as tué Betty.

— Et alors ? hurla Nathaniel. Elle se mêlait de mes affaires. »

Il plongea son couteau vers La Racaille, mais La Racaille l'esquiva et le couteau se logea dans un lambris. Alpiew rampa hors d'atteinte alors que les deux hommes se jetaient furieusement l'un sur l'autre.

« Milady ! cria-t-elle vers le plafond. Duchesse ! Attention.

— Pourquoi es-tu allé au laboratoire ? dit Nathaniel entre ses dents serrées. Je t'ai dit de ne pas en approcher.

— Parce que j'avais le béguin pour la fille. Je voulais lui demander de sortir avec moi. »

Le vaste corps de La Racaille repoussa Nathaniel contre le mur. « Vous m'aviez dit que c'était comme un jeu. Que personne ne serait blessé. Mais je viens de toucher son corps pourrissant. Vous, vous, vous... » Tandis qu'il martelait de coups son adversaire, il laissa retomber le flambeau, qui atterrit sur une étagère encombrée de papiers et de documents en vélin attachés de rubans roses. Les papiers, secs et poussiéreux, s'embrasèrent à l'instant, et les flammes se mirent à lécher le plafond.

« Ma maîtresse ! Ma comtesse ! » cria Alpiew en tentant d'éteindre l'incendie de ses mains nues, réussissant seulement à balayer des paquets de papiers enflammés au sol. « Attention, Milady ! Il y a le feu en bas ! »

Elle baissa les yeux pour découvrir Nathaniel, qui se tordait et se débattait maintenant par terre sous le pied de La Racaille. Ce dernier pencha la tête pour écouter les pas affolés des femmes au-dessus de lui. Le plafond de bois était embrasé, crépitait et crachait, et les marches de l'escalier en bois qui traversaient la pièce étaient également en flammes.

« Elles ne connaissent pas l'escalier en pierre », hurla Alpiew en pointant vers la porte qui menait à l'escalier en colimaçon. « Elles seront sûrement brûlées vives. »

Mais La Racaille ne l'avait pas entendue, et semblait insensible à tout. Le visage écarlate, les veines saillant de son front et de son cou, il ouvrit une porte et escalada les marches enflammées qui menaient droit au bureau de Cowley. Nathaniel se leva en titubant, mais en se levant sa jupe se prit aux flammes et se mit à brûler. Il la déchira, tentant de l'arracher, tout en se précipitant vers la porte qui donnait sur la rue. Alpiew le saisit par la taille, pour essayer de l'empêcher de fuir. Il fit volte-face et la frappa si fort au visage qu'elle tomba à la renverse dans la pièce et s'écrasa contre le mur. Tandis qu'Alpiew tentait de retrouver l'équilibre, Nathaniel, arrachant toujours ses jupes enflammées, tendait la main pour récupérer son couteau lorsque, dans un énorme fracas, tout l'escalier en bois s'effondra sur lui. Enjambant l'enfer qui avait jadis été un escalier, Alpiew s'élança dans la rue.

Une petite foule s'était déjà rassemblée. « Hé ! Au secours ! Appelez les pompiers ! cria-t-elle. Messieurs, percez les conduits d'eau, de grâce. Trois personnes sont prisonnières à l'étage. »

Puis elle replongea dans l'immeuble en flammes. Elle courut le long du passage du rez-de-chaussée qui menait à l'escalier en colimaçon, et se fraya un chemin à travers la fumée dense et noire. Tandis qu'elle s'élançait à l'étage, elle heurta Saint-Pholle, qui descendait.

« Sauve-toi, mon enfant, croassa Saint-Pholle, parlant à travers un manchon en fourrure qu'elle pressait contre sa bouche. Allons ! Allons ! Il y a le feu !

— Mais la comtesse... ? »

Saint-Pholle la poussa. « Nous devons sortir. Descends, descends, descends. »

À contrecœur, Alpiew, toussant et crachant, se retourna et dégringola les marches en pierre, Saint-Pholle la poussant tout le long, et jusque dans la rue. Lorsque, noire de fumée et haletante, elle fut à nouveau à l'air libre, Alpiew se retourna pour voir, juste derrière Saint-Pholle, La Racaille titubant hors de l'édifice. Dans ses gros bras roussis, la perruque grillée, le visage blanchi de céruse taché de noir lui donnant le teint d'une vache de Frise, gisait lady Anastasia Ashby de la Zouche, baronne Penge, comtesse de Clapham. Elle toussait, mais elle vivait.

Toute la rue était bloquée. Le carrosse de Saint-Pholle avait fait un tête-à-queue de l'autre côté de la rue, et un carrosse encore plus grand était coincé juste derrière. Une longue file de chaises de poste, de fiacres et de carrosses était en train de se former tout le long de Fetter Lane.

« Nous sommes les hommes du Lord Intendant. » Deux hommes de haute taille, épées tirées, sortirent du chaos en pointant vers La Racaille. « Est-ce le tueur ?

— Non, non. » Saint-Pholle leva la main. « Cet homme est un héros ! Le meurtrier est un grand garçon aux cheveux rouges.

— Rouges ? demanda l'un des gardes.

— Roux ! Roux, imbéciles, grinça Saint-Pholle en tirant sur sa propre tignasse hirsute.

— Je ne crois pas qu'il... » Alpiew se retourna vers le brasier. « Je crois qu'il doit être...

— Mort, trancha la comtesse en s'essuyant les mains tandis qu'on la reposait au sol. Ainsi, c'est la fin de toute cette vilaine affaire.

— Che ne crois pas », dit un petit homme à ses côtés.

Alpiew leva les yeux au ciel. De quoi se mêlait cet étranger ?

« Et qu'est-ce que cela peut bien vous faire, si je puis me permettre, messire ? » La comtesse baissa les yeux vers le petit homme légèrement voûté au nez crochu. « Ma bonne Alpiew et moi-même avons presque péri aux mains de ce lunatique. Et nous savons avec certitude que trois autres personnes, dont un qui est actuellement en train de se faire incinérer, ont souffert d'une mort cruelle par sa faute. » Elle souffla. « Et à moins de faire vite, une quatrième victime tombera. À l'aube, une pauvre femme montera sur l'échafaud pour un crime qu'elle n'a pas commis. »

Le petit homme arrondit un doigt, indiquant à la comtesse de se pencher pour qu'il puisse lui chuchoter à l'oreille. Alpiew vit la comtesse changer d'expression pendant que l'homme parlait. D'abord elle parut irritée, puis ennuyée, puis perplexe, puis étonnée, puis stupéfaite et enfin, elle fit une profonde révérence. Le petit homme se posa un doigt sur les lèvres et, avec un « peuh ! » haletant, la comtesse se tourna pour étudier la foule, haussa les épaules en tentant de rester impavide. « Viens, Alpiew, dit-elle d'une voix aiguë et étranglée. Au carrosse. »

Alpiew, endolorie de tous les os de son corps, tituba jusqu'au carrosse de Saint-Pholle et ouvrit la portière. La comtesse fit un signe de tête pour lui faire comprendre d'avancer. Perplexe, Alpiew quitta le carrosse de Saint-Pholle.

Un laquais en livrée se tenait devant elle, s'inclinant et lui ouvrant la portière d'un carrosse beaucoup plus grand et beaucoup plus luxueux. Un autre laquais prit la main d'Alpiew et l'aida gentiment à monter. La comtesse, en grande conversation avec le petit homme, suivait à quelques pas. Ils grimpèrent tous deux à bord, les postillons et les laquais prenant leurs postes, et le carrosse s'ébranla dans la nuit.

« Permettez-moi de me présenter, dit le petit homme. Che suis Guillaume. »

Alpiew sourit. Qui diable était Guillaume ? « Ah, je vois, dit-elle en souriant faiblement. Guillaume qui ? » Elle espérait que l'homme l'éclaire en lui disant son nom de famille.

« Alpiew... » La comtesse lui donna un coup de coude dans les côtes. Sa tête montait et redescendait comme un bouchon de liège dans les vagues. « C'est *Guillaume*, Alpiew. » Elle toussota poliment. « C'est Sa Majesté, le roi. »

17

Projection

Le fait de jeter un ferment ou une teinture sur une substance afin d'effectuer une transformation de cette substance.

Alpiew et la comtesse étaient en train de fixer la bourse posée sur la table, devant elles. Dehors, le soleil jetait déjà des lueurs grises dans la nuit noire. Bientôt, il ferait jour.

« Alors, expliquez-moi encore ? » Alpiew tentait de démêler les développements extraordinaires de la nuit.

« Le garçon roux, Nathaniel, avait été élevé au palais. Il faisait partie de la grande cohorte des sous-payés pendant le règne, heureusement court, de ce couillon de roi James[1]. Sa mère était cuisinière à la cuisine royale. Le garçon avait neuf ans, et sa sœur sept, lorsque leur mère fut blessée dans un accident avec une broche à rôtir. Guillaume venait d'être fait roi. La femme ne pouvait plus tra-

---

1. Jacques II, qui avait succédé à Charles II en 1685. À demi-fou, il abandonna le trône en 1688. (*N.d.E.*)

vailler à cause de ses blessures, et fut congédiée sans indemnités. Puis quelqu'un l'accusa d'avoir chapardé dans les magasins royaux et elle fut jetée en prison, où elle mourut d'une fièvre. »

La tête de la comtesse bourdonnait de tous les récits qu'elle avait entendus de Moustafa, de Lucy et du roi lui-même.

Alpiew secoua la tête. « Je ne saisis toujours pas...

— À cet âge tendre, le garçon, bouleversé, blâma le roi Guillaume en personne. Il ne réalisait pas qu'un monarque ne sait pas grand-chose de ce qui se passe dans ses propres cuisines. Enfin, devant gagner sa vie pour lui-même et sa sœur, Nathaniel grimpa les échelons. Il aimait assez son travail, et quelques années plus tard il décrocha un poste dans la Grande Garde-Robe du roi.

— Ah, voilà donc ce que signifiait GRR.

— GRR ?

— Oui, au-dessus de la liste que nous avons trouvée à Acton.

— En effet, dit la comtesse. Il était particulièrement chargé de s'occuper des vêtements de la reine Marie, la femme de Guillaume. Il a même pu la rencontrer. Et il s'est beaucoup attaché à elle. Elle le cajolait, parce qu'il était joli. Et, pour la même raison, elle lui faisait passer ses robes, afin qu'elle puisse voir à quoi elles ressemblaient en mouvement, et par derrière. En garçon, il était quelconque, anodin, mais il put constater qu'en femme, il était remarquable. Et c'est ainsi que tout commença...

— Vous me dites que la reine en a fait un travesti ? » Alpiew était choquée.

La comtesse secoua la tête. « Non, ce n'est pas ce que tu crois. C'était un enfant de treize ans, souviens-toi. Elle prenait cela pour un amusement innocent...

— Mais pourquoi...

— Ne t'impatiente pas, Alpiew, j'y arrive. » La comtesse prit une gorgée de champagne, une bouchée de biscuit, avant de reprendre. « Un an ou deux après, sa petite sœur Lucy se lia à un Trompette Royal, un beau garçon noir, qui ne s'est pas conduit comme un gentleman. Lorsque le vilain découvrit qu'il avait engrossé la petite, il demanda à être muté en France, dans l'armée. Alors maintenant, non seulement Nathaniel devait-il faire vivre sa sœur, mais aussi un bébé. Il avait quinze ans. Soudain, la reine attrapa la petite vérole. En quelques semaines, elle mourut, et les services du garçon ne furent plus requis...

— Il n'y avait plus de Garde-Robe de la reine ?

— Voilà, dit la comtesse. On l'a donc renvoyé. Une fois de plus, il ressentit de l'amertume à l'idée que le roi Guillaume ne l'avait pas aidé. Le garçon avait fait des placets, sans recevoir de réponse. Mais comme le savent tous les grands courtisans, le roi était anéanti de douleur. Il devint un reclus, ne parlant à personne, n'allant nulle part, restant seul à pleurer. La dernière tâche de Nathaniel fut de transférer les vêtements de la reine du palais à Whitehall et de les entreposer. C'est lorsqu'il se trouva dans l'immense entrepôt du Savoy qu'il eut d'abord l'idée. Il prit des gants, des souliers, des corsets, des robes et des capes... Tout ce dont il aurait besoin pour se faire passer pour une femme.

— Mais assurément, le roi aurait reconnu les vêtements de son épouse ?

— Mais le garçon prit la précaution de ne dérober que les vêtements appartenant à Marie de Modène, la femme italienne de James. Ainsi, les hardes étaient élégantes et luxueuses, mais Guillaume ne les avait jamais vues. »

Alpiew remplit à nouveau leurs coupes de champagne millésimé.

« Nathaniel prit son temps. Pour gagner sa vie, il se fit engager comme valet chez Cowley, et allait au théâtre l'après-midi lorsqu'on n'avait pas besoin de lui. Il observa les femmes dans le public et sur scène, perfectionna leurs gestes coquets et leurs manières piquantes. Le soir, chez lui, il s'exerçait à se farder.

— C'est l'endroit tout désigné, dit Alpiew. À Covent Garden, personne n'allait s'en étonner.

— Exactement. C'est sur la piazza qu'il a fait ses premiers pas, entièrement vêtu de ses atours féminins, et qu'il s'est rendu compte qu'en tant que femme, il avait un succès fou. C'était une vraie beauté...

— Et une drôle de dame...

— Il connaissait les palais royaux, et une fois qu'il eut perfectionné l'art d'être une femme, il s'y introduisit, paré de ses plus beaux atours, approchant Guillaume d'un air modeste au moment même où le pauvre homme commençait à se remettre de son chagrin. En tant que femme mystérieuse, Nathaniel devint très séduisant aux yeux du roi esseulé. Les hommes aiment les énigmes. Et rappelle-toi, Nathaniel avait très bien connu la reine Marie. Il adopta certains de ses maniérismes, allant jusqu'à porter le même parfum. Guillaume en fut fasciné. Et finalement, il promit à la "femme" un petit cottage à la campagne où le couple pourrait se rencontrer en secret. Pour la première fois de sa vie, Nathaniel était devenu quelqu'un d'important. En janvier, pour fêter le Nouvel An, Nathaniel en femme enivra Guillaume, et une empoignade maladroite s'ensuivit, au cours de laquelle Sa Majesté tomba ivre mort. Nathaniel décida de retourner l'incident à son avantage. Il s'aperçut que s'il pouvait offrir à Guillaume un enfant naturel, il aurait la chance de devenir vraiment très riche.

— Et j'imagine que c'est là que Beau devint nécessaire ? »

La comtesse acquiesça. « Avec l'argent de poche fourni par Guillaume, Nathaniel, dans le rôle de Mme Roy, repéra La Racaille au théâtre et l'engagea comme garde du corps. Au cours de ses travaux au cabinet de l'avocat, il découvrit que Beau Wilson avait besoin d'argent. Il lui fit parvenir un premier message via l'étude de Cowley. Tu connais la suite...

— Alors La Racaille a fait en sorte que Beau soit emmené à Acton, pour faire la chose avec Lucy.

— Oui, dit la comtesse. C'était la mission de La Racaille de mettre Beau, les yeux bandés, dans une mystérieuse voiture de location, conduite le plus souvent par Nathaniel lui-même. À Acton, Beau, les yeux toujours bandés, couchait avec la fille, qui était attachée au lit. Lorsque la créature montra les premiers signes de grossesse, les services de Beau ne furent plus requis et il fut renvoyé.

— Mais... ?

— Eh oui, en effet, mais... » La comtesse soupira. « Beau ne voulait pas perdre le salaire qu'on lui versait pour ses services sexuels. Il n'avait pas compris que la bourse n'était pas inépuisable. Il fut payé pour trois voyages afin de besogner la pauvre Lucy, mais il en voulut plus. Betty avait raison. Il a bien regardé sous l'étoffe qui lui bandait les yeux. Et il a surpris Nathaniel, en pleine transformation de genre. Et il l'a reconnu pour l'avoir vu à l'étude de Cowley. »

Alpiew poussa un petit cri. « Et Cowley, pourquoi a-t-il tenté de nous mettre des bâtons dans les roues ? »

La comtesse secoua la tête. « À mon avis, il ne se doutait de rien. Nathaniel a simplement agi au nom de Cowley, et n'en a fait qu'à sa tête.

— Et il a envoyé La Racaille à German Street ce soir-là pour nous effrayer. »

La comtesse acquiesça. « Et je crois que Beau a dit à La Racaille qu'il avait deviné qu'il y avait quelque chose de louche.

— Quand il était au café, et que nous étions assises à nous geler les fesses sur la mangeoire.

— Comment l'as-tu deviné ?

— C'est évident.

— Ainsi ce soir-là, comme tu l'avais deviné, le trajet fut modifié. Et La Racaille l'a emmené en canot quelques yards plus loin sur la berge de la Tamise, de Dorset Garden, où nous l'avons vu, à Somerset House.

— De sorte que si Beau tentait de déterminer l'emplacement de la maison, il la croirait sur la rive sud ?

— Exact. Mais Beau n'avait pas tout à fait réalisé l'énormité de son rôle dans cette comédie, du moins pas jusqu'au dernier soir, où il découvrit un sceau de cire qui était indubitablement celui du roi. Il venait de l'emballage d'un tableau qui était arrivé dans l'après-midi, et dont Mme Roy s'était vantée devant lui qu'il venait d'un autre de ses soupirants éperdus. Le lendemain au théâtre, Nathaniel-femme était là, paré de tous ses atours, pour voir comment Beau réagirait en recevant un autre rendez-vous si vite après avoir cru être congédié.

— Bien que nous ayons perdu sa trace cet

après-midi-là, “elle” le fit suivre par La Racaille jusqu’au laboratoire, où il laissa le message codé dans le carnet, avant de se rendre à cette rencontre fatale, à...

— St. Paul, la nouvelle, à neuf heures. » Alpiew soupira. « Et puis, après que Beau eut été tué et Mme Wilson arrêtée, Nathaniel, dans son personnage masculin en tant que valet de Cowley, a fouillé la maison des Wilson, volant certaines robes de Mme Wilson et prenant l’horloge pour l’offrir à Cowley. Mais pourquoi, au fait ? »

Alpiew était arrivée à bout de sa pile de biscuits, et se versa une nouvelle rasade de champagne.

« Je crois qu’il était aussi l’amant de Cowley. Et il avait besoin de lui. Il devait donc le ménager.

— Et Betty ? »

La comtesse haussa les épaules. « Ce jeune fou avait eu l’adresse du laboratoire par La Racaille, et la pauvre fille était une victime facile... » Elle laissa sa phrase en suspens.

« Mais Nathaniel aurait-il gagné assez d’argent, grâce à ce complot, pour justifier la mort de deux personnes ?

— Il semble qu’il ne tenait plus compte de la réalité. Il avait une mission. Il voulait du pouvoir, il voulait être important, et... enfin, tu connais les rois ! » La comtesse secoua la tête. « Ils sont différents du commun des mortels. Si le garçon avait réussi son coup, et convaincu le roi Guillaume que dans une nuit de passion avinée, il avait engendré un bâtard royal, Nathaniel pouvait s’attendre à une avalanche de richesses et de titres pour le reste de ses jours et ceux de l’enfant. Et avec la question de la succession aussi incertaine qu’elle l’est actuellement, il aurait même pu persuader Guillaume de l'épouser, puis tenter de gagner le trône au nom de son enfant naturel.

— L'enfant ! » Alpiew se leva d'un bond. « Et l'enfant, alors ?

— Tu ne vas pas me laisser dormir cette nuit, n'est-ce pas ? » La comtesse se leva à son tour, jetant un coup d'œil à son nouveau blason avant de vider son verre. « Comme c'est aimable à Sa Majesté d'avoir émis un édit royal annulant la vente de mon mari, et interdisant que la maison soit vendue de mon vivant.

— Et de nous avoir donné cet argent, dit Alpiew, contemplant, le cœur débordant d'amour, l'énorme bourse remplie de pièces d'or. Heureusement que vous êtes restée l'amie de la duchesse de Saint-Pholle, car si elle n'avait pas eu des relations au palais, les choses auraient pu prendre un tour très différent. »

Elles quittèrent la maison, regardant prudemment par-dessus leur épaule, et descendirent German Street d'un pas alerte. Les gardiens de nuit s'apprêtaient à rentrer chez eux pour une bonne journée de sommeil, et les commerçants du marché gagnaient déjà St. James et Hay Market.

« Regardez, dit Alpiew en indiquant les fenêtres illuminées. Elle est toujours debout. »

On aurait dit qu'une fête battait son plein à l'étage. « Gentil à elle de nous avoir invitées ! » La comtesse poussa la porte d'entrée, et grimpa l'escalier avec Alpiew.

Le grand salon de Saint-Pholle était illuminé de centaines de bougies, les marmousets bondissaient d'une chaise à l'autre, tandis que le perroquet piaillait « Merde ! » et que le singe se balançait aux rideaux en couinant de toutes ses forces, au milieu des coffres débordant de vêtements.

« Ashby ! Ma chérie ! » Saint-Pholle tituba jusqu'à la porte, bouteille de champagne à la main. « Je te croyais couchée. Viens. » Elle attira la comtesse jusqu'à une table encombrée de bouteilles. « Tu dois boire. Regarde ! Tout est à merveille. »

Alpiew et la comtesse contemplèrent la scène, ébahies. La Racaille, habillé en Turc, dansait un quadrille avec Lucy, également en costume oriental. Moustafa, qui avait repris ses satins mauresques, était perché sur le dossier d'une chaise, et caressait l'un des chats de Saint-Pholle tout en lui offrant de petits morceaux de bacon.

« J'ai une maison complète, à nouveau. Ils vont tous travailler pour moi, et vivre ici.

— Ce doit être difficile pour Lucy... » Alpiew observa la fille, avec son visage pâle et inexpressif, en train de danser avec La Racaille. « Son frère...

— Son frère était un aliéné et un meurtrier, coupa Saint-Pholle. Elle le haïssait.

— Mais pourquoi a-t-elle joué le jeu ? Vous en a-t-elle parlé ? dit Alpiew en se rapprochant de Saint-Pholle.

— Oui. Elle avait peur de lui. Lorsque nous avons débarqué dans la maison de campagne, elle a soudain tout compris, comme si elle voyait les choses à travers le regard d'autrui. Et elle a décidé de parler...

— Alors il l'a ligotée dans ce galetas !

— Saint-Pholle, ma chère, je te parle en amie. » La comtesse attira Saint-Pholle vers elle. « Tu te souviens que cette fille est grosse ?

— Bien sûr. » Saint-Pholle sourit et haussa les épaules. « Évidemment. » Elle conduisit la comtesse hors du salon, vers l'ancienne chambre noire d'Aziz. Doucement, elle ouvrit la porte.

« Je suis allée avec l'Écuyer pour la faire libérer pendant que tu étais avec le roi. » Une chandelle solitaire sur la table de chevet éclairait les traits assoupis de Mme Elizabeth Wilson. « C'est l'enfant de Beau. Elle dit qu'elle le veut, et Lucy est heureuse de donner l'enfant à quelqu'un qui l'aimera comme elle aime le petit Moustafa.

— Mais... son propre enfant ?

— Rappelle-toi comment il a été conçu, ma chérie. » Saint-Pholle referma doucement la porte. « La fille était attachée, et obligée de se livrer à un parfait inconnu. Elle veut tout oublier. »

Elles revinrent à la fête.

« Et cette grande brute ne te fait pas peur ? demanda la comtesse tandis qu'elles entraient au salon.

— Jack Fry ? Il t'a sauvé la vie, ma chérie. De plus, il est assez naïf. On lui dit quoi faire, quoi dire, et il le fait. Il lui faut longtemps pour se figurer les choses de lui-même, mais il semble avoir bon caractère. »

Alpiew fit la grimace. « Effectivement, il a montré un grand courage lorsqu'il s'est élancé dans cet escalier en flammes...

— Et dans ce costume, sourit Saint-Pholle, c'est un assez beau gaillard, non ? »

Il était près de midi lorsque Alpiew et la comtesse, rafraîchies de plusieurs coupes de champagne, regagnèrent leur demeure en titubant. La comtesse poussa la porte, et chancela jusque dans la cuisine. Comme d'habitude, Godfrey ronflait dans le lit du fond. Alpiew s'affala sur le sien et se mit à retirer ses bas. Elle pencha la tête.

« Milady ? » Elle fixa la hotte de la cheminée. « Les armoiries ? »

La comtesse leva la tête. Le blason avait disparu. « Dieu merci, rota la comtesse. De toutes façons, c'était affreux. Un jambon, rien que ça ! »

Elle retira ses souliers et les jeta sous le lit.

« L'argent ! » Dégrafant son corsage, Alpiew fixait la table, bouche bée. « Il est parti ! »

La comtesse se retourna, s'agrippant au poteau du lit pour ne pas tomber. L'argent avait en effet disparu de la table où elles l'avaient laissé.

« Cet ignoble salaud putassier d'avorton, ce...

— Où est-il ? » Alpiew secoua vigoureusement Godfrey. « Où est-il allé avec notre argent ?

— Quel argent ? » Godfrey s'assit dans son lit, bavant de sommeil. « Qui ?

— Sir Peter, bien entendu... »

La comtesse hurlait. « Il n'est pas digne de ce nom, ce vérolé, ce galeux...

— Il est couché, non ? » Godfrey pointa vers le lit vide de la comtesse. « Il l'était...

— Et comment êtes-vous rentrés tous les deux ? cria Alpiew en le secouant toujours. Seule ma maîtresse a la clé. »

La comtesse gémit et se laissa retomber sur le lit. « Il a crocheté la serrure, évidemment. » À cet instant, le tonnelet de la porte se mit à retentir. « Quelqu'un sonne à la porte, Alpiew. »

Alpiew commença à ré-agrafer son corsage et se dirigea vers le hall. La comtesse suivit Alpiew. Sur le seuil se tenaient M. et Mme Cue.

« Désolés de vous rendre visite à l'improviste, sourit Mme Cue, mais nous manquons un peu de copie cette semaine, et nous nous demandions si vous aviez eu vent d'un scandale bien juteux ? »

Alpiew et la comtesse échangèrent un regard, puis se tournèrent vers les Cue.

« Absolument rien ! dit la comtesse.

— Rien du tout ! réitéra Alpiew. Mais donnez-nous l'après-midi, et pour deux guinées nous vous aurons trouvé quelque chose d'ici ce soir. »

Elles restèrent sur le seuil, à contempler les deux silhouettes replètes des imprimeurs s'éloigner en dandinant sur German Street. Fonçant vers elles dans l'autre direction arrivait quelqu'un qu'elles avaient déjà vu. La tête haute, les bras se balançant librement contre ses flancs, ses cheveux gris pendant jusqu'à la taille, arrivait l'Homme Nu de Pest House Fields.

« Ah seigneur, mon enfant. » Instinctivement, la comtesse cacha les yeux d'Alpiew. « C'est encore cette affreuse créature. *In puris naturalibus*, comme toujours. »

Lorsque l'homme dans toute sa gloire les eut dépassées, la comtesse et Alpiew rentrèrent.

« Si seulement tous les hommes affichaient aussi clairement ce qu'ils sont, soupira la comtesse, Beau Wilson n'aurait jamais été assassiné. Viens, mon enfant ! » La comtesse prit le bras d'Alpiew, et toutes deux se retirèrent dans leur cuisine douillette. « Nous sommes épuisées, et nous avons un scandale à inventer. »

Remerciements

À Dennis William Hauck, sur le site *www.alchemylab.com,* pour son aide concernant les aspects scientifiques de l'alchimie.

Table

Imprimé en Espagne par LIBERDUPLEX (Barcelone)

Collection n° 25 – Édition 01

Dépôt légal : 74758-08/06

ISBN : 2-7024-3287-5

Édition 01